毛泽东三兄弟

MAO
Ze Dong
SanXiongDi

邸延生 邸江枫 ★ 著

人民日报出版社

图书在版编目(CIP)数据

毛泽东三兄弟 / 邸延生，邸江枫著，—北京：人民日报出版社，2013.1
ISBN 978-7-5115-1330-4

Ⅰ.①毛… Ⅱ.①邸… ②邸… Ⅲ.①纪实文学–中国–当代
Ⅳ.①I25

中国版本图书馆 CIP 数据核字（2012）第 300820 号

书　　名：毛泽东三兄弟
作　　者：邸延生　邸江枫 / 著

出 版 人：董　伟
责任编辑：宋　娜
封面设计：Lily 工作室

出版发行：人民日报出版社
社　　址：北京金台西路 2 号
邮政编码：100733
发行热线：(010)65369527　65369512　65369509　65369510
邮购热线：(010)65369530
编辑热线：(010)65369521
网　　址：www.peopledailypress.com
经　　销：新华书店
印　　刷：北京中新伟业印刷有限公司

开　　本：710mm×1000mm　1/16
字　　数：315 千字
印　　张：23.75
印　　次：2013 年 1 月 第 1 版　2013 年 1 月第 1 次印刷

书　　号：ISBN 978-7-5115-1330-4
定　　价：48.00 元

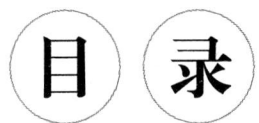

目 录

第一篇
[韶山冲的叛逆英雄]

"石三伢子"出生了 2
毛老伯,下塘去捉他呀! 5
求情就挨打?小润芝离校"出走" 11
兄弟俩和父亲"作斗争" 16
三兄弟性格各有特点 21
离开湘乡,到长沙去! 25

第二篇
[三兄弟走出韶山冲]

长沙求学 习文尚武 33
在一师,毛泽东遇到了杨昌济 38
"二十八画生"征友 44
"见到你,妈的病就好了一大半" 47
"我叫杨开慧" 51
"游学"途中访沩山 58
毛泽东从一师毕业了 64
到北京去——在新文化中心 68
"穷上加穷的日子" 72
如火如荼的"驱张运动" 76
章士钊的资助 80
"同志,志同道合的好称谓!" 84
"这是你们的大嫂,杨开慧!" 89

三兄弟走出韶山冲 ··· 93

第三篇
[武昌城下兄弟聚首]

黄浦滩头党诞生 ··· 100
安源路矿大罢工 ··· 106
"安源路矿工人消费合作社" ······································· 111
在广州参与改组国民党 ·· 116
毛家兄弟又回故乡了 ·· 118
艰难的"国共合作" ·· 123
风起云涌的农运 ··· 128
武昌城下，兄弟三人再聚首 ······································· 134
毛泽东就是毛泽东啊！ ·· 141

第四篇
[郁郁葱葱井冈山]

"保存好革命的火种" ·· 147
三湾改编 ·· 152
选三大哥，枪下留人！ ·· 155
郁郁葱葱的井冈山 ·· 161
同"乱世头"交朋友 ·· 166
毛泽覃来到了井冈山 ·· 171
清除企图叛变的分子 ·· 178
对敌作战的十六字方针 ·· 182
咱们家出了个大将军 ·· 185

第五篇
[毛泽东重返红四军]

朱毛会师在井冈山 ·· 195
朱、毛、陈三双大手紧握在一起 ··································· 198

开辟闽西根据地 ……………………………………… 203
毛泽东重返红四军 ……………………………………… 206
星火燎原开基业 ……………………………………… 210
杨开慧牺牲 ……………………………………… 213
反"围剿"中兄弟晤面 ……………………………………… 215
毛泽东遭到排挤 ……………………………………… 220
"反毛"的斗争还在继续 ……………………………………… 228
"左"倾路线带来失败 ……………………………………… 232

第六篇

[毛泽覃瑞金牺牲]

开始长征了 ……………………………………… 241
遵义会议——转折 ……………………………………… 245
毛泽覃在瑞金牺牲 ……………………………………… 249
毛泽东领军北上 ……………………………………… 252
红旗飘舞瓦窑堡 ……………………………………… 255

第七篇

[顾大局,平家事]

顾全抗日救亡的大局 ……………………………………… 260
保安城,斯诺访问毛泽东 ……………………………………… 262
西安事变 逼蒋抗日 ……………………………………… 265
贺子珍在"抗大" ……………………………………… 270
谢觉哉调停毛泽东的"家庭内战" ……………………………………… 273
卢沟桥事变,群情激愤 ……………………………………… 276

第八篇

[江青找毛泽东"请教"问题]

平型关首战告捷 ……………………………………… 281
贺子珍赴苏联治病 ……………………………………… 284

血战台儿庄 ………………………………………………… 286
论持久战 …………………………………………………… 288
江青找毛泽东"请教"问题 ………………………………… 291
江青的身世 ………………………………………………… 294
人若犯我,我必犯人 ……………………………………… 298
"大家都是革命同志" ……………………………………… 303

第九篇
[毛泽民被"请去谈话"]

毛泽东为贺怡签字手术 …………………………………… 306
"毛泽东同志的思想" ……………………………………… 309
"三副中药"——提倡中西医结合 ………………………… 310
整风与文艺座谈会 ………………………………………… 313
毛泽民被"请去谈话" ……………………………………… 315
毛泽民在狱中 ……………………………………………… 317
"要重点提审毛泽民" ……………………………………… 320
坚贞不屈毛泽民 …………………………………………… 323
毛泽民惨遭杀害 …………………………………………… 333
美军的代表到延安 ………………………………………… 336

第十篇
[兄弟已逝,解放曙光即至]

党的"七大"召开 …………………………………………… 341
对日寇的最后一战 ………………………………………… 343
重庆谈判 挥手之间 ……………………………………… 347
毛岸英与父亲重逢 ………………………………………… 355
国民党阴谋内战 …………………………………………… 359
解放战争的曙光 …………………………………………… 363

第一篇

韶山冲的叛逆英雄

"石三伢子"出生了

在中国历史名城湖南长沙南面不远的地方，坐落着一座峰峦环绕的古老县城。因其地处湘江岸边，又有一条名为浏阳河的碧水流经县境，县城被取名为湘潭。

从这里向西40公里，在湘乡、宁乡、湘潭三县的交界处，耸立着一座长满了松柏的山峰。相传，远古时舜帝南巡曾路过这里，休息时命从人吹箫奏乐，并唱卫曲歌《箫韶九成》；箫声伴着歌声，招致祥云翻卷，百凤翔集，箫乐便被人们称为《韶乐》，舜帝休息过的山峰也被人们称为韶山。

南岳群山素有七十二峰之说，韶山为其中之一。远远望去，韶峰高耸，群峦葱郁。据《长沙府志》记载，曾有韶氏三姐妹居山学道，故此山上留有凤音亭、仙女庵、胭脂井、石屋风、顿石门、塔岭霞、石壁泉、桃花洞，是为韶山八景。

山麓中，一湾碧水绕山流过；山脚下，几洼池塘前散落着为数不多的几户农舍。农舍大都依山傍水，掩映在片片绿树的簇荫之中——如果将大山的走势喻为一条巨龙，那么这里就像是巨龙颌下的一颗明珠，乡里人习惯地称其为韶山冲。

公元1368年（明洪武元年），农民起义军领袖朱元璋在南京建立了大明王朝，一时间天下振奋，群杰扼腕，百姓拥戴。一位远在江西省吉州府龙城县（今江西省吉水县）的青年农民毛太华不甘老死乡里，毅然投奔了朱元璋的队伍，在远征云南时娶了当地的一位少数民族姑娘为妻，生了8个孩子。战争结束后，毛太华携妻和长子毛清一、幼子毛清四内迁，未返回江西，而是来到湖南湘乡县城北门外安了家，并因军功分得了数十亩田产。毛太华过世后，毛清一和毛清四便离开湘乡县迁到了湘潭的七都七甲，也就是山水环抱、风景秀丽的韶山冲——由此，韶山冲便有了毛氏家族的这一支脉。

世事沧桑，风云变幻；斗转星移，历史更迭——500年后的1893年，中国的历史进入清朝末年，时为光绪十九年。这时的中国正处在半殖民地半封建的境况中，亿万劳苦大众深受没落大清王朝的封建统治和东西方帝国主义列强侵略的双重压迫，民族苦难日渐深重……

这时在韶山冲上屋场，一座土墙茅顶的"凹"字形农舍中，居住着一位毛氏家族的传人毛恩普。毛恩普膝下只有一个儿子，毛恩普给他的这个儿子取名毛顺生。毛顺生15岁时，毛恩普为其娶了一位比他大3岁的姑娘文素勤为妻；婚后，毛家的一切家务全部由文素勤料理，生活还算过得去。毛顺生23岁时，由于负债，家境渐渐穷困下来，毛顺生被迫外出当了两年兵；在兵营虽然艰苦，但也算开了眼界。回乡后，毛顺生在父亲的支持下做些小买卖，一家人克勤克俭地过日子。一家人在日常生活中用心节省，渐渐积下一些钱，买回了他们赎出去的田地，总算是攒得了一份殷实的家业；只是，文素勤这几年接连生了两个儿子都未能养大，使毛顺生一想起来就感到遗憾……

是年冬天，韶山冲的天气一天比一天冷了。12月25日，韶山的峰峦中突然狂风大作，随之电闪雷鸣，继而下起了瓢泼大雨；第三次怀了身孕的文素勤已近临盆，躺在屋内的木床上强忍着阵阵腹痛，渐渐进入梦境……

毛顺生站在堂屋里，面对着供桌上缭绕的香烟，一阵阵心绪不宁；坐在堂屋一角的毛恩普见儿子一副心神不宁的样子，训斥说："在佛面前，心要静哩！"

毛顺生本不信佛，也不信神，但听父亲这样一说，也只好面对供桌上的观音像显露出一副虔诚的神态，盼着妻子能再生下个儿子，并盼她们母子平安……

午夜过后，风停雨逝。躺在床上的文素勤开始了痛苦的呻吟和抽搐。毛顺生坐不住，不时用祈盼的目光追视着进进出出的接生婆，接生婆又总是说："快了，快了！"

毛顺生暗自祷告：生个伢子吧！

一轮红日跃出东方的地平线，在万朵云霞中喷薄升起，以她无比灿烂的光辉照耀着雨后的韶山——这时，婴儿响亮的啼哭声压倒了一切！

产后的文素勤如梦初醒，喃喃地庆幸道："阿弥陀佛！"

接生婆一句高喊："是个伢子！"

正在屋外徘徊的毛顺生先是听了婴儿的啼哭，心中为之一喜；又听了接生婆的叫喊，心中为之一振——他先是以手加额，随即又兴冲冲地大声说道："对乡亲们去讲，都来上屋场吃红喜蛋！"

这已是文素勤生的第三个儿子了。

一连几天，毛顺生邀了乡里亲朋来上屋场吃喜酒。按毛氏的族谱辈序排列，"祖恩贻泽远"，毛顺生是"贻"字辈，正名叫毛贻昌，他的儿子当为"泽"字辈，取名"泽东"，字润之（润芝或咏芝），行三。"泽东"意为润泽华夏、恩惠东方。

毛泽东降生后，当了爷爷的毛恩普高兴得不得了，逢人便说："我有孙子了！"

而此时的文素勤心中却有些担忧，因为她生的前两个儿子都没能保住，这次她暗下决心吃"观音斋"，以虔诚之心祈求神灵保佑儿子平安长大。

文素勤笃信佛教，敬重神灵。为了这第三个儿子的健康成长，在征得毛恩普的同意后，她将儿子寄养在了唐家坨的外祖父家。

唐家坨的文氏家中人丁兴旺，是一个四世同堂的大家庭。文家老少共20余人，外祖父叫文芝仪，育有三男三女。长子文正兴，在文家排行第七，毛泽东称其为七舅。七舅母所生子女很多，被乡里人称为多子多福的吉庆之家。

为了托福，毛泽东从小便循着母亲的意愿，拜七舅母为"干妈"。在唐家坨的文氏大家庭中，毛泽东很得众人的宠爱和呵护，从小养成了活泼、倔强、刚强的性格。

文家门前有洼池塘，称为龙潭。潭中有一块发亮的巨石，文素勤认为那是块神石，外祖父家之所以人丁兴旺、生活欣欣向荣，全靠了池中巨石的佑护。因此，文素勤让儿子再拜潭中的巨石为"干娘"，取名"石三伢子"，满心希望儿子坚如磐石般地茁壮成长，长命百岁、一生安泰……

毛泽东出生后的第二年，即1894年的7月23日，中国东方海域的日本国出兵强行攻占了清朝的附属国朝鲜的王宫，并在丰岛海面击沉了清朝的运兵船"高升号"；29日，中日双方在朝鲜的成欢大战，清朝军队败退平壤。是年8月1日，中日双方同时宣战；因其时值中国的"甲午"年，故历史上称之为"甲午战争"。

1894年（清光绪二十年）9月17日，在中国黄海海域，爆发了震惊中外的大海战，是中国海军在抗击外来侵略的战斗中最为悲壮、惨烈的一幕。

1896年（清光绪二十二年）4月3日，吃过早饭的毛顺生嘴里嚼着最后一口糙米饭，像往常一样匆匆赶着耕牛去自家田里犁地了。

文素勤这时已又怀身孕，尽管身体笨重，但她还是腆着大肚子刷洗了碗筷，然后领着3岁的毛泽东到田里劳作；她一边哄着儿子，一边用锄头刨坑点豆……

年幼的毛泽东在田埂上玩耍，突然见到妈妈跌倒在田间，脸上显露着很痛苦的神色；毛泽东吓坏了，急忙喊叫起来："妈妈，妈妈……"

不远处的毛顺生闻声跑了过来，见状大惊，急忙搀扶起妻子、抱起儿子往家赶……

庆幸文素勤平日里操劳惯了，被搀扶回家后很顺利地生产了——当屋里传出婴儿的哭喊时，毛顺生奔进去一看，又是一个伢子，高兴得不得了，嘴上不由说道："噢，蛮好么！又多了一个牵牛尾巴的，蛮好喽！"

毛泽东的弟弟出生后不久，被取名为毛泽民，字润莲。

毛老伯，下塘去捉他呀！

1899年（清光绪二十五年），石三伢子已经6岁了。

春末夏初，每天天一放亮，石三伢子总要背上箩筐、带上砍刀进山去砍柴；当韶山冲每户人家的院落里都升起袅袅炊烟时，村上的人们见到小小年纪的石三伢子总是背着一捆干柴从山上下来赶回家去吃早饭。早饭过后，毛顺生有时会带着儿子去田里干活，有时也会留儿子在家里干些家务，自己则走出去做些小生意。

乡里人常常称赞石三伢子说:"是个好伢子哩!从小就晓得帮家里干活,长大了一定有出息……"

这年的夏天很热。韶山冲四周的山坡上树草丰茂,水田里的稻子已经开始抽穗了。

每逢吃过晚饭,毛顺生为了节省家里点灯用的桐油,总要支使文素勤带了两个孩子到自家房前的空地上乘凉。而这时毛恩普便会拉了两个孙子的小手,搬个竹凳坐下去,教他俩数夜空的星星,并指点出哪是天上的银河、哪几颗是北斗星、哪颗是织女星、哪颗又是牛郎星,两个孩子总会听得入迷。有时候两个孩子也会向祖父提出许多他们不懂的问题,诸如天上的牛郎星和织女星为什么不走到一起去?天上的神仙为什么不管地上穷人家的事?

还有的时候,小儿子也会问妈妈:池塘里的青蛙为什么总是叫?树上的蝉为什么总是鸣?天上为什么会下雨?该下雨的时候不下,不该下雨的时候为什么又总是下起来没完没了?

作为长辈,毛恩普和文素勤总会耐心回答或解释,实在解释不了的,也会告诉说:等你们长大了,自然会晓得的。祖父和母亲给两个孩子讲的这些故事和说的这些话,在他们幼小的心灵中留下了极为深刻的印象。

有时候毛恩普会单独对他的两个孙子说:"长大了你们要好好读书,爷爷希望你们日后都能够考中举人、考中进士;真的能够那样,爷爷就是死也瞑目了……"

而文素勤总是对两个儿子说"要多关爱穷人、多帮助穷人",因为人活在世上总是需要互相关爱、互相帮助。她说每个人凡是做了好事,天上的"菩萨"是会知道的,会保佑做好事的人一生平安。两个孩子向母亲保证说,他们今生今世只做好事,不做坏事。

这天,几个衣衫褴褛的男孩子在山麓中的水塘边放牧水牛,两条犍牛哞哞叫着顶起了犄角;在一旁草地上玩耍的孩子们一见,便一起吵嚷着将两条顶架的犍牛围了起来,有的还用柳条枝抽打着地面,起哄争看两条顽牛格斗……

这时,一个后脑勺上留着条小辫子的男孩子背着一小捆干树枝走过来。只见他身材修长,上身穿了件对襟的短衣,下身穿着条打了补丁的旧布裤，脚上踏着草鞋，两只小手紧紧地攥着捆柴的野藤。看牛顶架的孩子们见他来了，纷纷招呼说："石三伢子，快放下你那柴，来看牛打架……"

还有的孩子说："快别看了，要是回家晚了，他爸又得吼他……"

一听这话，毛泽东索性放下了背上的柴枝，上前去拿了一个孩子手中的柳条枝，毫无惧色地走向了仍在顶角的两条水牛；这时，又一条水牛慢悠悠地走向了毛泽东，小小年纪的毛泽东瞪起眼睛，挥起柳枝抽打在走向前来的水牛背上……

被打的水牛跳了跳，哞哞叫着跑开了；两条顶角的水牛听到叫声也停止了格斗，随着跑去的水牛跑走了——毛泽东手上拿着柳条枝，站在草地上"咯咯"地笑了……

被放牧的水牛全都下到池塘里去了，只将牛头露出在水面上；岸上的树丛中无休止地响着烦人的蝉鸣，孩子们一声呼喊，全都脱光衣服跳进了水塘中，其中有人高喊："石三伢子，下来一起凉快凉快！"

毛泽东抬头看了看当空火辣辣的太阳，犹豫了片刻，最终还是脱光了衣服，喊着叫着跳入了池塘……

这时，池塘中的孩子们有的游上了牛背，有的互相击水嬉戏，毛泽东和另几个孩子开始了游水比赛；只一会儿工夫，毛泽东游到前面，回头看看被他落下的伙伴，喊一声："土地老倌儿、四道士，你们快些游啊！"

被喊做土地老倌儿和四道士的两个孩子，一边答应着，一边奋力游水追了上来："石三伢子，你兔慢点儿，等等我们！"

毛泽东在前边侧着身子划着水，两只小腿一蹬一蹬地加快了节奏；正当孩子们在水中玩得高兴时，一个伏在水牛背上的孩子大声叫了起来："石三伢子，你爸爸来了！"

众男孩闻声一看，只见毛顺生高高地卷着裤腿站在池塘边，胳膊上的两只衣袖也挽了起来，双手拄着一支竹耙子向水中吼道："润之，上来！"

毛顺生的话虽不多，但很威严。毛泽东不再游了，顺从地光着小屁股上了岸；众男孩也都面面相觑，一个个悄无声息地游回了岸边，开始揩身子、穿衣服……

毛泽东低头站在岸边的草地上，等着挨父亲的训斥；毛顺生满脸怒色

毛老伯，下塘去捉他呀！

地瞪了儿子一眼，想说什么而没有张口，只是嘴角上露出了一丝无可奈何的苦笑；众男孩惊惧地看着毛顺生，随即向毛泽东投去了关切的目光。

毛顺生先是将脸转向众男孩，最终将目光落在了儿子脱下来的衣服上，再看一看衣服旁边的那捆干柴，抬手拎起竹耙子走向毛泽东；毛泽东以为父亲要打他，转身就跑，然后纵身跃入了池塘——众男孩见状先是一惊，随即又都忍不住大声哄笑起来，有的孩子还故意说："毛老伯，下塘去捉他呀！"

毛顺生本不想打儿子，现在想打也打不着了，只得将竹耙子狠狠地往地上戳了戳，回身去拎起了儿子捡回来的那捆柴枝，又拿了儿子的衣服转身离去；走了三四步之后，却又用力甩手将儿子的衣服往池塘边一丢，无声地叹口气，走了。

四道士嬉笑着向水中高喊："石三伢子，你爸爸走了，上来吧！"

另一个叫庞叔侃的孩子也大叫："石三伢子，上来吧！"

众男孩都喊："上来吧！你爸爸走了，没事儿了……"

毛泽东脸上带着顽皮的笑容，游上岸来穿衣服，同小伙伴们一起喊着、叫着、欢呼着，像是庆祝胜利似的……

回到家，石三伢子绕过堂屋先去见母亲，文素勤疼惜地对儿子说："你爸爸生气了，说是要罚你……"

石三伢子扬着小脸对母亲说："我已经打了柴了，为什么还要罚我？"

正在这时，只听得毛顺生在堂屋里一声怒吼："润之，过来！"

石三伢子只得乖乖地走进了堂屋，站在父亲面前不说一句话，只是将眼睛看了父亲的脸色；原本坐在一只矮板凳上的毛顺生一见儿子这副样子，霍地站起身来，冲着儿子大声喊道："你讲，为什么下塘？"

石三伢子低声说："天热……"

毛顺生再问儿子："你不怕被水淹？"

石三伢子回答："不怕！"

毛顺生更生气了："淹了就晚了！"

石三伢子争辩说："我说的是实话……"

毛顺生冲着儿子迈了一步腿："你还敢犟嘴？"并斥责说，"你说今天该怎样罚你？"

石三伢子并不移动自己的身子，只是抬了头说："你为什么罚我？我又没做错事……"

毛顺生冲着儿子说："我说罚你就罚你，用不着为什么……"

这时候，文素勤领着年仅3岁的二儿子进了堂屋，一开口先是对大儿子说："听你爸爸的话，你爸爸也是为你好……"继而又对丈夫说，"呵斥一顿就算了，他已经晓得了……"接着又将脸转向大儿子，"你晓得了吗？快告诉你爸爸！"

石三伢子知道母亲是来袒护他的，便喃喃地说："爸，我晓得了。"

做父亲的问："你晓得了什么？"

当儿子的回答："明天还去砍柴……"

就这一句话，毛顺生竟被儿子说得哭笑不得，文素勤则趁机对大儿子说："好了，好了，快带了弟弟去场坪上玩吧！"

晚上，在昏暗的桐油灯下，毛恩普叫了大孙子到堂屋里坐下，说是给他讲些事情。石三伢子乖乖地在一只矮板凳上坐下来，听爷爷对他讲："三伢子，你已经不小了，该懂事了，你怎么能够下到池塘去游水呢？要晓得，那是会淹死人的，这样的事情又不是没有发生过……"毛恩普说，"我们毛家在韶山冲多少还是有些名声的，上下屋场六七百户人家，一代一代传下来，现如今谁人不晓得我毛恩普？哪个不晓得你爸爸毛顺生？族里人也都晓得你爸爸是见过世面的人。你如今也长大了，出去了不准让人家笑话，不准给我们毛家惹祸，不准给我们毛家人丢脸……"

说到最后，毛恩普给孙子定下了三条"规矩"：

一、不准说谎；二、不准同长辈顶嘴；三、出去了不准惹祸。

石三伢子向爷爷表示，他将把这一切牢牢记在心里。

1902年（清光绪二十八年）临入秋的一天，已经9岁（虚岁10岁）的毛泽东被父亲叫去身边；毛顺生坐在竹椅上，一边吸着旱烟，一边对儿子说："润之，你该上学了；一两天就去，听到没有？"

"听到了。"毛泽东很高兴地答应一句，随即又问，"爸爸，我到哪一家去读书啊？"

"南岸私塾。"毛顺生见儿子很顺从地答应去读书，心中暗自高兴，但

毛老伯，下塘去捉他呀！

脸面上却装作很严厉的样子叮嘱说,"去了要听先生的话,记住,不许同先生顶嘴,不许同别的孩子打架,要用心读书!"

这时文素勤走了过来,毛泽东赶忙上前去拉了母亲的手:"妈,爸说送我去南岸读书……"

"妈已经晓得了。"文素勤笑道,"石三伢子,去了要好好读书,日后你爸算账就有帮手了。"

毛顺生一本正经地对儿子说:"日后你就是读书人了,从今往后我不再叫你'三伢子',而叫你'润之'或者'泽东',你母亲也要慢慢改过来,叫你'润之'或者'泽东'……"

"嗯。"毛泽东点头答应着。

"一定要听先生的话!"毛顺生再一次叮嘱儿子,"先生不像爸妈,你不听话,先生是会用板子打你的!"

"先生还打人?"毛泽东抬头问妈妈。

"要打的。"文素勤对儿子说,"要听话呢,不要惹先生生气。"

这时,已经6岁的毛泽民从屋外跑了进来,先叫"爸妈"后叫"哥",接口又说:"我也要去读书……"

毛顺生看了小儿子一眼:"你还小,过两年再说!"

毛泽民不高兴了,去央告爷爷:"爷爷,我也去读书!"

毛恩普安慰小孙子说:"润莲,听话,过两年你爸妈是会送你去读书的。"

毛泽民走向哥哥,仰起小脸笑了……

这天晚上,一家人围坐在一起吃晚饭时,毛泽民不留意掉了一粒米,被他父亲发现了,遭到了斥责:"捡起来吃掉!"

毛泽民弯腰捡起那粒米放进了嘴里,毛顺生又很认真地对他的两个儿子说:"莫要小看一粒米,来之不易哩!你们要记住,什么时候都不要糟蹋粮食!"

这时候,毛恩普和颜悦色地教导他的两个小孙子:"润莲,你还记得《悯农》那首诗么?"

"记得!"毛泽民立刻走离了饭桌,站在堂屋里背诵起来:

锄禾日当午，汗滴禾下土；谁知盘中餐，粒粒皆辛苦。

　　"记得就好！"毛顺生很严肃地对他的两个儿子说，"日后你们读书也好，出去做事也好，无论走到哪里，也无论你们做什么，都不要忘记自己是农民家的儿子！"

　　两个孩子都说："记住了！"

　　从这时起，父亲对他们讲的这句话，便深深地记在了两个孩子的脑海中……

求情就挨打？小润芝离校"出走"

　　1903年（清光绪二十九年）初春。

　　南岸私塾，是毛泽东最初入学读书的地方。私塾只有一间房舍，落地的长门窗。一张张小桌旁的小木凳上，坐着一个个穿着不一的男孩子们，大家手里都拿着线装的书本，在老师的授意下齐声朗读着：

　　人之初，性本善；性相近，习相远。……

　　穿着长衫的教书先生叫邹春培，是毛泽东的启蒙老师。这时毛泽东入学已经半年多了。这时的邹春培头上戴着一顶瓜皮帽，手中拿着戒尺，微闭着两眼，摇头晃脑地坐在方前听着学生们咬字拖腔地朗读《三字经》；在他面前的一张长条木桌上，摆放着几本书籍和一壶茶水，还有笔墨纸砚。

　　邹春培已经40多岁了，在乡里是位落第的秀才；他教孩子们读的全是儒家的经典著作，诸如《三字经》、《论语》、《大学》、《中庸》、《幼学琼林》等。听着孩子们的"唱书"声，他忽然睁开眼睛，一边用左手捋着自己颌下稀疏的几根胡须，一边用右手持戒尺击打了一下桌面；孩子们听到声响，立刻停止了朗读，十几双眼睛一起投向了老师……

　　邹春培煞有介事地发话说："李庆丰，把昨日教的那段《论语》背出来！"

　　他用戒尺指一指自己桌前的一小处空间，又指一指背后墙上供奉着神

龛的地方，望一眼写着"大成至圣文宣王先师孔子之位"的那张褪了色的红纸，催促说，"李庆丰，到这里来背！"

被点了名的学生是一位身材瘦小的男孩子，看上去也就10多岁的样子，战战兢兢地离开座位走上前去停住脚步，再看一眼老师那张威严的面孔，然后转身面向大家，眼神中呈现着一副惊慌的样子，蠕动了两下嘴唇却没有吐出一个字来……

邹春培将戒尺"啪"的一声打在了木桌上："快背！"

李庆丰被吓了一跳，两眼含了泪花开始背书：

  子曰：学而时习之，不亦乐乎……

只此两句，李庆丰再也背不出来了。

邹春培上前一戒尺打在了李庆丰主动伸出来的手掌上，李庆丰眼泪汪汪地继续背道：

  学而时习之，不亦乐乎……有朋自远方来，不亦乐乎？人不知而不愠，不亦乐乎……

"瞎背！"邹春培又一戒尺打在了李庆丰的手上，李庆丰的眼泪像断了线的串珠大滴大滴地滚淌下来，抽泣着，实在背不下去了……

这时，学生们一个个都心惊胆战地用眼睛紧盯着老师，唯恐老师转移怒气喊出自己的名字来；唯独坐在几排木桌前方的毛泽东忽然站起身来，缓声对老师说："先生，我来背吧！"

"你来背？"邹春培余怒未消地看了毛泽东一眼，心中知道站在他眼前的这个自告奋勇的学生很好学，也知道他能够背出来，但还是铁青着脸说，"你接着背，差错一字打一下手掌心，莫怪我不讲情面！"

毛泽东转身面向大家，不紧不慢地背诵道：

  人不知而不愠，不亦君子乎？曾子曰：吾日三省吾身：为人谋而不忠乎？与朋友交而不信乎？传不习乎？子曰：君子食无求饱，居无求安，敏于事而讷于言……

毛泽东十分熟练地背诵着，坐在他面前的同窗学友们一起静静地听着。

邹春培消了些气,走回到长条木桌前坐下来慢慢喝了一口茶水;当毛泽东一字不差地背完了《论语》十二则,邹春培开口说:"可以了,你坐下!"

然而毛泽东却没有坐下,而是转回身去面向老师请求说:"先生,请你饶过李庆丰这一次吧,给他个机会……"

"饶过他?"邹春培没想到毛泽东小小年纪竟敢替同学求情,觉得在众弟子面前冲撞了他的师道尊严,即刻沉下脸来说,"你替他挨打么?"

"我为什么要挨打?"毛泽东扬脸问老师,"我已经背下来了,只是替他求先生……"

"不许求情!"邹春培用戒尺狠力在桌面上一击,"再求情要挨打!"

毛泽东直面老师:"先生打他他也背不出来……"

邹春培被激怒了:"你敢对先生无礼!"说着站起身来,"毛润之,你站到前面来!"

毛泽东犹豫了一下,侧脸看了看李庆丰,然后拖着自己的小竹凳走向了老师;学生们都瞪大了眼睛看着毛泽东,李庆丰更是为毛泽东捏着一把汗……

这时李庆丰喃喃地说:"先生,还是打我吧……"

"打完他再打你!"邹春培手持戒尺走向毛泽东,毛泽东却像只小猫似的跳起来冲向了房门;邹春培被气呆了,屋内顿时一阵人乱,李庆丰急忙喊叫:"润之!润之……"

邹春培也喊:"毛润之,你给我站住!"

毛泽东丢下竹凳,头也不回地跑了,他纵身跑向了春草初生、山花烂漫的大山……

事有凑巧——就在毛泽东离校"出走"的这天晚上,毛顺生外出去收一些款子,回家时天色已经很黑了。在寂静无人的山间小路上,毛顺生借着清冷的月光,加快了脚步往回赶……

春寒料峭,夜色凄凄。毛顺生正走着,忽然从山涧中跃出了一只斑斓猛虎,拦腰挡住了毛顺生的归途;毛顺生一见,头发根子都乍了起来,即时觉得两腿发软,半步都走不动了,一屁股坐在了地上——这时,一件不可思议的事情发生了:只见这只张牙舞爪的华南虎反倒踌躇起来,晃动了两下脑袋,用力摆了几下尾巴、扫起一阵狂风,似乎在向毛顺生"致敬";

　　毛顺生一时间不知所措，跌在地上直往后蹉，惊恐地瞪大了两眼，直愣愣地看着这只可怕的老虎。老虎一声长啸后，径自转身离去了……

　　惊魂未定的毛顺生半天爬不起身来，过了好大一会儿，他渐渐活动了四肢，站直了双腿，一步步往家奔跑；路上，他想此奇遇必有某种神意——平日里他本不信神，经过这件事，他开始有些信了……

　　回到家，毛顺生一听说儿子跑了，又联想起自己途中遇虎的事，立刻招呼了乡里人点起火把漫山去找；文素勤在家里哭得死去活来，担心儿子遇有不测；毛恩普更是为孙子担心，接连催促儿子进山去找孙子。这时的毛泽民也是又急又担心，想跟了大人们一起进山，却被父亲强留在家，他只得留下来陪伴、安慰爷爷和母亲……

　　两天后，在南岸私塾里，一个男孩子来到邹春培的面前轻声说："先生，毛润之还没得回家。"

　　邹春培的脸上露出了忧容，隔窗望一望远山，轻轻地叹了口气："两日两夜了……"

　　沉静的群山又一次笼罩在夜幕中，山间传响着男人们的一阵阵呼喊：

　　"石三伢子，石三伢子，你快出来吧！"

　　"润之，快回家吧……"

　　山间丛林的小路上，一簇簇火把在晃动；人们连声的呼唤中夹杂着一阵阵犬吠，搅得沉寂的大山不得安宁。这时，毛泽东正裹紧了衣服躺倒在一株大松树旁边的一块大青石上，他隐隐约约听到了人们的喊叫声，知道是爸爸和乡里人在寻找自己，却不肯露面，心想：先生会怎样？爸爸会怎样？妈妈肯定着急……我又没做错事，不能这样下山，不能回去……

　　夜深了，毛顺生气急败坏而又懊丧地走进了自己的家门。

　　毛恩普见儿子垂头丧气地回来，知道没找到孙子，但他并不责备儿子，只是说："先吃饭吧，明天再去找……"

　　文素勤满面愁容地看着丈夫，忍不住掉下了忧伤的眼泪："已经三天了，石三伢准是没了，饿也饿死了……"

　　毛泽民依偎在母亲的身旁，忽闪着两只发亮的眼睛说："我也去找哥哥……"

　　"莫烦人，去睡！"毛顺生呵斥了小儿子一句，满脸愁云地坐下来吸旱烟，又狠狠地说，"这个伢子，真是害死人！"

正在这时，李庆丰的父亲出现在了门口："找到了，找到润之了！"

毛顺生一听，立刻站起了身子；文素勤更是惊喜交集，眼泪淌得更多了，急忙说："快进屋来说，怎么找到的？"

李庆丰的父亲说："我费了一天的时间，满山喊，他终于应了声；我好说歹说，才把他领下了山。"

文素勤疾步奔向屋门，毛泽民也跑向了门口去迎哥哥；这时，一脸疲惫的毛泽东出现在门前，浑身上下如同个泥娃娃，被夜露打湿的衣服上沾满了草叶，脸上脏脏的，只有两只眼睛炯炯地闪着亮光……

文素勤猛地扑上去抱住了儿子，成串的泪珠直往下淌："好伢子，我的好伢子……"又说，"快去洗个脸，洗洗头发，吃点东西，再睡个好觉；听妈的话，好伢子……"

毛泽民也上前去拉住哥哥的手，另一只手为哥哥摘除沾在衣服上的草叶……

毛顺生连声向李庆丰的父亲道谢，然后回身板起了面孔，话语中却没有了往日的威严："没事了，没事了；明日你去上学，先生不会再打你……"说着，上前替儿子理了理蓬乱的头发，"你要好好读书，莫再惹先生生气！"

毛泽东先走向迎出房门来的爷爷，然后回身对父亲说："先生为什么要打人？他不打我，也不可以打别的同学……"

毛顺生摇摇头，叹口气说："先生不会打你们的，你们要听话，好好读书。"

毛泽东点点头，再看看爷爷、妈妈和弟弟，笑了。

夜很深很深了。这一夜，毛泽东和爷爷睡在一起，爷爷同他说了许多话；临入睡时，爷爷再三嘱咐他："日后有机会，一定要到衡山的大庙去看一看。"

毛泽东问："为什么？"

爷爷没有多说，只是说："去看了你就晓得了……"

从此以后，毛泽东在父亲的看管和邹春培的教授下，埋头在儒家的故纸堆里浏览、在孔孟学说的知识海洋里遨游，继承了中国传统观念，懂得了许多中国伦理道德和知识及学说——每日从私塾回到家里，又总是废寝忘食地温习功课。毛顺生为了儿子的学业，也不再舍不得多耗费一些桐油了，而是嘱咐儿子："夜里多看看书会记得牢，比早睡觉要强得多……"

而毛恩普又总会给两个孙子讲些诸如《大八义》、《小八义》或者《彭公传》、《施公传》之类的故事，那些"杀富济贫"和"除暴安良"的"英雄豪杰"的侠肝义胆，常常令俩人听得如醉如痴……

就在这一年，毛恩普终因体弱多病而去世，葬在了毛家对面的一座小山上。那里是一处早年被"风水先生"看过的土山丘，据说是一块"风水宝地"，坐北朝南，风光八面，漫山长满了松树、枫树、大樟树和蒿草……

兄弟俩和父亲"作斗争"

当毛泽东还在韶山冲的南岸私塾读书时，中国大地上已经发生了许多带有改变社会根本性质的重大变化。首先，早在1901年（清光绪二十七年），亡命西安的慈禧太后为了取悦洋人，缓和国内危机，借以保住统治地位，惊魂未定便昭告中外，要推行"新政"，摇身一变将自己打扮成了推行"新政"的旗手。

"新政"的推行，一方面，在新军中激发了许多爱国的热血青年，社会上的民族资本得到了有利的发展，新学堂里的学生们更是涌现出了大量思想敏锐、忧国忧民的革命先锋；另一方面，由于清政府的对外屈服、割地赔款，早已是国库大亏、债台高筑，腐败已极的官僚们借"新政"竭泽而渔，横征暴敛，广收田粮赋税，更加深了统治阶层与被压迫民众之间的阶级矛盾，各省农民自发的抗捐抗税斗争如燎原烈火，剧烈地震撼着清王朝的统治基础——这，是推行"新政"者们所始料不及的。

在社会大动荡、大变革的洪流中，中国的民族资本得到了明显发展，从而壮大了中国的资产阶级民主革命的队伍，进而激发了中国人民反帝爱国的政治觉悟；在这种形势下，民主革命的思想得到了广泛传播，全国各地的革命团体纷纷涌现，资产阶级民主革命的洪流开始猛烈地冲击着封建腐朽的大清王朝……

1904年（清光绪三十年）2月，由军国民教育会从日本东京派遣回国的留学生黄兴（1874—1916）、刘揆一、陈天华等人在长沙发动、成立"华兴会"，推举黄兴为会长，响亮地提出了"驱除鞑虏，复兴中华"的口号。

同年7月，武汉成立了"科学补习所"，其成员多为出身微寒的下层知识分子，口号是"革命排满"；10月，蔡元培、章太炎、陶成章等人在上海成立"光复会"，其宗旨同样是推翻清王朝的封建统治而建立民众的共和国。

这些团体的成立和其所进行的大量革命活动，以及他们所广泛宣传的革命思想，如阵阵强劲的风潮迅速传遍了中华大地；尤其在长江流域各省，众多的资产阶级革命小团体如雨后春笋，更是层出不穷……

虽然资产阶级的革命活动在城里搞得已是轰轰烈烈，但绝大多数的偏僻乡村依然处在封建的闭塞之中。

是年秋天，毛泽东离开韶山冲的南岸私塾，转学到关公桥私塾就读，塾师是毛咏生。这时，毛泽民也在父亲的同意下，到南岸私塾读书了。

第二年春天，毛泽东又转学到了桥头湾的私塾读书，塾师是周少希。

是年，毛家又添一男——毛泽覃，字润菊，是毛泽东的三弟，也是毛家的老幺。

毛泽覃的出生，使毛家的生活负担加重。在这个小山冲里讨生活，实在令毛顺生夫妇呕尽了心血；为此，毛泽民被迫辍学了，他不得不回到家里，帮助父亲耕种那维系着全家5口人生命的15亩田地。

毛顺生知道二儿子一心想继续读书，但他只能用大道理来说服儿子："你要晓得，你大哥已经读了许多书，不能半途而废，只有委屈你了；再说，家里的活计也需要有人打理，你大哥不在家，你就是老大，你不下田谁下田？"

1905年（清光绪三十一年）8月20日，以孙中山为领袖的中国民主革命的先行者们，在日本东京成立了"同盟会"。它以"兴中会"为核心，把原来许多带有地方性的革命团体联合起来，提出了"驱逐鞑虏、恢复中华、创立民国、平均地权"的16字革命纲领……

"同盟会"的成立及其革命纲领的提出，是20世纪初中国民主革命进程中的一个重大事件，很快在中华大地上形成了广泛的影响，加速推动了中国民族资产阶级民主革命的历史进程……

1906年（清光绪三十二年）秋，尚未走出湘潭县的毛泽东再次转学，到了井湾里的私塾就读，塾师是毛宇居。这时，毛泽东开始读《春秋》《左传》，并初步接触了"革命军中马前卒"邹容的小册子《革命军》，以及陈天华写的《警世钟》和《猛回头》，这促使毛泽东的思想开始向反封建、反压迫、反暴政、反侵略的方向激进。这时在他的头脑中，已经形成了"抗暴扶弱"的信念；用他自己的话说，就是"逢恶就莫怕，逢善就莫欺"。在这期间，毛泽东特别喜欢读的小说是《水浒传》、《三国演义》、《西游记》、《精忠传》和《隋唐演义》等，私塾放假期间便帮父亲到田间去劳动，手上也总要拿几本"闲书"看，同时喜欢上了唐诗宋词，尤其爱读南宋大诗人辛弃疾的词，有时会情不自禁地吟上几句：

醉里挑灯看剑，梦回吹角连营。八百里分麾下炙，五十弦翻塞外声，沙场秋点兵。

马作的卢飞快，弓如霹雳弦惊。了却君王天下事，赢得生前身后名，可怜白发生。

自从毛泽东读书识字后，毛顺生便开始让儿子帮自己记账，还让儿子学珠算。由于父亲的坚持，毛泽东便开始在晚上记账；如果没有账可记，也要被父亲支使去干一些别的杂活。

毛顺生是个脾气暴躁的人，经常为一些小事打儿子，两个大一些的儿子都挨过他的打。平日里，他一文钱也不给儿子们，还经常让儿子们吃最次的饭菜。但他对家里的雇工做了让步，每月十五要在他们吃饭时加鸡蛋，可是从来不给肉；而对儿子们，他既不让吃鸡蛋，更不让吃肉。

文素勤是位贤惠、仁慈的女人，待人慷慨、厚道，随时都愿意接济别人。她十分同情穷人，常常送米给那些前来讨饭的人；只是，如果丈夫在家，她就不能这样做了。因为她知道，丈夫是不赞成施舍的，用他的话说是要"穷得有骨气，要自食其力"，他看不惯穷人伸手讨饭吃的样子。

为了这事，毛家曾发生过多次争吵。一家人分成了两"党"：一方是毛顺生，是"执政党"；另一方以毛泽东为首，加上妈妈和弟弟，有时甚至连雇工们也参加到"反对党"的一方来。只是，"反对党"的"统一战线"内部也存在着意见分歧：做母亲的主张用"间接打击"的政策，她不同意爆发任何公开冲突，更反对直接反抗"执政党"的企图，说这些不是中国人的传统做法。

这时毛泽东已经13岁了，在与父亲的"抗争"中，他发现了一个和父亲辩论的有效方法，那就是用他自己的办法，引经据典地反驳父亲。如果父亲责怪儿子"不孝"，他就引用经书上"长者必须仁慈"的话来回敬父亲；如果父亲指责儿子"懒惰"，他就反驳说"年纪大的人应该比年纪小的人多干活"……

毛泽东家庭里的矛盾仍在继续——有一次，毛顺生请了许多客人到家里，毛泽东竟当着客人们的面同父亲争论起来。毛顺生当众骂儿子"懒而无用"，毛泽东一气之下，同父亲大吵起来，继而愤然离家出走；文素勤哭喊着追上了儿子，劝儿子回去，毛顺生也追上来，边骂边呵斥儿子回家。

毛泽东本不想惹母亲伤心，但一见父亲那副凶神恶煞的样子，便跑到一个池塘边，威胁说如果父亲再向前走近一步，他就要跳进水里去；在这种情况下，停止"内战"的要求和反要求都提出来了。当父亲的坚持要儿子道歉并磕头认错，做儿子的同意在父亲保证不打自己的前提下，可以跪下一条腿磕头……

通过这件事，毛泽东意识到当他用公开反抗的办法来保卫自己的权利时，父亲就会"妥协"下来；可是如果自己保持温顺的态度，父亲就会更加严厉地打骂他。

家庭矛盾仍然存在着，争吵之事时有发生。文素勤总是从中调解，做丈夫和儿子的"协调人"。毛泽民的脾气不像哥哥那样倔，但外柔内刚，从小就向哥哥学习，有时还能收到比哥哥的做法更好的效果。

一天，毛泽民下午出去回家晚了，毛顺生火冒三丈，恶狠狠地对妻子说："回来罚他跪香！"

这下可急坏了文素勤，大儿子不在家，她心里也想不出一个解救的办法来，只能是暗自埋怨丈夫不该对儿子这样粗暴。

文素勤平日里十分疼爱大儿子，也很疼惜二儿子。尤其是二儿子，从小就跟着父亲干活，兄弟中数他干活最多，人也极其忠厚老实；不管家里田里，毛泽民比别人干得又多又快又好，柴比别人家的孩子砍得多，榨桐

兄弟俩和父亲『作斗争』

油时总是他一个人推石碾,事事肯干,是个出力不叫苦的好伢子……

文素勤越想心里越难受,当二儿子匆匆赶回家时,她急忙把儿子招呼到自己身旁,悄悄叮嘱他千万不要像他大哥那样倔,不要同父亲执拗,要罚跪香就跪香,妈妈是会从中劝解、帮助儿子的……

晚上,毛顺生回到家里,一见二儿子,一股火气涌上头顶,先是劈头盖脸地训斥了一顿,然后果然罚他跪香。

毛泽民二话不说,当即跪了下去;毛顺生见儿子还很老实,火气消了许多,转身去干别的事情了。

时间不长,毛顺生回头再看儿子时,见他只跪了一条腿,顿时又来了火气:"你搞什么把戏?是不是又学你大哥?"

毛泽民却不慌不忙地回答说:"我有父母双亲,一条腿是父亲给的,一条腿是母亲给的;今晚,母亲没让我跪香……"

毛顺生一听,竟被儿子说得哭笑不得,一时不知该如何回答儿子,便不再吭声,这场风波就这样过去了。文素勤的心,也总算平静了下来。

事后,当毛泽东知道了这件事,称赞弟弟做得好,说弟弟是"绵里藏针,老实中有倔强,聪明中透着灵气"……

在井湾里私塾,一天塾师毛宇居要外出办事,临行前嘱咐学生们规规矩矩地坐在屋里背书,谁也不准出去乱跑。

毛宇居刚走,坐不住的毛泽东便背着书包爬上了屋后的小山。他觉得与其闷在屋里背死书,还不如到外面来背,会记得更快、更牢……

在树荫下,毛泽东的心情舒畅极了。他一边背书,一边采摘山上的毛栗子;当他将书背得很熟时,毛栗子也摘了一书包。

回到私塾,毛泽东分给每个同学几颗毛栗子,大家都很高兴。这时,毛宇居回来了,毛泽东上前去孝敬了老师一份毛栗子。不想,毛宇居非但不领情,还责怪他不守规矩,训斥道:"谁叫你到处乱跑?"

毛泽东争辩:"闷在屋里头昏脑涨,死记硬背也是空的。"

"放肆!"毛宇居气得涨红了脸,有心想罚毛泽东背书,可又知道这样做根本难不住他,便让学生们一起来到院中,指着天井对毛泽东说,"我要你赞井!"

毛泽东在院中转了转,再看一看天井,随后说道:

天井四四方，周围是高墙；

　　清清见卵石，小鱼圈中央；

　　只喝井中水，永远养不长。

　　毛宇居一听大惊，同学们都拍起手来叫好；毛宇居在尴尬中，暗自佩服这位弟子才思敏捷、处事不惊，将来或可成大器……

　　是年，长江流域遭受水灾，湖南省的灾情十分严重。"同盟会"联络湘赣交界的"哥老会"以及当地的革命知识分子，于12月宣布了萍（乡）浏（阳）醴（陵）武装起义；因其仓促发难，缺乏严密计划，号令不一，加之会党本身的诸多弱点，号称三万之众的起义军虽奋战近月，终以寡不敌众而告失败……

　　消息传到湘潭，人心浮动。

　　至此，城里的资产阶级民主革命的风潮，已经开始波及并影响到了偏远的乡镇和山村。

　　当年冬天，毛顺生因家中的农活太多，又不想多花钱雇用工人，便让毛泽东辍了学。这样，毛泽东便和二弟一起，开始帮父亲在家务农了。

三兄弟性格各有特点

　　1907年（清光绪三十三年）的毛泽东已经14岁（虚岁15岁）了，这在乡里已经是"成年人"了。

　　辍学后的毛泽东开始在农田里进行长时间的劳作，白天要干一个整劳力的活，晚上还要替父亲记账。一遇空暇，他便抓紧时间学习，时不时地背着父亲偷看一些"闲书"；正是在这段时间，他得以自由而贪婪地阅读了那些能够找到的除了经书以外的各类书籍……

　　在劳动间隙读书，毛泽东渐渐地发现他所读的书中描写的人物大都是些勇士、豪杰、官员或文人学士，再就是帝王将相、才子佳人，极少有农民当主角的。对于这些，毛泽东进行了长时间的分析和思考……

　　在家中，由于文素勤是个虔诚的佛教徒，所以她经常向孩子们灌输宗教信仰,并组织了孩子们动员自己的丈夫也信神。可是,毛顺生总不愿信神,只有当他的处境不顺利时,才会在佛像前心不在焉地祷告一番。

这时毛泽东看的"闲书"越来越多,知识面越来越广,也开始变得不信神、不信佛了。文素勤觉察到了儿子的这种思想变化,感到忧虑,责备儿子对于敬神拜佛的仪式漠不关心;可毛顺生却不表示意见,即便当儿子越来越不信神时,他也并不干涉……

是年,毛顺生为身为长子的毛泽东定下了一门婚事,女方家住湘潭县杨林乡赤卫村楼前门,家境富裕,有田产,不乏读书之人,在当地也算是颇有声望的大户人家。

女姓罗氏,比毛泽东大3岁,在家中排行第二却是长女;长到18岁时已出落得非常聪明美丽,而且为人贤淑、知情达理。

毛罗两家本是世交,罗氏女极得毛顺生的喜爱,毛顺生便主动向罗家提出了儿女结亲的要求。

罗家也是见过毛泽东的,见毛泽东长得已是一表人才,且又知书达理,与罗家也算是门当户对,便答应与毛家结为秦晋之好。

毛家是极希望早日完成这桩婚事的。毛顺生为人精明,勤俭持家,但全靠劳动维持生计,全家人都很辛苦;尤其是年已40岁的文素勤,既要照料全家人的生活,又要带幼子下田耕作,劳动量很大。在这种情况下,毛家急需解决劳力问题,所以希望毛泽东早日成婚,家中也好多一个帮手。

虽然毛泽东从根本上反对这门婚事,但拗不过父亲的专横,也不愿惹母亲伤心,只得违心地遵从了父母的意愿。这样,毛、罗两家选择了良辰吉日,为毛泽东和罗氏女按乡俗族规举行了热闹的婚礼。

就这样,罗氏女成了毛家的长媳,得到族人的认可和称赞。对于这桩婚事,无论毛泽东的态度如何,毛顺生和文素勤是满意的。罗氏女嫁到毛家,为毛家增添了劳力,也为文素勤添了帮手。

但是罗氏女万万没有想到,她嫁到毛家后,却根本得不到丈夫的爱。虽然她十分贤惠,对公婆极尽孝心,在家除了帮助婆母做些家务,还竭力照顾丈夫的一切,对丈夫十分体贴;每当丈夫到田里去劳动,她总要按时送去热饭热菜,在家会将丈夫的衣服浆洗干净、干后叠放整齐,并忘不了将丈夫喜爱的"文房四宝"摆放好,随时供丈夫备用,竭尽全力尽到妻子的责任。只可惜，毛泽东与她无缘，封建的包办婚姻使他们的心无法沟通，毛泽东始终不满这桩婚姻，从不与妻子同房，而罗氏女心中有苦说不出，她的一片痴情只能付诸东流……

转眼到了1908年（清光绪三十四年），经过舅舅的再三说情，弟弟毛泽民又去南岸读书了；这样一来，毛泽东便成了家中主要的劳动力。

在生产劳动中，毛泽东既要操持田间的活计，又要帮父亲记账，还要利用一切空闲时间博览群书。

是年，毛泽东因母亲生病许了愿，便遵从母命独自跋涉了100多里路，专程到南岳衡山去朝佛进香。

一路上，毛泽东风餐露宿，全凭着年轻人的朝气和健壮的体魄。为了节省几个铜板，他几乎没有买过一顿饭吃，只吃自己带在身上的干粮。这是他第一次远离家门，一步步向南观山问路，只用了两天的时间便踏上了风景秀丽、寺院众多的衡山。

毛泽东先去了南岳的大庙中，极其虔诚地为母亲拜佛进香还愿；诸事完毕后，他信步游览了南岳真君祠大殿，离开大殿，他又走去看了嘉应门、御碑亭和寝宫，对御碑上的刻字看得格外仔细、认真……

走出南岳大庙，毛泽东索性去登了衡山的主峰祝融峰。这里海拔1290米，山势雄伟，登上山顶可俯瞰盘红数百里的大小72座山峰，漫山的苍松翠柏和一簇簇红枫，令极目远眺的毛泽东顿觉心旷神怡、感慨万千，更加激发了他对祖国大好河山诚挚的爱和深深的情……

1909年（清光绪三十五年），韶山冲来了一位名叫李漱清的教师。他是长沙法政学校的毕业生，是个思想开明的维新派人物。他家在韶山冲，与毛泽东的同学李庆丰家是本家。他回到家乡后，积极主张废庙宇、办新式学堂以开发民智，尤其反对封建迷信，反对女人们裹脚、男人留辫子……

李漱清的返乡，一时间闹得沸沸扬扬，被一些思想守旧的人斥为"过激派"；毛泽东却很欣赏他的主张，率先从这个新派人物身上感受到一股摆脱封建礼教束缚的朝气和激情，便常去他家借书看，并听他讲述许多有关中国和世界的大形势……

通过接触，毛泽东对李漱清的说教越来越感兴趣，便带了二弟也去找李漱清玩儿，从他那里接受新知识、感受新思潮；李漱清也深深感到毛家两兄弟的领悟力极强，有着自强不息的求知欲望和拼搏进取的蓬勃朝气。

在此期间，毛泽东借了《盛世危言》这本书，读起来爱不释手，经常同二弟一起反复阅读和讨论，兄弟俩都很赞同书中提出的"激进"观点。

对于书中开头的一句话："呜呼，中国将其亡矣！"使毛泽东兄弟俩的感触颇深。书中叙述了日本占领台湾的经过，并写了朝鲜、越南、缅甸等国家被外国侵占的情况。读了这些，毛泽东两兄弟对中国的前途感到沮丧，更使他们认识到"国家兴亡，匹夫有责"。

兄弟俩的这些活动，自然躲不过毛顺生的眼睛。他见两个儿子总往李漱清那里跑，便告诫他们说："要当心哩！他可是个'危险'人物，你们最好别理他……"

但毛泽东却从此有了更远大的理想和报复，他同二弟共同焕发的英雄气概催促着他尽快走出韶山冲、投身到更加广阔的社会的大风大浪中去。

毛泽东厌倦了在田间劳动，屡次遭到父亲的反对和责骂，为此父子间又多次发生了口角。一气之下，毛泽东再次离家，先到乌龟井私塾去读了半年的书，塾师毛岱钟，是一位失业的学法律的人；后来，他又到了东茅塘的私塾就读，塾师毛麓钟，是一位精通经史的老先生。在这两处求学期间，毛泽东还读了许多当代的文章和不少的新书。

在学习中，毛泽东早已掌握了翻查《康熙字典》。他的学习方法很放任，诸如填红蒙字，他总是不填不蒙，而是自己放手去写，他写的毛笔字比其他同学照填照蒙出来的还要好得多。

在这段时间里，毛泽民紧学着哥哥在家时的样子，一边务农，一边学习，并经常在乡里同伙伴们一起谈古论今，一讲起来又总是滔滔不绝，不久便被人们认为是乡里最有学问的人。

每逢毛泽民在同伴中讲故事，他总是绘声绘色地讲得非常认真，犹如登台讲演一般；讲到开心处，直逗得听讲的人们大笑不止，而他表现出的却是一副若无其事的样子，一笑不笑，就连一些大人见了也有些吃惊，又联想到他的哥哥毛泽东，都觉得毛家的这兄弟俩气度不同寻常，将来前途不可限量……

这时毛家的老幺毛泽覃也已经4岁了。

心地善良的文素勤心中很理解她的这三个儿子。她知道大儿子心高志远，二儿子忠厚老实，三儿子爱调皮捣蛋。她知道家里"关"不住大儿子，又为家中缺钱不能供二儿子"读长书"感到难过，有时便瞒了丈夫悄悄塞给二儿子几个铜板，让他自己去买书读。她希望二儿子也能像她的大儿子一样多读一些书，终有一天改变毛氏家族世世代代"牵牛尾巴"的命运。

对于长子和次子，毛顺生和文素勤多少还是放心的。可是对于老幺泽覃，有时却让夫妻俩感到头痛。毛泽覃从小就活泼异常、机灵顽皮，经常突如其来地搞些让人哭笑不得的"小破坏"，搞得大人们防不胜防；他或是偷偷放跑了家里养的猪，或是背人打碎了碗，有时还故意将大嫂洗好后晾晒的衣服再弄脏，而且还经常纠集了乡里的小孩子们玩游戏"打仗"；脾气上来时，又总是挥动着小拳头要打架，一天到晚跑东跑西，整日里闹闹哄哄的；不仅大嫂管不住他，二哥管不住他，就连父母也常拿他没办法。但有一个人能够管得住他，这就是大哥。毛泽覃自小谁的话都不听，唯独在大哥面前规规矩矩；他信服大哥，崇拜大哥，只听大哥一个人的话。

在韶山冲，率先胸怀大志的毛家三兄弟，已令乡人们开始刮目相看了。

这一年，清光绪皇帝和慈禧太后相继死去，穷途末路的晚清王朝又遵照慈禧死前颁下的懿旨，将年仅4岁的皇族爱新觉罗·溥仪扶上了皇帝的"宝座"，更加速了大清王朝的彻底灭亡。

离开湘乡，到长沙去！

1910年春，毛泽东的结发妻子罗氏病逝，按族规葬在了毛家后山的祖坟中。

是年夏初，毛泽东仍在东茅塘的私塾学堂中读书。一天，在学堂外，学生们看到许多贩卖豆子的商人纷纷从长沙回来，便围上前问他们为什么要离开长沙；豆商们告诉学生们，由于闹饥荒，省城发生了大暴动……

豆商们说的这件事，引得学生们议论了好多天，给毛泽东留下了深刻的印象。大多数学生都同情"叛乱分子"，但也只是抱着袖手旁观的态度议论议论罢了，他们不明白这件事同他们自己的生活有什么关系；他们只是单纯地把它看作一件耸人听闻的事件，而没有哪一个人认真地分析、思考这件事。只有善于考虑问题的毛泽东将这件事牢牢地记在了心上，他觉得跟"暴民"在一起的那些人，也是像自己家里人一样的普通人，对于他们的被镇压、被杀头，毛泽东深感愤慨和不平……

时间刚刚过了一个多月，发生在韶山的又一件事也对毛泽东产生了很大的影响。

韶山一个秘密会社"哥老会"的会员们，同本地的一个地主发生了冲突。这个地主到衙门里去控告了这些"哥老会"的人们。官府得到地主的贿赂，使"哥老会"的人们败诉了，但这些人不屈服于地主和官府，而是行动起来进行了有力的反抗，并且占据了浏山，在山上建立了营寨。官府派兵去攻打他们，那个地主便到处散布谣言，说"哥老会"打起反旗时曾杀了一个小孩子祭旗。起义的领袖是一名姓彭的铁匠，最后他们虽然被镇压了下去，彭铁匠在逃亡中也被捕获并被斩首，但在乡里人和学生们的心目中，彭铁匠是一个英雄，大家都同情"哥老会"的这次起义。

耳闻省城长沙和眼见韶山乡里的人们闹得越来越凶的社会活动，本来对长子多少放了些心的毛顺生，此时对儿子却越来越不放心了。为了稳妥起见，他决定送长子到湘潭县城一家同他有来往的米店去当学徒。

起先毛泽东并不反对这样做，觉得这也许是件有意思的事；可是就在这时，他听说外祖父家所在的湘乡县成立了一所与私塾不同的新式学校，于是决心去那里上学。

毛顺生开始时坚决反对儿子去新学堂，一是听说新学堂里的费用太高，二是听说那里的教学方法"过激"；后来，他听了文家来人说儿子的一个表兄就在那里上学，新学堂里虽然不怎么注重经书、较多教的确是些西方的新学、教学方法也相当"激进"，但这种先进的教育可以增加人们赚钱的本领，最终还是满足了毛泽东去新学堂读书的强烈愿望。

得到了父亲的允许和经济保障，毛泽东立志闯出韶山冲的这一时刻终于到来了。

这时已近深秋，毛泽东就要离开家乡了。临行前的夜里，一轮朗月挂上树梢。在毛家的房舍内，文素勤拉着儿子的手千叮咛万嘱咐，要他到了新学堂好好读书，抽时间常去外祖父家看一看，顺便时不要忘了给家中捎信来；毛泽东频频点头答应着母亲，望着母亲那日渐衰老的面容，一股母子连心的骨肉亲情使他潸然泪下……

在堂屋，毛泽民认真地为大哥收拾着行装；三弟泽覃看上去倒显得极为安静，似乎他也晓得大哥就要出远门了，在这个时候不应该调皮捣蛋；只有当父亲的一个人坐在竹凳上默默地吸着旱烟，并不时发出一阵阵咳嗽声——大家心里都知道，作为父母的长子、作为弟弟们的哥哥，毛泽东明天就要离开他们，就要离开生他、养育他的韶山冲了。

深夜，屋外的明月渐高；室内，躺倒在木床上的毛泽东却久不能寐，一种从未有过的无以言表的情绪，使他平日里对父亲的"恨"好像突然间减弱了许多，而对母亲的爱却更加眷恋、更加深切了。他又一次爬下床来，独自端坐在油灯前浮想联翩，一种大气磅礴的感情令他不能自已，最终他拿起笔，饱蘸浓墨，改写了一首日本月性和尚的诗留给父亲：

孩儿立志出乡关，学不成名誓不还。
埋骨何须桑梓地，人生无处不青山。

一轮红日跃起在东方。

17岁的毛泽东向父母告别，并特别嘱咐小弟弟要好好听话；小泽覃突然间像是长大了许多，听了大哥的临别赠言，使劲地点头答应着，保证不再调皮……

毛泽东双膝跪地向父母磕了三个响头，然后起身背向了家乡；毛泽民挑着一担行李，迈开大步送哥哥上路了。

一路上，一阵阵秋风送爽，一簇簇桂花飘香。毛泽东十几次要换了弟弟肩上的行李来挑，都被弟弟拒绝了；毛泽民脸上淌着热汗，越走越起劲儿，他满心希望着哥哥去闯天下，并羡慕和感谢哥哥为自己和三弟的将来先行去闯出一条人生的奋斗之路……

兄弟俩就这样说着、笑着，向南步行了50多里路，午后到了湘乡县城南的东岸坪东山高等学堂。

二弟就要离开学堂了，说是受母亲所嘱，要去外祖父家看一看。毛泽东不再挽留二弟，临分手时只语重心长地对二弟再次吟咏了宋朝女词人李清照的一首五言绝句：

离开湘乡，到长沙去！

生当作人杰,死亦为鬼雄。至今思项羽,不肯过江东。

东台山东山学堂是戊戌以前最早兴办的新式学堂之一,它实行"新式教育"法,讲授内容包括历史、地理和自然科学,这些都大大地开阔了毛泽东的眼界。

毛泽东从来没有见过这么多的孩子们聚在一起上学。这里的学生大多是地主子弟和有钱人家的孩子,一个个穿着讲究,极少有农民能够供得起孩子上这样的学堂。由于初来乍到,毛泽东说话的口音又带有浓重的乡土气,再加上他衣着朴素,只穿了套自以为像样的短衫长裤,在同学中年龄又偏大,便不断受到其他学生的奚落和歧视,这促使他暗地里更加奋发努力。

在学堂,毛泽东感到自己被人讨厌的另一个原因,是他的原籍并非湘乡人。入学的学生是否是湘乡人,学校是不限制的,所以毛泽东去改写了注册登记,写明了自己的籍贯是湘潭,这使他在学生们中间却更加受到歧视。湘乡有上、中、下三里,上下两里的人纯粹由于地域观念而争斗不休,彼此间势不两立;毛泽东在这种态势中采取了中立的态度,因为他本来就不是湘乡人,结果三派学生都疏远他、看不起他,使他在精神上感到了很大的压力。

同学们的态度,对刚刚步入社会的毛泽东是一次巨大的伤害。由此,无论后来喜欢什么,都难以弥补他内心世界的这层情结。他在内心深处对自己讲:"我连自己的老子都敢反,何况你们这群娃娃!全中国我都敢反,何况你们这群碌碌小人!"

这话,他也对他的同在东山学堂读书的表兄讲了……

这时,他最喜爱的诗是唐朝农民起义军领袖黄巢的一首《题菊花》:

飒飒西风满院栽,蕊寒香冷蝶难来。
他年我若为青帝,报与桃花一处开。

身处逆境,毛泽东经常联想起小说《西游记》中孙悟空大闹天宫的形象,感叹孙悟空保护唐僧西天取经路上那种虽遇险山恶水、妖魔鬼怪、千难万难也不屈不挠、一直奋而前进的大无畏精神和英雄气概;同时联想

《水浒传》中众豪杰的英雄群体，还想到了《三国演义》中刘备在荆州对刘表讲过的一句话："备若有基本，天下碌碌之辈，诚不足虑也……"

不久，在一次入学考试中，毛泽东在试题《言志》的作文中，抒发了自己的胸怀和抱负，尽写了李清照和黄巢的诗句，还写了刘备在未得志时对刘表说过的话。校长李元圃看了毛泽东的试卷后，大加赞赏，兴奋地对同事们说："今天，我们取了一个建国之才！"

得到校长的赞赏和重视后，毛泽东在东山学堂学习的信心倍增，进步很快，深受老师们的喜欢。尤其是教经书的老师贺岚岗，特别欣赏毛泽东写的一手好古文，深感这名学生不同凡响，更特地买了一本《了凡纲鉴》送给了毛泽东。

在学堂里还有一位教音乐和英文的老师，是个曾去过日本的留学生。他头上戴着假辫子，人们都笑他，叫他"假洋鬼子"，可毛泽东很爱听他讲日本的情况，并记下了他教的一首日本歌曲的歌词；这首歌曲的名字叫《黄海之战》，是歌颂日本曾战胜俄国时的一首歌：

麻雀在歌唱，

夜莺在飞翔；

春天的绿色田野多可爱，

处处鲜花开放；

石榴花红，

杨柳青青，

展现一幅崭新的好春光。

毛泽东从歌词大意中感到了日本的美丽和它的骄傲与强大，但还没有想到正是这样一个国家却野蛮地对外侵略……

这时，毛泽东听说光绪皇帝和慈禧太后都已经死去了，新皇帝宣统（溥仪）也已经登基两年了；这时毛泽东还不是一个反对帝制的人，他的头上还留着代表清朝国民的长辫子，他单纯地认为皇帝和大多数的官吏都是诚实、善良和聪明的人，他们需要的仅仅是像康有为这样的志士协助他们进行变革罢了。

离开湘乡，到长沙去！

这一时期，毛泽东阅读了大量的历史书籍。他对中国的古代帝王尧、舜、秦皇、汉武、唐宗、宋祖的记载特别着迷，同时还学了一些外国的历史和地理。在一篇讲述美国革命的文章里，他第一次听到美国这个国家的名字，其中的一句话令他牢记在心："经过8年苦战，华盛顿获得胜利，并建立了他的国家。"

一天傍晚，毛泽东见到好朋友萧子暲手里有一本书，书名是《世界英雄豪杰传》，便兴奋地借来一读；在这本书里，毛泽东满怀激情地读到了拿破仑、俄国叶卡捷琳娜女皇、彼得大帝、惠灵顿、格拉斯顿、卢梭、孟德斯鸠和林肯等人的英雄事迹。他被书中的这些人深深感染了，在还书时，他对萧子暲很是抒发了一番感慨："中国也要有这样的人物……"

时过不久，毛泽东又读到他表兄送给他的两种书刊，讲的是康有为的维新运动，其中一本是梁启超主编的《新民丛报》。阅读这些书刊，了解了康、梁变法维新的诸多理论和主张，毛泽东激动不已，他把这些书刊读了又读，直到可以背下来。阅读中，他还特别喜欢梁启超的"野狐"笔法，认为"其文条理清晰，笔锋常带感情，对于读者，则别有一种魔力"。

毛泽东从此时起一改以往的写作方法，开始仿效梁启超的文风，深得康梁笔意，经常受到校长李元圃的当众褒奖……

学习期间，毛泽东否定了他以往所学的孔孟之道，继而赞同康、梁变法图强的爱国主义思想，崇拜拿破仑、华盛顿等资产阶级革命家，主张富国强兵之道。他还为自己取了个"子任"的别名，即"以天下为己任"之意。

就在毛泽东在东山学堂读书之际，中国民族资产阶级发起的反封建专制的政治斗争和各种规模的武装起义在全国范围内已是风起云涌。这一时期，革命派与改良派的思想论战仍在继续，以"同盟会"为代表的资产阶级革命派明显地占据了理论上的优势，推翻清朝政府的大规模的武装起义已是箭在弦上，随时都会爆发……

这时，众多的社会名流纷纷预测着中国的未来——其中梁启超独具慧眼，大胆而确切地预言：中国的未来必属湘人！

只是他万万没有想到，在偏僻的湘乡县城南东台山下，有一位与他"心有灵犀一点通"的英俊少年，改变中国历史进程的大任就要降于其身了！

纵观中国近代史，曾名震一时的曾国藩也曾讲过这样的话：山川灵气独钟湘人！得湖南者得天下！

近代著名教育家蔡元培也说过：湘人不倒，华夏不倒！

似乎整个近代湖南都充满了传奇色彩，一直是中国强有力的政治家的摇篮。人所共知的是湖南老少均爱吃辣椒，三湘男儿多有铤而走险者！其中，一连串著名人士的名字都与湖南连在一起，如曾国藩、左宗棠、谭嗣同、杨度、黄兴、蔡锷、陈天华……真可谓数不胜数。

秋去冬来，春光又至。

毛泽东在东山学堂学习已经半年了，他感到这里已不能容纳他的心胸了。白天，他总爱去登上东台山顶，极目远眺，慷慨而歌汉高祖刘邦的诗句：

> 大风起兮云飞扬，
> 威加海内兮归故乡，
> 安得猛士兮守四方！

他渴望到更广阔的世界中去，到更大的社会舞台中去！

毛泽东下定决心：首先要离开湘乡，到长沙去！

离开湘乡，到长沙去！

【第二篇】

三兄弟走出韶山冲

长沙求学　习文尚武

1911年春，满怀激情的毛泽东来到了长沙。

湘江岸边、橘子洲头，岳麓山下的长沙作为湖南省政治、文化的中心，此时正处于中国资产阶级革命的前沿。以孙中山为首的革命党人同晚清王朝的斗争，已进入了浴血奋战的最后阶段。

来到长沙，政局的急剧变化，使毛泽东的思想受到了猛烈地冲击和震荡。除了激动，一时之间又令他难以适应社会急速变化的节奏，他需要时间进行观察和思考，以尽快赶上并能驾驭所面临的一切……

当他顺利地考入了湘乡驻省中学后，便用心留意发生在省城和他周围的各种事情；诸多激动人心的传闻和消息、材料，唤起了他内心深处的万丈豪情！

在长沙，他有生以来第一次看到了报纸——《民立报》。这是一份民族革命者的报纸，主编是一位名叫于右任的人，报上刊登了发生在广州的反清起义和黄花岗72烈士殉难的消息。当他读了这次悲壮的起义的报道，得知其领导人黄兴身先士卒、率领敢死队、吹响螺号、奋力攻打两广总督府、誓与清军决一死战的事迹，心中震撼……

时隔不久，他又听人谈起了孙中山和"同盟会"。一时间，各种信息纷至沓来，什么改良派、革命党、保皇派，许多新名词需要在他的脑海里进行认识、理解和消化；而报纸和社会上的消息，大都是推翻清廷、建立共和、平均地权和富国强兵的呼声，直令他应接不暇……

此时的毛泽东刚刚18岁，风华正茂，一腔爱国热血在胸中澎湃、涌荡着；激情中，他挥笔写了一篇题为《救国图存论》的"文告"，大胆地贴在了学校的砖墙上——这是他第一次发表"政见"。

虽然，他的这篇"文告"颇古怪而离奇：他明确主张"推翻腐朽的清王朝，组建民国新政府"，鼓吹把孙中山从日本召回国内来担任新政府的总统，却倡议由康有为任国务总理，再让梁启超当外交部长；但是，从中仍可以看出，他适应社会变革的能力还是很快的，并能迅速在思想上变更自己对康、梁的首要推崇而让主位于孙中山。

在学校里，他与同学萧子暲有过一次谈话。他毫不含糊地说："我们应该讲求富国强兵之道，才不至于重蹈安南、朝鲜、印度的覆辙。你知道，中国有句古话：'前车之覆，后车之鉴'。而且我们每个国民都应该努力。"

他还说："顾炎武说得好：'天下兴亡，匹夫有责。'中国积弱不振，要使它富强起来，需要很长的时间。但是，时间长不要紧。你看，华盛顿不是经过八年的艰苦战争之后，终于得到了胜利，建立了美国吗？我们也要准备长期奋斗！"

1911年5月，清政府采纳大买办、邮政部尚书盛宣怀的主张，颁布所谓铁路国有政策，转手又以借款筑路为名，将收归国有的铁路出卖给帝国主义，同英、美、法、德四国银行团签订了《粤汉、川汉铁路借款合同》；于是，一场遍及广东、四川、湖北、湖南四省的声势浩大的保路运动被激发起来。

保路运动的风潮在广州、成都、武汉、长沙等大城市猛烈地激荡着，人民对立宪的要求更加广泛而强烈；长沙城里各学校的学生们更是义愤填膺、群情激动，大家用剪去头上发辫的行动来表达他们的反清情绪。

毛泽东率先和一个朋友剪去了头上的辫子，而与他们相约一起剪辫子的另外一些人却犹豫了；在激情与冲动中，毛泽东和他的朋友采取了突然袭击的方法，强行剪掉了与他们相约人的十几条辫子……

整整一个夏季，长沙城里"反清立宪、拥建共和"的浪潮风起云涌、一浪高过一浪。

9月上旬，刚从日本回国奉命主持四川省"同盟会"工作的吴永珊（吴玉章）等在荣县起义、夺取政权，宣布独立；清政府急派汉、粤铁路督办大臣端方，率鄂军星夜入川镇压，造成了湖北的兵力空虚……

正是在这样的形势和情况下，号称"九省通衢"的武汉，爆发了由"同盟会"领导的震惊世界的武昌起义。

武昌起义后，由于"同盟会"的领袖人物孙中山远在海外，其他领导人黄兴、宋教仁正在香港、上海，缺乏政治斗争经验的起义士兵们认识不到政权的极端重要性，起义成果被湖北新军21混成协（旅）的协统（旅长）黎元洪趁机篡夺，黎元洪被湖北省咨议局议长、议员和地方绅商们推举为湖北军政府的都督。

消息传到长沙，一时间全城民众群情激奋。一天，一个革命党人到湘乡驻省中学来做了一次颇具革命性的讲演，得到了学生们的真诚拥护。这个人是黎元洪属下的一个官员，他在讲演中号召大家行动起来，积极投身革命、建立共和……

毛泽东听了这次演说十分激动，决心到武汉去参加革命军。四五天后，他约好了几个同学，还在班上筹到了一些钱，准备直奔汉口。

这时，毛泽东听人说汉口的街道很潮湿，尤其是沿江码头和六渡桥一带，经常水汪汪的，人们走在街上必须穿雨鞋，他便跑去长沙城外驻军的一个朋友那里借雨鞋；到了城外驻军的营地，却被卫兵所阻拦——这时士兵们已经领了子弹，正要涌上街头去打仗。

起义军沿着粤汉铁路逼近了长沙市区，战斗已经打响；长沙城内也发生了暴动，各个城门都被工人、民众所攻占。混乱中，毛泽东急速穿过一个城门回到城里，跑上一个高地观看双方的战斗；只见四处枪声阵阵、打得街上的一株株树木断枝落叶，城外炮火连天，尘土飞扬……

很快，毛泽东看见一面写着"汉"字的白旗从巡抚衙门上升起，便奔下高地，急匆匆地往学校跑，这时学校也已经被起义的士兵控制了。

第二天，长沙成立了响应革命军的都督府。"哥老会"的两个首领焦达峰和陈作新，被推举为都督和副都督。新政府设在前省咨议局，在革命党人清理清廷留下来的文件中，发现了几份请求召开国会的请愿书副本。原件是一位叫徐特立的人用血写成的，开头写道："呼吁召开国会，予断指以送（赴京省代表）……"

湖南起义胜利了，但革命远未结束。新政府一边派兵支援武汉，一边招募新兵。

在这热火朝天的大革命的紧要关头，热血的青年学生们成立了学生军。毛泽东不喜欢学生军，他认为学生军的成分太复杂，不如正规军里的士兵们成熟；他愿意同成熟的有力量的人们在一起，便决心投笔从戎，去参加正规军。

1911年10月末，毛泽东到了长沙新军25混成协（旅）50标（团）第1营左队，当了一名列兵。

在新军中，毛泽东很快和士兵们建立了良好的友情，这些士兵大多来自城乡、农村，许多人是农民、铁匠、木匠和泥瓦匠，大家都很尊重毛泽东，把他看成一个最有学问的人。毛泽东经常为士兵们代写家信和读信，同大家一起拉家常。

当了兵就要有枪拿。发放枪支的那天，毛泽东被点名叫出队列，领到了一支汉阳造的短步枪，枪的编号是8341。

毛泽东很爱惜这支枪，因为这是他有生以来第一次拿枪！

毛泽东的军饷是每月7元。除每月花2元用在吃饭上，还得买水。剩下的钱，他都用来买了报纸。在军营里，毛泽东需要了解国家大事，他特别关注报纸上的新闻；当时，他成了军营中最爱读报纸的狂热分子。每当吃饭时间，他都要给大家读报；大家的饭吃完了，毛泽东的报纸还在读……

在买来的《湘汉新闻》中，毛泽东第一次读到了"社会主义"这个词。他同其他学生和士兵讨论"社会主义"，其实报上写得只不过是社会改良主义罢了。

毛泽东还读了一个叫江亢虎的人写的一些关于"社会主义"及其原理的小册子。他热情地给他的几个同班同学写信，讨论这个问题，但只有一个同学给他回信表示赞同。

尽管如此，"社会主义"这个名词，还是像一道闪电一样，在毛泽东的心中留下了不可磨灭的印象。

在日常生活中，毛泽东舍不得丢掉任何一件穿旧了的衣服，他总是脏了洗、破了补、补了还穿；有的衣服在别人看来实在是破旧得不能再穿了，几次劝他扔掉，他又总是说："破了旧了不要紧，能穿就行；况且是穿在里面的衣服，别人又看不见，自己觉得舒服就行。"

这是他从小养成的习惯——父母一生节俭，毛泽东日常生活中的这些习惯，得到了许多士兵的称赞和效仿，就连他们的上级长官知道后都夸赞说："毛泽东是个有心计、有志气的人。"

武昌起义爆发后，革命洪流不可遏制地涌向全国。晚清政府一日数惊，惶惶不可终日。帝国主义列强眼看着清政府这条千疮百孔的破船，在汹涌的革命大潮中即将沉没，更加急于寻找一个能够维护他们在华利益的替代者；驻北京的外交使团频繁会商，一致认定统领6镇新军、名为拱卫京师而暗中却听命于洋人的袁世凯，是他们最合适的人选……

革命仍未定局，清朝还在做最后的挣扎、抵抗。

12月29日，在异国漂泊达16年之久的孙中山从欧洲回国，受到了资产阶级革命派的热烈欢迎和拥戴，革命军的气势为之大振。

1912年元旦，孙中山在南京就任临时大总统，向中外正式宣布中华民国临时政府成立，实行共和政体，改用公历，以1912年为中华民国元年。

1月3日，选举黎元洪为副总统，并通过了孙中山提出的临时政府组成人员名单。

1月28日，在南京又成立了以林森为议长、王正远为副议长的临时参议院，作为临时政府的最高立法机关。

这样，在世界的东方，第一个资产阶级共和国——中华民国诞生了。

这时，已经把清政府的权力全部抓到了自己手里的北洋军阀袁世凯，拥重兵南卜，疯狂地向革命军猛扑过来；在北洋炮火的威逼下，刚刚成立的南京临时政府孤立无援、内外交困而又没有彻底的反帝反封建的勇气，很快同袁世凯达成妥协……

2月12日，面对大势已去的清帝，被迫接受了"优待条件"，并颁布了退位诏书。

3天后，临时参议院选举袁世凯为第二任临时大总统，不久选举黎元洪为副总统。

随后，南京政府被迫解散，窃国大盗袁世凯就这样堂而皇之地当上了中华民国的临时大总统。

清朝已经垮台，革命似乎已经过去。毛泽东决定脱离军队，继续求学读书……

在一师，毛泽东遇到了杨昌济

1912年春，毛泽东离开军队后继续求学，先后报考了警察学校、制造学校、政法学校、商业学校，最后以第一名的优异成绩考入了湖南省立第一中学。

整整一个夏季，毛泽东在省立一中渐渐地感到学校的课程太浅、内容太旧，就连诸多的校规也使他感到烦琐。在他读了《御批历代通鉴辑览》以后，得出结论：与其在这里读死书，不如独自看书学习。

当年秋天，毛泽东主动退了学，寄宿到长沙新安巷的湘乡会馆，开始了他独立自主而艰苦奋进的自修生活。

他悄悄订了一个自修计划，每天到省立图书馆去读书。从湘乡会馆到省立图书馆要走很长的一段路程，每天他都徒步走了去，边走路边吃些零食填一填肚子；一旦进入图书馆坐下来看书，他的思想就在书的海洋中遨游，到了中午也不走出去吃饭，直到晚上闭馆才离开。图书馆的人为他的这种求学精神所感动，有时便主动帮他买两块米糕或者买张油饼回来充饥……

在这个图书馆里，他第一次看到一幅世界地图，世界之大令他震惊！他由开始的迷惘而研究，继而沉思，中国原来如此之大！世界原来如此之大！

在这段刻苦自修的日子里，他广泛阅读了中外文学、史地、哲学等书籍，特别是精读了资产阶级的社会科学、自然科学的代表著作，诸如亚当·斯密的《原富》、达尔文的《物种起源》、孟德斯鸠的《法意》、赫胥黎的《天演论》、卢梭的《民约论》、斯宾塞的《逻辑》，还读了不少浪漫主义的诗歌、小说及古希腊的传说故事。

在读书的过程中，他习惯写读书笔记，每读一部书他都要写下心得体会，凡书中重要的语句或者段落他都会写下批语，同时还要抄录下来带回会馆去，留待夜间再读、再欣赏、再研究……

这时的毛泽东继受康、梁思想的影响之后，又受到了一次比较系统的反封建的思想启蒙。

入冬时节，在毛泽东寄居的湘乡会馆里，陆续又住进了很多"退伍"或是被军队遣散的湘乡人。这些人既没有工作，又没有钱，在穷困潦倒和百无聊赖中，住在会馆里的士兵总是和学生们发生争吵或打架。

一天晚上，士兵和学生之间的敌对情绪终于引发了武斗，双方大打出手。湘乡会馆不能再住下去了。毛泽东开始寻找新的住处。可他身上没钱，家里已经拒绝继续供养他，除非他进学校读书。

在这种情况下，毛泽东不得不冷静地考虑了自己的"前途"，而且差不多决定了自己最适合于去当一名教师。

是年冬天，长沙的天气很冷。这时，已是居无定所的毛泽东虽然身处困境，但并没有穷愁潦倒，而是心存朝气，寻机进取……

一天，湖南师范学校的一则招生广告，使毛泽东怦然心动。那是一则很吸引人的招生广告，考生一旦考试合格入学，学校将不收学费，而且膳宿费也很低。

毛泽东想去投考这所学校，得到了他的两个朋友的鼓励，这两个朋友同时请他帮助准备入学考试的作文。

毛泽东将他的意图写信告诉了父母，得到了同意和支持，父母还托乡里人带了一些钱来给他。他替他的那两个朋友先后去考了两次作文，自己也用心去考了一次——三个人竟都被学校录取了。在众多的考生中，毛泽东以其优异的成绩名列榜首。

当1913年的春天来临之际，20岁的毛泽东已是湖南省第四师范学校的学生了。

湖南四师是一所新型的学校，校规很多、很严。毛泽东本不是一个循规蹈矩的人，他不满意这些束缚学生手脚的条条框框，只赞成其中极少数的几条。

在学校里，毛泽东从思想上反对把自然科学列为必修课。他想专修社会科学，对自然科学并不特别感兴趣，也不用心去钻研，所以每次自然课程的考试得分都不高。

在学校，幸亏他的社会科学每课得分都很高，才将其他课程的低分数扯平了……

在一师，毛泽东遇到了杨昌济

在国文课中，毛泽东的文风喜爱仿效梁启超的"野狐"笔法，却遭到了任课老师"袁大胡子"的嘲笑，说它是新闻记者的手笔。被学生们戏称为"袁大胡子"的国文老师，叫袁仲谦，是一位前清举人，他看不起被毛泽东视为楷模的梁启超，认为梁启超是一个半通不通的人。

在袁仲谦的教授和指导下，毛泽东不得不改变了自己的文风，潜心去钻研唐代文学家韩愈的文章，由此学会了写古文的措辞……

1914年春，毛泽东所在的第四师范合并于湖南第一师范。从这时起，毛泽东就是省立第一师范学校的学生了。

在一师，毛泽东以自学为主，博览群书和重点攻读相结合，并在学习中养成了"不动笔墨不看书"的习惯。

毛泽东在读书时，凡是自己的书，他总要先备好了朱、墨色的两只毛笔。遇到他认为观点正确、文字精辟之处，便加以圈圈点点，并写上"此论颇精"、"此言甚合吾意"等眉批；遇到不顺心的地方，就划杠子、打叉，写上"此语不通"等文字。凡是他阅读圈点过的书籍，有时先用朱笔圈点，然后又加上墨笔圈点，批语也常常是在自己的批语上又加写了新的批语。在他加写的批语中，多是联系中外历史上著名人士的学说，先进行分析、综合，然后进行评论、引申，借以阐述自己的见解。

毛泽东读书，除了在书上圈圈点点、写眉批和简评以外，还特别勤于写读书笔记。他听课记有"讲堂录"，自修写有"读书录"，选抄全文的有"选抄本"，摘录精要文选的有"摘录本"……

仅1914年间的课堂笔记，毛泽东就写下了5本以上的"讲堂录"，所记范围很广，有先秦的哲学、楚辞、汉赋、史记、汉书、唐宋古文、宋明理学等等；还有评价历史人物和外国人物的述评，此外还记载了一些自然科学常识。就连所阅读文章中出现的典故、警句，他都分条写了出来，并加以评论。

在他的"讲堂录"中，有这样一些内容[①]：

高尚其理想（立一理想，此后一言一动皆期合此理想）。
理想者，事实之母也。

---

① 《毛泽东早期文稿》，知识出版社1993年版。

吾观世之君子，有杀身亡家而不悔者矣。

语曰：毒蛇螫手，壮志断腕。非不爱腕，非去腕不足以全一身也。彼仁人者，以天下万世为身，而以一身一家为腕，惟其爱天下万事之诚也，是以不敢爱其身家。身家虽死，天下万世固生，仁人之心安矣（天下生者，仁人为之除其痛苦，图其安全也）。

修身。人情多耽安逸而惮劳苦。懒惰为万恶之渊薮。人而懒惰，农则废其田畴，工则废其规矩，商贾则废其所鬻，士则废其所学。业既废矣，无以为生，而杀身亡家乃随之。国而懒惰，始则不进，继则退行，继则衰弱，终则灭亡。可畏哉！故曰懒惰为万恶之渊薮也。

奋斗。夫以五千之卒，敌十万之军；策罢乏之兵，当新羁之马。如此而欲图存，非奋斗不可。

朝气。少年须有朝气，否则暮气中之。暮气之来，乘疏懈之隙也。故曰怠惰者生之坟墓。

实意做事，真心求学。

要转移世风，当重两义：曰厚，曰实。厚者勿忌人；实则不说大话，不好虚名，不行架空之事，不谈过高之理。"

不谈过高之理，心知不能行，谈之不过动听，不如默尔为愈。

才不胜今人，不足以为才；学不胜古人，不足以为学。

天下之道，未有见之不真，蓄之不厚，而可以苟为之者。

盖未有力不足以举天下之烦，气不足以练天下之苦，性情不足以扶持天下之一偏，而可以大有为者也。

安贫者能成事，自信咬得菜根，百事可做。

夫善积而成者也。是故万里之程，一步所积；千尺之帛，一丝所积。差一步，不能谓之万里；差一丝，不能谓之千尺。朱子学问，铢积寸累而得之。苟为不蓄，则终身不得矣。

为学之道，则不得不重现在。何则？某氏有言曰：以往之事，追悔何益？未来之事，预测何益？求其可据，惟在目前，有目前乃有终身。诚哉言矣！使为学而不重现在，则人寿几何？日月迈矣，果谁之愆乎？盖大禹惜阴之说也。

  闭门求学,其学无用。欲从天下万事万物而学之,则汗漫九垓,遍游四宇尚已。

  游之为益大矣哉!登祝融之峰,一览众山小;泛黄渤之海,启瞬江湖失。马迁览潇湘,泛西湖,历昆仑,周览名山大川,而其襟怀乃益广。

  农事不理,则不知稼穑之艰难;休其蚕织,则不知衣服之所自。

  贤相不以自己之长为长,常集天下之长为长。

  ……

  这些都表现了毛泽东对社会、对诸多事物的认识和他的理想与抱负。学习中,他还特别留意锻炼体魄、磨炼意志,经常和同学一起去跑步、游湘江、登岳麓山,或是一个人做仰卧起坐、俯卧撑,冬天还要坚持进行冷水浴……

  在一师,对毛泽东影响较大的教师有杨昌济、徐特立、黎锦熙、王季范、方维夏和袁仲谦等,其中首推杨昌济给毛泽东的教诲最多、令他崇敬最深——杨昌济是一位从英国回来执教的留学生,亦曾留学日本。他在一师讲授伦理学,虽是一位唯心主义者,但却是个道德高尚的人。他对自己的伦理学有强烈的信仰,努力鼓励学生立志做一个公平正直、坦荡无私、品德高尚和有益于社会的人;他的教学和为人,对毛泽东影响至深……

  而杨昌济在众多的学生中也最器重毛泽东,他曾在日记中这样称赞毛泽东:资质俊秀若此,殊为难得。

  并在一次上课时在黑板上写下两句诗,以自己的人生观表现了他对毛泽东的寄望:强避桃园作太古,欲栽大木柱长天。

  在与毛泽东同窗共读的学生中,毛泽东结识了很多要好的朋友,其中有蔡和森、罗学瓒、陈昌、张昆弟、萧子升、萧植藩、周世钊等人,他们经常聚在一起钻研学业,探讨社会与人生,抨击时弊,并每每相约走出校园去郊游、锻炼身体……

  冬日的长沙虽不像中国北方那样朔风凛冽、雪花飘飘,但人们也要穿棉衣御寒。

这天,杨昌济穿了件蓝色中式的夹袍,来给毛泽东所在的班级上伦理课。他头上留着短发,唇上蓄着小胡子,认真地给学生们讲授着:"同学们,每当我们进出校门,都会看到墙上写的校训'从实践中寻求真理'。在学校里,认真求学问,是寻求真理;走向社会,大胆地实践,也是寻求真理。当今之世,要救国救民,更需要从实践中寻求真理……"

毛泽东聚精会神地听着,他时而注视着杨昌济讲课,时而伏案疾书,记下老师所讲的重点内容。

杨昌济继续讲着:"一个国家有一个国家的民族精神,犹如一个人有一个人的个性;一个国家的文明,不能全部移植到另一个国家。国家是一个有机的整体,就像一个人的身体是一个有机体一样。它不是机器,机器是可以拆除的,可以更换装置和零件;而一个国家或者一个人,是不能随意拆除任何一部分的,否则就会丧失元气,甚至会导致灭亡或者死掉!"

杨昌济的课,得到了学生们的热烈掌声……

一天傍晚,毛泽东和蔡和森在校园操场君子亭附近散步,蔡和森见毛泽东穿得比较单薄,便关切地说:"你把家里给的那一点钱都用在了买书订报上,自己节衣缩食,长此以往怎么行?"

"那就跑步、吃'书'么!"毛泽东诙谐地说,"跑步既能够锻炼身体,又可以增强人的御寒能力;吃'书'可以解决精神饥饿,比解决肚子饥饿更重要。"

蔡和森无可奈何地说:"人若能像龟一样,几年不吃东西也饿不死就好了。"

毛泽东坦然一笑:"龟虽寿,充其量只能做一个驮石碑的角色。"然后用眼盯着蔡和森,"我们每日一饭,如何?"

蔡和森苦笑道:"囊中羞涩,也只好委屈肚子了。"

"不是委屈肚子……"毛泽东舒展双臂,很潇洒地做了一个扩胸动作,"是锻炼意志。"又说,"实在饿了,我们就读书吟诗,聊以充饥!"

"天将降大任于斯人也!"蔡和森也挺了挺胸说,"必先苦其心志,劳其筋骨,饿其体肤,空乏其身,然后增益其所不能!"

毛泽东点头称道:"是么!杨先生能以'欲栽大木柱长天'为己任,

在一师,毛泽东遇到了杨昌济

我们立志救国,改革社会,就要利用学校这个环境,认真钻研学问,培养坚韧之力,才能肩负重任,无往而不胜。"

"穷则思变。"蔡和森说,"我们总是要奋斗的。"

"嚼得菜根,百事可做!"毛泽东重复了他曾在"讲堂录"中写下的话,"安贫者能成事!"

"二十八画生"征友

1915年的春节过后,学校又如期开学了。

毛泽东在上一堂国文课时,授课老师袁仲谦极其严厉地训斥一名没有写好作文的学生,毛泽东忍不住挺身站起来批评袁仲谦"守旧而专制",袁仲谦立刻将怒气发向了毛泽东:"混账!我讲课时还轮不到你讲话,你给我坐下!"

毛泽东不服气,依然站着说:"即便学生错了,先生也不该骂人⋯⋯"

"放肆!"袁仲谦的胡子被气得飘了起来,"这里没有你讲话的份儿!你胆敢对先生大不敬,这是严重地违反校规!"

同班的蔡和森、罗学瓒和周世钊等人都劝毛泽东赶快向老师赔不是,陈昌、张昆弟、肖植藩等人也劝毛泽东赶快坐下来;盛怒之下,袁仲谦卷起授课教材,拂袖而去⋯⋯

毛泽东已不是第一次违反校规了——有一次上美术课,他竟敢旷课不去,而是去学校的图书馆看书了。这次又公然在国文课堂上顶撞老师,被学校教务处研究后要开除他出校;杨昌济和徐特立、王季范、方维夏等人得到消息坚决反对,就连袁仲谦这位前清的举人也不同意,他说:"尽管弟子不敬,但还是学校里一位难得的人才⋯⋯"

毛泽东被留了下来继续读书。

在日记中,毛泽东曾这样写道①:

---

① 龚香云、逢先知、石仲泉:《毛泽东的读书生活》,生活·读书·新知三联书店1986年版。

苟有恒，何必三更眠，五更起；

最无益，莫过一日曝，十日寒。

是年1月18日，日本利用袁世凯急于称帝，向袁世凯提出了灭亡中国的"二十一条"，软硬兼施，迫袁接受，并于5月7日发出最后通牒，限袁世凯在48小时内答复。

消息传到长沙，民众激愤，反袁斗争和反侵略的呼声席卷了大街小巷，一师和各学校的师生们更是义愤填膺，齐声声讨日本帝国主义妄图灭亡中国的狼子野心和袁世凯可耻的卖国嘴脸……

愤慨中，毛泽东挥毫在《明耻篇》中批写道①：

五月七日，民国奇耻。何以报仇？在我学子！

接到日本政府的最后通牒，袁世凯政府于5月9日向日本递交了文本，除第5条"容日后协商"外，全部接受了日本提出的要求。

在此期间，美国劝告北洋政府不要拒绝日本的要求。当袁政府接受日本的侵略要求之后，美国政府立即声明：凡日本取得的在华特权，根据"最惠国待遇"，美国也要享有其权益。

袁世凯为其尽早当皇帝而悍然冒天下之大不韪，丧心病狂地与日本帝国主义签定卖国的"二十一条"，激起了全国人民强烈的愤慨和反对。一心要做皇帝梦的袁世凯，以为有了帝国主义的支持，就可以随心所欲地为所欲为，更加紧了复辟帝制的步伐……

反袁斗争的烈火在全国范围内熊熊燃烧起来……

在一师，一位姓唐的老师也很欣赏毛泽东的才学和胸怀，便经常给他一些《民报》看。毛泽东总是很认真、很仔细地阅读这些报纸，从这些报纸中，他更加了解了"同盟会"的纲领及其反封建、反侵略的诸多活动。

在《民报》上，毛泽东还读到了一则两名中国学生旅游全国的报道，写他们到达了西康的打箭炉。这则报道对毛泽东的鼓舞很大，他想效法这两个学生去旅游，但他没有钱，只想有朝一日起码要先试着在湖南省内旅

---

① 《毛泽东早期文稿》，知识出版社1993年版。

游一番……

在日常的读书中,毛泽东的读书重点是中国的历史。从先秦诸子百家到明清时代的著作,从《二十四史》到《长沙府志》、《湘潭县志》,他都一一认真研读。

7月下旬,毛泽东为探讨如何治学,给已去法国勤工俭学的萧子升①写了一封信②:

> 不先有言,何以知失?知失则得,非言之功乎?
> 言之为贵,不愈可见乎!

炎炎烈日如烧似烤地暴晒着湖南大地;即使在这样的酷暑中,毛泽东依然读书不止。他在有意识地利用恶劣的环境强行阅读锻炼、思考和集中精力,无论是在室内、室外、走廊上、茶炉旁、床铺上,有时甚至在人声嘈杂的马路边,都可以看到他手捧书卷孜孜苦读的身影……

9月中旬,毛泽东觉得应该多结交些亲密朋友,便在长沙的报纸上向各学校发出了一则《征友》启事,邀请有志于爱国工作的青年与其联系。在启事中,毛泽东署名"二十八画生",指明了要结交"坚强刚毅、随时准备为国捐躯的青年"。

数日后,毛泽东的这个启事得到了一个"半"人的响应,其中一个叫罗章龙,"半"个来自一个没有明确表态的青年,名叫李立三。

罗章龙很快同毛泽东见了面。在湖南省立图书馆,双方手持报纸为接头标志。两个人从上午9点一直谈到中午,临分手时,毛泽东说:"我们谈得很好,愿结管鲍之谊,以后要常见面。"

李立三当时在长沙联合中学读书,见到《征友启事》后先给毛泽东写了一封信,而后二人见了一面;但他在听完毛泽东的一席宏谈阔论之后,却支支吾吾,没有说什么就走了。毛泽东觉得,和这样的人发展不了什么友谊。

---

① 萧子升,新民学会发起人之一,当时在法国勤工俭学。1924年回国,曾任国民党北平市党务指导委员。1927年国共两党分裂后,曾任国民党政府农矿部政务次长等职。1976年在国外去世。
② 《毛泽东书信选集》,生活·读书·新知三联书店1986年版。

10月过后,天气渐凉。毛泽东在学校渐渐感到校规太束缚他的行动,犹如龙困浅水,又因挚友太少,不由心生郁闷,便加紧了课外的活动量,以此来锻炼身体,增强体魄。

进入12月,袁世凯在北京"变更国体"以复辟封建帝国的闹剧愈演愈烈;12月13日,袁世凯竟在一番"劝进"、"谦让"、"再劝进"、"再谦让"的表演之后,明令承认帝位,接受文武百官的"朝贺",大加封赏,命令属下加紧筹办登基大典。

12月31日,袁世凯下令改国号为"中华帝国",1916年改为"中华帝国洪宪元年",定于元旦举行"中华帝国皇帝"登基大典。

袁世凯复辟帝制的活动,激怒了全国人民;一个声势浩大的反袁护国运动,很快在全国掀起……

"见到你,妈的病就好了一大半"

光阴似箭,岁月如梭。

1916年春,已是毛泽东入一师学习的第四个年头了。这时他刚刚23岁,正是血气方刚、风华正茂的年龄。

北京城里,袁世凯自编自导的称帝闹剧刚刚拉开序幕,具有民主思想的爱国将领蔡锷便统兵在云南宣告独立,并发布讨袁檄文,公布了袁世凯的19大罪状,随即出兵讨袁。接着,黔、桂、陕、浙等省相继宣布独立,使袁世凯的皇帝梦一开始便被敲响了丧钟。

蔡锷发起的护国战争推动了反袁斗争的形势迅猛发展,以梁启超为首的进步党人在沿海及川、鄂、皖、闽等省也加紧了反袁的斗争……

这时在长沙城里的湖南第一师范学校内,在毛泽东的周围已团结了一批有志气的爱国青年,他们经常聚在一起议论和探讨国家大事,对动荡不安和处在战火中的国家前途、民族命运深感担心和忧虑,对袁世凯卖国求荣、复辟帝制的倒行逆施行径表现了极大的愤慨;毛泽东等人还以学友会的名义,把一些知名人士反袁称帝的文章翻印成册,广为散发。

这样一些青年聚在一起,他们谈论的多是国家大事和民族的危亡,再或就是学业上的事,思想都很认真,谁也不屑于议论琐事,更不谈论私事和女人。一次,毛泽东到一位朋友家去做客,这位朋友当着他的面嘱咐佣人去买肉,使毛泽东感到恼火,从此便不再同这位朋友见面了;他认为这位朋友是个爱关注琐事的庸人,而他关心和注重的是人的性质、人类社会的性质、中国的性质乃至世界、宇宙!

春末夏初时节,袁世凯在全国一片反袁斗争的浪潮中很快失去了所有人的支持,一直担任陆军总长的段祺瑞被解除职务后退隐西山,江苏将领冯国璋坐镇南京拥兵观望,日本帝国主义这时也公开指责袁世凯称帝"妨碍了东亚和平";袁世凯在内外交困、众叛亲离的窘境下,被迫于3月22日宣布撤销帝制,并于次日废除了"洪宪"年号。

转眼到了5月下旬,袁的心腹四川将领陈宦和湖南将领汤芗铭也宣告了独立,导致了气急败坏的袁世凯在北京一病不起,于6月6日结束了可耻的一生。

随后,手无兵权的黎元洪在重新出山的段祺瑞的同意下就任了中华民国大总统,冯国璋任副总统,段祺瑞为内阁总理,黎元洪宣布恢复了民国元年的《临时约法》……

6月的长沙天气渐渐热了起来。毛泽东喜爱夏天,因为日长,可以抓紧时间多读一些书;再因其天热,用不了穿几件衣服,可以省下几个钱多买一些书刊、报纸。

6月中旬一连下了几场大雨。雨水飘落在一师的校园里,众多的学生都躲进了教室或宿舍,只有毛泽东和蔡和森跑去操场上淋雨,还脱掉上衣赤着脊背,任凭如注的大雨灌顶、冷水浇身……

这年夏天,湖南的天气特别热,韶山的天气更热。

文素勤的身体一直不大好,加上整日劳累,终于积劳成疾,病倒在了床上。

在家的毛泽民心疼母亲,无论有什么好吃的总要留下来给母亲吃,在外面听到什么高兴事也要回到家里讲给母亲听,他想尽了各种办法让母亲高兴。

天气越来越热,就是到了夜里,韶山冲也不见一丝凉风爽意。

毛泽民看着母亲躺在床上不能动,而且汗湿床簟,不觉忧心如焚地对母亲说:"妈妈,天气太热,让我来给你擦个澡吧!"

文素勤知道儿子心疼自己,但还是不同意儿子这样做;毛泽民没办法,只得让妻子来给母亲擦澡,并请了二姆来帮忙……

毛泽民在家对父母极尽孝道,得到了乡里人的交口称赞。

6月下旬的一天,毛泽民听母亲躺在床上深情地说:"润莲,你大哥前些日子来信说,今年暑假要回韶山来看我的,恐怕这几日就快到家了吧?我想他哩……"

毛泽民听了母亲的话,眼泪扑簌簌地掉了下来,赶忙回答说:"是的,妈妈。我大哥这几日一定会回来的。"说着,他不忍心让母亲看到自己掉泪,便转身跑出了房间……

这时的毛泽东在长沙,得知母亲病重后,等不到学校放暑假,便于6月25日动身离开一师,26日到达了湘潭。接着,他又步行70里,夜宿在离韶山30里的银田寺。

这时的中国,由于袁世凯的死而使帝国主义失去了统治中国的共同工具,北洋军阀失去了总头目,从此帝国主义便各自加紧在中国寻找和培养它们的走狗,北洋军阀由此分裂成了多个派系、自立门户,亦各自寻找帝国主义为靠山;在护国运动中借反袁而独立的一些地方军阀,也各自依靠帝国主义的支持称霸一方。

如此局面,中国好像又退回到了三国纷争、军阀混战的年代。毛泽东这时已深感中国社会的阶级矛盾日益尖锐,民族危机更加深重,广大民众与封建主义之间、中华民族与帝国主义之间的矛盾进一步加深了!

一回到韶山冲,毛泽东直奔母亲的卧榻前,望着思儿心切而患病的母亲,泪如雨下……

文素勤患的是淋巴结核,这在乡里是很难治愈的。毛泽东劝母亲到长沙去治病,她却摇头说:"兵荒马乱的,我哪里也不去,就在家里养着吧;只要你回来了,见到你,妈的病就好了一大半……"

毛泽东又劝母亲到外祖父家去住养,也被母亲摇头拒绝了。

在韶山冲,毛泽东终日侍奉在母亲身边,心中既疼惜母亲的病体,又系念着中国的战局,尤其是湖南的形势;但守候在慈母身边,他的"游子之心"终是得到了一些宽慰。

毛泽东一边伺候着母亲，一边对母亲讲述他在长沙的许多令母亲听了感到高兴的事，同时也耐心地听母亲拉家常，谈泽民如何懂事、终日辛勤劳作，谈泽覃如何调皮、不爱读书爱放牛，谈他们父亲的身体也一年不如一年了……

毛泽覃见到大哥回来最为高兴，一天到晚缠着大哥讲这讲那，只要是外面世界的事他都爱听。他总是搬个小竹凳陪着大哥坐在母亲的床前，一声不响地听大哥讲外面的"新鲜事"：长沙的米价高涨民不聊生，军阀混战百姓遭殃，兵匪横行民众涂炭，俄国工人农民闹革命等等；毛泽东认真地讲，毛泽覃用心地听，有时还对大哥说："你就带我到长沙去吧……"

毛泽东是很喜欢这个天真顽皮的小弟弟的，除了陪母亲说话外，他还帮小弟认字、写字，教他一些知识和做人的道理。

毛泽东听母亲、父亲讲了二弟在家的诸多辛劳，内心对二弟是非常感激的；他明白自己之所以能在长沙读书、闯事业，与二弟在家忍辱负重、作出个人牺牲是分不开的，他知道这个家现如今全靠二弟一个人撑着……

在家数日，毛泽东就要回长沙了。临行前，他将二弟、三弟叫到一起，谈了很多很多。最后，特别以严肃而又温和的语气教育三弟："润菊，你不是很想跟大哥去长沙吗？大哥答应你，过几年一定带你去。但有一个条件，二哥在家很辛苦，今后你不要再捉毒蛇耍、不要调皮，千万不要惹父母生气。你能做到这些吗？"

"能做到！"毛泽覃很认真地说，"我一定听大哥的话，但大哥也要保证日后带我出去！"

"一言为定！"三兄弟不约而同地笑了。

毛泽东又嘱咐二弟毛泽民："我晓得你辛苦，但也要关注外面的大事，不能把心思都放在家里和田里，要留心外面发生的事。"

毛泽民点头答应下来……

"我叫杨开慧"

1916年的暑假到了。

毛泽东和蔡和森相约走出长沙,到外地去"游学"。

二人都是穷学生,谁也没有几个钱,但却都有一股热爱祖国大好河山、深入了解世风民情的朝气和心愿,便各自背了书籍、雨伞,迈开大步走向了兵荒马乱而又处处油菜花泛黄、稻田泛绿的原野和村庄……

旅途中,他们徒步游历了浏阳、湘阴、岳阳,在洞庭湖南部绕了半圈。当他们来到洞庭湖畔的岳阳城里时,二人不顾连日奔波的疲劳,即兴致勃勃地登上了矗立在西门城墙上的岳阳楼——登高远眺千里洞庭湖面,但见渔帆点点、碧波连天,一股心旷神怡的情怀令二人兴奋不已。毛泽东感慨道:"这里就是三国时的鲁肃训练东吴水军的地方啊!"

蔡和森也激动地高声吟咏了唐代大诗人杜甫的诗句:

昔闻洞庭水,今上岳阳楼;吴楚东南坼,乾坤日夜浮。

毛泽东接口吟道:

亲朋无一字,老病有孤舟;戎马关山北,凭轩涕泗流。

吟罢又说:"只是我们还没有到'亲朋无一字'的地步……"

蔡和森哈哈大笑起来,指着广阔的湖面说:"那就是'衔远山,吞长江,浩浩荡荡,横无际涯;朝晖夕阴,气象万千'……"

毛泽东也开心地笑道:"'春和景明,波澜不惊,上下天光,一碧万顷;沙鸥翔集,锦鳞游泳;岸芷汀兰,郁郁青青'……"

二人兴奋之际,蔡和森接咏道:"'居庙堂之高,则忧其民;处江湖之远,则忧其君;是进亦忧,退亦忧。然则何时而乐也?'……"

毛泽东同蔡和森对视了一眼,二人立刻一起高声咏诵道:"其必曰'先天下之忧而忧,后天下之"游学"。乐而乐'乎——噫!微斯人,吾谁与归?"

毛泽东乘兴继续道:"唯毛氏泽东与蔡君和森也——时民国5年8月12日!"

说罢,二人不禁又抚掌哈哈大笑起来……

离开岳阳楼,两个人走去湖边求了一条渔船搭乘,迎着烈日向岳阳西南方向的洞庭湖中摆去;泛舟湖上,毛泽东脱了草鞋坐在船舷边,将两只脚放入水中感受湖水的凉意……

船到君山——亦称湘山和洞庭山,两个人谢了船家,放开脚步直奔丛竹蔟生的山林之间……

离开岳阳后,两个人已是身无分文,只得结伴"行乞"而归。

此次二人暑期旅行,历时一个多月,走了三县的20多个村庄,更加深了他们对社会、农村和对农民的认识;回到长沙后,毛泽东又徒步40里路到了板仓杨昌济的家中登门求教。

这天骄阳似火,毛泽东撑着油布伞风尘仆仆地来到板仓,在墙上挂着"板仓杨寓"木牌的门前停住了脚步。

毛泽东收了伞,轻叩门环;门开处,一位身穿白衣黑裙、头上留着齐耳短发的姑娘抱着一本书出现在了毛泽东的眼前。

面对这位妙龄少女,毛泽东的眼睛一亮,随即很礼貌地问:"请问,这是杨先生家吗?"

姑娘用眼睛打量了打量毛泽东,见他高高的个子、一脸温和,便很礼貌地点头答道:"板仓杨寓。"

毛泽东再问:"是杨昌济先生的家吗?"

姑娘见她眼前的这个青年脸上淌着热汗,莞尔一笑说:"我家世居板仓,人称家父'板仓先生'。"

毛泽东解嘲地笑道:"板仓先生?请恕我冒昧,实属不知;我叫毛泽东,是专程来看望杨先生的。"

姑娘心中一动,再看了看毛泽东,然后侧头一笑:"我叫杨开慧,是杨先生的小女。"又说,"快请进吧!"

毛泽东点点头,迈步随杨开慧走入门中。此时杨开慧心想,早就听父亲说他是个怪学生,今日倒要看看他究竟怪在哪里……

临进屋,杨开慧停住脚步朝毛泽东微微一笑:"请稍等……"说着跑了进去。

很快，杨开慧的哥哥杨开智走了出来，满脸笑容地对毛泽东说："我叫杨开智，家父请你进去。"

说着，杨开智拿了毛泽东手中的油布伞，然后请毛泽东进到了房内。

由房内而步入书房，迎面是一张显眼的书桌，上面放了很多的书；靠墙的一面竖着一排书柜，对面墙上挂着杨昌济夫妇和子女的"全家福"合影。

杨开智上前对正在看书的杨昌济说："爸爸，毛润之来了，是从长沙走来的。"

杨昌济很高兴地站起身来："润之……"

毛泽东恭敬地走上前，向杨昌济深深地鞠了一躬："暑假快过去了，先生身体可好？"

"好，很好！谢谢你来看我！"杨昌济笑着，示意毛泽东在他身边的一把竹椅上坐下来，"快坐快坐，走累了吧？"随即对跟进来的女儿说，"霞妹子，你去拧一把冷毛巾来，让润之擦擦脸！"

"是，我去！"杨开慧答应一声跑去了。

"谢谢先生。"毛泽东微笑着坐在竹椅上，又听杨昌济说："暑假前听说你要同蔡和森一起去游学，收获如何呀？"

"收获不少。"毛泽东坦言道，"只是乡里人生活过于贫苦，现在兵患四起，捐税又多，百姓们的负担太重……"

"是啊……"杨昌济紧了紧眉宇说，"国难当头，你们能走出去看一看，实属非易。"又说，"作为学生，我主张学问要贯通古今，融合中西，博学而精深，追求新思想和躬行实践，深入了解国情民情，以实现改革社会、拯救国家的抱负。"

这时，杨开慧拿来了一条用冷水拧过的毛巾，双手递给毛泽东；毛泽东接过毛巾擦了一把脸，随即双手递还给杨开慧："谢谢。"

杨昌济指一指女儿，对毛泽东介绍说："这是小女开慧，字云锦，在周南女校读书。"又对女儿说，"开慧，这位就是……"

杨开慧手上拿着毛巾轻轻一笑："我晓得！爸，这就是您常提起的毛泽东、毛润之同学，有名的'二十八画生'……"

杨昌济笑道："啊，连'二十八画生'你也晓得？"

此时的毛泽东面露微笑，心中却暗想：这小女孩知道的事情可真不少。

杨开慧双手抖了抖毛巾，笑着说："有名的'二十八画生'《征友启事》，报纸上登了，校墙上贴了，哪个不晓得？"随即歪了头背诵道："邀请对爱国工作感兴趣，有决心能为祖国牺牲的青年，和我联络……嘤其鸣矣，求其友声。"

杨开慧说着笑着，杨昌济也随着女儿笑起来，就连毛泽东也笑了，并说："只可惜和者甚寡，只有三个半人响应。"

杨昌济感叹道："一个青年学生能有如此的抱负和举动，实为难能可贵！袁世凯虽死，但中国人民依旧处在水深火热之中……"

毛泽东诚恳地说："我和蔡和森等一些同学，在探索中认识到，单是团结校内的同学还不够，必须向校外发展，向全国发展，团结更多志同道合、坚定不移的人，这样才会有强大的力量，才能去冲决历史的罗网。"

杨开慧忘记去放回手中的湿毛巾，依然站在父亲的身边静静地听着。

杨昌济对毛泽东赞许道："嗯，你的这种想法很对，在实践中如果遇到困难，我或许可以帮你……"又说，"润之，陈独秀创办的《新青年》你看过吗？如果看过，上面所载的李大钊的文章《青春》，你也一定读过啦？"

毛泽东点点头："读过了。李大钊教授指出了中国处在新旧交替的历史时期，呼吁青年们行动起来，把一个行将死亡的旧中国改造成一个充满青春活力的新中国；我来拜访先生，就是想就此请教先生。"

听毛泽东这样一说，杨开慧立刻转身从书柜中取出一本《新青年》递给父亲："爸爸，我也读了李大钊先生的《青春》，'铁肩担道义，妙手著文章'！"

杨昌济接了书笑道："我这个女儿也很新潮哩！她乳名叫霞，从小就爱读《木兰辞》，整天'唧唧复唧唧'的，大一些了更加追求新思想，颇不让须眉哩！"

受到父亲的夸奖，杨开慧微红了脸，叫了一声："爸……"便转身去放毛巾了。

来到堂屋，杨开慧对母亲向振熙和哥哥杨开智、嫂嫂李崇德谈起了毛泽东。向振熙问女儿："你爸常说来咱家的这个怪学生有奇才，还夸他是伟器……"

杨开慧有心逗母亲开心："他叫二十八画生！"

向振熙问："什么二十八画生？"

杨开智解释说："妈，那是化名。"

向振熙责怪女儿："你这孩子，乱给人家起化名！"

杨开慧抿嘴一笑："妈，瞧你！那是他自己用的化名——'毛澤東'三个字一共二十八画，就叫二十八画生。"

向振熙用手指比画了比画，也笑了："嗯，还真是二十八画……那就留二十八画生在家里吃饭，我做几个拿手菜给他吃。"

书房里，杨昌济仍在听毛泽东继续谈着："……帝国主义列强的侵略，连年的军阀混战，中国已变得支离破碎，老百姓们更是困苦不堪。清朝被推翻了，袁世凯也死了，又闹起来一个北洋军阀政府；沙俄帝国趁乱侵占了我国北方的大片领土，还不顾我国的反对策动外蒙搞'独立'，日本侵占我国的台湾、山东，英国策动西藏的达赖妄图搞'独立'，还搞什么'麦克马洪线'，中国已是处在生死存亡的危急关头；学生立志在国难当头时挺身而出，虽然牺牲也在所不惜！决意联合众多的仁人志士和民众，把一个行将死亡的旧中国改造成新的国家……"

杨昌济颇有感触地说："你有如此志向很好，很对！当年我远涉重洋，专心研究教育和哲学九年，本想以教育为中国做一番事业，没想到政局却是如此！李大钊先生说得对，不打破这种现状，中国就没有希望。"

此时毛泽东的眼睛里闪现出了炯炯目光："新的中国一定会出现的！无论路途多么艰难、如何遥远，新的'道路'一定会找得到；先生，路漫漫其修远兮，吾将上下而求索！"

杨昌济深感欣慰地说："很好！看到你们这一代人的成长，我很欣慰；但是，要寻求新思想，开辟新道路，任重道远啊！光靠一个人的理想和勇气是远远不行的，还要团结更多志同道合的人，要联合广大的民众；并且要有不怕牺牲的精神，坚韧不拔的毅力，超人一等的智慧，同时要有强健过人的体魄，这些都是至关重要的。"

毛泽东点头应道："学生定将铭记先生的教诲。"

天色渐晚,杨家堂屋里的方桌上摆放好了酒菜。毛泽东被杨昌济拉着手来到堂屋,同杨家人一起坐下来吃晚饭。

杨昌济对毛泽东说:"你看,我这'板仓杨寓'的人全了,你虽是第一次来,他们没有见过你,但早就都晓得你了。"

毛泽东坐在杨昌济的身旁说:"我早就想来拜访先生,又诚恐打扰先生。"

杨昌济笑道:"现在你全认识了,欢迎你日后常来。"

"对,日后常来!"向振熙也说,"如今都认识了,路也熟了,要常来家中坐坐。"说着,夹了两样菜给毛泽东,"尝尝我做的火焙鲫鱼和油焖茄子,看好不好吃。"

毛泽东欠身说:"谢谢师母关爱。"

坐在毛泽东对面的杨开慧斗嘴说:"这是我妈专为你烧的菜,好吃吧?"

毛泽东尝了尝,连声说:"好吃,好吃!早知师母烧得如此好菜,我就早来吃了……"

向振熙高兴得笑起来,一家人也都随着毛泽东的话语笑了。

这时杨开智向毛泽东劝酒,毛泽东辞谢说:"谢谢,我不善饮酒。"

杨昌济不勉强毛泽东,便说:"也好,我们吃饭!"

吃饭中,杨开慧突然停了手中的筷子,点头对毛泽东说:"花径不曾缘客扫,蓬门今始为君开。虽然你姗姗来迟,今后当会轻车熟路了,不用再向我打听——"话说到此,又故意改学了毛泽东的语调说,"请问,这是杨先生家吗?"

一家人都被杨开慧逗笑了,就连毛泽东也不好意思地笑起来。笑声中,杨昌济说:"周南女校把我这个女儿造就成新女性了!"并对女儿说,"慧妹子,你追求新思想是对的,要向润之好好学习。"

毛泽东和杨开慧的目光遇到了一起,两颗心随之怦然而动……

夕阳西下,落日的余晖映红了板仓的山山水水。

在杨家小院里,杨昌济、毛泽东、杨开智坐在竹凳上边喝茶水边聊天。

杨昌济对毛泽东说:"你既然来了,就再走一走——我对你讲,最近从日本回国的柳午亭先生就住在附近,离板仓40里;他思想进步,学识渊博,你不妨去见一见。"又说,"他有个儿子叫柳直荀,也是位不错的青年。"

毛泽东一听很高兴:"要读无字的书,我一定前去拜访柳先生。"

杨昌济笑着说:"今日你先休息好,明日再去。"

杨开智起身道:"我去找个认识路的人来,明天陪着一起去。"

杨昌济点头称是:"最好。你去。"

不一会儿,杨开智找来了一位他熟悉的乡里人,和毛泽东约定好了明天一早上路。

次日清晨,向振熙为毛泽东准备好了路上足够吃的干粮,杨开慧准备了两竹筒凉开水,毛泽东辞别了杨家,同与他约好的乡里人一起上路了。

一路上,毛泽东边走边问,认真了解乡里人的诸多疾苦;陪同他的人见毛泽东诚恳热情、没有一点学生架子,便有问必答、详细讲述着农民生活的各种情况……

中午过后,毛泽东终于满身热汗地赶到了柳午亭的寓所;在拜访中,毛泽东同柳午亭先生探讨了有关体育和中国的妇女解放等问题……

第二天回到板仓,已是太阳落山的时候了。

在杨家,毛泽东又逗留了三天,或一门心思地看书,或倾耳聆听杨昌济的教诲;直到临开学的前几天,毛泽东要告辞了,杨昌济夫妇也便不再挽留。毛泽东满怀着感激的心情,对老师说:"这次我在先生家一住数日,得先生口授言传,获益匪浅……"

杨开慧听说毛泽东要走了,便赶到书房来听父亲同毛泽东的谈话。杨昌济鼓励毛泽东说:"要继续努力,在奋斗中还要注意爱惜身体……"

毛泽东临走时,杨昌济吩咐儿子去送一送,杨开慧却争着说:"爸,我去送!"

"也好,那就让霞妹子送吧!"杨昌济示意女儿去为毛泽东准备书籍和干粮……

毛泽东带了他的油布伞,肩上背了老师赠送的书籍和师母做好的干粮,在杨开慧的陪伴下离开了"板仓杨寓"。

杨开慧头上戴着顶崭新的大草帽送毛泽东上路。两个人并肩走着，杨开慧问："今后你将做何打算？"

毛泽东认真地回答说："我想从三个方面去努力。一是健身，加强锻炼、进一步增强体魄，培养毅力和意志；二是游学，到广袤的社会中去读无字的书，利用假期和各种机会搞社会调查，在万事万物中增长学识；三是组织起来，尽可能多地团结天下爱国志士，共同奋斗……"

杨开慧专心致志地听着，直到要分手时，她将戴在头上的草帽取下来递给了毛泽东："戴上吧，这是我送的！"

毛泽东一怔，心有所感，双手接过杨开慧送给他的这顶崭新的草帽……

"游学"途中访沩山

1916年的秋天，又是湘江两岸橘黄枫红的时节。

在一师，毛泽东积极报名参加了学校组织的学生志愿军，被选为连长，学到了一些军事上的基本技术。

10月至12月，毛泽东又踊跃参加了一师开辟后山坡做操场的课外劳动。劳动中，他挥锹铲土、舞镐挖石，常常是汗流浃背、挥汗如雨……

1917年初春，毛泽东又两次前往板仓，拜访了杨昌济。

4月1日，毛泽东在他所喜爱的刊物《新青年》第三卷第二期上发表了题为《体育之研究》的文章。

毛泽东认为进行体育锻炼，可以收到强筋骨、增知识、调感情、强意志等诸多功效；他分析了"不好运动之原因"，主张运动方法宜简便实用，认为只有持之以恒、专心致志、蛮拙粗犷，才能收到良好的效果；并根据自己的运动经验，提出了一套类似体操的身体锻炼方法。

5月，一师组织学生在学校开运动会，由毛泽东担任会场记录，并编印了运动会的《快报》。

6月，毛泽东在一师全校的"人物互选"活动中得49票，为全校之冠，表现了他具有多方面的美德和才能，已在同学中享有崇高的威信。

自从毛泽东发表了《体育之研究》的文章后，校内外的诸多人来向他询问和讨教锻炼之法，毛泽东总是耐心相告。

在日常身体锻炼的实践中，毛泽东不仅坚持个人锻炼，亦邀约了一群风华正茂的同学一道锻炼；他们在寻求救国救民真理的同时，也在日夜顽强地磨砺着自己。

这时毛泽东的心里很清楚，要成为一代救世济民的人物，要以天下为己任，首先要有一个强健的身体。所以，他成了聚拢在他身边一群热血青年进行"野蛮"锻炼的领导人。

在一师，常常是天刚蒙蒙亮，毛泽东就首先开始了他的冷水浴——当很多同学还都在睡梦中，他已经来到了水井旁，将一桶桶清冷的井水提上来，一遍又一遍地浇淋全身，同时擦着、运动着、高声喊叫着，直到全身由发青、发冷转到发红、发热为止。一年四季从不间断！

他除了进行冷水浴外，还进行风浴、雨浴、日光浴、霜雾浴，充分利用四季天气所能提供的各种自然条件和环境，进行严酷的强体锻炼。

每当隆冬时节，寒风呼啸，毛泽东常常是只穿了单衣伫立风中，任凭寒意侵袭，内心却在无所畏惧地大声呼喊；春天，他又总是迎着和煦的春风大步跑向旷野，跑向高山，迎风站在那里高声喊叫，以助雄心与胆魄；夏季里大雨倾盆，更是他和朋友们栉风沐雨的好机会，他们常常是脱掉上衣，在狂风暴雨中举臂高呼或放任地奔跑，尽力抒发存于他们心底的冲动与激情；抑或烈日当空，毛泽东也常常是只穿了一条短裤直立在阳光的暴晒下，或者在湘江游泳后静静地躺倒在岸边，任凭骄阳似火、直晒得皮肤发烫、发疼，他却一动不动；秋风落叶时，雾弥霜浸，毛泽东也要穿了单衣跑步、爬山，每遇晴空又会登高眺远，放眼枫红而慷慨激歌……

又到暑假了。毛泽东邀请了好朋友、已在长沙楚怡小学任教的萧子升一起，开始了他们的校外"游学"。

7月中旬的天气正热。这天，毛泽东穿了一件白色的旧上衣，带着一把旧油布伞和一个布包，布包里放有一套换洗的衣服和毛巾、笔记本、毛笔、墨盒和几本书，约了萧子升从楚怡小学出发，过湘江，踏上了去宁乡的旅途。

一路上他们风餐露宿。在宁乡村子冲，两个人到了好朋友何叔衡的家

中看望。经何叔衡介绍,他们访问了乡里几户贫苦农民的家庭,了解到农民生活的诸多疾苦……

离开何家,两个人迈开大步径直向坐落在宁乡西部的沩山走去——沩山曾是中国佛教界的名山,山上有一座自唐朝起就很有名气的寺庙,叫密印寺。两个人决定去结识一下寺里的方丈,借以了解僧侣们的生活。

路上,两个人都感到肚子饿了,便向山麓中的一处院落走去;而院落的主人拒绝给"乞丐"任何施舍,他们只得饿着肚子继续寻找人家,终于在几间茅舍前遇上了一对好心的老夫妇。

老夫妇俩热心地接待了眼前这两个"行乞"的年轻人。话语中,两个人知道了老人姓王,曾在县衙里当过门房。老人对他们说:"依我看你们两个年轻人决非乞丐,为何要讨饭吃呢?"

毛泽东直言相告:"我们想旅行,想看一看农村的情况,但又没有钱,只好讨饭'游学'了。"

老人听了很感慨,不禁说道:"当叫花子没啥不好,至少比强盗好得多,比现今的官府好得多!那些当官的,没有几个廉洁的,人心都叫狗吃了;我在县里当差多年,很晓得这帮当官人的底细,他们哪里是为百姓们做事?一天到晚想的就是别人拿了钱去贿赂他!"

毛泽东和萧子升听了,更加了解了官府的腐败和世态的炎凉,也更增添了对时局的愤慨和执意要改造社会的决心……

当他们来到沩山的密印寺时,西方的天空已经罩上了一层淡淡的红云。

密印寺的寺门是开着的,只见山门的题额上写着"十方密印寺"五个大字。

时间不长,两个和尚迎出寺门来问道:"二位施主从何而来?"

毛泽东看了看萧子升,对和尚解释说:"我们从长沙来,但不是施主,只是路过此地,来讨一碗斋饭吃。"

两个和尚笑了,引他们这两个乞丐似的青年学生来到了寺院中。

当他们两个人先被引去一间僧舍洗浴时,萧子升不安地说:"他们一定认为我们是经过长途跋涉来朝山进香的……"

毛泽东一边用水冲凉,一边坦言道:"我们已经讲了来意,无须重复。"

洗浴之后，毛泽东提出要见见方丈；一个年岁稍长的和尚上下打量着毛泽东和萧子升，见他们一身叫花子般的衣着，犹豫着说："斋饭尽有，施主吃多少尽管随意，方丈是不随便见客的。"

毛泽东说："方丈不见远方来客，这不符合佛规么！"

和尚迷惑地再看看毛泽东，沉思片刻，只得领着二人去见方丈。

方丈的禅室清净简朴，四壁挂的满是经书的条文，其中还有《老子》和《庄子》。身穿敞袖袈裟的方丈大约50来岁，眉清目秀，一脸的慈祥；见到二人，先是合掌施礼，口称"阿弥陀佛"，请毛泽东和萧子升在蒲团上坐下来。

两个人刚刚坐下，方丈便拈手一指说："不消说，这位施主定是毛泽东，另一位是萧子升了！"

毛泽东惊讶道："你如何晓得？"

方丈瞟了一眼门前桌上的两张字迹各异的签名纸条，示意是从那上面看到了他们两个人写下的名字。

萧子升再问："可是，你怎么知道我们俩谁是谁呢？"

方丈微微一笑："毛泽东一个字要写两三个字格，萧施主在一个格子里能写两个字，文如其人的道理贫僧略知一二。"

方丈这样一讲，使毛泽东和萧子升的心中都对他产生了几分敬意；接下来，两个人兴致勃勃地同方丈谈起了中国古代的一些经典……

日落西山时，方丈很高兴地留他们一起在禅室里吃斋饭。

饭后，毛泽东和萧子升又互相补充着讲述了他们利用暑假、决心徒步旅行湘南各地，深入了解社会和考察民情的目的。

"善哉！"方丈说，"可两位施主为何要轻装洗囊呢？"

"我们有心不花一文钱。"萧子升说，"来自远方的挂单和尚，不是也都一文不名吗？"

"天将降大任于斯人也！"毛泽东表白心迹说，"孔子曰：'一箪食，一瓢饮，在陋巷，人不堪其忧'，乐趣也就在其中了！我坚信安贫者能成事，嚼得菜根，百事可做！"

方丈见毛泽东器宇轩昂、说话间充满了激情，不由为之一振，即时微闭了双目双手合掌道:"阿弥陀佛!善哉,善哉!"

稍后,方丈睁开眼睛闪目向萧子升,似乎不见毛泽东的存在,只对萧子升大讲佛门的美德;当他委婉地表达了要萧子升皈依佛门之意时,萧子升连忙摇头说:"弟子凡心未了,我还要研究学问,教书育人……"

方丈的脸上露出了遗憾的神情:"萧施主不知吕洞宾和曹国舅么?"

"他们是道人不是僧人。"萧子升说,"弟子还是愿以改造中国为目的。"

"只怕萧施主今日不留沩山,以后也断难留在中国。"方丈恳言道,"萧施主若能听老衲一言,可免去日后的诸多劫难。"

毛泽东不相信地说:"他是刚从国外回来的,不想再出去了。"

"此一时,彼一时也!"直到这时,方丈才合掌向毛泽东,"毛施主,贫僧敢有一问,还望不吝赐教!"

"我们是来向大师求学问的,怎么敢担当'赐教'二字?"毛泽东恭敬地说,"请师傅只管问。"

"佛教何以在中国千年不衰?"方丈问,"中国宗教何以能和谐共处?"

毛泽东说:"中国没有像其他国家那样的宗教战争,一打就是几百年;几种宗教能和谐共存,对中国来说不是坏事。"

"阿弥陀佛!"方丈望着毛泽东,加重了语气说,"只望毛施主这句话,日后不要忘记。"又说,"毛施主日后如能到得山、陕二省,可去五台山和白云山,五台山乃我佛家圣地,白云山上有贫僧一个小师弟在那里住持,还望毛施主善视之!"

当夜,毛、萧二人留宿沩山。

第二天,二人告别了密印寺的方丈,又继续踏上了"游学"的历程。

当二人来到安化县城时,听说该县劝学所所长夏默庵是位很有学问的人,曾毕业于前清的西湖书院,著有《中华六族同胞考说》、《默庵诗存》、《安化诗抄》等书,深孚众望,只是性情高傲,一向看不起游学先生;毛、萧二人慕名两次求见,都被拒之门外。

毛泽东和萧子升不死心,又第三次登门拜访、虚心求教;夏默庵感到有些奇异,不得已开了门引入书房相见,并写了一句对联放在桌上,以试来人的学问功底:

绿杨枝上鸟声声，

春到也，春去也。

毛泽东看后略一思索，即书属对[①]：

青水池中蛙句句，

为公乎，为私乎？

夏默庵一见大惊，不禁连声称赞、自愧弗如，还留下二人食、宿，作彻夜谈……

次日临行，夏默庵送了8块银圆给毛、萧，以助二人的旅途之资。

当他们两个来到益阳县城，从贴在墙上的告示上见到县长的名字叫张康峰，原是湖南长沙第一师范学校的化学教员，亦曾是他们的老师，毛泽东便说："我们去看看他，也是我们这次冒险旅行中的又一个奇特的插曲——这叫乞丐访县官！"

但是，在县衙门前，卫兵拦住他们不让进去，门房也说县长不见穷人，即便去通报了也要挨骂；当他们俩递了各自的名字、被张康峰破例接见后，卫兵和门房都感到很惊讶……

离开益阳县衙后，毛泽东对萧子升说："张先生明确指示他的手下不让穷人进去，说明他是个势利小人，这种人的人生目的就是权势和金钱，他们的头脑里不可能有高尚一点儿的思想。"

这时的天气依然很热，四下里没有一点儿风。他们冒着酷暑，由益阳而沅江，先在远近闻名的桃花江中游了泳，再去沅江县城东南的万子湖洲上看了凌云塔。登塔远望，但见烟波浩渺，蓝天白云，渔帆点点，沅江县城隐约可见……

这时，他们已走过了长沙、宁乡、安化、益阳、沅江，在一个多月的时间里共游历了5县，行程900余里，广泛接触了社会的各阶层人士，丰富了社会知识，对农村有了更进一步的了解。

回到长沙，一师的师生们纷纷问他们是怎样坚持"游学"的。毛泽东

[①]《毛泽东早期文稿》，知识出版社1993年版。

爽朗地回答说:"沙地当床,石头作枕,蓝天为帐,月光为灯!"并指着一株大树说,"这就是衣柜!"

师生们听了,都称赞他们的行为是"身无分文,心忧天下"!

毛泽东从一师毕业了

1917年10月8日,湖南第一师范学校由毛泽东发起的学友会,选举毛泽东为总务兼教育部部长,负责组织学术研究和体育活动。

这时的毛泽东,在学业上依然深受杨昌济唯心主义的影响,已将他学习的重点转向了哲学和伦理学。学习中,毛泽东开始认真读一本蔡元培翻译的关于伦理学的书,边读边进行批注;在批注中,他抒发了自己对伦理观、人生观、历史观和宇宙观的见解,并开始对唯物主义表现出了兴趣。

这期间有消息传说,杨昌济要离开长沙应聘到北京大学去任教,毛泽东便和蔡和森、罗学瓒等人多次到杨昌济的校舍去向杨昌济求教,并两次相约徒步去了板仓,看望了师母向振熙。

10月下旬,毛泽东基于尽可能多地提高民众的文化素质,以学友会的名义开始筹办工人夜校。此举亦可以利用工人夜校为即将毕业的学生们提供实习场所,因而得到了众多同学的赞同和支持。

11月9日,夜校开学后,毛泽东白天上课学习,夜间给工人们讲授历史,还要执笔主写《夜校日记》,将一天的时间排得满满的;但他从不觉得辛苦,反倒认为这正是磨炼自己的好时机。

一师附近有电灯公司、造币厂、黑铅炼厂、银圆局等多家企业,聚集着不少工人和人力车夫;一师学友会的夜校创办后,使毛泽东同前来夜校学习的工人们有了更多的接触,也更加深了他对中国工人生活、生产劳动等情况的认识和他们内心世界的了解。

长沙的秋天是美丽的。

秋去冬来,这半年以来中国的时局更加混乱——5月间段祺瑞因组织冲击国会被黎元洪免职,段祺瑞愤而出走天津,立刻唆使安徽等8省军阀宣告独立,并在天津成立了独立各省的军务参谋处,扬言进军北京;处境危险的黎元洪慌忙求助于驻军徐州的"辫帅"张勋,别有用心的张勋率兵北上途经天津与段祺瑞会谈后,逼迫在北京的黎元洪于6月12日下令解散了国会;7月1日,到了北京的张勋经过策划扶废帝溥仪在紫禁城重登大宝、宣布复辟,黎元洪仓皇逃离总统府躲进东交民巷日本使馆避难;7月2日,段祺瑞组织的"讨逆军"在天津马厂"誓师"进京讨伐张勋,7月12日张勋自行解除武装进入荷兰使馆,溥仪再次宣布退位……

其间,孙中山曾在上海集合同志发表《讨逆宣言》,段祺瑞重新上台后拒绝恢复《临时约法》和国会,孙中山于7月中旬在广州举起义旗"护法";8月14日段祺瑞在北京对德宣战,借机扩充皖系势力、消除异己,梦想实现"武力统一";西南军阀出于利用孙中山的威望,借"护法"对抗段祺瑞的"武力统一"而表示愿与孙中山合作;8月25日,孙中山召集"非常国会",决议组织护法军政府,9月1日选举孙中山为护法军政府首脑,称大元帅,陆荣廷、唐继尧为元帅,孙中山随即通电全国宣布段祺瑞为民国叛逆,否认北京政府的合法地位,誓师北上,发动了护法战争……

由于政局动荡不安,造成了长沙街头满是散兵游勇。11月间,毛泽东组织一师的学生志愿军100多人,出小吴门设伏进行截击,收缴了北洋军一旅溃兵的武器。

在此次截击中,毛泽东看准时机认真组织、充分利用地形周密部署,指挥得当、果断出击而大获全胜,首次表现了他在军事上的指挥才能。

进入12月,毛泽东开始筹备成立新民学会,准备"集合同志,创造新环境,为共同的活动"。

12月14日,毛泽东发起的一师学友会湘潭分会成立。毛泽东得到消息后很高兴,立刻给湘潭分会的学友们写信表示祝贺。

放寒假了。许多同学都急急忙忙地准备回家同家人团聚,而毛泽东却利用假期和蔡和森一起离开长沙,经浏阳的炭坡、焦溪岭、荆坪,徒步来到文家市的铁炉冲一带进行社会调查。

铁炉冲是个偏僻的小山村,四周满是乱石浊水,村上的佃农很多。毛泽东和蔡和森住在同学陈绍林家里,白天出去找人了解他们的生活情况,晚上也要到附近的佃农家里进行座谈;在毛泽东接触到的农民中,都说租种地主的田负担过重,一年收不了几担谷子,除了交租所剩无几,遇到年

成不好连租子也交不上,一家老小只得被迫挨饿。

在农民们纷纷抱怨"命苦"声中,毛泽东一面耐心听,一面认真对大家讲:"日子不好过,不要相信'命苦',也不要相信'八字',不要去拜那些泥塑木雕的菩萨,要自己掌握自己的命运!只要大家团结起来和那些地主老财们作斗争,争一碗饭吃饱肚子没有错……"

1917年11月7日,俄国无产阶级在列宁和布尔什维克党的领导下,取得了社会主义革命的伟大胜利,建立起了世界上第一个无产阶级专政的社会主义国家。十月社会主义革命的胜利,开创了人类历史的新纪元,开辟了世界历史的新时代。

苏维埃政权建立的第二天,宣布废除一切不平等条约,放弃沙俄在国外攫取的全部特权。

十月革命的伟大炮声,震撼了整个世界,也震撼了中国,震醒了中国先进的知识分子,使他们把寻找中国出路的目光从西方迅速转向了俄国;这样,马克思主义的理论和列宁倡导的无产阶级革命必须武装夺取政权的斗争学说,很快传入中国,给苦难中的中国带来了希望……

1918年春,长沙的时局依然很乱。为了保证学生们在军阀混战中照常上课,毛泽东率领全校同学组织了警备队,由毛泽东担任队长,负责一师师生的安全。

3月间,毛泽东和他的朋友罗学瓒、何叔衡等人多次聚集到岳麓山下蔡和森的家中,一起商讨组建新民学会的事,以促进人们的互学互助和奋发向上的精神。

4月14日,毛泽东、蔡和森等13人出席了新民学会的成立会议,确定了"革新学术,砥砺品行,改良人心风俗"的宗旨。

几天后,毛泽东和蔡和森、何叔衡去周南女校出席"欢迎新民学会女会员大会",毛泽东在女校礼堂的讲台前对新入会的女同学们讲了话,热情鼓励和赞扬女同学大胆地走向社会,受到了女校学生们的热烈欢迎。

会场上,兴奋的人群中坐着激动的杨开慧、向警予、蔡畅和女校的校长朱剑凡。而这时杨开慧的父亲杨昌济先生,已经离开长沙,应聘到北京大学去任教了。

6月,毛泽东和蔡和森等同学终于学业期满,拿到了含金量很高的湖南第一师范学校的毕业证书。

毕业了,就要离开学习、生活了5年的一师了,下一步该怎么办?到哪里去?去做什么?一连串的实际问题摆到了毛泽东的面前,也摆到了他们这些志同道合的刚刚毕业的同学们面前……

这时,一直关心着他们的杨昌济从北京来了信,鼓励毛泽东和蔡和森到北京去,并殷切希望毛泽东能入北京大学。

恰在这时,毛泽东又收到了二弟毛泽民的来信,说是母亲的病情越来越重,恐怕不久将离开人世;读着二弟的来信,想着重病在身的慈母,毛泽东禁不住泪如泉涌……

蔡和森等人劝毛泽东先回家乡去探望母亲,而毛泽东这时正在筹划着他们这些刚刚毕业的人下一步的行动去向——他们原计划先找一处理想的村落从事半工半读,一边劳动、工作,一边自修,研究社会改造问题,试验着过一种人人平等互助的新社会生活;为了能够找到一个理想的生活地点,毛泽东几乎跑遍了岳麓山下的每一个村镇,可由于军阀战争、处处兵患,最终也没有找到一个合适的试验基地。

毛泽东难以分身回韶山,只得写信给二弟和七舅父文正兴、八舅父文正莹,请他们送、接母亲到唐家坨的外祖父家中先行调养,待挨过酷暑即刻来长沙医治……

可眼下的生活该怎么办?毛泽东等人在一时无法可想的情况下,只得无可奈何地住进了岳麓书院的半学斋;他们每天除了自学以外,还要穿着草鞋上山去砍柴、下山挑水、用蚕豆拌米煮来吃,过起了苦行僧式的生活。

正在这困境中,杨昌济先生再次向他们发出了亲切而有力的召唤,要他们组织起来进北京,加入留法勤工俭学的队伍中去!

真是天无绝人之路!

毛泽东等人兴奋了——他和蔡和森等人召集了新民学会的会员开会,讨论去北京和赴法国勤工俭学的事,得到了大家的赞同和支持。

会后,蔡和森先行一步,去北京了解具体情况并联系工作;毛泽东等人则暂留长沙,进一步发动、联系会员和筹款、开展组织工作……

不久,蔡和森从北京来了信,告知他已和北京大学校长蔡元培及杨昌济取得联系,并说杨昌济先生很盼望毛泽东速到北京。

8月15日，毛泽东和罗学瓒、张昆弟、萧子升等25名准备赴法的新民学会会员一起乘火车离开长沙，踏上了前往北京的路程……

到北京——在新文化中心

由长沙开往武昌的火车在夜幕中急速行进着。

1918年8月17日，继续北上的火车驶到河南郾城停了下来，因洪水冲断铁路被迫停开。毛泽东利用候车间隙，和罗学瓒、萧子升到漯河寨附近的农村去考察，了解北方农民的生活情况。

8月19日，毛泽东一行终于抵达了北京，这是毛泽东第一次进北京。

毛泽东进京后，先住在了恩师杨昌济的家中，其他会员则散居在湖南一些县设在北京的会馆里。

杨昌济这时住在鼓楼附近的豆腐池胡同。对于毛泽东的到来，杨昌济极为高兴，已经随母亲一起到来的杨开慧更是为能够在北京见到毛泽东感到兴奋和欢慰……

为了让毛泽东熟悉一下北京的环境，杨昌济让女儿陪着毛泽东四处走一走、看一看，先行了解一下北京各方面的情况。

杨开慧陪着毛泽东走过鼓楼大街，向南穿过地安门大街，先去了景山前的一条大道，隔着环绕紫禁城的金水河看了废帝溥仪居住的皇宫；面对着紫禁城的红墙黄瓦和玲珑高耸的角楼，毛泽东感慨万千……

离开景山前街，杨开慧又陪着毛泽东去看了景山和北海的白塔。望着北海琼华岛上的白塔和景山上的万春亭，望着琼华岛上和景山上葱郁的绿树，毛泽东又是一阵惊叹和赞美——他以前从来没有想到北京会有这么大，没有想到北京的建筑会有如此宏伟，没有想到北京城内这样壮美，更没有想到北京会有这么多的绿树……

不久，毛泽东、蔡和森、萧子升等八人搬到了一起，住在三眼井吉安东夹道7号院中。这里是一处破旧的小院，八个人聚居在一间很小的房子里。生活虽然很清苦，但毛泽东仍然感到了一股盎然的奋进精神。

北京的夏天很热，八个人闷在一个小房子里更热。一天傍晚，毛泽东和蔡和森离开住所去景山纳凉。伫立景山峰顶，向南览望晚霞辉洒下的紫禁城，但见一座座气势雄伟的宫殿映发出千万道金灿灿的光芒、一派辉煌……

毛泽东不禁感叹道："中国五千年的文明史，乃至于此！"

蔡和森也说："初来北京时，我也被皇宫的宏伟气势所惊叹；我忙里偷闲去了趟颐和园，也被偌大的昆明湖和秀美的万寿山所折服。但是当我去了圆明园之后，见到那里一片废墟，破败得令人惨不忍睹，想到我们国家虽有数千年的古老文明，但被帝国主义欺辱如此，心中很不平静……"

毛泽东愤愤地说："国耻未雪，国患未除，我们很需要找到一条雪耻救国的道路！"

蔡和森说："至今我仍感到圆明园上还有散不尽的浓烟，深感这片浓烟笼罩着整个中国，压得亿万民众喘不过气来。"

毛泽东迎着山上吹来的凉风舒展了一下胸膛，感慨道："多难兴邦啊！你说过'穷则思变'么！记得在湘乡东山学堂时，我从萧子暲手上借过一本《世界英雄豪杰传》看，痛感中国也需要出几个拿破仑、华盛顿、林肯式的人物，也需要几个彼得大帝；现在，我认识到了拯救中国的伟大力量存在于民众之中。问题在于要有先进的思想武装民众，需要有正确的革命道路。"

蔡和森也挥臂扩了扩胸膛，说："前些天我见了蔡元培校长和吴玉章先生，他们都对勤工俭学寄予很高的希望。我想我们要利用这次法国招募华工的机会，造成一种形势，除了把新民学会的会友有计划地送到国外去，还应该把更多的青年发动起来，了解和研究各国的情况，加以选择，为我所用！"

毛泽东深表赞同："组织赴法勤工俭学这件事很好，机会好，主意也好！这是为拯救中国向外迈出的一大步，因为我们输出的不单单是劳工，更是中华民族的知识分子，是有头脑的热血青年！"

说话间，二人乘着凉风爽意信步下山，蔡和森边走边说："此事很需要有人在国内主持，大家都敬佩和信服润之兄，还望润之兄多操劳……"

"我也觉得自己留下来为好。"毛泽东说，"我还要加深对国内情况的了解，觉得把时间花在中国更有益处；再说我也没钱先要跟着李石曾先生

学法文,我也不放心我母亲。"

蔡和森点头应道:"伯母的病况确实令人担忧,但愿伯母在湘安泰,能够早见康复!"

在北京,毛泽东感到无力支撑自己的生活费用。由于他是借了朋友的钱来北京的,一旦到了北京,非得尽快找到工作不可。

他将自己的苦衷对杨昌济讲了。杨昌济将毛泽东的诸多情况告诉了北大校长蔡元培,蔡元培即给北京大学图书馆主任李大钊写了一个条子推荐:

毛泽东君实行勤工俭学计划,想在校内做事,请安插在图书馆。

李大钊见了毛泽东以后,很欣赏这个朝气蓬勃的高个子青年,便让他在图书馆里当了一名助理员,在第三阅报室负责登记读报者的姓名,每月可以领到8块银圆。这对于毛泽东来说,已经是一笔大钱了。

北京这时是中国新文化运动的中心,而北京大学更是这个中心的中心。这里汇集着各种思想、各种学派,形成了壮观的百家争鸣的局面。

能在这样的环境里工作,对于毛泽东来说,知识补益和思想促进都很大。这时他已25岁了,满腔热血怀抱着救国救民的雄心壮志和奋猛进取的坚强意志,在北大图书馆的书海中贪婪地阅读各种书报,并参加了北大的哲学会和新闻学会,积极去旁听一些感兴趣的课程,找机会拜访学者,认识了蔡元培、陈公博、谭平山、邵飘萍、张国焘、康白情和段锡朋等人;其中邵飘萍是新闻学会的教师,是一个自由主义者、一个具有热烈的思想和优良品质的人,对毛泽东的帮助很大。

在图书馆里为前来读书的人登记姓名,使毛泽东能够认出一些新文化运动的领导人,如傅斯年、罗家伦等,他们主编《新潮》杂志,提倡"文学革命",在青年中名震一时。毛泽东对他们抱有极强烈的兴趣,曾多次试图同他们交谈政治和文化等问题,可他们似乎都是大忙人,没有时间听一个图书馆助理员讲他的家乡土话——他们没有发现这个"湖南土气的青年人"的潜在能力。

在这些冷遇中,毛泽东并不灰心,依然孜孜不倦地学习着。一天,他见到了鼓吹新文化运动的头号名人胡适,便大胆地向其提出了一个问题;胡适并没有立刻回答问题,而是先问提问题的人是哪一位?当他得知只是一个没有注册的学生时，这位教授竟然傲慢地拒绝与毛泽东交谈……

这使求知若渴的毛泽东感到些许的茫然，他想：怎么，难道一些靠了劳动人民养活的有身份、有地位的社会名人都会如此傲慢得不可理喻么？

但是，李大钊发现了毛泽东！发现了毛泽东的勤奋和追求真理的执著，发现了毛泽东的非凡抱负和超人的才能。

每当毛泽东工作之余和李大钊来阅览室翻阅书刊，两个人总要坐到一处进行认真的交谈；李大钊所发表的文章，尤其是宣传俄国十月革命的文章，毛泽东更是仔细地阅读、认真研究。

通过接触、了解，李大钊认为毛泽东是"湖南学生青年的杰出领袖"。

每当李大钊在北大校园内对众多的学生讲演时，毛泽东总要认真去听。李大钊那充满着唐山口音的铿锵有力的话语，极大地激励着每一个热血的青年学生，也激奋着场上目光炯炯的毛泽东……

毛泽东在北京的生活条件极其艰苦，但北京的景色既鲜艳又生动，对他很是一种精神补偿。而且，这时的杨开慧已经17岁了，情窦初开；两个人时常见面，相互倾吐心中的爱慕——爱情的力量是伟大的，给他们增添着无穷无尽的智慧和向往新生活、开拓新道路的胆魄和勇气……

在杨昌济的家中，毛泽东既是学生又是座上客。

一天，在豆腐池胡同杨寓的小院中，杨开慧和毛泽东并肩而立，欣赏着周南女校的朋友李一纯新近送来的两盆菊花。杨开慧笑吟吟地对毛泽东说："你看这菊花开得多好，快作几句诗吧！"

毛泽东微微一笑，很习惯地吟咏了黄巢的《题菊花》诗："飒飒西风满院栽，蕊寒香冷蝶难来；他年我若为青帝……"

"报与桃花一处开！"杨开慧替毛泽东说出了最后一句，"你这不算，得重新说！"

毛泽东不禁说道："那你先咏一首我听么！"

杨开慧兀立着凝眸幽思片刻，然后对毛泽东轻吟道：

高谊落云霞，温和德行嘉。
所贻娇丽菊，今尚独开花。

月夜幽思永，楼台入暮遮。
明年秋色好，能否至吾家？

毛泽东细细品味道："霞妹咏菊寄情，意味深长……"

杨开慧的脸不由红了，故意说："我这诗是答谢李一纯的！"

"送我也可以么！"毛泽东语意双关地说，"我很喜欢诗的最后两句：'明年秋色好，能否至吾家'？霞妹……"

"你这是曲解人家的诗意！"杨开慧的脸更红了，低了头说，"爸爸在书房呢……"

毛泽东和杨开慧相视着，彼此微微地笑了。

"穷上加穷的日子"

1918年年末，北京的冬天很冷。

下雪了。这是毛泽东第一次见到雪。

雪中，毛泽东乘兴到了北京南郊的长辛店，和新近结识的好友邓中夏一起走去机车车辆厂，调查了解现代工业和产业工人的生产、生活情况，并探望了设在厂里的赴法勤工俭学预备班的湖南青年，认识了一个很有头脑、名叫何堃的人。

在车辆厂，毛泽东在铁路工人中间进行了革命性的演说，不仅受到了工人们的热情欢迎，还使他结交了不少的工人朋友……

回到城里以后，邓中夏到了沙滩，走去北大图书馆里找毛泽东，两个人坐在一起热情地谈起了平民教育团的情况。邓中夏谈了他在平民教育团接触工农群众的收获，两个人又谈了赴法勤工俭学预备班的湖南青年在长辛店机车车辆厂里的见习情况；当邓中夏问及毛泽东的个人处境时，毛泽东摇摇头说："一言以蔽之，穷上加穷哟！"

邓中夏深有同感道："我是一个穷书生，你是一个穷图书管理员，我们都穷啊！"

毛泽东挥了一下手又说："口袋里没得几个铜板倒不要紧，要紧的，是时间太穷。"

邓中夏问："噢？"

毛泽东解释说："管理图书要时间，组织赴法勤工俭学要时间，参加各种活动也要时间……"说着，他把摆放在桌上的书卡翻了翻，"你看，时间才是我最穷的呀！"

邓中夏笑道："你的时间是穷，但你有幸结识了李大钊先生，也算是一富啊！"

毛泽东也笑了："能结识李先生，我确实感到很荣幸；可有些名流，讲起来名字很响，比如胡适之先生，却很瞧不起像我这样地位低下的人……"

邓中夏不屑地说："我们又何必瞧得起他！"

毛泽东再笑道："是么！粪土王侯，粪土名流！"

邓中夏附和道："古今中外，凡是瞧不起穷人的人，都是狗屁！"

说着，两个人不禁开心地大笑起来；笑声中，毛泽东又说："邓康兄，我也要参加平民教育讲演团的活动，你看好么？"

"好哇！"邓中夏高兴地说，"还真希望你参加呢！"

"好！"毛泽东伸出一只手举向邓中夏，"那咱们一言为定！"

邓中夏随即同毛泽东击掌："一言为定！"

1919年的初春，北京乍暖还寒。

在北海公园里和紫禁城前的广场上，毛泽东看到了北方的早春。

乘着和煦的春风，在春意盎然中，毛泽东又一次去了长辛店机车车辆厂进行考察，并再次看望了住在那里的湖南青年，同何葆桢进行了又一次面谈。

仲春的一天，毛泽东和杨开慧相约去蹬延绵耸立在北京郊区的八达岭长城。

登临八达岭城垣中，两个人倚着宽厚的砖墙极目远眺，但见重山峻岭巍峨耸立，山中的树木森森，雄伟的长城依山梁的走势蜿蜒而行、直入云端……

杨开慧说："这里的景色真美！"

毛泽东感叹道："万里长城今犹在，不见当年秦始皇！"

杨开慧低声问："听我爸爸说，过几天你要回湘？"

"家母病重，需要我回去……"毛泽东深情地望着与他痴情相爱的人，"不过，我要先去上海，送赴法勤工俭学的朋友们上了轮船，然后再回湖南。"

杨开慧喃喃地说："我忘不了我们的湖南，那里还有许多事情要办；我也忘不了北京，天缘有份，我一定重来北京……"

"我也忘不了北京啊！"毛泽东拉了杨开慧的手说，"总会再来的！"

1919年3月，毛泽东要送赴法勤工俭学的湖南学生前往上海——他只得向李大钊、杨昌济夫妇和杨开慧等人告别，离开了北京。

当他们终于到达了上海时，毛泽东发现已经有人募集了一大笔钱，协助把这批学生送到法国去，还提供了一笔钱帮助他能够顺利地返回湖南。

4月初，毛泽东送赴法朋友们——包括他的挚友蔡和森上了轮船，然后起程回长沙。

回到长沙，毛泽东便积极投身到了政治活动中。为了方便工作和解决生活费用，他应聘到修业小学担任历史教员，利用业余时间组织和进行革命活动。

稍事安顿后，毛泽东立刻给二弟、三弟写信，让他们去外祖父家接母亲来长沙治病；毛泽民和毛泽覃接到大哥的信，很快将母亲护送到了毛泽东的身边。

母子四人在长沙相聚，又激动又高兴。文素勤的病况已日渐严重，高烧不退，茶饭不进；兄弟三人将母亲送往医院，才得知母亲患的是淋巴腺炎，需要很好地治疗一段时间。

在文素勤治病期间，母子四人难得地相聚在一起。兄弟三人心中有一股说不出来的兴奋，特意一起搀扶、护拥着母亲到照相馆去拍下了一张合影。

这一年文素勤53岁，是三兄弟第一次，也是唯一一次陪同母亲照相。

在侍奉母亲的日子里，毛泽东总是亲自煎熬了汤药，双手扶喂着母亲一口口喝下去，并买了白糖放在药中减轻药汁的苦涩。文素勤看到三个儿子都已长大成人，又都极尽孝顺，心中也感到了莫大的安慰。

当文素勤的病况渐有好转后，便在毛泽民的护送下返回了唐家坨调养；毛泽覃则留下来陪着大哥住在长沙，他说什么也不回韶山冲了。

4月末，毛泽东约集了新民学会的会员到楚怡小学开会，对国内外形势进行了认真分析，他要求学员们行动起来，积极投身到反帝反封建的爱国斗争中去。

这时毛泽覃已经14岁了，很聪明，也很懂事。他整天跟在大哥身边，让他做什么就做什么，既听话又能干——他从小佩服大哥，能和大哥在一起，无论做什么他都感到高兴。

毛泽东感到三弟的年龄毕竟还小些，还需要读书，便送他进楚怡小学继续学习；在大哥的安排下，一向不喜欢读书的毛泽覃，这时也乖乖地进学校读书了。

这一时期，第一次世界大战已经结束；然而名为战胜国的中国，却无力收回战败国德国在中国山东的特权。面对趁火打劫的日本，面对"巴黎和会"上的屈辱，面对腐败无能的北洋军阀政府，中国人被激怒了！

5月4日，为了反对帝国主义的侵略和北洋军阀政府的卖国行径，已经觉醒了的北京学生3000多人到天安门广场集会，高呼"外争国权，内惩国贼"、"取消卖国二十一条"、"还我山东"等口号，举行了声势浩大的示威游行；反动政府随即派了大批军警赶来镇压，当场逮捕了爱国学生32人⋯⋯

第二天，北京学生举行总罢课，并通电全国。

5月6日，北京中等以上学校成立了学生联合会。

"五四"运动爆发后，毛泽东于5月中旬在长沙楚怡小学及时地召开了新民学会会员会议，热情地向大家介绍了来长沙的北京学生联合会的代表邓中夏，提出组织湖南学生联合会以发动学生总罢课，以此来声援北京学生联合会和推动反帝爱国运动在湖南的广泛展开。

会后，毛泽东提笔给北京写了三封信：一封寄给李大钊，详谈了长沙的诸多情况；一封寄给杨昌济夫妇，问候了他们的身体状况和安全；另一封写了满满的5页纸，单独寄给杨开慧⋯⋯

5月下旬的一天，毛泽东和邓中夏来到周南女校校长朱剑凡家，和朱剑凡、徐特立、何叔衡等人一起，认真研究、磋商了成立湖南全省学生联合会和紧急召开学生联合会代表大会等事宜⋯⋯

5月27日，湖南学生联合会在长沙宣告成立。

湖南学生联合会的成立，标志着湖南学生的爱国热情已被广泛地激发

起来。毛泽东经常到学生联合会去指导工作,成为"五四"运动在湖南的主要组织者和领导者。

如火如荼的"驱张运动"

1919年7月,长沙的天气已经很热了,而学生们的爱国热情更加高涨。根据毛泽东的提议,已经成立起来的湖南学生联合会开始积极筹办《湘江评论》周刊,由毛泽东任主编,以报纸为阵地,发起了向帝国主义、封建主义和军阀政府的挑战。

7月14日,《湘江评论》创刊号出版发行。

在创刊号上,毛泽东在《湘江评论启事》中指出:

本报以宣传最新思潮为主旨。①

毛泽东还撰写了《〈湘江评论〉创刊宣言》:

世界什么问题最大?吃饭问题最大。什么力量最强?民众联合的力量最强。什么不要怕?天不要怕,鬼不要怕,死人不要怕,官僚不要怕,军阀不要怕,资本家不要怕……②

毛泽东同时在《湘江评论》上写文章说:

"阶级斗争"业已发生,必待国际劳动界完全胜利,始能停止。③

很快,《湘江评论》的报纸被送到了长沙的各个学校、工厂、商店,被散发到了大街小巷、火车站、湘江码头……

7月21日,《湘江评论》第2号如期出版,并应广大民众的要求临时增刊了《湘江评论》第1号。

毛泽东又在这一期的报纸上发表了《德意志人沉痛的签约》、《卡尔和溥仪》、《健学会之成立及进行》、《湘江评论申明》等文章,号召人们

---

① ② ③《毛泽东早期文稿》,知识出版社1993年版。

"破除迷信、解放思想",指出"东方的曙光,空谷的足音,我们正在拍掌欢迎",在欢呼和赞扬俄国十月革命伟大胜利的同时,疾呼"阶级战争的结果,就是东欧诸国主义的成功,即是社会党人的成功"……

《湘江评论》的创办与刊发,对长沙、湖南乃至对整个华南的学生运动,产生了非常大的影响。

报纸传到湖南督军张敬尧手里,他感到了恐惧和惊慌,急忙责令他的弟弟张敬舜、张敬禹、张敬汤派人严密监视《湘江评论》的舆论导向和刊发活动……

7月28日,《湘江评论》第3号又飘舞着飞上了长沙街头、散运到湖南各地、传送到了江南各省乃至北京……

毛泽东在《政治家》一文中响亮地说:

> 我们已经醒了,我们不是从前了。①

在7、8两月刊发的《湘江评论》第2、3、4号上,毛泽东重笔写了长篇评论《民众的大联合》。在文章中,毛泽东指出:

> 国家坏到了极处,人类苦到了极处,社会黑暗到了极处。补救的方法,改造的方法,教育、兴业、努力、猛进、破坏、建设、固然是不错,有为这几样根本的一个方法,就是民众的大联合。②

通过详细的分析和论述,毛泽东还充满激情地写道:

> 我知道了!我们觉醒了!③

他大声疾呼:

> 天下者我们的天下。国家者我们的国家。社会者我们的社会。我们不说,谁说?我们不干,谁干?刻不容缓的民众大联合,我们应该积极进行!④

并说:

---

① ② ③ ④《毛泽东早期文稿》,知识出版社1993年版。

我们中华民族原有伟大的能力！压迫愈深，反抗愈大，蓄之既久，其发必速，我敢说一怪话，他日中华民族的改革，将较任何民族为彻底，中华民族的社会，将较任何民族为光明。中华民族的大联合，将较任何地域任何民族而先告成功。①

在文章的最后，毛泽东指出：

我们总要拼命地向前！我们黄金的世界，光华灿烂的世界，就在前面！②

毛泽东在主编、刊发《湘江评论》的同时，还写了大量文章歌颂俄国十月革命和中国五四运动的文章，分别寄往《北京大学日刊》、《新湖南》、《大公报》等报刊，热情激昂地赞扬中国民众的觉醒，锋芒所向直接对准了帝国主义、封建势力和北洋军阀政府！

毛泽东的这些文章，用阶级分析的方法批判了帝国主义的本质，阐述了民众大联合的战略思想，表现了彻底无畏的革命气概和雄伟非凡的革命胆略。

8月间，面对《湘江评论》在长沙促起的革命风潮，反动军阀张敬尧气急败坏地下令查封了《湘江评论》；对于张敬尧的野蛮行径和倒行逆施，毛泽东一方面改变斗争策略，组织成立了"学生周刊联合会"协商宣传内容和战斗步调，一方面动员人们走上街头张贴驱逐张敬尧的大字标语，并挺身在各学校学生代表大会上疾呼："反对张敬尧的运动，实际上是一场反对帝国主义的斗争，是反对卖国政府和封建军阀的斗争，也就是我们目前的爱国活动！我们在抵制日货的同时，必须更紧密地团结起来，联合民众，抓住时机，把张敬尧赶走！救出湖南三千万人处于水深火热中的垂危生命！"

全体学生代表表示支持毛泽东的意见，大会决定举行总罢课……

9月间，毛泽东应湘雅医学专门学校学生大会的邀请，担任该会主办的《新湖南》周刊的总编辑，提出办刊宗旨是"批评社会，改造思想，介绍学术，讨论问题"，同时指出"什么都可以牺牲，唯宗旨绝对不能牺牲"！

---

① ②《毛泽东早期文稿》，知识出版社1993年版。

刚刚进入10月，就在毛泽东领导的"驱张运动"日渐高涨时，他收到了毛泽民从韶山发来的一封十万火急的家书——这时文素勤的病况因盛暑难挨、病势急剧恶化，已经到了濒临气绝的境地……

毛泽东惊呆了！此时他心如刀绞、悲痛异常，仿佛晴天一声霹雳，手上拿着信竟自愣住了——这怎么可能？日夜思念的母亲，来长沙医治后已见好转，怎么又突然不行了呢？难道真的命在旦夕吗？

毛泽东不敢多想，唯恐母亲所剩的时间不多，便立刻放下了手边的诸多事务，与同志们协调好了工作，带上正在学校读书的三弟泽覃，日夜兼程直奔韶山。

兄弟二人一路上心急如火……
当他们临近韶山冲上屋场的家门时，隐约听到了像是毛泽民的哭声，又像是王淑兰的哀号——毛泽东的腿立刻软了，险些跌倒，被三弟搀扶了一把才挺住了身子；再往前走，当他们冲进家门时，见到一口棺木停放在了堂屋中央！

毛泽东和毛泽覃立时惊颤了——难道母亲已经逝去？他们简直不敢相信自己的眼睛……

这时，悲痛欲绝的毛泽民扑了过来，一把拉住大哥的手，泣不成声地告诉说："妈妈已经入棺两天了！"

毛泽民的妻子也哭诉说："两天前，妈妈一直呼唤着润之、润菊的名字……直到最后……"

三兄弟再也无法抑制自己的感情，悲痛中直感到肝胆欲裂，顿时泪如泉涌，扑向棺木放声大哭起来……

他们怎能忘记今年春天，母子四人才相聚长沙，母亲的音容笑貌如在眼前，怎么竟这样快地消失了？

1919年10月5日是母亲去世的日子，这一天当被儿子们永远铭记心中。

日里抚棺，夜守灵堂。悲痛中，毛泽东一口气写下了一篇饱含热泪的《祭母文》，以此寄托三兄弟对母亲的哀思：

呜呼吾母，遽然而死；寿五十三，生有七子；七子余三，即东、民、覃。其他不育，二女二男。育吾兄弟，艰辛备历，摧折

作磨，因此遘疾……①

毛泽东垂泪为母写的灵联是：

疾革尚呼儿，无限关怀，万端遗恨皆须补；
长生新学佛，不能住世，一掬慈容何处寻。

又写了灵堂的祭联：

春风南岸留晖远，秋雨韶山洒泪多。

三天后，兄弟三人沉痛地将母亲埋葬在了不远处楠竹坨的小山上。这座小山是一处极普通的圆形土堆，就在自家的对面，那里已经埋入了罗氏女，山上长满了松树和蒿草……

"头七"过后，毛泽东心系长沙的"驱张运动"，而且三弟还需要回去继续读书，他只好安慰了父亲，携三弟告别了二弟和弟媳，转身洒泪离开了韶山……

章士钊的资助

1919年10月中旬，毛泽东回韶山奔母丧返回长沙不久，《新湖南》亦被督军张敬尧查封。

面对恶势力的进逼，毛泽东毫不退缩地利用湖南《大公报》、《女界钟》等报刊继续发表文章，猛烈抨击反动军阀的黑暗统治。

11月间，毛泽东在长沙教育会会坪上组织了一次焚毁日货的示威大会。打着泥木厂、第一纱厂、造纸厂、电灯公司、黑铅炼厂旗号的工人队伍和学生联合会组织的学生队伍聚集会场，学生纠察队和许多工人、店员将大批运来的日货堆积在场坪中，等候着大会主持人毛泽东下达行动命令。

毛泽东在人群前果断地挥手说："烧！"

---

① 邸延生：《历史的真迹——毛泽东风雨沉浮五十年》，新华出版社2002年版。

烈火在燃烧中，张敬尧闻讯派了军警马队赶来冲击会场；为了避免不必要的牺牲，毛泽东下令人们有秩序地退出了集会场地……

12月3日，毛泽东再次召集新民学会会员、湖南学联负责人和部分学生代表开紧急会议，研究全面展开"驱张运动"。

毛泽东在紧急会议上说："像青年学生的愤怒，全国人民的愤怒，张敬尧的臭名昭著，已传闻全国；北洋军阀内部，直系和皖系两派的激烈冲突等等。张敬尧已完全陷于孤立，驱张的条件已经成熟，这次压迫学生的爱国运动，侮辱全体学生，更是'引火自焚'的举动。我们必须抓住目前这个有利时机，坚决把张敬尧赶走！"

会中，毛泽东和各校师生商定，分赴北京、上海、广州等地进行宣传，扩大"驱张运动"的范围和影响。

行动计划商定后，毛泽东很快交代了身边的工作，嘱咐了三弟泽覃要好好学习，便率领着一个代表团直赴北京。

12月18日，毛泽东率团到达北京后，立刻四处活动，不但联络在京的湘籍学生、议员、名流学者和绅士，还联络北京各校学生，以组成强大的驱张战线。

毛泽东在积极展开"驱张运动"宣传的同时，还组织了一个平民通讯社，自任社长，组织人们向北京的各报刊撰写文章，把反对张敬尧的斗争扩大成为反对军阀统治的宣传运动。

从12月22日开始，毛泽东白天组织人员四处奔波，晚上便赶写文章，常常是挑灯夜战、直到黎明。

是时正值冬季，毛泽东再次来京的消息传出后，使杨开慧听了激动不已；想着毛泽东的到来，想着她和毛泽东的初恋，杨开慧写下了这样的一段炽热而真挚的日记：

> 不料我有这样的幸运！得到了一个爱人。我是十分爱他。自从听到他的许多事，看见了他许多文章和日记，我就爱了他，不过我没有希望过和他结婚，一直到他有许多信给我，表示他的爱意，我还不敢相信我有这样的幸运。自从我了解了他对我的真意，从此我有了一个新意识，我觉得我为母亲而生之外，是为他而生的。我想象着，假如一天他死去了，我的母亲也不在了，我一定要跟着他去

死！假如他被人捉去杀了，我一定要同他去共这个命运！

渐渐年末，杨昌济偶感风寒，不想病况越来越重，几经医治不见好转。

1920年1月16日，学贯中西的一代学人杨昌济不幸病逝，毛泽东以半生半婿的身份参加了守灵；这时，不幸的消息接踵而来——毛泽东的父亲毛顺生在韶山因患伤寒病，只几天工夫便去世了。

毛泽东丧母的悲痛心情尚未平复，师丧之际又添了父丧的悲痛：毛顺生年仅50岁，正值壮年，却也在文七妹去世仅三个多月，便早早地撒手人寰，抛却了他辛苦操劳的家业。

这时的毛泽民独守家园，心中十分迷惘，在不尽的悲哀中盼望着大哥早日归来。

可是，身在北京的毛泽东正为"驱张运动"而四处奔走，斗争正处在白热化阶段，无法抽身回乡为父奔丧……

1月下旬，杨开慧一家扶柩南下，将杨昌济归葬于长沙板仓。由于毛泽东大业在身，没能同师母向振熙和杨开慧一起南归。

也正是在这时，毛泽东认真研读了《共产党宣言》等马列主义经典著作，开始确立了他对马克思主义的坚定信仰。

2月间，毛泽东在北京经常去找李大钊，从他那里受教和求询"驱张"的斗争策略，同时想组织新民学会的一些会员到俄国去学习十月革命的成功经验。

3月14日，毛泽东写信给周世钊，谈了他想"在很经济的可能的范围内"，"创造一种新的生活"、"办一个自修大学"、"实行共产的生活"，并重新讲了"组织一个游俄队"的意愿。

1920年4月11日，毛泽东离开北京准备前往上海，继续进行"驱张工作"并送第二批湖南学生赴法勤工俭学。

毛泽东和新民学会的人离开北京后，毛泽东手中的钱只够他买到抵达天津的车票，到天津后不知道如何再往前走。幸好，一位从北京孔德学校筹到一些钱的同学，借给了他10元钱，才使他能够买一张到浦口去的车票。

在前往浦口途中，毛泽东特意在山东曲阜停了下来，去看了"大成至圣文宣王先师孔子"的墓地和孔庙。

离开曲阜向南不远到邹县，毛泽东又去看了孟子的出生地。

在这次旅行中，毛泽东还专程去登了东岳泰山，徒步绕行了江苏徐州的城墙，因为徐州曾经是三国时期的刘备战斗过的地方；在往南，毛泽东又在南京城落脚，游览了这座赫赫有名的历史古城……

当他到达浦口时，身上已经是一文不名了。

这时的毛泽东既没有钱买去上海的车票，又被小偷偷走了他仅有的一双鞋；正在他为难之际，幸好在火车站遇见了一位湖南朋友，成了他的"救命菩萨"。

朋友借钱给他买了一双鞋和去上海的车票。一路上，毛泽东紧盯着自己的新鞋，生怕再被人偷跑了……

到了上海，杨昌济生前好友章士钊已经在商界募集了两万块钱如数交给毛泽东，协助他把第二批湖南学生送到法国去，余下来的一些钱由毛泽东带在身上，供他回湖南去开展革命活动使用。

5月8日，毛泽东出席了新民学会旅沪会友在上海半淞园召开的欢送赴法勤工俭学会友的会议。会上，毛泽东将章士钊募集的足够的钱交给了即将赴法的会友，并发表了许多主张和意见，意在推动新民学会的壮大和发展。

5月至6月，毛泽东在上海再次见到了曾在北京见过的陈独秀，多次同他讨论了马克思主义问题，并同他研究了如何组织"改造湖南联盟"的计划。

6月间，湖南督军张敬尧被谭延闿推翻后仓皇逃离长沙、湖南。至此"驱张运动"宣告完全胜利。

7月初，毛泽东由上海到达武汉，会见了恽代英等人。

这一时期的毛泽东，已经反复阅读了陈望道翻译的《共产党宣言》、考茨基著的《阶级斗争》以及柯卡普的《社会主义史》，在理论和行动上已经完全地成了一个马克思主义者，而且从此他也自认为是一个马克思主义者了。

"同志，志同道合的好称谓！"

  1920年7月7日，离开湖南已达半年之久的毛泽东返回长沙，从此开始了他宣传马克思主义和秘密建立共产党的活动。

  回到长沙不久，毛泽东很快受聘担任了湖南第一师范附属小学的主事①，同时兼任一师校友会的会长。

  工作安顿后，毛泽东一面组织恢复《新湖南》报社的工作，一面给板仓、韶山写信，向杨开慧、向振熙和二弟毛泽民通报了自己的情况，然后重新选择学校安排了三弟泽覃的学习。

  不久，毛泽东又被破例聘请为一师的国文教员，并兼任了一个班的级任。

  毛泽东向来是个思想激进、目光远大、精力充沛的人。这时他为了推动新思想、新文化的教育和传播，一边督促三弟努力学习，一边发起了组建文化书社的活动。

  8月2日，毛泽东在文化书社发起的会议上，被推举为筹备员之一。

  8月间，陈独秀等人在上海建立了中国第一个共产主义小组，邀约毛泽东在湖南组织共产主义小组。

  8月的长沙又闷又热。一天，毛泽东耐着酷暑去出席在通俗教育馆召开的报纸编辑会议；会上结识了通俗报总编辑谢觉哉，交谈中两个人情投志合、彼此大有相见恨晚之意，从此二人成了十分要好的朋友。

  8月22日，毛泽东在湖南俄罗斯研究会第一次会议上，被推举为筹备员。

  这时，毛泽东在长沙组织了"马克思主义研究会"，开始组织会员们学习和研究马克思主义。

  9月9日，毛泽东选定这一天，也是由他为之筹划创办的文化书社，在长沙正式开业了。

  文化书社的创办与开业，为广泛传播马克思列宁主义和新思想、新文

---

  ① 主事，即校长。

化，建立并提供了一个坚强的革命阵地。

这时的毛泽东更忙了，他既要教书育人、办报写文章，又要领导文化书社和筹划马克思主义研究会的工作，还要积极组织新民学会继续开展活动；这一切，都使毛泽东感到是他应该为之全力奋斗的事情。

9月15日，毛泽东在湖南俄罗斯研究会成立会议上，被推举担任书记干事①。

这时在长沙掌握着省政权的依然是军政府。赶走了张敬尧的谭延闿又被一个叫赵恒惕的军阀赶出了湖南。

赵恒惕利用毛泽东等人发起的"湖南自治"运动，借着湖南广大民众的呼声，假装拥护这个运动、鼓吹中国联省自治，使拥有军权的他当上了湖南省长。

9月30日，毛泽东再次在长沙《大公报》上发表文章《"湘人治湘"与"湘人自治"》。

正当毛泽东等一批热血的湖南知识青年极力主张"自治"时，似乎刚刚有了希望的时局又戏剧性地起了变化；赵恒惕一掌权，便立刻撕下伪装，开始大力镇压民主运动。

这时新民学会等团体，正在强烈要求实行男女平等和建立一个由民众代表参加和由议员组成的议会制民主政府，毛泽东等人在他们自己办的报纸《新湖南》上也在积极呼吁进行这些改革。

这时，篡夺了军政控制权的赵恒惕开始利用一切手段凶暴地压制一切民主要求。

长沙的学生再一次被激怒了，湖南的民众再一次被激怒了！面对赵恒惕的倒行逆施，毛泽东领导新民学会组织了一次对省议会的冲击行动。

在冲击议会时，众多的学生和工人、市民高呼着"打倒新军阀赵恒惕"、"解散军阀议会"和"强烈要求成立民主政府"等口号，群情激愤地捣毁了省议会里张挂的无聊对联和冠冕堂皇的匾额。这一行动，不仅吓慌了由军阀指派充当议员的地主和豪绅们，也极大地震撼了赵恒惕。

10月22日，毛泽东在文化书社第一次议事会上，被推举担任"特别

---

① 书记干事，主持记录及文书事务。

交涉员",主要负责书社的宣传和发行工作。这样一来,毛泽东具体负责和所要进行的工作就更多,也更忙了。

10月,百忙中的毛泽东还在一师附小办起了民众夜校,并亲自主持校务工作,认真了解进夜校学习的工人、店员们的生活、工作情况,鼓励大家为着自身的解放而努力学习。

也是在10月,当湘江岸边的一簇簇枫树叶开始显红、岳麓山上的一丛丛野菊花开始泛黄时,毛泽东收到了上海、北京寄来的社会主义青年团章程,随即开始着手建团工作。

还是在10月,杨开慧到文化书社来提书,正好"碰"到在书社里索看书刊的毛泽东和何叔衡。

何叔衡见到杨开慧来了,便会意地对毛泽东说:"你这个'特别交涉员',很会'吸引'发行人么!"

毛泽东笑道:"书刊丰富了,营业扩大了,作用增多了,'吸引力'自然强些了……"

杨开慧红了脸嗔怪道:"有人义务帮你们卖书还不好吗?"

何叔衡连忙说:"好,好!我们盼着生意兴隆、财源广进呢!"

毛泽东也说:"为了筹集建党经费,生意越红火越好,财源越茂盛越好。"

杨开慧开始在书堆中取书:"不少书供不应求了。"

何叔衡抬手推了推自己鼻梁上架着的眼镜:"这才合乎情理么!"

毛泽东关切地问杨开慧:"还有哪些事需要我们办?"

杨开慧看了毛泽东说:"郭亮和柳直荀他们来了,晚上约你们到通俗教育馆去。"

何叔衡说,"那好,我得去准备些他们需要的材料……"说着,告辞先走了。

月末的一天,毛泽东抽空去了一趟板仓,看望了师母向振熙和杨开智夫妇,同时和杨开慧正式约定了婚期——"今年秋色好,迎娶至吾家";今年总要办了,来年春上泽民、泽覃就有"大嫂"了。

毛泽东离开板仓后,杨开慧兴奋得一夜睡不着觉。妈妈既理解女儿的心境,又十分满意、赞许毛泽东;嫂嫂李崇德悄悄逗小姑妹说:"这下我们的霞妹子，心上可真的长'毛'了！"

向振熙疼爱地问女儿需要什么样的嫁妆，杨开慧表示"新女性就要有新女性的精神"，她什么也不要，只要毛泽东。

1920年11月7日，为了庆祝俄国十月革命三周年，毛泽东在长沙领导新民学会组织了一次民众联合大游行。

游行中，反动省长赵恒惕派了大批军警赶来镇压，反而被游行示威的人群团团包围了；有些示威者试图在游行会场上升起红旗，军警不让，示威的人们便指出"人民有集会、结社和言论自由的权力"，军警却说"我们不是来听宪法课，而是来执行省长赵恒惕的命令"……

这次游行，没有发生厉害的武力冲突。从这次以后，毛泽东越来越相信只有通过群众行动确立起来的群众政治权力，才能保证有力的改革的实现。

第二天傍晚，毛泽东去朱剑凡的家中拜访。毛泽东同朱剑凡谈起了文化书社和俄罗斯研究会的事，继而又谈了建立社会主义青年团的事；朱剑凡慷慨地表示将继续为毛泽东开展的革命活动捐款，使毛泽东深受感动地说："朱校长为了女子的教育事业，不仅献出了自家的房舍园林，朱师母还把价值千金的嫁妆献了出来，现在又如此资助我们建党，润之实为感激！"

朱剑凡却说："慧妹子把杨先生的祭奠费都捐了，我岂能不助一臂之力？"又说，"杨先生在世时常说你'身无分文，心忧天下'；我同杨先生是挚友，你就不必同我客气了。"

谈话中，朱剑凡热情地赞扬了毛泽东组织发起的"驱张运动"和推动湖南脱离北洋军阀政府搞民主自治的一系列活动，毛泽东却感慨道："现在看来很难搞成独立自治。湖南是中国的一个省，把自治作为摆脱北洋军阀的权宜之计，并不能从根本上解决问题。"

朱剑凡问："你还有什么更新的想法吗？"

毛泽东回答说："唯一的办法是争取中国的民族解放，走俄国十月革命的道路，把中国改造成为社会主义国家。"

朱剑凡极感兴趣地说："走俄国十月革命的道路，把中国改造成为社会主义国家，你这个想法好么！这将是天翻地覆的大事情，该如何去

"同志，志同道合的好称谓！"

做呢?"

毛泽东从衣兜中取出一封信递给朱剑凡:"朱校长,这是蔡和森从法国寄回来的信。"

毛泽东说:"在这个问题上,留法的会友们意见也不一致,但我同意蔡林彬的主张,组织中国共产党!运用社会主义的原理和方法改造中国,使中国走俄国十月革命的道路。"

朱剑凡看完信,又听了毛泽东所讲的话,动容道:"我同你的恩师都空有教育救国之志,却无教育救国之路。润之,你和蔡林彬都是昌济先生最器重的人,相信你们是不会错的!"

毛泽东也激动地站起身来:"事实上,国内已在酝酿,组织这样一个政党——中国共产党,势在必行!"

"那……"朱剑凡斟酌着说,"以后我该称你'同志'了!"

毛泽东笑了说:"我认为,把师长和学生、长辈和晚辈、领导者和被领导者,都用'同志'这一神圣的称呼连通起来,要比其他称呼好得多、亲切得多!"

"同志……志同道合的绝好称谓!"朱剑凡十分高兴,继而又关切地说,"你和开慧的事也该办了吧?你已将近而立之年,开慧一家也早已将你当作亲人;昌济先生不幸早逝,故友遗愿,我理当玉成。你是怎么想得呀?"

毛泽东坦诚相告:"开慧和我相爱已深,已定下今冬结婚。"

朱剑凡十分高兴:"好、好、好!开慧是我的学生,到时由我来宣布你们的婚事,如何?"

毛泽东笑着说:"我和开慧已经商议过了,我们不搞旧式婚礼,适当举行个简单仪式、宣布一下就是了。"

朱剑凡想了想说:"我看,你又没得房子,就和开慧搬到这里来住吧!"

毛泽东感谢道:"这……我去同开慧商量……"

"这是你们的大嫂,杨开慧!"

1920年11月间,毛泽东到江西萍乡、湖南醴陵等地考察了工人、农民的生活、生产和思想状况。

12月1日,毛泽东给蔡和森、萧子升及留法的全体新民学会会员复了一封很长的信,详谈了新民学会的方针是"改造中国与世界",方法是赞成蔡和森前些日子来信的主张:"先要组织共产党"、"走俄国人的道路"。

复信中,毛泽东还详谈了求学和处世等问题。

12月间,毛泽东在长沙组建了共产主义小组,其主要成员都是新民学会的会员。

是年冬天,毛泽东与相恋多年的杨开慧在板仓同居;杨开慧不坐花轿,不要嫁妆,不用媒妁之言,自由地同毛泽东结合了。

1921年元旦至1月3日,蜜月中的毛泽东偕同杨开慧回到长沙,组织在长沙的新民学会会员召开新年大会,确定了以无产阶级专政的方法"改造中国与世界"的指导方针。

自此,毛泽东完成了他向马克思主义者的根本转变,成了一名真正的马克思主义者。

婚后的杨开慧感到自己幸福极了,她觉得自己嫁给了一位与她真心相爱的人,她要随他同甘共苦、奋斗终生。这时的毛泽东经常通宵达旦地写文章、写信函,杨开慧总是寸步不离地陪伴在丈夫身旁,为他准备点心,或是点烟、沏茶倒水,或是磨墨、抄写文稿。

春节期间,毛泽东和杨开慧去了板仓,向振熙和杨开智、李崇德高兴得不得了,一家人欢欢喜喜、热热闹闹地过了好几天。

正月初八是文素勤的诞辰日。毛泽东带着杨开慧和三弟泽覃赶到唐家坨,一起看望了七舅父文正兴和八舅父文正莹。

1921年2月20日,毛泽东偕杨开慧、三弟泽覃和两位舅父同往韶山冲。

一路上，毛泽东和杨开慧各自的肩头背了布包走在前面，毛泽覃和两位舅父在后面跟。这时节，沿途山水依稀，春寒不减，五个人走得额头上都沁出了细密的汗珠……

毛泽东问杨开慧："累么？要不要歇一歇？"

杨开慧笑着摇摇头："不累！不是快到了吗？快走吧！"

"还是走慢些……"毛泽东放慢了脚步说，"还有二位舅父大人在身后呢，他们也许累了……"

杨开慧笑着放慢了脚步，和丈夫慢慢地并肩走着……

转过山坳，毛泽东迎面见到了他所熟悉的那几间瓦房，便指一指说："到了，到了，那里就是！"

杨开慧抬眼望去，只见组成"凹"字形的十几间瓦房坐落在一处长满了松树的小山前，房前有一个池塘，池塘边有一条小路弯弯曲曲地通向脚下……

毛泽东和杨开慧停下脚步来等候两位舅父和三弟泽覃，然后一起走向上屋场。

毛泽民和王淑兰嘴里"大哥——三弟"、"七舅——八舅"地呼叫着，快步迎了过来。

毛泽民上前去接了大哥从肩上取下来的布包，王淑兰去接了杨开慧的布包，想开口说些什么却又止住了嘴。毛泽东连忙说："这是你们的大嫂，杨开慧。"

杨开慧笑着将手伸向王淑兰，两个人拉了手；杨开慧又伸手向毛泽民，想同他握手："你是二弟吧？"

毛泽民伸了伸手又缩了回去，只是点点头说："大嫂，快进屋坐吧！"又招呼七舅、八舅，一家人欢欢喜喜地走进了堂屋……

还没等大家坐稳，上屋场便来了好多人，乡亲们都来看望毛泽东和毛泽覃了，也有人是专来看望文正兴和文正莹的，但多数人是特意来看一看杨开慧的，看一看这位留短发、不裹脚的城里女学生……

热闹了一阵子，待乡亲们走后，一家人才真正坐了下来；三兄弟同两位舅父喝着茶、谈着话，杨开慧和王淑兰说笑着去准备晚饭……

饭后，妯娌两个陪着三兄弟在堂屋里坐下来，开始了久别重逢后的倾

90

腹交谈。

毛泽东坐在竹椅上环视了一下屋内，叹了一口气说："父母都不在了，我是个不孝之子啊……忙外面的事丢了家……"

毛泽民说："哥，爸妈也没有怪你，他们只是盼着能够见到你，盼着你回来。"

毛泽东又一声长叹："唉，现在我回来了……"

毛泽民说："哥，爸一直记着你10年前离开家时写给他的那首诗，他也盼着你在外面能够早日闯荡出来。"

毛泽覃发话说："大哥在外面的本领大得很呢！北京、上海、南京、武汉都跑到了，还去了直隶总督署保定、江苏徐州，到山东登了泰山，看了孔子庙和孟子的家……"

王淑兰问："听说大哥在长沙，带着人把大督军张敬尧也赶跑了？"

没等毛泽东开口，毛泽覃又抢着说："那当然！张敬尧早被大哥赶跑了，就是现在的省长赵恒惕，也怕大哥呢……"

毛泽东说："我没有那么大的本领，是湖南民众的力量……"

杨开慧说："你大哥的本领都是大家给他的。"

毛泽东点点头，对弟弟们说："是这样的，大哥的本领都是大家给的，有些道理我要对你们讲一讲……"

夜静天寒。毛家堂屋里的火盆中燃着木柴，燃烧着的火焰中升腾着泛潮的烟气；火盆四周，静静地围坐着毛家三兄弟和杨开慧，王淑兰给大家朝碗里倒着开水……

毛泽东已经脱去了长袍，只穿着家乡旧时的短袄和棉裤，头上的短发在火光的映衬中显得更短了；他一边缓缓地向火盆中添一两根木柴，一边感慨地说："这几年我不在家，泽覃在长沙读书，家里只泽民一个人支撑，很艰难呀！"

毛泽民长叹了一口气说："这些年兵荒马乱的，家里遭败兵和饥民抢了几次，爸在世时很生了几场气；爸去世后，家境一年不如一年……"

毛泽覃也轻轻叹了一口气："世道不变，二哥再苦撑苦干也是受累受穷。"

王淑兰流着眼泪说："你二哥够难了，爸不在了，这家更难撑了……"

"这是你们的大嫂，杨开慧！"

91

毛泽东静静地说:"我晓得你们辛苦……再不能这样继续下去了!"说着从衣兜里掏出一包纸烟来,取一支,拿了火盆上燃着的木柴开始点烟;毛泽民诧异道:"大哥也会吸烟了?"

杨开慧解释说:"他常在夜里写东西,一写东西就吸烟。"

毛泽东吸着烟说:"我们要改变自己的命运,关心国家的前途,解救人民的痛苦;我们要能够舍得小家为国家,舍得自己为人民,生活才有真意义……"

毛泽民听大哥突然转了话题,心中有些不安地说:"大哥是不是认为我没有撑好这个家?"

毛泽东看了二弟一眼,随手将烟头扔在火中,没有再说话;毛泽民见大哥不说话,便认真地报起了家务账:"民国六年修房子,母亲开始生病抓药;民国七年,败兵几次来这里出谷要钱,饥民还来抢过两次;民国八年死了母亲,九年死了父亲,还给泽覃订婚……这几年,钱用得多,只20亩田的谷子怎么够用?还要吃饭,钱从哪里来呢?我只好把父亲准备进桥头那块田的钱用掉了……"

至于供给哥哥、弟弟在长沙读书的费用,他没有说。

毛泽东问:"是不是还欠了别人一些钱呢?"

毛泽民回答说:"我们欠人家的就是以'义顺堂'的名义发的几张票子,还没有兑换回来。"

毛泽东再问:"有么东西能抵消么?"

毛泽民说:"能,家里还有两头猪。"

王淑兰也说:"仓里还有几担谷,还有别人家代我们喂的两头牛。"

"这就好。"毛泽东对弟弟和弟媳说,"你们讲得都是实情,饥民来抢只有给他们,败兵来要东西我们也没得办法;这不是我们一家发生的事,而是天下大多数人都有的灾难。这叫国乱民不得安啊!"

全家人都静静地听着大哥说话,毛泽东稍微停了一下,又对二弟和王淑兰说:"这几年,你和四嫂①在家受苦了;现在,父母都去世了,家里只剩下你们两个,以后就更辛苦了……"说到这里,毛泽东欲言又止地

---

① 四嫂,按家中排行毛泽东称王淑兰为四嫂。

说，"这样吧，今日我们先休息，有些话我们明日再讲，好么？"

毛泽覃说："明日泽建也会来的。"

"那好！"毛泽东说，"等明日菊妹子①过来，我们一起谈。"

三兄弟走出韶山冲

1921年2月21日清晨，毛泽东和毛泽民、毛泽覃、杨开慧、王淑兰以及赶过来的堂妹毛泽建一起走上后山，站在毛顺生和文素勤没有墓碑的合葬墓前，久久地肃立着、泣不成声……

扫墓归来，毛泽民将早已腌好的猪肝、猪心和腊鱼等平日里舍不得吃的东西全都拿出来，准备了自家酿制的米酒，然后请出两位舅父，一家人在堂屋里坐了下来。

对于大哥毛泽东和大嫂杨开慧、三弟毛泽覃的此次回乡，毛泽民和王淑兰极为高兴；大家在一起说着、笑着，喝着米酒。待酒过三巡，毛泽东对二弟说："我昨日的话还没得讲完，今日要讲一讲了。"

毛泽民憨厚地说："大哥有话尽管说。"

毛泽东直言道："我的意思是，父母都不在了，家里只剩下你和四嫂，干脆不要种田了；你们和菊妹子跟我一道去长沙，一面做些事情，一面补习文化……"

毛泽民一时不明白大哥讲话的含义，听说不要这个家了，不禁问道："哥，我不劳动，哪有饭吃呢？"

毛泽东了解二弟，他深知二弟是千千万万农民中的一员，不容易走出那传统的一家一户的小天地，何况要他把多年辛苦经营的家业全部扔掉！这份家业虽说不大，但也是父母一生的心血啊！还有二弟夫妇多年来的汗水和辛劳——毛泽东耐心地给二弟夫妇讲道理，一再认真开导说："润莲啊，我们要多想想国家的大事，不要只想自己的小家么！你和四嫂，也要参加一些有利我们国家和民族以及大多数人的工作，离开这个小家，是为

---

① 菊妹子，即毛泽东的堂妹毛泽建。

了建立更美好的大家,让千千万万人都有一个好得多的家,这就是舍家为国、为民啊!"

毛泽民听着,一时间没有表态。

毛泽东心里清楚,二弟为人忠厚、稳健,办事踏实、认真,潜在的能力很强,如果将他的才智发挥出来,也必定会很有作为。

停了一会儿,毛泽东转向征询两位舅父的意见:"我们这样做,请问舅父有什么想法么?"

文正兴说:"这是你们的家事,大主意你们自己拿。"

文正莹也说:"三伢子是办大事的人,要怎样做就怎样做好了。"

毛泽东继续对毛泽民说:"二弟完全不用担心没得饭吃,我每月给你几块钱的伙食费,再给你们每人做一套新衣服。"

听了大哥一席话,毛泽民心中开始有些活动了;他看了看妻子,妻子示意他自己拿主意……

毛泽覃沉不住气地说:"二哥,听大哥的话没错的!咱三兄弟也该联手到外面闯一番事业出来,哪能一辈子都窝在韶山冲啊?"

毛泽民喃喃地说:"要是爸妈在世,他们会怎么说?"

毛泽东坚毅地说:"爸妈已经不在了么!我们出去做大事,不能只想自家的事。"

"要去我也去!"毛泽建异常兴奋地说,"当童养媳的日子,我一天也过不得了!"

"外面的世界大得很哩!"毛泽覃大声说,"大哥在长沙是响当当的人物,人缘好,朋友多,连北京、上海都有大哥的朋友;二哥常说我们三兄弟见面不容易,这下好了——只要二哥你们肯离开家,今后我们三兄弟就天天在一起了!"

毛泽民听三弟小小年纪能讲出这样的话来,知道他是跟大哥在长沙闯了一阵的结果,心中很是钦佩,但仍存有顾虑;毛泽东见二弟迟迟不表态,便催问道:"你和四嫂走不走呢?"

"什么时候走?"毛泽民试探着问。

"两三天就走!"毛泽东斩钉截铁地说。

"两三天怎么行呢?"毛泽民有些着急地说,"房子、田地、耕牛、鱼塘、猪和鸭，还有债务，这么多的事情，两三天哪能料理得清？"

毛泽东快刀斩乱麻："二弟，你马上写一个布告贴出去，就说我们都要走了，谁家还有我们'义顺堂'发出去的票子，限定两三天内来兑换钱。你把栏里的猪赶到银田寺去卖了，准备钱，让人家来兑。牛就给别人家去喂养吧！你如果要向别人讨钱，除非他把牛卖了，才能还你。不能逼人家去卖牛么！现在快春耕了，他们没得牛怎么办啊？别人欠我们的账不要算了，一笔勾销！我们欠人家的共有多少，一定要还清。田给困难户种，房子给别人住。仓里的谷子就不要动了，留到春耕时给上下屋的人，把腌好的肉分送给邻居，父母留下来的衣服、被子也全数送给穷苦人家去用。凡是帮过我们的，二弟、三弟都要去打个招呼，向他们道谢告别。"

毛泽东这番话，给了毛泽民很大的震动——抛弃祖宗留下来的这份家业，也像大哥一样跑出去工作，他从来没想过；可他也毕竟读了几年书，觉得大哥讲得有道理，大丈夫就应该为国为民着想，连三弟和菊妹子都想出去干一番事业，自己还犹豫什么，还有什么舍不得呢？

毛泽东又说："我不想在家待好久，长沙还有事。你们看是不是抓紧准备一下，跟我一起走？"

"我跟你们走！"毛泽民终于定下决心，"可一两天怎么能准备好呢？大哥再多住几口，我们商量一下，屋留给哪个住？田给哪个种？安排好了，就一道走……"

"我是要先走的。"毛泽东说，"你们随后跟上来就是了。"

毛泽东确实有事在身，他不能在韶山久留——当日晚，三兄弟在一起将诸多事商议好了，第二日又请来一些日常帮忙的乡邻表示了感谢，然后向乡亲们一一道别……

1921年2月23日，一大早，毛泽东和杨开慧就带着毛泽覃、毛泽建匆匆离开了韶山冲，直奔长沙。

临行前，毛泽东再三嘱咐二弟："你们去长沙，东西不要带多了，不然还要多出船费和脚力钱。"

毛泽民和王淑兰点头应承："我们记下了！"

毛泽东走后，毛泽民就按照大哥的嘱咐，认真安排、打理好了家中的一切。

就要离开家了,毛泽民最舍不得的就是日常挂在屋里墙上的那两张照片,一张是父亲的留影,一张是兄弟三人同母亲的合影。他想,如果随身带走,担心途中遗失或不慎摔坏了镜框,如果留在家里,家里日后又没有人了;他左思右想,最后决定将两张照片交给两位舅父带去唐家坨,交给表兄代为保管。

1921年2月末的最后一天早晨,毛泽民和王淑兰料理完家中最后的一些事情,上路了。

毛泽民对去长沙是茫然的,对到了长沙以后的生活心中更是没有底数,他认为还是应该带些粮食。因此,他担了一担米,让送他的老表也为他担了一担;除此,他们还推了两车柴,送到银田寺搭船去长沙。毛泽民想:反正少带东西是一船,多带东西也是一船,米和柴是自己的,不用花钱买,只是出几个脚力钱罢了。

临离开韶山冲时,毛泽民不像大哥那样义无反顾地毅然离去,而是几次回头留恋地观望;他仍不忍心掉头就走,他看着春晖下的上屋场,觉得眼前的一切似乎比往日显得格外寂寞——内心深处,他感到了一阵怅然。

面对丈夫对家乡的留恋,王淑兰只得劝慰说:"走么,大哥还在长沙等我们呢!日后有时间,还可以回来看看么……"

"走!"毛泽民终于掉头转身不再看,迈着坚实的步履走向前方……

毛泽民一行人一到长沙,便直奔大哥事先指定的地点——小吴门外清水塘。毛泽东已在那里等候他们了。

见到二弟一家的到来,毛泽东脸上露出了欣慰的笑容。这时,毛泽东依然担任着省立一师附属小学的主事,他安排二弟担任了小学校的校务,管理全校的经费,并具体负责师生们的伙食。

至此,毛泽东一家人算是彻底从韶山迁到了长沙。三弟泽覃仍在附小读书,泽建被安排到了伍家井崇实女子职业学校学习。

毛泽民和王淑兰住在妙高峰。一切安顿下来以后,毛泽民细细一想又觉得有些好笑:自己刚刚放弃了自家的一切营生,没想到跑出这么远来又干起了"管家"!

两天后,已同毛泽覃订了婚的赵先桂小姐,也被家里人送来长沙,毛泽东很高兴地安排她进了伍家井崇实女子职业学校,同毛泽建一起读书。

毛泽民在学校上任三天，就感到了压在他肩上的担子很重，着实有些"巧妇难为无米之炊"的窘迫。教师们每月领的薪水很少，很多教师还要凭着这一点薪水养家糊口，大家多是这个月便吃了下个月的粮，每一顿饭都在精打细算之中……

看着教师们的清苦，毛泽民相信了"孩子王，成天忙，养不起堂客，饿坏了娘"的传闻。他把这些看在眼里，悄悄记在心上；他常常一个人徘徊在学校食堂旁边，却一时又找不出解决问题的办法来……

已经一周了。毛泽民为着解决学校的膳食终日闷闷不乐、冥思苦想，他觉得教师们整天讲课、批改作业，肚子里却空荡荡的怎么行呢？自己是校务，既然当了这个"管家"，就要想尽一切办法让大家有饭吃，还要想办法尽量让大家吃好！

为了改善学校伙食，毛泽民常常跑去街头逛菜市，搞市场调查；很快，他发现猪蹄、猪下水很便宜，仅是猪肉价格的三分之一——他有办法了、高兴了！

一天，学校食堂冒出了新鲜事：教师们一个个瞪大了眼睛望着案桌上的肉菜，一盘盘红烧猪蹄花、一碗碗酸菜炒大肠、一碟碟色鲜新颖的时令小菜，顿时感到口齿生香；这是他们在学校里从来没有想到过的，谁也不敢前去问津，只是二二两两地议论着这桩"怪事"……

毛泽民见到大家这副样子，便走上前解释说："今日给大家改善伙食，菜价照常便宜，不多收大家一文钱！"

教师们明白了情况，一个个都高兴极了，纷纷称赞学校从此有了一位好校务。大家说："每月只4块钱，能吃上这么香、这么好的饭菜，可真叫人高兴哩！"

看着大家高兴的样子，毛泽民感到自己连日的辛劳没有白费，不禁咧开他那宽厚的嘴唇悄悄地笑了……

一天傍晚，毛泽东和杨开慧带了泽覃来妙高峰看望泽民和王淑兰；毛泽民夫妇高兴地为大家准备晚饭，一家人心情舒畅地在一起，吃了毛泽民亲手炒的苦瓜、辣椒和王淑兰煮的清水芋头。

饭后，兄弟三人漫步月下，谈今论古，感慨颇多。毛泽东望着挂上树梢的冷月，低声叹息道："家如悬月团圆少，人似浮云散去多……"

毛泽民笑了说："人事有代谢，往来成古今……"

毛泽东也笑了："二弟出来了就好，学校对你是一片赞扬声哩！"

毛泽覃说："那当然，二哥当家是一把好手哩！爸在时常夸二哥会当家……"

毛泽东问三弟："你学习么样？有么志向啊？"

毛泽覃举头望月，煞有介事地说："秦时明月汉时关，万里长征人未还。但使龙城飞将在，不教胡马度阴山！"

毛泽东再一次笑了："三弟把王昌龄的诗记得这样熟，是要当大将军哩！"

毛泽民也笑了："他从小就爱打仗！"

毛泽覃争辩说："在乡里那是闹着玩，将来我真的要带兵打仗呢！"

毛泽东爱惜地抚摸着三弟的头，语重心长地说："我们三兄弟，要为中华民族的解放事业、为天下的劳苦大众，舍生忘死地大干一场！"

泽民和泽覃同时说："大哥说得对！舍生忘死、大干一场！"

毛泽东一手拉了二弟、一手拉了三弟，心情振奋地说："难道我们还不如《三国》中的刘、关、张么？我们是亲兄弟，总比他们要强些！"

听着大哥的话，泽民和泽覃的心绪也都激动起来……

是年，毛泽东 28 岁、毛泽民 25 岁、毛泽覃 16 岁。

第三篇

武昌城下兄弟聚首

黄浦滩头党诞生

1921年5月1日,在毛泽东等人的组织下,长沙的工人、学生举行了庆祝国际劳动节的游行示威大会。

当天晚上,毛泽东在何叔衡任馆长的通俗教育馆召集了诸多新民学会的会员开会,认真总结了白天组织群众游行示威的情况,并布置了下一阶段社会主义青年团和共产主义小组及马克思主义研究会的工作。

会后,当毛泽东回到他所住的船山小学时,已是午夜了。

杨开慧为丈夫准备了简单但很可口的夜宵,准备了茶水。毛泽东吃过夜宵,喝着茶水,静静地对妻子说:"霞妹,现在斗争形势很复杂,今日我们组织了游行示威,赵恒惕不会善罢甘休的,我们要预作提防……"

杨开慧顺从地点点头:"你说怎么办就怎么办,一切我都听你的安排。"

毛泽东握了妻子的手,轻声说:"先把文件收拾一下,把该收的书籍也收拾起来,随时准备搬家。"

"嗯!"杨开慧依靠着丈夫的肩头坐下来,柔静地说,"我会认真收拾、准备的。"

屋外的夜空群星闪烁,万籁俱寂;屋内的油灯下,毛泽东又要铺纸磨墨、挥笔疾书了。

"我来……"杨开慧拿过毛泽东手中的烟墨,一边在放了水的石砚中不轻不重地磨着,一边对丈夫说,"你总这样忙,白天忙了夜里还要忙,日子久了会吃不消的……"

"不妨事!"毛泽东坐在竹椅上看着磨墨的妻子,宽慰道,"我的身体结实得很,是我在一师坚持锻炼的结果,很受益哩!"

"爸爸在世时常说你像'疯子'……"杨开慧笑语道,"也没见哪个锻炼身体像你那样的……"

"疯狂以激斗志!"毛泽东说,"明日,我们一起去爬岳麓山,放松放松筋骨!"

"嗯,我跟你去!"杨开慧面对丈夫笑了……

第二天傍晚,忙碌了一天的毛泽东携妻子登上了岳麓山。

初夏的暖风吹拂着万绿葱茏的山峰。岳麓书院后面清风峡的小山上,高耸的爱晚亭飞檐拱翘,四周的枫林在微风中摇摆着茂盛的枝叶,发出阵阵"哗啦啦"的声响;毛泽东和杨开慧这两位爱侣乘着轻风爽意,挽手漫步在爱晚亭前,面对亭前石柱上的刻联"山径晚红舒,五百夭桃新种得;峡云浮翠滴,一双驯鹤待笼来",毛泽东感叹道:"现在桃也种不得,鹤也笼不得,怎么办?"

杨开慧笑道:"正所谓'夕阳西下'、'小桥流水人家'……"

毛泽东说:"走,那我们就去'小桥流水人家'看看!"

说话间,二人走上爱晚亭旁的清枫桥,依栏而望,但见桥下的兰涧流水潺潺,石崖岸边草茂花红;毛泽东动情地说:"这么好的地方,可惜被军阀们搅得昏天黑地,民不得安!"

杨开慧低吟道:"安得广厦千万间,大庇天下寒士俱欢颜……"

"要奋斗呢!"毛泽东拉着妻子的手,走下清枫桥,"过几日我再到洞庭湖周围走一遭,搞一下农村的社会调查……"

"我也去……"

"你莫去了,学会和书社的事还需要你打理些,三弟和菊妹子、先桂那里也需要你照看呢……"

几天后,毛泽东又一次步行到了洞庭湖地区的岳阳、华容、安乡、常德、湘阴等县,认真做了农村的社会调查。

回到长沙,已是6月下旬了。

6月29日,毛泽东接到上海共产党发起组的通知,便和何叔衡商议同赴上海,代表湖南共产主义小组去出席中国共产党的第一次全国代表大会。

下午,已经搬到清水塘住的毛泽东在一师附小的房内伏案疾书,杨开

慧关爱地为丈夫沏好了茶水。

毛泽东放下手中的毛笔，眼中充满了爱意说："霞妹，你是我的妻子，又是我的帮手，我的生活和事业都少不得你啊！"

杨开慧微微一笑："我更少不得你……"

毛泽东轻轻拉了妻子的手："将来，我们有了孩子……"

杨开慧的脸微微一红："想要孩子啦？将来，我们一定会有孩子的，孩子们也一定会像他们的爸爸一样，成为敢想敢闯、为国为民的人……"

"嗯！"毛泽东也微微笑着，"将来，我们的孩子也要成为革命的斗士。"

杨开慧憧憬着未来："到那时，我为你抄写手稿，哄孩子，烧饭……"

毛泽东深情地说："到那时的工作会更多、更忙，你也要战斗呢！在我们的革命队伍里，少不得你霞妹么！"

杨开慧甜甜地笑了："毛泽东就是毛泽东，怪不得爸爸看中你了！"

毛泽东也笑了："你没看中我么？"

杨开慧一时语塞，情深意长地回忆道，"……'请问，这是杨先生家么？'"

毛泽东也回忆道："'板仓杨寓'。"

杨开慧再忆："'是杨昌济先生家吗'？"

毛泽东学着杨开慧当年的语调说："我家世居板仓，人称家父'板仓先生'。"并再一次笑了，"我要去上海了，家中的文件、书稿、信件，你要保管好，莫出差错……"

"放心吧！"杨开慧点头，郑重地说，"我是毛泽东的妻子，会像你一样保管这些材料的。"

"我去上海期间，你要多保重！"

"你也要保重……"

这时，有人轻轻扣门；杨开慧警惕地听了一下，随即说："是何胡子来了！"

毛泽东吸燃了一支烟，说："他像钟表一样呢！"

杨开慧笑着去开门，何叔衡匆匆而入。

下午6时，毛泽东和何叔衡搭乘的小火轮在夕阳中驶离长沙，沿湘江渐渐远去……

上海，法租界贝勒路树德里三号（望志路106号）。

这里是上海的共产党代表李汉俊的哥哥李书城的寓所，是一栋砖木结构的二层楼房，从外望去像是一幢一上一下的石库门房屋；楼上是李书城夫妇的寝室，楼下的客堂中间摆放着一张长方形的大餐桌，室内再没有什么特别的陈设，只有十几把木椅围放在大餐桌旁。

1921年7月23日，中国共产党第一次代表大会，就在这简单的客堂里开幕了。

出席会议的代表共13人。他们是：湖南的毛泽东、何叔衡，湖北的董必武、陈潭秋，上海的李达、李汉俊，北京的张国焘、刘仁静，山东的王尽美、邓恩铭，广东的陈公博，东京的周佛海，还有陈独秀指定的代表包惠僧。他们代表着全国50多名党员。共产国际代表马林和尼科尔斯基也出席了会议。

会场布置虽然简单，但气氛十分庄重。

会议原定由陈独秀主持，但他因广州公务繁忙不能抽身，未能出席会议。临开会前才另定了主持人选。因会议主持者必须经常与各地代表以及共产国际代表联系，而李达、李汉俊都不喜交往，与马林接触后，彼此关系也不够融洽，遂推举张国焘主持会议，毛泽东和周佛海任记录。

会中，代表们发言热烈。首先确定了会议议程：听取各地小组活动的报告，起草并讨论党的纲领和工作计划，选举党的中央机构。

几天会议，毛泽东除担任会议记录外，只做过一次发言，介绍长沙共产主义小组的情况。和其他各地小组相比，长沙的组织是比较统一而整齐的，并且已经有了实际的工作成绩。因此，毛泽东的发言给代表们留下了深刻的印象。

"一大"的中心内容是讨论正式建立中国共产党的问题。经过代表们几天的讨论，主要通过了两个文件：一是《中国共产党党纲》，二是《关于当前实际工作的决议》。

党纲确定党的名称是中国共产党，规定党的奋斗目标是领导中国无产阶级通过武装斗争，推翻资产阶级的国家机器，建立无产阶级专政，实现生产资料公有制，消灭阶级，最终实现共产主义。

同党纲确定的奋斗目标相适应，大会通过的《关于当前实际工作的决议》，确定党成立后的中心任务是集中力量组织工人阶级，发展工人运动。

大会选举陈独秀、张国焘、李达组成中央局。陈独秀为书记，张国焘分管组织工作，李达负责宣传工作。

从此，毛泽东作为中国共产党的创始人之一，开始了崭新的历程。

7月30日，贝勒路树德里（望志路）附近出现了异常情况，租界巡捕增岗加哨，对来往行人严加盘查……

共产党"一大"的代表们迅速警惕而机智地离开了李书城夫妇的寓所。

7月31日，在浙江嘉兴南湖的一条游船上，中共"一大"代表会议仍在进行中。即日，"一大"会议在南湖的游船上宣告闭幕。

会后，毛泽东被派回湖南，任湘区党的书记，负责创建湖南地方党组织和创办自修大学训练革命青年，并集中力量领导湖南的工人运动。

8月上旬，毛泽东回到长沙，即刻开始了创建湖南地方党组织的工作，并对湖南的工人阶级状况进行全面详细的了解和调查。

8月中旬，中国劳动组合书记部①（即中国工会办事处）在上海成立，毛泽东被任命为湖南分部的主任，直接在第一线领导湖南全省的工人进行斗争。

从8月16日起，毛泽东连续5天在长沙《大公报》上发表文章，表明了他要创办湖南自修大学的主旨，并向社会公布了湖南自修大学的组织大纲。

8月下旬，毛泽东等人在船山学社社长兼船山中学校长贺书范的支持下，正式创办起了湖南自修大学。毛泽东担任教务长，具体负责主持学校的各方面工作，大力提倡理论联系实际的学风。这是中国共产党成立后，在全国范围内创办的第一所培养干部的学校，在某种意义来讲也可说是中国共产党的最初"党校"。

从这时起，身兼数职、肩负重任的毛泽东开始有组织、有计划地派出许多党、团员干部，深入工厂、矿山、铁路的产业工人中，积极创办工人夜校，以大力推动工人运动……

---

① 中国劳动组合书记部，即中国工会办事处。

这时，毛泽民也从一师附小来到了自修大学担任校务。

在自修大学，毛泽民既是学生，又是学校的管理人员。他不仅把开办自修大学的400元钱管理得有条有理，而且学习用功，更主要的是在思想上向革命迈进了一大步。

一天，闲不住的毛泽覃来到大哥大嫂住的房间，发现一只小箱子上着锁，出于好奇，他趁哥嫂不注意将箱子藏了起来，想抽空打开来看个究竟；杨开慧很快发现丢了文件箱，急得要命，赶紧告诉了毛泽东。当二人正要召集党的负责人商议应急措施时，毛泽覃胆怯地将小箱子交了出来，气得毛泽东狠狠地打了他一顿……

事后，杨开慧嗔怪丈夫不该打三弟，毛泽东说："玉不琢不成器，润菊也不小了……"

进入9月，能够知错改错的毛泽覃也跟随大哥、二哥来到自修大学，一边读书，一边提高思想认识和识别事物的能力。

这时，毛泽东又一次离开长沙，到外地去做社会调查了。毛泽民有事想同大哥商量，便和同学许志行、三弟泽覃一起署名给毛泽东发了一张明信片，毛泽民执笔在信片上写了"毛泽东先生启、南北家寄"等字样。

不久，毛泽东回到了长沙。

见到二弟，毛泽东对他说："你们写的明信片我收到了，但我有话要对你讲几句呢！"

毛泽民静静地听大哥讲："'启'是'打开'的意思，封起来的信要'启'，明信片怎么个'启'法？应该写'收'才对；再说，'家寄'也就是毛家寄的，可你们三人的署名中有许志行，他不姓毛嘛！怎么能写'家寄'呢？"

毛泽民没想到，一张小小的明信片竟有如此大的学问；他历来佩服大哥的知识渊博，现在更是耐心地听着大哥的认真教诲，同时在心里憋足了一股劲，一定要好好地学习文化，不让大哥总为自己操心……

安源路矿大罢工

1921年10月10日,毛泽东组织创建的中国共产党湖南支部成立,毛泽东任书记。

10月中旬,毛泽东与夏明翰赴衡阳湖南省第三师范进行建党活动,向师生们演讲、宣传了进行无产阶级革命的必要性。

10月下旬,毛泽东再次徒步到安源路矿进行考察,天天躬身走进低矮破旧的工棚,多次下到又脏又黑的矿井,和工人交朋友,调查工人们的状况,启发大家团结起来,为着自身的解放,同剥削者做不屈不挠的斗争。

是年秋天,杨开慧加入了中国共产党,并担任机要和交通联络工作。从此,她跟随毛泽东奔走在救国救民的艰难征途中……

11月,毛泽东对"湖南劳工会"的领导人黄爱、庞人铨进行了耐心细致的思想教育工作。毛泽东的教导,使黄爱、庞人铨等人最终放弃了原先坚持的无政府主义,转而信仰马克思主义,争取到了"劳工会"的广大群众。

冬季里,毛泽东同李立三再次徒步来到安源,住了一个星期,认真考察了工人运动。这已是毛泽东第三次到安源了。

早在1920年11月间,毛泽东第一次到安源进行考察,就注意到了安源矿工这一大块"未被开垦的处女地"。

按照共产党中央的指示,要点燃中国无产阶级革命的烈火,首先必须从工人运动开始。

毛泽东近期两次深入安源,就是要组织和发动安源工人的大罢工,向剥削阶级发起一次强有力的猛烈冲击。

毛泽东在考察中了解到,安源路矿工人深受矿主的残酷剥削和压迫,每天劳动强度大、时间长,而且工资低微。矿井没有任何安全设备,经常发生冒顶、穿水和瓦斯爆炸等严重事故,致使矿工们不断伤亡,矿长和把头还时常无故打骂虐待工人、甚至滥用私刑,矿工们既没有生活保证,也没有生命保障。

毛泽东还注意到安源流传着这样的民谣：

少年进炭棚，老来背竹筒；病了赶你走，死了不如狗。

12月上旬，毛泽东回到长沙后，派遣李立三到安源继续深入开展工人运动。

12月中旬，"湖南劳工会"领导的工人运动已由安源波及到了长沙；在长沙，也开始出现了反对军阀统治的工人罢工、市民罢市、学生罢课。

1922年1月，湖南省长赵恒惕下令逮捕并处死了"湖南劳工会"的领导人黄爱和庞人铨，结果引发了广泛的反对赵恒惕的工人运动。

鉴于斗争形势的需要，在毛泽东和李立三的策划下，安源很快建立了第一所工人补习学校，并成立了安源路矿工人俱乐部。

1922年2月，安源在毛泽东的布置下建立了第一个党支部，这也是湘区最早的产业工人党支部。

在中共安源路矿支部会上，毛泽东对大家讲："不要急于把共产党的旗子打出去，要注意公开工作和秘密工作相结合，防止过早暴露党的组织。"

毛泽东在湖南的大地上多处奔走，认真宣传着中国共产党所倡导的革命思想。4月29日，毛泽东在衡阳第三师范做了关于社会主义的演讲。5月中旬，毛泽东再一次来到安源，召开了中共安源路矿支部会，听取前一阶段的工作汇报。会上，当他听到安源工人在"五一"这天呼着口号、冒雨举行了声势浩大的游行时，不停地点头称赞说："好么，很好！工人们真得发动起来了！"

这时，有人说起了游行时所喊的口号，最响亮的一句是"中国共产党万岁"。毛泽东摆了摆手，表情严肃地告诫大家："这样不可以呢！我们党暂时还不能公开，对敌斗争要胆大心细，要有勇有谋……"

毛泽东的话及时提醒了大家，使安源路矿党组织和工人俱乐部的人们从此认真注意了对敌斗争的策略。

回到长沙，毛泽东继任湖南自修大学校长。

5月底，中共湘区委员会正式宣告成立，毛泽东任书记。这是中国共产党的第一个省委。

6月17日，中国社会主义青年团长沙地方执行委员会改组，由毛泽东出任书记。

7月间，毛泽东得知党的第二次代表大会在上海召开，便急速赶往上海，但在匆忙中忘记了开会地点，一时又找不到任何同志，只得返回了长沙。

这时，中国共产党召开的第二次全国代表大会，根据列宁关于民族和殖民地问题的理论和中国社会的实际情况，通过了《关于"民主联合阵线"的决议案》，决定中国无产阶级应该参加民族革命并帮助中国国民党。

9月初，毛泽东又到安源，与蒋先云、朱少连等安源党组织和俱乐部的负责人分析了斗争形势，提出并研究了路矿工人大罢工的实施方案。毛泽东特别强调"哀兵必胜"的斗争策略，要做到"哀而动人"，以求大力争取社会舆论的广泛支持，孤立分化路矿当局。

9月5日，在毛泽东的指导下，长沙泥木工会宣告成立。毛泽东亲自起草了工会章程。

9月11日，中共湘区执委会创办了湖南自修大学附设补习学校，毛泽东不辞辛劳地出任指导主任。

同一天，刚从苏联回国的刘少奇也受毛泽东的委派抵达安源，协助李立三领导和具体组织路矿工人的大罢工。

9月14日，经过充分准备的安源路矿工人正式举行了总罢工。

罢工在毛泽东的总策划下，在直接总指挥李立三、刘少奇的领导下，工人们开展了5天紧张激烈而又合理合法的斗争。路矿当局最终被迫接受了工人们提出的要求，承认俱乐部有工人代表的权利。

安源大罢工取得了重大胜利！

这一胜利，是毛泽东领导工人运动的第一次伟大的胜利。消息传开，全国工人阶级一时大受鼓舞，纷纷为之欢呼并通过成立、扩大工会组织予以通电声援……

是年秋天，思想觉悟已得到极大提高的毛泽民，由代理毛泽东主持自修大学工作的何叔衡介绍，光荣地加入了中国共产党，庄严宣誓为谋求中国劳苦大众的彻底解放、为着共产主义事业而奋斗终生！

1922年10月5日，在毛泽东的直接领导参与下，长沙泥木工人宣布罢工。毛泽东不顾个人安危，亲自出任工人的首席代表，与反动政府进行面对面、针锋相对的斗争，罢工行动一直坚持了20多天……

在这斗争的日子里——10月24日，杨开慧生下了她和丈夫的爱情结晶，毛泽东夫妇高兴极了。在为这第一个儿子取名字时，毛泽东征询杨开慧的意见，杨开慧说："按你们毛家的宗谱排列，儿子应该排'远'字辈，你看叫'远'什么好呢？"

不想毛泽东却说："我早已是'离经叛道'的人了，恐怕祖宗也会责怪我。"

杨开慧笑道："你怕祖宗责怪，这倒使我想起了一句话，叫做'苦海无边，回头是岸'……"

毛泽东随即笑道："好么！那就以这个'岸'字为序，儿子就叫'毛岸英'吧！"

杨开慧想了想，认为儿子的这个名字取得很好，既"伟岸威武"又"英俊潇洒"，便十分高兴地答应下来。

随着第一个儿子的降生，由毛泽东直接领导的泥木工人大罢工也取得了决定性的胜利，湖南省府被迫接受了长沙泥木工人们的基本要求。

10月26日，泥木工人的罢工斗争胜利结束。

11月1日，毛泽东在领导安源路矿工人大罢工、长沙泥木工人大罢工取得双重胜利之后，又主持召开了粤汉铁路总工会成立大会。这是中国共产党领导的全国"两大产业组合"之一，也是全国铁路工人中最早的一个统一组织。

同日，毛泽东还主持召开了湖南省工人团体联合会成立大会。这是中国共产党领导的全国"两大地方组合"之一。

11月5日，毛泽东在湖南省各工会第二次代表会议上，被选为省工团联合会干事局总干事。

转眼进入12月。

在这段日子里，毛泽东日夜忙于工作、忙于对敌斗争，很少有时间回家去看望刚刚生了孩子的杨开慧，也没有时间去尽心抱一抱他渴望已久才得到的第一个儿子……

这时的毛泽覃已经17岁了。平日里，毛泽覃不仅知道了用心学习，而且凡是青年团和自修大学交给他做的事，他都非常认真、积极地想尽一切办法去完成，并干得很出色。

毛泽东看着三弟的茁壮成长，打心眼里感到高兴。

一天，在水口山铅锌矿搞工人运动的蒋先云来到自修大学找毛泽东，毛泽东便将三弟泽覃托付给他，希望三弟去工人运动的风口浪尖上闯一闯。

毛泽覃从小闯劲十足，如今已经17岁了，闯劲也更足了！

12月5日，震惊中外的水口大罢工爆发了！

一时间，水口山铅锌矿区轰鸣的机器全部停止了转动，矿井也空无一人。一队队工人纠察队在各处巡逻。平日作威作福的工头们全都找地方龟缩起来。

资本家被断了财路，恨得牙根生疼，一面调兵遣将、请出军警威慑镇压，一面又发出"请帖"，邀请罢工负责人蒋先云等到矿局衙门里去谈判。

去还是不去，关系重大。在工人俱乐部，蒋先云召集了骨干来讨论这个问题。

讨论中，毛泽覃说："去还是应该去，据理力争，壮大我们的声威！但在外面我们要把3000多工人组织好，做代表们的后盾！"说着，他从墙壁上拿下了一面铜锣，又说，"如果资本家想害咱们的工人代表，我就猛敲铜锣，纠察队员立即往里冲，坏蛋们准得乖乖就范！"

第二天，蒋先云等人昂首走进了矿局衙门，没谈几句，资本家就粗暴地逼他们下令工人复工；遭到严词拒绝后，资本家招进了埋伏好的十几个打手，准备对工人代表们下毒手。

这时，早已躲在暗处的毛泽覃见状，立即从背后取出铜锣，一阵猛敲。

随着阵阵铜锣声响，数不清的工人举着各式工具迅速涌进局衙，一阵阵震天动地的抗议声响彻了云霄。

资本家顿时吓坏了，乖乖地在协议书上签了字，罢工取得了决定性的胜利。

17岁的毛泽覃在斗争中经受了严峻的考验，他那临危不惧的锣声受到了工人们的称赞。

12月11日至13日，毛泽东率领各工会代表与湖南省反动当局进行了面对面的说理斗争，维护了广大工人的利益，使这一阶段的工人运动取得了完全胜利。

是年冬天,毛泽东再次到安源,在这块中国工人运动的最早发源地,总结了工人罢工斗争取得胜利的成功经验。

"安源路矿工人消费合作社"

1923年年初,毛泽东派共产党员刘东轩和谢怀德到衡山岳北白果一带开展农运工作,并让堂妹毛泽建做好成立湖南第一个农民工会的准备。

2月7日这天早晨,灰蒙蒙的安源镇老后街上突然显露出以往不曾有过的喜庆场面:街口挤满了衣装不整的男男女女、老老少少,还有许多铁路工人和煤矿工人也都聚集在这里,人们的脸上都挂着喜悦的神情说说笑笑……

不知就里的人感到奇怪:今天这是怎么了?有什么事值得这样喜庆?这么多人聚在一起要干什么?

随着一阵掌声、欢呼声和鞭炮声,诸多疑问被解开——"安源路矿工人消费合作社"的大木牌被人们横挂上了临街房屋的中上方。

这时,一位身穿蓝粗布上衣的青年男子从这幢简陋的二层小楼里走了出来。他大约二十七八岁的样子,宽脸庞、厚嘴唇,一双大眼睛炯炯有神,嘴角上显露着兴奋与激动,不时伸出热情的双手向前来祝贺的人们表示谢意。

他,就是受毛泽东派遣来这里担任工人消费合作社经理的毛泽民。

毛泽民用一句浓重而洪亮的湖南乡音当众宣布:"我们安源路矿工人消费合作社今日正式开张营业了!"

工人们争先恐后地挤进了合作社,大家都想看个究竟,要亲眼看一看工人消费合作社里到底有些什么……

一看这里什么都有,米、油、盐、布、香烟、草纸、灯油……吃的、用的齐全,而且价格比别处商人那里便宜得多——工人们高兴了!

但人们不知道,这一切都是毛泽民费了很大的心血才做到的。为了继续维护罢工的胜利成果,为了工人们的切身利益,毛泽民自去年冬天到安源后，一直深入矿井和工人家中进行宣传，让大家自觉自愿地为成立自己的消费合作社入股。工人们在生活极其困难的条件下，你出一块、我出两块，就这样凑起了属于自己的合作社的本钱；钱虽不多，但众人拾柴火焰高，合作社就像一盆火，吸引着广大矿工的心。

毛泽民一心扑在工作上。为了能够把商品价格降得更低一些，他自己或指派专人去武汉、长沙等地成批进货，费尽心机才使价格降了许多，工人们怎能不高兴呢！

毛泽民就这样在安源办起了"中国第一个消费合作社"。随着时间的推移，消费合作社越办越大，还开设了好几个分社，毛泽民除了担任总经理外，还参加安源路矿党的工作。

正当毛泽民在安源红红火火地办起了消费合作社时，因为工作繁忙、日夜操劳，他很少有时间照看妻儿；王淑兰又是一个闲不住的人，不久便带着女儿毛远志回韶山去了。

自从1913年18岁的王淑兰嫁到毛家，10年里她和毛泽民共生了5个孩子，但不幸有4个孩子夭折了，只存活了一个女儿毛远志。

就是这样一个宝贝女儿，毛泽民也无暇常去看望。合作社的建立和扩大，耗费着毛泽民的大部分精力和心血，不仅推动了安源工人运动的发展，而且还为党的活动筹集了一大笔资金。

毛泽民从小善于理财的本领，在此已显露出"经济专家"特有的"派头"。

同是在1923年的春天，京汉铁路大罢工在河南郑州爆发。

大队的军警赶来镇压。许多间工房被烧，许多铁路工人被杀、被打伤、被抓捕，著名的京汉铁路工人大罢工，遭到北洋军阀吴佩孚的血腥镇压。

发生在2月7日的京汉铁路工人大罢工遭到镇压的惨案发生后，毛泽东再次来到安源。

在安源路矿工人俱乐部，毛泽东召集工运的领导人一起开会，认真分析了"二七"大罢工失败后的形势。毛泽东对大家说："'二七'大罢工失败了，各地军阀也会效仿吴佩孚，反动势力会迅速抬头；同志们，我们必须做好充分准备，要认识到今后的斗争会更残酷，时间会很持久……"

蒋先云表示说："请毛泽东同志放心，我们早就准备着被捕坐牢呢！就是砍头、枪毙也不怕！"

"不，不！"毛泽东严肃地说，"我们不能仅仅只做这样的准备，我们要等待时机，挽弓待发。"说着，毛泽东告诫大家，"现在，毛泽建等人已做好了成立湖南第一个农民工会的准备，我们工人和农民要联合起来，同反动派进行长期而有效的斗争！"

说话间，毛泽东点燃了一支香烟，狠吸了两口继续说："在中国，目前工人的力量还相对薄弱，而在广大农村，生活着几万万受苦受难的农民；我们应该而且必须看到，在广大的农民身上蕴藏着无穷的力量！中国的革命如果不重视农村问题，将不可能获得成功！"

毛泽东的讲话，得到了与会者们的认同……

4月10日，毛泽东同李达等人在湖南自修大学创办的校刊《新时代》月刊创刊号出版，发表了毛泽东关于推翻封建军阀统治和打倒帝国主义、倡导民主的文章《外力、军阀与革命》。

4月中旬的一个夜晚，在长沙小吴门外清水塘毛泽东的住所里，杨开慧为丈夫准备好了一个小布包，几次恳切地劝说丈夫："你是党在湖南的领导人，你的安全关系到党的事业，就是我去坐牢，你也不能去！你就听我一句话，快走吧……"

站在一旁的毛泽建也焦躁地催促道："大哥，你就听大嫂一次，走吧！"

在灯下看书的毛泽东放下了手中的书籍，坦然地对妻子和堂妹说："我不能走，我是领导，这里还有我的工作么！再说，他们要抓我也只是估计，毕竟还没来抓么！"

毛泽建跺了脚说："他们要来抓你就晚了！"

杨开慧也提醒说："赵恒惕是条披着羊皮的狼呢！"

毛泽东微微一笑："这就对了么！我们就是利用了他的这张羊皮，才达到了罢工的目的……"

毛泽建着急地说："别笑了，大哥！快走吧，披着羊皮的狼也是狼，更狠！"

这时候，门外有人敲门……

立刻，杨开慧和毛泽建都警惕起来；毛泽东却笑道："莫紧张，不是来抓我的，是省工团联合会的郭亮同志来了。"

杨开慧这才去开了门，进来的人果然是郭亮。毛泽东问："郭亮同志，有事么？"

郭亮急切地说："毛泽东同志，请你立刻转移，赵恒惕派人要来抓你了！"

毛泽东仍然笑着："噢……"

"你还笑！"杨开慧真急了，"快走吧！"又对站脚未稳的郭亮说，"我和建妹子劝他半天了，他就是不走……"

"他是不放心这里的工作……"郭亮理解地说，"刚才有人送信来，说赵恒惕下了命令，一定要抓到毛泽东；我们已经紧急研究过了，毛泽东同志的安全决不能出问题，请毛泽东同志立刻去市郊！"说着，郭亮指了指门外，"护送的人就在门外，到了市郊我们可以随时联系，省工团的工作我们会去做的……"

毛泽东却神定情稳地对郭亮和杨开慧说："现在反动派端起刺刀，镇压工人运动，我们不少群众领袖被残害，不少工会被封闭。但是，这吓不倒我们工人阶级，团结是我们工人阶级的武器。过去，全国支援了安源，我们取得了大罢工的胜利；现在，我们一定要支援全国，支援京汉铁路工人！"

杨开慧将准备好的小布包递向毛泽东，催促道："润之，走吧！你讲的这些我们都记下了，长沙还有我们，还有大家……"

"好吧，我走！"毛泽东只得站起身来，"这样可以成全赵恒惕，让他到全省的劳苦大众中去找我毛泽东吧！"

"走吧！"毛泽建双手向屋外推着毛泽东，"我的好大哥，快走！"

10多天后，抓不到毛泽东的湖南军阀赵恒惕开始"通缉"毛泽东。

这时的毛泽东已经奉共产党中央的调动前往上海。临行前，毛泽东两次向中央派来接任湘区委书记的李维汉同志介绍情况，有条不紊地交代、部署了工作。

5月，毛泽东同共产国际代表马林一道，由上海前往广州，筹备中共党的第三次代表大会。

1923年6月12日至20日，中共"三大"在广州召开，毛泽东出席了会议。

毛泽东在会上批评了张国焘的"左"倾关门主义和陈独秀的右倾观点，坚持了正确意见，论证了和国民党建立革命的统一战线的必要性，尤其强调了农民问题的重要性。会议赞同了毛泽东的意见。毛泽东为大会起草了《农民问题决议案》。

会议选举毛泽东为中央执行委员会委员。中央执行委员会选举毛泽东等人组成中央局，并推选毛泽东为秘书，和委员长陈独秀等人负责处理党中央的日常工作。

7月，毛泽东由广州返回上海，以主要精力从事国共合作的统一战线工作。

9月，毛泽东以国民党党员的身份从上海回到湖南，指导中共湘区委员会筹备组建国民党湖南地方组织。

在长沙，毛泽东多次与社会主义青年团湘区委员会书记夏曦商议、研究组建国民党的事宜。

11月，毛泽东奉中央通知由长沙去上海转赴广州，参与国民党第一次全国代表大会的筹备工作。

临行前，面对妻子的深深依恋和两个心爱的幼子，毛泽东以毅然奔赴革命的决心和以革命利益为重的博大胸怀，给杨开慧留《贺新郎》词一首：

> 挥手从兹去。更那堪凄然相向，苦情重诉①。眼角眉梢都似恨，热泪欲零还住。知误会前番书语②。过眼滔滔云共雾，算人间知己吾和汝。人有病，天知否③？
>
> 今朝霜重东门路，照横塘半天残月，凄清如许。汽笛一声肠已断，从此天涯孤旅。凭割断愁丝恨缕。要似昆仑崩绝壁，又恰像台风扫寰宇。重比翼，和云翥④。

---

① "苦情重诉"，原词为"惨然无绪"，另为"满怀酸楚"。
② "知误会前番书语"，原词为"知误会前番诗句"。
③ "人有病，天知否"，原词为"曾不记，倚楼处"，另为"重感慨，泪如雨"。
④ "要似昆仑崩绝壁，又恰像台风扫寰宇。重比翼，和云翥"，原词为"我自精禽填恨海，愿君为翠鸾巢珠树。重感慨，泪如雨"，另为"我自欲为江海客，再不为昵昵儿女语。山欲堕，云横翥"。

广州的冬天不算很冷，毛泽东到广州后住在了文明路194、196、198、200号。这里是一处并排四幢式样划一的三层楼房，三楼是中共两广区委各部门的办公室及会议室，二楼是区团委的办公室及传达室、会客室。

毛泽东一住下，即刻投入了改组国民党的紧张工作之中……

在广州参与改组国民党

1924年1月20日至30日，孙中山接受中国共产党的帮助，在广州市文明路的钟楼礼堂召开了国民党的第一次全国代表大会。会议决定改组国民党，正式建立国共合作。

毛泽东等代表湖南的国民党组织参加了大会，并参加了大会的组织领导工作。毛泽东还被大会执行主席孙中山指定为《中国国民党章程草案》的审查委员之一，并在大会上多次发言，深刻阐述了国共两党合作的必要性和重要意义。

会议期间，毛泽东见到了渴盼已久的李大钊同志，两个人既兴奋又激动；李大钊见到毛泽东迅速地成长为一个真正的马克思主义者，从心底里感到高兴和快慰……

在涉及多数党、少数党按人数比例设立研究会和进行选举的议案中，毛泽东气宇轩昂地发言："现时比例选举制系少数党所运动出来的结果。本党为革命党，不能把实行与研究分开，不能因比例关系给少数破坏革命事业的人当选的机会。凡利于革命的可以采用，有害于革命的就应该摈弃。比例制有害于革命党，因少数人当选即有力量可以破坏革命事业，是予少数派以机会也。所以，对于要不要设立研究会和按比例选举的议案，本席根本反对！以为不能讨论，不能表决！"

毛泽东还进而指出："比例选举制虽为社会党所赞成，但当其未成功时固是如此，若成功后即不尽然。此制很有害于革命之本身，盖以自由给与反对党，革命事业便十分危险。"

经过讨论表决，国民党"一大"通过了共产党人参加起草的大会宣言，奠定了国共合作的政治基础，通过了共产党员和社会主义青年团员可以以个人身份参加国民党的原则。

会议结束前,李大钊、谭平山、于树德等共产党人当选为国民党中央执行委员,毛泽东、林祖涵、瞿秋白、于方舟、张国焘等共产党人被选为国民党候补中央执行委员。

1月31日,毛泽东参加了孙中山主持召开的国民党中央第一次全会。会议除了推举廖仲恺、戴传贤、谭平山为常务委员外,还任命了部长、秘书13人,其中共产党员5人,并决定毛泽东到国民党上海执行部工作,参与处理当地的党务等事宜。

进入2月,毛泽东由广州前往上海,以主要精力从事国共合作的统一战线工作。这时,他除了继续担任着中共中央局的秘书外,还兼任国民党上海执行部委员。

2月25日,毛泽东出席了国民党上海执行部第一次执委会议,并担任记录。会议决定由毛泽东担任秘书处文事科代理主任和组织部秘书。

3月1日,国民党上海执行部正式办公。

5月,在苏联和中国共产党的帮助下,根据国民党"一大"决定,黄埔军校正式成立。孙中山兼学校总理,蒋介石任校长,共产党人周恩来任政治部主任;聂荣臻、恽代英、萧楚女等人分别担任政治和军事教育工作。

1924年6月,为协助毛泽东工作,杨开慧携长子岸英和年仅 岁的次子岸青从长沙移居上海。

在上海,毛泽东一家居住在威海卫路。

对于杨开慧母子的到来,毛泽东感到极大的欣慰和快乐。工作中,杨开慧在共产党的中央机关从事文书誊写和收发,尽力给丈夫最多、最大的帮助……

11月间,国民党上海执行部的工作陷入困境。

进入12月,由于党内外繁重的工作和尖锐复杂的斗争严重损害了毛泽东的身体健康,共产党中央决定毛泽东离开上海回湖南"养病"。

这时的毛泽民也因拼命工作而累垮了身体。他患了阑尾炎,不得不离开安源镇回到长沙住进医院治疗。

12月底,毛泽东携妻带子回到长沙后,同湘区书记李维汉等人就开展国民运动和农民运动等问题,进行了详细的讨论。

当病况稍事好转的毛泽民在长沙见到了久别的兄嫂时,激动之情油然而生;毛泽东夫妇见到二弟的身体已见好转,自然非常高兴,尤其两兄弟谈到三弟泽覃的进步很快,已经加入了共产党、开展工人运动极有起色时,毛泽东心中更是感到一阵畅快和欣慰……

毛家兄弟又回故乡了

1925年2月6日,毛泽东携弟毛泽民、妻子杨开慧及年幼的儿子岸英、岸青回到故乡韶山冲养病。

这时,毛泽东一改青年时头上留的短发,而蓄起了长发,身上穿一件褪了色的织布长袍,脚上穿一双旧布鞋,和二弟并肩走在回乡的小路上。

一辆牛车上坐着杨开慧和毛岸英、毛岸青;毛泽东和毛泽民走在车旁看着家乡的山山水水、沟沟坎坎,脸上都流露出重返乡里的激动和兴奋之情……

"毛家兄弟回来了!"

一声呼喊,就像一阵春风吹遍了整个韶山冲;一时间,乡亲们纷纷来到上屋场,热情地看望毛泽东一家人……

时值春节期间,乡间正是农闲时节。乡亲们极有兴致地围坐在毛家的堂屋里,直到深夜,仍在说笑中和毛家兄弟进行着叙谈。

毛泽东一边吸着纸烟,一边对大家说:"我们韶山冲有一个最大的特点,就是穷!过年么,本该同乡亲们说句吉利话,'恭喜发财'啦,'见面发财'呀——可是,那也只是嘴上说说,乡亲们真的能发财么?"

人们笑了,一直未走的庞叔侃点点头说:"人人都想发财,可赵公元帅就是不登门么!"

"穷,我们一定要摆脱!"毛泽东摆明了说,"赵公元帅从来不登我们穷人的门,么办?伢子们要上学读书,家里人要有饭吃,可我们又请不到赵公元帅,为么事?因为田是财东的,山是财东的,谷米也是财东的,我们不是自己的主人;要做主人,就要起来造财东们的反,抢也要把赵公元帅抢过来!"

毛泽东的话，引起了人们的一阵骚动；毛泽东笑一笑，指着一位叫钟志申的青年人说："你的胆子不小么！你就敢和团防局长成胥生作对，他是土豪，照样被你像赶狗一样赶跑了他的团丁么！"

被点了名的钟志申猛吸了一口自卷的纸烟，苦笑道："那是我豁出去了！"

毛泽东的本家毛福轩也说："我们恨透了地主老财，早就想造他们的反了！"说着又问，"润之，乡亲们一直盼着你早日回来，都晓得你见识广、胆子大，连张督军、赵省长都怕你，拿你没得办法呢！你说么，我们该怎么干？"

毛泽东指出："我们农民的日子本来就苦，再加上天灾人祸，更是'农民头上三把刀，债多租重利息高'，是地主老财逼得我们造反呢！"

钟志申说："现在你回来了，你就领着我们干吧！"

毛福轩和庞叔侃等人也说："对，你就领着乡亲们干吧！"

毛泽东点头说："好么！大家首先要组织起来，成立农会；俗话说'人心齐，泰山移'，只要大家团结一条心，就能打倒那些土豪和劣绅！"

"这下我们就有盼了！"庞叔侃笑了，毛福轩和钟志申也笑了，凡是围坐在毛泽东身旁的人都笑了……

回到韶山冲后不久，在毛泽东、毛泽民、杨开慧等人的宣传、分析、指导下，韶山的农民运动便迅速地开展起来了。

在韶山，毛泽东一方面养病，一方面利用回乡的有利条件深入调查和进一步研究农民问题，又先后去了宁化、安化、益阳等地了解农运情况；整整一个春季，毛家两兄弟先是在韶山，继而又扩大到周围的许多乡、镇，对农民们进行了革命的宣传、发动和组织工作。

在上屋场，杨开慧利用毛家的堂屋试着办起了农民夜校，每晚教乡亲们认字，给大家上课、讲解革命道理……

在湘潭，湖南的花鼓戏很盛行，是乡里人很喜欢的一种民间文化娱乐活动。毛泽东兄弟俩就利用这种大家都爱看的戏剧形式，组织农民自编自演了一台叫做《农民苦》的花鼓戏；虽说这台花鼓戏用的仍是旧曲调，但内容却都是新内容，演出后很受农民们的欢迎，大家看后纷纷大声叫"好"，觉得戏中说出了闷在他们胸中多年的心里话……

毛家兄弟又回故乡了

119

毛泽东见到农民们的情绪高涨起来了，便首先在韶山组织起了第一个农民协会，并很快在周围地区发展到20多个，使韶山成了湖南农民运动开展得最早、最好的地方……

这时，湘区党组织也安排了一些共产党员和青年团员来韶山，协助毛泽东一道工作。

为了扩大夜校人数和革命的宣传、教育效果，毛泽东又指示毛福轩等人，在毛氏公祠创办了韶山的第一所正式的"农民夜校"、挂牌开课；杨开慧、毛泽民负责主持夜校的工作并担任教师，向农民们大力宣传进步思想及受压迫的原因，极大地调动了人们求得自身解放的热情和提高了人们参加革命的积极性……

春去夏来。

毛泽东在韶山创办夜校、组建农民协会的基础上，又在周围乡、镇创办了20多所农民夜校，并派了一些有一定文化的人分头去担任老师讲课。

农民们一旦发动起来，立刻显示出了坚强的战斗力。见此情景，毛泽东大受鼓舞，决定尽快在农民运动的积极分子中发展部分共产党员，以便有组织、有计划、有力量地向中国农村的旧势力发起猛攻。

1925年6月的一天，和风拂煦。对许多乡里人来说，这是很平常的一天；但对于庞志侃、毛福轩和钟志申等四人来说，却是很不平常的一天。

当夜晚来临，皓月当空、聊星高挂时，在毛家的堂屋里却是桐油灯照得四壁通红。墙上，挂着一面鲜红的中国共产党党旗；屋内气氛庄严，毛泽东主持了庞叔侃等四人的入党宣誓……

中共韶山支部很快建立起来了。

韶山支部一经建立，便立即带领农民群众与土豪劣绅开展了针锋相对的斗争。

这时，中共湘区党委派人到韶山来见毛泽民，说是要他去上海担任党中央出版发行部的经理，做一名公开的老板和出版商。

毛泽民征询大哥的意见。毛泽东对二弟说："去么！这是党中央的决定，要绝对服从呢！"又说，"你这一去不知何时才能回来，四嫂一个人在家带着孩子该怎么办？我们兄弟在外面干革命，个人生死早已置之度外；你和四嫂好好商量一下，她不会跟你出去的，但凡事总得有个了断。"

毛泽民明白大哥话中的含义。他也考虑到自己日后若有不测,不想让妻子受到任何牵连。

在长期艰辛的生活和斗争中,毛泽民和王淑兰互敬互爱;毛泽民是个重情义的人,想到自己常年奔波在外,今后不会再有一个安定的家了。可王淑兰是小脚,不可能像自己一样为了革命事业整天地东奔西忙,只好留在韶山冲的家里——怎么办呢?自己随时都有坐牢杀头的危险,到那时,绝不能连累了她和孩子啊!

深夜,毛泽民和妻子商量。他告诉她,自己明天就要走了,何时回来很难说,能不能再回来也很难讲;王淑兰听了,只是默默地掉眼泪,她知道丈夫是留不住的,丈夫已经是全身心地交给革命的人了⋯⋯

毛泽民痛下决心。他缓缓地对妻子说:"莫哭么!我留给你一些钱作生活费,你把女儿带好;为了你们母女的安全,我俩离婚⋯⋯"

王淑兰哭得更厉害了。她表示"生是毛家人,死是毛家鬼"!她支持丈夫放心大胆地出去干革命,自己永远留在韶山冲⋯⋯

第二天,毛泽民告别了兄嫂和家人走了;这一走,就再也没有回来。

1925年7月10日,在毛泽东的直接指导下,韶山党支部以"打倒列强,雪洗国耻"为口号,召开了"西二区上七都雪耻会"成立大会。会上,韶山冲和银田寺一带的乡民们来了上千人;会中,毛泽东向人们介绍了发生在上海的"五卅"惨案的真相,号召大家更大规模地开展起反对帝国主义的革命斗争。

会后,毛泽东组织了有六七百人参加的示威游行。游行中,"打倒帝国主义"和"打倒土豪劣绅"的口号喊得震天响;这喊声,在偏僻的乡村中回荡,冲出山坳,散向四面八方⋯⋯

是年夏天,韶山地区恰逢大旱。整整一个7月,没有降一滴雨水,田里的禾苗全都干枯了。在这种境况下,农民们揭不开锅了,家家没有饭吃,不少人只得背井离乡外出去讨饭。

也正是在这时,地主豪绅们却哄抬粮价,并组织了人力偷运粮食去湘潭城里卖高价。

面对地主豪绅的残酷欺压,毛泽东决心领导农民起来进行斗争,并决定首先召集党支部和雪耻会的干部联合开会。

毛家兄弟又回故乡了

会上，毛泽东对大家说："当前乡里缺粮，既是天灾，更是人祸。其实谷米多得很，就看大家敢不敢要；土豪劣绅家囤积了大量的谷米，那都是乡亲们用血汗换来的呀！他们现在高价出售，难道我们能不反对？他们往县城偷运谷米，难道我们就不能去阻止他们？"

毛福轩说："求粮如救命，只要有粮，我们就敢要！"

"对么！"毛泽东说，"农民也有一张嘴，要吃饭，公公道道地出钱买他的米；他不卖，那就莫怪我们不客气了！"

庞叔侃问："润之，你说咋办吧？"

钟志申说："我们听你的！"

"那好！"毛泽东斩钉截铁地说，"我们党支部先做出决定，以雪耻会的名义，带领农民协会的人同土豪劣绅展开平粜斗争！"

行动方案确定以后，毛泽东立刻派钟志申和庞叔侃去土豪、韶山团防局长成胥生家和平交涉，要求成胥生把他家的谷米拿出来平粜。

成胥生早就恼恨着钟志申，现在更是不理睬他和庞叔侃，并且连夜将一大批谷米运到了银田寺镇，准备在那里装船运去湘潭⋯⋯

在毛泽东的部署下，毛福轩迅速集合了几百农民，他们点起了火把，集中了6杆鸟枪，带着箩筐扁担，直奔银田寺，截住了正要装船的谷米。

附近的农民也闻声赶了来，声势越来越大；人们控制了银田寺的谷米，又去围住了成胥生的家。

成胥生纠集了团丁朝天鸣枪，但要求平粜、不准谷米出境的吼声盖过了团丁们的枪声；成胥生一看大事不妙，只得忍痛答应按雪耻会的章程平粜了他剥削来的谷米。

斗争取得了胜利，三乡五里的乡亲们都高兴了；受了"损失"的成胥生不甘心，派了人到长沙去向赵恒惕密报，说毛泽东就在韶山，正组织"过激党"煽动农民造反。

赵恒惕随即下令：逮捕毛泽东。

8月28日，赵恒惕的密令下达到了湘潭县。县里一位议员叫郭麓宾，是一位开明绅士；他得知消息，立刻派人给毛泽东送来一封急信：

　　润之兄：赵贼得成胥生密告，已电示县团防局派兵缉拿。见字后火速转移。知文不具,即日。

毛泽东接信后,知道情况紧急——韶山冲的乡亲们都催促毛泽东夫妇带着两个孩子快走,而毛泽东却笑道:"不急么!从湘潭城里到韶山有90多里路,团防局的兵不认得路,等他们找到成胥生再来这里,我已经走掉了!"

闻讯赶来的毛福轩说:"县里已经派了快兵,你还是先行一步吧!"

在众人的催促下,毛泽东向毛福轩等人交代了党的工作和一些需要注意的问题,然后将杨开慧和岸英、岸青紧急转移去了安全的地方,并吩咐杨开慧说:"你把我剩下来的工作完成以后,马上去广州!"

杨开慧含泪答应下来……

一切安排妥当,毛泽东在毛福轩、钟志申的护送下,趁着朦胧的夜色离开了韶山冲。

艰难的"国共合作"

1925年9月初,毛泽东到达长沙后,秘密地向湘区党组织介绍了韶山的农民运动,并建议多派优秀干部深入农村,大力、持久地开展农民运动,以解决无产阶级革命同盟军的问题。

9月上旬,毛泽东离开长沙,经衡阳、宜章,前往国民革命蓬勃发展的根据地广州。

9月中旬,毛泽东到达了国民政府的所在地广州。

由于毛泽东在去年1月国民党第一次代表大会期间就深受左派人士的赏识,所以此次到广州不久便担任了国民党中央宣传部的代理部长。

毛泽东一上任,就积极展开工作,并同国民党中的新老右派展开了激烈而卓有成效的斗争。

10月27日,毛泽东在国民党广东省第一次代表大会上发表了"关于中间派问题"的演说,指出:"世界上分成两个大本营,一个是大资产阶级领袖的反革命大本营,一个是无产阶级领袖的革命大本营,两派短兵相接起来,中派的基础就动摇了……"同时指出,一些中间派"做了帝国主义军阀的走狗，完全成了民众的公敌，完全成了反革命了"。因此，他明确指出"现在的广东是完全没有敢站在中间的。"

在广州，毛泽东和三弟泽覃重逢了。不久，杨开慧也带着儿子岸英、岸青辗转来到广州，和毛泽东团聚了。

在这段日子里，毛泽东的工作虽然繁忙和劳累，但家庭生活却充满了温馨和欢乐；两个孩子越长越大，岸英已经能够帮助妈妈做些简单的家务活，岸青也已经学会说话、蹒跚着两只小腿走路了……

12月1日，毛泽东在《革命》半月刊上首次发表了他所写的《中国社会各阶级的分析》一文。

12月5日，毛泽东在广州以国民党宣传部的名义创办了《政治周报》，并亲自任主编；在刊物上，他亲自撰写了大量文章，对国民党右派进行了有力地批判和斗争，积极地维护和巩固了革命的统一战线。

这时，毛泽覃结识了设立在广州越秀南路93号的中华全国总工会的正、副委员长林伟民和刘少奇，还结识了总工会的执行委员苏兆征和李森，其中执行委员邓中夏和李立三是他早就认识的熟人了。这样，在毛泽东的支持和大家的赞同下，毛泽覃就到省港罢工委员会里工作了。

杨开慧的工作虽然几经磋商，也曾到过河南岸的德和新街小学联系，但终因两个孩子需要照看的缘故，只得暂时留在家中料理家务、协助丈夫以全部的精力投入革命事业中……

1926年1月1日至19日，国民党第二次全国代表大会在广州召开。毛泽东出席了会议，并做了《宣传工作》的报告。

整个会议中，共产党和国民党左派占了压倒多数，保证了大会的正确方向。大会重申了坚决执行孙中山的遗嘱和三大政策，坚持反帝反封建的革命目标。

由于毛泽东等共产党人的斗争，大会选举出中央执行委员36人，其中有共产党员李大钊、吴玉章、林祖涵、恽代英等7人；选出候补中央执行委员24人，其中有毛泽东、董必武、邓颖超、夏曦等共产党员。

大会还通过了由毛泽东负责起草的《关于宣传决议案》和《关于农民运动决议案》。

会后，共产党人谭平山、林祖涵仍担任国民党本部的组织部长和农民部长，毛泽东为代理宣传部长。主要抓实际工作的各部秘书，都是共产党员。

这次大会坚持了反帝反封建的正确方向和孙中山的三大政策，打击了国民党右派，对革命发展极为有利。但是，由于陈独秀等人的右倾退让，把本已被赶出广东的国民党右派戴季陶、孙科等人又从上海送回广州参加国民党的"二大"，还坚持把蒋介石、张静江、戴季陶、孙科等人选进中央执行委员会和监察委员会。

这时在广州，国共两党之间的斗争依然异常激烈。在国民党内部，左派和新、老右派之间的斗争已经公开化；而在共产党内部，同样存在着坚持党的正确路线和放弃原则、一味倾向"国共合作"的两种思想和两条路线的斗争。

国民党"二大"后，蒋介石随着地位的提高，篡夺革命领导权的活动也日益猖獗起来。

春节过后，国共合作的形势开始发生逆转。

1926年3月18日，蒋介石指使其爪牙以黄埔军校驻省办事处的名义，通知海军局代理局长、共产党员李之龙，速派有战斗力的军舰到黄埔听候调遣。李之龙不知道这是蒋介石搞的一个大阴谋，当他派了中山舰到达黄埔后，顿时谣言四起，说他要劫持蒋介石……

3月20日，蒋介石调集军警，宣布戒严，断绝交通，逮捕李之龙，拘留和搜查了中山舰，包围了省港罢工委员会和苏联顾问办事处及其住宅，扣留黄埔军校和国民革命第一军中的共产党员。

面对突然事发，毛泽东、陈延年、周恩来等人坚决主张组织起来，以武力反击蒋介石对共产党人的进攻——分析形势和力量对比，反击蒋介石是完全可以取得胜利的。因为蒋介石刚刚当上了中央执行委员，力量有限，在国民革命军中也较孤立。毛泽东精辟地对大家分析说："蒋介石现在掌握的实力唯第一军，而第一军的下级军官和士兵大部分是有觉悟的；就省城而言，蒋的实力是大的，但就全局而言，蒋的实力是小的。他此番制造中山舰事件，向我们突然进攻，一是威胁，二是试探。我方示弱，他就要得寸进尺；我方强硬，他就要告难而退。故我方万万不能示弱妥协，要坚决同他斗争。"

毛泽东还建议说："应该把我们所掌握的武装力量集中在粤、桂边境

艰难的"国共合作"

某个地方，同时说服国民党的左派撤出广州，争取一军以外的各军反蒋，如果一时做不到，至少也要使他们保持中立，我们名正言顺地声讨蒋介石背叛统一战线、破坏国共合作，以武力对武力，逼蒋下台，消除他的兵权！"

但陈独秀等人害怕导致统一战线的分裂，拒绝了毛泽东等人的正确意见，还认为中山舰事件的发生是因为共产党"在国民党一切工作中都太过负责任"，是蒋介石误信了"谣言"所造成……

这样，按照蒋介石的意愿，让共产党员退出第一军，部分苏联顾问也被辞退回国。共产党的力量受到了严重打击，蒋介石的阴谋得逞，汪精卫也被迫离开广州出国。

事后，毛泽东和周恩来建议把第一军和黄埔军校退出来的250多名共产党员派到其他军中去，也被陈独秀所拒绝。

形势的发展和情况的变化，促使人们进一步认识了蒋介石的右派面目。共产党人对其警惕、防范有加，而国民党中的新、老右派们却将他奉若了反苏、反共的中坚……

1926年4月间，毛泽东多次到他所熟悉的中共两广区委所在地广州文明路去会见在那里工作的陈延年、周恩来、彭湃和恽代英等人，参加共产党的各种会议，并同阮啸仙、邓中夏、萧楚女、蔡畅、邓颖超等人商讨反对国民党右派的斗争策略。

5月3日，受国民党中央农民部的聘请，毛泽东到设在番禺学宫的农民运动讲习所去担任了第6期的所长，萧楚女任教育长，教员有周恩来、彭湃、恽代英、阮啸仙、张秋人、赵自选、周其鉴、安体诚等人；在讲习所，毛泽东讲授"中国农民问题"、"农村教育"、"地理"三门课程，授课量最大、最重，时间也最长。

由于讲习所设立在番禺学宫，毛泽东到任后，便让人用木板将学宫的大成门隔开，分为了值班室、教务部和庶务部。西耳房辟为图书馆，东耳房做了毛泽东自己的办公室；大成殿为课堂，后面的崇圣殿作膳堂，东侧房为军事训练部，东西两庑为学员们的宿舍。

在讲习所，身穿灰布长衫的毛泽东曾形象地对学员们说："你们看，最下层是塔基，有工人，农民，还有小资产阶级，人数最多，受压迫和剥削最深，生活最苦；压在他们上面的一层，是地主阶级、买办阶级，人数不多；再上一层是贪官污吏、土豪劣绅，人数更少；更高一层是军阀，塔顶是帝国主义。压迫、剥削阶级虽然很凶，但人数很少。只要大家齐心，团结紧，劳苦大众起来斗争，压在工农身上的几重大山就可推倒。百姓齐，泰山移，何愁塔之不倒乎？"

毛泽东的话说得既形象又生动，学员们都很爱听、也很容易理解……

这届讲习所，所办的规模最大，学员也最多。这里是国共合作以来培养农运干部的专门学校，为全国的农民运动起了重大的推动作用。

5月15日至22日，国民党在广州召开二届二中全会，毛泽东出席了会议。

会上，阴谋家蒋介石又以"消除疑虑，杜绝纠纷"为借口，提出了一个所谓的《整理党务案》，限制和削弱中共在统一战线中的领导地位，力图篡夺国民党党权；其中规定"共产党员在国民党各级党部任执行委员的人数，不得超过全体委员的三分之一；共产党员不得担任国民党中央各部长；加入国民党的共产党员名单必须交出；共产国际给中国共产党的指示和共产党发给加入国民党的共产党员的指示，均须交国共两党联席会议讨论通过后才能发出"等等。

出席会议的中共党团在讨论这一反动提案时，毛泽东等人愤怒地拍案而起、主张坚决反击；而张国焘按照陈独秀的让步方针，则主张接受这一反动提案，认为这样可以避免产生共产党"包办"国民党事物的嫌疑，有利于两党团结。

最后，担任中共党团书记的张国焘，按照和陈独秀商定的让步方针，强令与会的中共代表们签字。

但是，共产党的组织原则是"少数服从多数，下级服从上级，全党服从中央"；在表决此提案时，尽管毛泽东没有举手，但《整理党务案》还是被通过了。

从此，担任国民党中央各部部长职务的共产党员全部辞职，以蒋介石为首的右派分子当上了国民党常务委员会的主席和中央各部部长。

这样一来，毛泽东被迫离开了国民党宣传部。

不久，蒋介石又当上了国民革命军的总司令，垄断了国民党政府的党政军一切大权。

风起云涌的农运

1926年5月,就在国民党在广州召开二届二中全会之际,湖南的政局发生了重大变化。

这一时期在中国,北洋军阀政府主要有三大势力:包括奉系军阀张作霖,盘踞在东北各省与河北、山东,控制着津浦路北段,拥兵30万;直系军阀吴佩孚,盘踞在湘、鄂、豫和河北的南部、陕西东部,控制着长江中游和京汉铁路,拥兵20万;还有从直系分化出来自称一派的军阀孙传芳,盘踞在闽、浙、皖、苏、赣5省和上海市,控制着长江下游和津浦路南段,拥兵20万。他们各霸一方,残酷剥削和压迫人民。推翻北洋军阀的反动统治,早已成为全国人民的强烈要求。随着广东革命根据地的巩固和统一、国民革命军的建立,以及全国工农运动的迅速高涨,进行北上讨伐封建反动军阀势力统治的条件已经基本成熟了。

当国民党召开第二次全国代表大会之际,就确定并通过了北伐的方针;随后,中共中央又在北京召开了特别会议,决定共产党在当前的主要任务是从各方面为北伐做准备,以保证北伐战争的胜利。

5月间,在国民党召开二届二中全会的同时,第二次广东省农民代表大会和第三次全国劳动大会也在广州召开。两个大会都指出:工农商学兵结合成大联合,催促和支援国民政府从速出师北伐。

这时,直系军阀吴佩孚和奉系军阀张作霖在帝国主义的支持下勾结起来,联手出兵讨伐他们称之为"二赤"的国共两党;奉系和直鲁联军,首先进攻冯玉祥所率领的国民军,国民军因寡不敌众,撤出河南和京津地区,退往西北。

也正是在这时,共产党领导湖南人民掀起了讨伐吴佩孚、驱逐赵恒惕的运动,赵恒惕被迫下台,由倾向革命的湖南省防第四师师长唐生智代理湖南省长,唐生智即率部加入了国民革命军。

吴佩孚不甘心丢失湖南,立刻命令他的嫡系部队叶开鑫向唐生智反击,唐生智被迫放弃长沙,退守衡阳,并向国民政府紧急求援。

6月，直系军阀首领在北京会谈，决定在北方以奉系为主继续攻打国民军；在南方，则由直系派兵继续攻打湖南，并以湖南为基地，进而进攻广东革命根据地。

在这种态势下，国民政府决定派国民革命军第四军叶挺独立团为北伐先遣队，率先入湘作战，并任命唐生智为国民革命军第八军军长和前敌总指挥，以此拉开了北伐战争的序幕。

这时在上海，毛泽民化名杨杰，主持共产党在上海的秘密发行所，从事党的出版发行工作。

一天，一位端庄大方、年轻俊俏的姑娘出现在毛泽民的面前。她带着一封中共中央组织部的介绍信，来到毛泽民开办的一家印刷厂——这位20岁刚出头的姑娘叫钱希均，被领导安排来给毛泽民当助手。

1926年7月9日这一天，广州城的东校场上人山人海、枪械林立、红旗招展，国民革命军的8个军约10万人在这里集结，蒋介石为国民革命军总司令统辖各路军兵，正式誓师北伐。

这时，数万名广东农民自愿帮助北伐军运送物资，共产党领导的省港罢工委员会也集合了3000多名工人组成运输队、宣传队和卫生队，随军出征。

北伐军根据敌众我寡和敌人内部充满派系矛盾的特点，接受了苏联顾问加仑将军的建议，采取集中兵力、各个击破的战略方针，先打吴佩孚、后打孙传芳、再打张作霖；除后方留守部队外，北伐军分西、中、东三路向北进军。

7月间，西路北伐军由四、七、八军组成，约5万人，主攻西线两湖战场上的直系军阀吴佩孚。北伐军以叶挺独立团为先锋，以第四军为主力，在广大群众的有力支援下，经过两个月的英勇奋战，迅速打到长沙、攻克岳阳、进而占领了武汉三镇，吴佩孚的主力部队基本被消灭，叶挺独立团及其所在的第四军被誉为"铁军"。

8月间，正当北伐军在北伐途中节节胜利之际，毛泽东在广州主编了《农民问题丛刊》，先后出版了26种，为各地从事和研究农民运动的有关人员提供了许多指导性的文献。

9月1日，毛泽东为《农民问题丛刊》撰写了序言：《国民革命与农民运动》。

两天后，毛泽东又到黄埔军校，给军校的学生们做了讲演。

9月11日，第六届农民运动讲习所的学员们正值毕业。在毕业典礼上，毛泽东对大家说："现在做农民运动，是最重要的革命工作。要做好这项工作，必须放下臭架子，拜农民为老师，同农民做朋友，要敢于同恶势力作斗争，不怕艰难困苦，不怕奋斗牺牲，这样才是我们所里的好学生，才不愧学习四个月！"

9月，中路北伐军以第二、三、六军为主力，加上第一、五军各一部和独立第一师，奋力攻打江西战场上的孙传芳。

在北方，冯玉祥在苏联和共产党员刘伯坚、邓小平的帮助下，于9月17日在绥远五原誓师，响应北伐，参加革命，率国民军入陕作战……

10月，东路北伐军以蒋介石的嫡系第一军为主力，由何应钦指挥，进攻福建和浙江；由于孙传芳在此布兵甚少，且孙传芳的部队纷纷倒戈，第一军基本上没有经过什么大的战斗，很快开进福建，攻占了福建全省。

10月末，毛泽东接中共中央通知，携杨开慧并带着两个孩子离开广州前往上海。

11月初，毛泽东到达上海，就任中共中央农民运动委员会书记，首先主持制订了《目前农运计划》。

在上海，毛泽东见到了二弟毛泽民和钱希均，这时钱希均已同毛泽民结婚了；在短短几个月的时间里，毛泽民和钱希均全身心地投入工作，把印刷厂仅有的70多元周转金迅速发展成为拥有了上万元的资本——毛泽东为二弟的婚事感到高兴，更为二弟的工作成绩感到欣慰……

11月下旬，毛泽东为实现《目前农运计划》，携妻带子离开上海前往武汉。

1926年12月1日，湖南省第一次工人代表大会和湖南省第一次农民代表大会同时在长沙举行。由于毛泽东的崇高威望，两个大会发出专电邀请毛泽东回湘指导。

当月初，毛泽东到达了已被国民革命军占领的武汉。

12月17日，毛泽东和杨开慧由汉口到达长沙。

这时，长江以南大革命的形势风起云涌。在一片大好的革命形势中，农民运动也蓬蓬勃勃地开展起来。

到达长沙的第四天，毛泽东出席了湖南全省工、农两个代表大会联合召开的欢迎大会，并发表了题为《工农商学联合问题》的讲演。

毛泽东的讲演，受到了两个大会代表们的热烈欢迎。

在此期间，毛泽东以中央农委书记的身份再赴汉口，参加了中共中央召开的12月特别会议。

会上，毛泽东坚决主张土地革命，并支持湖南区委关于实行土地革命的建议，但却遭到了共产国际代表和陈独秀的否定。毛泽东对陈独秀的右倾投降主义很不满意，但没有展开讨论。会议规定的党的主要策略是限制工农运动的发展，以换取蒋介石向左转的右倾机会主义策略。

会后，毛泽东怀着愤愤的心情离开汉口，重新返回长沙，决心率先在湖南大力展开农运，以实际行动说服和教育存在于共产党内部的右倾机会主义者，从而尽快改变党的策略，走上革命的正确轨道。

12月27日，毛泽东应邀出席湖南省工人、农民两个代表大会联合举行的闭幕典礼，做了题为"关于革命联合战线问题"的演说。

岁末年初，毛泽东在中共湘区区委的协助下，将参加工、农两个代表大会中的共产党员留下，办了几天短期训练班；毛泽东在班上做了三次关于农民问题和调查方法的报告，鼓励大家运用马列主义的观点认真解决农民运动中的各种实际问题。

1927年1月4日至2月5日，毛泽东以国民党中央候补执委的身份，在国民党湖南党部监察委员戴述人的陪同下，到湖南农村深入考察农民运动的情况。

第一阶段，毛泽东于1月4日从长沙出发，次日到达湘潭韶山。在韶山银田寺农民调查会上，毛泽东对大家说："对那些残酷杀害农民的大土豪劣绅，枪毙一个，全县震动，于肃清封建余孽，极有效力。"

在接下来的几天时间里，毛泽东又在韶山特别区第三、四乡农民协会举行的欢迎会上说："如果不要农会，只要关圣帝君、观音大士，能打倒土豪劣绅吗？现在你们想减租，有什么法子呢？信神呀，还是相信农民协会呢？要我讲，只有靠农会！靠团结，靠斗争！"

毛泽东在农民协会中的几次演讲，得到了广大农民的真诚拥赞……

离开湘潭后,毛泽东又考察了湘乡、衡山两县,于1月24日返回长沙,向中共湘区区委报告了考察情况。

第二阶段,毛泽东于27日从长沙出发,考察了醴陵、长沙两县,2月5日返回长沙,又将考察情况向湘区委做了详细报告。

在32天的时间里,毛泽东行程1400多里路,广泛接触了农、工、青、妇组织的积极分子和负责干部,召开了各种类型的调查会,获得了关于农运的极其丰富的第一手材料。

2月12日,毛泽东离开长沙回武汉,就考察湖南农民运动的情况和自己的基本观点向中央写了一个简要的报告,要求立即实行土地革命。

紧接着,毛泽东用数天时间,连夜撰写出《湖南农民运动考察报告》。在这篇重要文献中,毛泽东运用马列主义阶级分析的方法,以大量事实热情歌颂了农民运动的奇勋伟绩,坚决批驳了党内外对农运的种种责难和攻击,科学地总结了湖南农民运动的经验,明确提出了共产党领导农运的正确理论和路线,创造性地解决了中国民主革命的中心问题——农民问题。

这时毛泽东担任了全国农民协会的总干事,计划在武昌创办新的中央农民运动讲习所,以培养更多的农运干部领导全国的农民运动。

这样,在共产党的领导下和国民党左派的赞助下,以湖南为中心的农村大革命迅猛地发展起来;至毛泽东从长沙回到武汉时,湖南农民协会的会员已经增加到200多万人。同时,湖北、江西、河南、陕西、福建等省的农民运动也有了很大的发展……

正当农民运动在共产党的领导下、在国民革命军声势浩大的北伐进军中蓬勃开展之际,1927年2月间,上海工人阶级在共产党的领导下第二次举行了武装起义,由于敌我力量对比悬殊再次归于失败。

3月4日,湖北农民代表大会在武昌召开,毛泽东被聘为大会的名誉主席。在毛泽东的指导下,会议通过了发展农运的决议案30件。会后,湖北的农民运动成为全国最发达的省份之一。

这时在全国,农民协会的会员已达到1000万人。

组织起来的农民,尤其是湖南农民,把几千年来的地主特权打得落花流水,各级农会已成了农村中唯一的权力机构,"一切权力归农会"。他们打倒地主武装,建立了自己的武装;他们开展减租减息、退押和没收地主的财产，开展反对封建礼教和冲击各种旧秩序的斗争。在大革命的洪流中，农民们在短短的几个月里就做出了几千年来未曾有过的奇勋，冲决了几千年来封建制度的根基，从根本上动摇了帝国主义和封建主义的反动统治，充分显示了毛泽东所指出的农民在中国革命中的伟大作用和力量。

面对蓬勃发展的农民运动，地主豪绅、国民党右派和北伐军中的反动军官们诚惶诚恐，他们联合起来恶毒咒骂农民运动是"痞子运动"、"惰民运动"、"糟得很"，甚至用组织假农会、杀害农会干部等手段来破坏农民运动。民族资产阶级也起来指责农民运动太"过分"和"越轨"，并以分裂统一战线相威胁，企图迫使共产党放弃对农民运动的领导。

在这关键时候，毛泽东、周恩来、瞿秋白等人连续发表文章，主张坚决支持已经发展起来的农民运动，痛斥一切反动派对农民运动的诬蔑，同时批评了陈独秀的右倾投降错误。

3月5日，中共湖南区委机关刊物《战士》周刊开始陆续刊载毛泽东的《湖南农民运动考察报告》；接着《湖南民报》和汉口的《中央日报》也相继发表了毛泽东的《湖南农民运动考察报告》的全文。

两天后，根据原定的农运计划，毛泽东在武昌原清末张之洞创办的北路学堂院中，创办起了中央农民运动讲习所。

3月10日，国民党二届三中全会在汉口召开，毛泽东出席了会议。会议期间，由于陈独秀等人的反对，共产党中央的《向导》周刊只在3月12日刊登了毛泽东《湖南农民运动考察报告》的前七部分；但是共产国际的人对毛泽东的《湖南农民运动考察报告》反映强烈，决定在共产国际执委会机关刊物《共产国际》（俄文版）上转载，并决定在英文版的《共产国际》上刊登。

国民党的二届三中全会开了7天。会中，毛泽东为会议通过维护三大政策、反对蒋介石的军事独裁等决议做出了积极的努力。会议期间，共产党人吴玉章、谭平山、董必武、恽代英同毛泽东一起，和国民党左派宋庆龄、何香凝、邓演达等人共同努力，不仅通过了维护孙中山的三大政策和加强党的集体领导的一系列决议，还对原由蒋介石任主席的国民党中央常委会和军委决议实行集体领导，不再设主席，但仍保留了蒋介石的国民党中央常委、军委委员和国民革命军总司令的职务，这实际上是限制了蒋介石的个人独裁权力。

武昌城下，兄弟三人再聚首

北伐战争10个月，就已消灭了吴佩孚、孙传芳的主力部队，革命势力迅速发展到了长江流域。

这一时期，蒋介石表面上通电表示拥护国民党二届三中全会的决议，却在实际行动中更加疯狂地镇压革命势力。

从根本上代表大地主、大资本家利益的蒋介石一心反共，他利用已经窃取到手的军权，于1927年3月6日，凶相毕露地指使其爪牙惨杀了赣州总工会委员长、共产党员陈赞贤，又于10天后以武力解散了拥护三大政策的国民党南京党部；紧接着，他连续派兵捣毁了九江市总工会和国民党党部，继而又丧心病狂地捣毁了国民党安徽省党部、安庆市党部和省总工会、省农协会筹备处等革命机关和团体。

蒋介石接连在江西、安徽制造了这一系列反革命事件后，于3月26日冒着蒙蒙细雨到达上海。

面对蒋介石的这些反革命罪行，武汉地区掀起了声势浩大的讨蒋运动。

就在蒋介石到达上海的当天，毛泽东在武昌农民运动讲习所召开的追悼陈赞贤烈士的大会上，猛烈抨击了蒋介石屠杀工农的滔天罪行，头脑清醒地指出反革命势力正准备绞杀革命，号召革命人民警惕和团结起来，以钢铁般的意志和强有力的手段向反革命发起反击！

会后，农讲所的全体学员举行了示威游行，强烈要求惩办祸首蒋介石！

3月30日，湘、鄂、赣、豫四省农协代表在湖北省农协开会，决定由各省代表和国民党中央的毛泽东等人组成全国农协临时执委会，以邓演达、毛泽东等人为常委。

4月2日，朱德领导的军官教导团和工人纠察队攻入反动的国民党江西党部；第二天，南昌各界三万多人召开了声讨反革命分子大会。

同一时间，蒋介石到达上海后进一步与帝国主义、大资产阶级和流氓头子相勾结。他先向帝国主义保证"绝不用武力改变租界的现状"，帝国主义则答应驻上海的两万名侵略军帮助蒋介石镇压中国革命；大资产阶级向蒋介石表示，只要他把工农运动打下去，愿以巨款相助；流氓头子黄金荣、杜月笙成立了反动组织"中华共进会"，为蒋介石提供袭击工人纠察队的打手。

这时蒋介石在上海，电召了李济深、李宗仁、白崇禧、黄绍雄、吴稚晖、张静江等人开秘密反共"清党"会议；4月3日，汪精卫应蒋介石之邀也参加了这次会议。

中国革命的形势已经到了一个十分危急的关头。

这时毛泽东更加清醒地认识到，只有动员和组织起中国的千百万觉醒的农民起来，和工人阶级一道，联合全中国所有真正愿意革命的民众一起，才有可能真正解决中国革命的实际问题。带着这样一种认识和信念，毛泽东于4月4日在武汉中央农民运动讲习所主持举行了开学典礼。

武汉中央农民运动讲习所的学员来自17个省、共800多人。毛泽东、邓演达等人组成常委会，领导全所工作，实际上是由毛泽东主持全所工作。毛泽东亲自制定了教学方针和教学计划，聘请瞿秋白、恽代英、彭湃、张太雷、方志敏、李立三等人前来授课，毛泽东并亲自选拔学员和讲授"农民问题"、"农村教育"等主要课程，为全国的农民运动造就大批骨干力量。

4月5日，共产党领导改组了反动的国民党江西党部和省政府，并根据国民党中央的决定，由方志敏主持省党部，朱德任公安局长。

同一天，在这充满危机的紧要时刻，作为共产党的主要领导人陈独秀，不但不做应付突然事变的准备，反而与汪精卫发表了《联合宣言》。《联合宣言》对蒋介石的反革命阴谋未加任何揭露，反而说蒋介石"决无有驱逐友党，摧残工友之事"，要两党同志"不听信任何谣言"、"要互相尊敬"、"开诚合作"。这个《宣言》，掩盖了蒋介石的反革命罪行并欺骗和麻痹了革命群众，起了解除共产党和革命人民的思想武装的作用。

就在许多共产党人还没有真正看清蒋介石一心反共、反人民、反革命的"庐山真面目"之际，在上海的蒋介石为了进一步麻痹人民，有意假惺惺地派军乐队把写有"共同奋斗"的锦旗送给工人纠察队，以示"敬意"。

在短短的一个月中，中国革命的形势发生着极其动荡、复杂的变化；

但通过这一系列的斗争也表明,只要共产党联合国民党左派,放手发动群众和依靠工农群众,加强工农武装,是有可能制裁和制止蒋介石发动反革命政变的。然而,共产党的主要领导人陈独秀对蒋介石完全放松了警惕,也使得许多共产党人对蒋介石放松了必要的戒备。

4月8日,蒋介石开始撕去一切伪装,指使其党羽吴稚晖、陈果夫等人组织"上海临时政治委员会",成立以白崇禧为司令的戒严司令部,下令禁止罢工、集会和游行。

当蒋介石的反革命政变准备就绪之后,他有意离开上海去南京,再次将自己"掩藏"起来,躲到幕后去了……

在这样的形势下,中华全国农协临时执委会的委员们于4月9日向全国发表就职通电,并推举毛泽东为组织部长,实际主持全国农协临时执委会的工作。

两天后,中共中央宣传工作负责人瞿秋白将毛泽东所写的《湖南农民运动考察报告》交长江书局,以《湖南农民革命》为书名出版单行本发行,并写了序言,热情赞扬湖南的农民运动和毛泽东的这一伟大壮举。

1927年4月11日晚,杜月笙将上海市总工会委员长、共产党员汪寿华诱骗到家中秘密杀害。

次日,蒋介石集团在上海发动了震惊中外的反革命"四·一二"政变。

此时,中国的大地上"白色恐怖"异常猖獗。地方上的反革命势力也趁机磨刀霍霍,加紧向革命民众和共产党人猛扑过来。

紧随蒋介石之后,广东也发生了反革命政变。共产党员和革命群众2000多人被捕杀,优秀共产党员萧楚女、熊雄、邓培、李启汉等20人也被广东反动派杀害。

此外,广西、浙江、江苏、福建、四川等省也相继发生了反革命大屠杀。

与此同时,北方军阀也与蒋介石的反革命行径遥相呼应——4月6日,张作霖派大批军警闯入苏联大使馆,逮捕了李大钊等60多人。

"四·一二"反革命政变后,毛泽东于4月中旬紧急邀请彭湃、方志敏等各省农协负责人在武汉举行联席会议,制订了立即普遍解决农民土地问题的方案,并上报共产党中央和即将召开的党的第五次代表大会。

蒋介石的反革命真面目彻底暴露后,使得国民党内部一片慌乱。国民党中的左派力量立刻行动起来，开始声讨蒋介石的反革命罪行。4月17日，武汉国民党中央和国民政府下令开除蒋介石的党籍，免其本兼各职，并下令通缉蒋介石，以反革命罪惩处。

面对武汉国民党中央和国民政府的罢免令和通缉令，双手沾满了革命人民鲜血的蒋介石凭借着他已经篡夺的权力和围绕在他身旁的反动势力，干脆与武汉的国民党中央和国民政府分庭抗礼，于4月18日在南京宣布成立了所谓的"国民政府"——由胡汉民任主席，蒋介石自任国民革命军总司令。

从此，全国形成了宁、汉、京三个政权相互对峙的局面。

一时间，中国的政局一片混乱。混乱中，许多共产党人和国民党中的左派人士主张立即组织力量讨蒋——4月22日，汉口《民国日报》发表了毛泽东起草的《中国国民党中央委员会关于讨蒋通电》：

> 蒋中正（介石）由反抗中央而违于自立中央。蒋中正此种阴谋，蓄之已久，及见中央即为不便于一己之私，于是始则纠集督军团武之会议，以示反抗，继则纠集西山会议之会议以谋分裂。首与帝国主义妥协，更不惜屠杀民众。对于军队中政治工作人员，则随意逮捕，拘囚杀害。于是一切帝国主义之工具，皆麋集于其旗帜之下，以从事反革命。一切革命分子，皆被以其党或勾结其党之名，除之务尽。今已开始进行，将来必变本加厉。东南革命基础，由之崩坏，革命民众，将无噍类。凡我民众及我同志，尤其武装同志，应依照中央命令，去此总理之叛徒，本党之败类，民众之蟊贼。①

中共中央随即发表《为蒋介石屠杀革命民众宣言》，表示完全支持国民党中央处理蒋介石的决议。之后，毛泽东、吴玉章、董必武、恽代英、宋庆龄、邓演达等人联合发表了讨蒋通电。

面对蒋介石反革命的嚣张气焰，同时也因武汉地区存在着的严重危机，四面受敌军包围和经济封锁，武汉政府已处在严重的困境和威胁之

---

① 马玉卿、张万禄：《毛泽东革命的道路》，陕西人民教育出版社1991年版。

中；如何打破这种局面，是东征蒋介石还是继续北伐北洋军阀，经过激烈的争论，最后由国共两党联席会议讨论决定，再次誓师北伐。

恰在这时，毛泽东的二弟毛泽民因上海已无法立足、三弟毛泽覃也离开广州，兄弟二人各自携妻子在奔赴武汉的途中相遇，便一起来寻找大哥大嫂；在武昌城下，兄弟三人又碰面了——至此，妯娌三人也第一次同时见了面。

4月27日，中共"五大"在武汉召开，毛泽东出席了会议，对陈独秀在革命的危急关头仍坚持右倾错误进行了尖锐的批评，并提出了立即普遍解决农民土地问题的方案。

敌人仇恨革命的心态是狠毒的，手段也是极其凶残的——4月28日，伟大的马克思主义者、无产阶级革命的先驱、共产党的创始人之一和卓越的领导人之一李大钊，以及另19名革命志士在北京英勇就义。

惊闻噩耗，出席中共"五大"的全体代表心情悲怆而愤慨；而此时的陈独秀不但拒绝在会上讨论毛泽东的方案，还无理地将毛泽东排斥在大会领导之外，并剥夺了毛泽东在大会上的表决权。

在这革命的危急关头，中共的第五次代表大会没能提出争夺革命领导权的任何具体可行的措施，尤其对建立直接掌握的革命武装没有充分重视，更没有提出满足农民土地要求的具体政纲。所以，这次大会在关键时刻没有解决任何实际问题，没有起到挽救革命的作用。

由于大会对陈独秀错误的实质和危害认识不足，所以仍然选举他为党的总书记。

会中，毛泽东被选为中央候补委员。

5月9日，中共"五大"结束。

这时，各地人民已经开展起了群情激愤的讨蒋运动。蒋介石反革命政变后，使轰轰烈烈的大革命遭到了局部失败，但是武汉国民政府所辖地区的革命运动还在继续发展。

面对如此动荡和复杂多变的形势，共产党人一面设法组织自己的力量，一面继续联合国民党左派，在湘鄂两省掀起了声势浩大的讨蒋运动；武汉、长沙先后举行了几十万人参加的反帝讨蒋大会，"打倒新军阀"的口号响遍了广大城乡。武汉地区的工农运动还在发展，武汉工人建立了5000人的武装纠察队；湘鄂两省的农协会员也迅速发展到了700多万人，他们惩治土豪劣绅，夺取地主武装，建立农民自卫军，并在不少地方由减租减息发展到没收地主的土地和财产。

中共"五大"结束的第二天，投机革命的汪精卫等人到河南与发生动摇的冯玉祥在郑州召开反共会议，决定北伐军唐生智所率领的部队撤回武汉，镇压湘鄂的工农运动；冯玉祥部继续留守河南，掌握局势。

时局对革命军已极为不利。但为了稳定业已取得的革命局势和在混乱中开创新的革命局面，在"死路中寻找生路"，武汉政府第二期北伐军6万多人，于5月中旬在河南驻马店地区分三路大战奉军，连克数城后，向开封进军。

就在这时，在汪精卫武汉政府的庇护和纵容下，从湘鄂赣跑到武汉的土豪劣绅与资产阶级右翼分子相勾结，恶毒攻击工农运动，两湖地区的工农革命军中的反动军官也相继叛变。

反革命的利益和势力是相通的。由于汪精卫的态度"转变"，武汉政府所辖独立师师长夏斗寅，趁北伐军主力开赴河南前线之际，也于5月17日勾结四川军阀杨森部在宜昌叛变，乘机进攻武汉。武昌卫戍司令叶挺，根据中共中央和国民政府的命令，率部迅速前往镇压，很快将叛军击溃。

就在5月17日这一天，武汉政府出于反对工农革命的目的，免去了鲍罗廷等苏联顾问的职务；仅仅过了两天，冯玉祥又到徐州与蒋介石会谈，通过冯玉祥的"调解"，达成宁汉合作联合反共、继续北伐的协定。随后，冯玉祥在国民军中及其所辖地区"礼送"共产党员离军出境。

5月21日，驻长沙的反动军官许克祥也发动叛乱，制造了"马日事变"；江西省长朱培德也"礼送"共产党员出境，并下令停止工农运动，捣毁了省总工会和农协会，收缴了工农武装。

至此，武汉地区的形势急剧变化。

"马日事变"后，毛泽东清醒地认识到再依靠国民党或以国共两党合作的形式来实现中国革命是根本不可能的了。为此，他极力主张组织工农武装坚决反击，并召集了驻汉的湖南同志开会说："回到原来的岗位，恢复工作，拿起武器，山区的上山，滨湖的上船，坚决与敌人作斗争，武装保卫革命！"

这时，毛泽民和毛泽覃来到武汉还不到一个月，毛泽民已在《汉口民

国日报》社担任了总经理。

《汉口民国日报》虽说是国民党湖北省党部的机关报,实际上都是共产党人在做工作。报社社长是董必武,主编是茅盾,又是总主笔。毛泽民负责报社的出版发行等行政事务。该报的办报宗旨以及编辑方针,都是由共产党中央宣传部所确定,所以这里仍是共产党一块有力的宣传阵地。

6月3日,毛泽东与蔡和森等人代表全国农民协会,通电声讨许克祥。

6月上旬,毛泽东在汉口日租界再次召集驻汉的湖南同志开会,再次提出了拿起武器上山,武装保卫革命的思想。毛泽东在会上说:"我们共产党人再也不能这样继续下去了!我们要组织起广大的工人革命军和农民自卫军,拿起武器向一切反动势力发起攻击!城市一时打不下来,我们就到山上去坚持战斗,等待时机再行反攻;总不能这样束手待毙,总不能眼睁睁地看着轰轰烈烈的大革命,就这样被反革命势力打下去!"

同时,毛泽东还代表全国农协常委发表文告,进一步痛斥了蒋介石背叛革命的丑恶嘴脸……

6月24日,共产党中央决定毛泽东到比较安全的四川去工作,但毛泽东却主动要求改派湖南,被中央任命为湖南省委书记。

临行前,毛泽东、毛泽民、毛泽覃三兄弟在武昌农民运动讲习所院中会面,毛泽东对两个弟弟说:"现在形势复杂,革命已到了危急关头;你们先暂时在这里等候,等我去到长沙组织起革命军,再通知你们一起打回去!"

毛泽民、毛泽覃两兄弟都是极端佩服和敬仰大哥的,对于大哥的嘱咐,他们表示一定等候好消息,并祝愿大哥马到成功,为工农革命打出一个新天地!

毛泽东到长沙后,立即发动群众,采取紧急措施,组织力量向反革命进行反击。

在武汉的陈独秀很快得到消息,指责毛泽东妨碍国共合作,又把他调回了武汉。

毛泽东满怀着报国为民、挽救革命于危机之时的一腔热血,竟被陈独秀的一纸调令付之东流。他这次回长沙,仅仅工作了10天……

毛泽东就是毛泽东啊!

1927年7月4日,回到武汉的毛泽东在陈独秀召集的中央政治局常委扩大会议上,进一步提出了组织农民武装"上山"的问题。

毛泽东在会上明确指出"上山可造成军事势力的基础",同时指出"不保存武力,则将来一旦事变,我们即无办法"[①]。

在这革命万分危机的时刻,中共中央政治局常委扩大会议在陈独秀错误路线的主导下,竟然通过了一个步步退让的关于国共两党关系的决议——承认国民党"当然处于国民革命之领导地位",共产党参加国民政府"并不含有联合政权的意义";为避免政局纠纷,共产党员可以"请假"的名义退出政府;工农等团体均受国民党党部领导与监督,工农武装均服从政府之管理与训练等。这是陈独秀投降主义的恶性发展。

毛泽东在会上凛然提出,农民武装可以上山或投到同党有联系的军队中去,以保存革命力量,上山可以造成军事势力基础;但这一建议,也未被重视和采纳。

7月12日,根据共产国际的指示,中共中央改组,由张国焘、李维汉、周恩来、李立三、张太雷组成临时中央常务委员会。陈独秀停职。

第二天,中共中央发表《对时局的宣言》,揭露了汪精卫集团的反动罪行,宣布撤回参加国民党政府的共产党员。

中共中央发表《对时局的宣言》和宣布撤回参加国民党政府的共产党员后,引起了国民党左派人士的极大震动。鉴于形势,为配合共产党的宣言,同时也是为了"警告"国民党右派——7月14日,宋庆龄发表《为抗议违反孙中山的革命原则和政策的声明》,宣布退出国民党中央委员会。

随后,宋庆龄、邓演达被迫出国。

然而,汪精卫集团不顾以宋庆龄为代表的国民党左派的坚决反对,竟自召开了国民党中央常委扩大会议,悍然决定与共产党分裂。

[①]《党的文献》1988年第1期。

141

7月15日，汪精卫在武汉公开发动了反革命政变，在其"宁可枉杀千人，不可使一人漏网"的口号下，武汉地区的工会、农会和其他群众团体被查封，大批共产党员和革命群众被杀害。

汪精卫集团的叛变，标志着国共合作的最后决裂和国民革命的最终失败。

轰轰烈烈的大革命虽然失败了，但它已沉重地打击了帝国主义和封建主义的反动统治，唤醒了全国人民，在广大人民中间留下了不可磨灭的革命影响，播下了革命火种，特别是教育和锻炼了幼年的中国共产党，使共产党在以后更加残酷的斗争中能够经得起更加严峻的考验，继续领导中国革命走上复兴的道路。

下一步的具体行动该怎么办？

毛泽东虽然热血冲涌但却心境苍凉，他叫来毛泽民夫妇和毛泽覃夫妇，在武昌都府堤41号自己的住处，兄弟三人和妯娌三人一起，彻夜分析局势并商量各自的打算。

毛泽东首先征求三弟的去路，毛泽覃表示想打仗，愿意去军队，"拿起枪，带上万把人打他狗日的反动派！"毛泽东当场支持了三弟的选择。

毛泽东再征求二弟的想法，毛泽民说他想同妻子一起设法返回上海，继续从事党的地下出版发行工作。对于二弟夫妇的选择，毛泽东没有表示异议。

毛泽民和毛泽覃反问大哥想怎么办。毛泽东说他想回湖南韶山去，那里是他的出生地，又是他发起革命最早的地方，群众基础好，他要在家乡组织起农民自卫军，上山下乡大干一番！

毛泽东对两个弟弟说："困难和挫折算得了什么？我们还没有死么！大鹏鸟也有折翅的时候，只要它养好了伤，会飞得更高、更远！"又说，"没有国，何以有家？我们都是热血男儿，一定要为革命事业奋斗到底！"

听大哥这样一说，毛泽民又表示要留下来和大哥一起干，毛泽东想了一下同意了。

兄弟三人合计好以后，毛泽东让二弟先护送刚生下了第三个儿子毛岸龙的杨开慧和即将临产的周文楠回长沙，安顿好她们母子以后，暂时留在长沙或在湘潭找个地方住下来等候消息。毛泽民很痛快地答应下来，并抓紧时间护送嫂嫂、弟媳和三个侄儿离开了武汉。

很快，毛泽东通过叶剑英的关系，介绍三弟泽覃去了张发奎任军长的国民革命军第四军政治部工作。

这样，兄弟三人相聚时间不长，又一次分手了。

1927年7月下旬，中共中央临时政治局常委会决定在南昌举行武装起义，并成立了以周恩来为书记的中共前敌委员会。

8月1日凌晨，在前敌委员会的领导下，经过紧张的准备工作，南昌城内打响了武装反抗国民党反动派的第一枪！

参加起义的部队有贺龙率领的国民革命军第二十军，叶挺率领的第十一军的第二十四师，朱德率领的第三军军官教导团等，共2万余人；起义部队在周恩来、贺龙、叶挺、朱德、刘伯承的指挥下，经过4个多小时的战斗，全歼盘踞在南昌的敌军3000多人，占领了南昌城。

南昌起义胜利后，成立了由宋庆龄、周恩来等25人组成的中国国民党革命委员会，发表了宣言，提出了革命纲领。

南昌起义使国民党反动派大为惊恐。在南京的蒋介石和在武汉的汪精卫以及广东的军阀急忙调集军队，包围了南昌。

3天后，起义部队被迫撤离南昌；接下来，在三天的时间里，起义部队先后取道赣南和闽西，向广东进军……

8月7日，中共中央在汉口召开紧急会议。会议由瞿秋白、李维汉主持，毛泽东出席会议并做了发言，强调指出共产党必须解决农民土地问题和用枪杆子取得政权的重要性。

会议通过了《中国共产党中央执行委员会告全党党员书》、《最近农民斗争决议案》等文件，总结了国民革命失败的经验教训，纠正和结束了陈独秀的右倾投降主义错误，确定了土地革命和武装反抗国民党屠杀政策的总方针，并把发动湘、鄂、赣、粤等群众基础较好的省份举行秋收起义作为下一步行动的主要任务。

会议选举瞿秋白、李维汉、苏兆征等人组成临时中央政治局，毛泽东被选为中央政治局候补委员。

8月9日，毛泽东出席临时中央政治局第一次会议并发言，要求在湖南开展武装斗争。毛泽东强调说："湖南民众组织比广东还要扩大，所缺

毛泽东就是毛泽东啊！

的是武装，现在适值暴动时期，更需要武装。前不久我起草经常委通过的一个计划，要在湘南形成一师的武装，占据五六县，形成一政治基础，发展全省的土地革命。纵然失败，也不用去广东而应上山。"

会上，毛泽东下定决心说："我要跟绿林交朋友，我是上山下湖，在山湖之中跟绿林交朋友。"

在毛泽东的强烈要求下，会议指定他为中央特派员，到湖南传达"八七"会议精神和改组湖南省委，领导秋收起义。

这时主持共产党中央日常工作的瞿秋白，认准了毛泽东是位有胆识、有卓越才能的人，他想留毛泽东在党中央工作，便在会后诚恳地对毛泽东说："润之呀，有件事我考虑好几天了，想同你商量一下。现在形势严峻，任务维艰，中央人手很缺，我看你就留在中央工作吧！湖南方面的事情可以让彭公达去完成，不知你意下如何？"

面对瞿秋白的这一要求，毛泽东一时难以表态。论情谊，他和瞿秋白相谊甚厚，难以回绝；论道理，瞿秋白是党的主要领导，应该听从领导旨意。但毛泽东是一个极有主见的人，他沉默了片刻，坦诚地说："秋白，你的盛情我心领了。但目前，下面的实际斗争更需要人啊！中央不是做了决定，要我急赴湖南组织秋收暴动吗？说实话，我不愿住高楼大厦，我要上山去结交绿林好汉……"

"毛泽东就是毛泽东啊！"瞿秋白紧紧地握住毛泽东的手说，"好吧，人各有志，勉强不得；润之，你就好自为之吧！"

8月12日，毛泽东结束了农民讲习所的工作，告别了中央领导和同志们，离开武汉到达长沙。

这时，毛泽民和钱希均已经去了湘潭，周文楠也快要生产了。毛泽东将暂住在长沙北郊沈家大屋旁八角门楼的杨开慧和周文楠及岸英、岸青、岸龙做了适当安排，嘱咐妻子暂回板仓娘家，好好照看周文楠及三个孩子，坚持下来进行地下斗争。

临分手时，夫妻俩互道"珍重"；但是谁也没有想到，这竟是他们夫妻间的最后一别……

就在毛泽东离开武汉到达长沙的第二天，由于在武汉的汪精卫以国民党"正统"自居，宁方中的桂系也想乘机联汪逼蒋、以控制南京政府，蒋介石迫于形势，遂通电辞职下野。

　　蒋介石的辞职下野并没有丝毫改变国民党继续反共、反人民的反革命本质。为此，毛泽东依然坚持他所主张的"以革命的暴力反对反革命的暴力"，并决心以实际行动实现他的这一主张——8月16日，他在长沙主持改组了共产党湖南省委。

　　8月18日，改组后的湖南省委连续开会讨论秋收起义问题，毛泽东强调秋收暴动是解决农民的土地问题，重申了"政权是由枪杆子中取得的"论断，必须实行"在枪杆子上夺取政权，建设政权"①。

　　8月22日，汪精卫和南京代表李宗仁在庐山协商，决定武汉政府与南京政府合而为一。

　　三天后，武汉政府迁都南京，宁汉正式合流。

　　这时，毛泽东已派人去武汉，将改组湖南省委和决意发起秋收暴动的计划汇报给了共产党临时中央政治局。

　　8月30日，湖南省委决定，集中力量在湘潭等地发动起义，然后会攻长沙，并成立了以毛泽东为书记的前敌委员会，具体领导组织起义。

　　进入9月，毛泽东到安源张家湾主持召开了由安源、浏阳党组织和军事负责人潘心源、王新亚等人参加的会议，研究制订了起义的行动计划，宣布暴动日期、进军路线和暴动口号，正式成立了湘赣边界秋收起义的指挥机关——中共湖南省前敌委员会，并决定边界地区的武装力量统一编为工农革命军第一军第一师，约5000人，由原武汉政府警卫团团长卢德铭任总指挥，曾在黄埔军校受过训的余洒度任师长。

　　在这5000人当中，主要有三部分：第一团由来自反叛了汪精卫的一部分武汉警备部队组成，第二团由武装起来的汉、冶、萍的矿工们组成，第三团是浏阳等地组织起来的农民武装，另有一部四团随军行动。

　　一切准备就绪——一场以农民暴动、用武力夺取政权的伟大斗争，就要在毛泽东的领导下展开了！

---

　　① 马玉卿、张万禄：《毛泽东革命的道路》，陕西人民教育出版社1991年版。

第四篇

郁郁葱葱井冈山

"保存好革命的火种"

1927年9月5日，毛泽东在安源张家湾致信湖南省委：

约定11日安源发动，18日进攻长沙。①

9月8日，隐蔽在长沙的周文楠生下了一个儿子，取名毛楚雄，孩子长得很可爱，只是他的父亲没在身边……

同一天，毛泽东在离开安源张家湾前往铜鼓途中，行至浏阳与铜鼓的交界处张家场时，被一伙地主民团的团丁武装扣押，声称要带他到团部去听候发落。

这时，国民党的地主民团并不知道他们所扣押的人中，有一位就是曾任国民党中央宣传部代理部长、全国土地委员会委员、全国农协执委会组织部长的共产党中央政治局候补委员、湖南省委书记毛泽东，只知道这位长发盖耳、两颊消瘦、肤色黝黑的高个子中年人是一个企图组织乡民暴乱的"乱党"分子，要将他押解到民团总部去就地"正法"。

在将毛泽东押往民团总部途中，团丁们脱去了毛泽东脚上的鞋子。因为，按照浏阳民间的说法，处死犯人，取走他的鞋，犯人死后的鬼魂便不能再追寻来复仇了。

毛泽东暗想，这可糟糕透了！革命事业尚未成功，秋收暴动正等待着他去指挥、去领导，可不能"出师未捷身先死"啊！于是，他故意放慢了脚步，借口脚上没鞋不好走路，边走边寻思着脱身之计……

毛泽东知道，抓到他的这些团丁都是些雇佣兵，是一群见钱眼开的人；即使这些人押去枪毙了他，他们也捞不到什么好处，倒不如先用些钱

---

① 马玉卿、张万禄：《毛泽东革命的道路》，陕西人民教育出版社1991年版。

贿赂这些押送他的人，使自己能有一个脱身的机会……

被抓到的还有一些别的人，毛泽东从另一位同时被抓到的人那里公开借了一些钱，团丁们见了都有些心动；毛泽东一见有机可乘，便将借来的钱买通了押解他的团丁，答应放他走路。可是，负责团丁的队长却不敢放了他，毛泽东只好暗下决心找机会逃跑……

在被押送去民团总部的路上，毛泽东故意装着脚疼走不得路，落在后面，再一次掏出银圆让押他在身旁的几个团丁看花了眼，以换得脱身逃走的机会。在离民团总部不足200米的地方，毛泽东看准了机会挣脱出来，撒腿朝田野里跑去。等毛泽东跑远了，那几个拿了毛泽东银圆的团丁才大声喊叫起来："跑了！跑了！"

毛泽东耐着蚊虫的叮咬，又过了好长一段时间，直到一点儿人声也听不到了，才从水塘边爬了出来；他长长地呼出一口气，然后立刻翻山越岭、彻夜赶路……

这时的毛泽东赤着脚，已是一身泥污，脚伤得很厉害，想走快也走不快；当他走上一个小高地时，遇到了一位打柴归家的农民。

毛泽东停下来，对这位农民喊道："喂，下面打仗哩！"

农民凑过来问他："为什么打仗啊？"

毛泽东对他讲了组织工农革命军打土豪分田地的事，在谈到农民协会时，农民说："农民协会好啊！只是不该打菩萨……"

毛泽东表示赞同说："是么，我也反对打菩萨。我就是农民协会的委员长，今日下面喊捉人就是要捉我，你能帮助我吗？"

"好啊！"农民点头说，"怎么个帮法？"

毛泽东从身上摸出几块钱，送给农民说："我这里有几块钱，请你去帮我买一双草鞋、一把雨伞，然后请你带路，把我送到江西地界去。"

这位友善的农民很快成了毛泽东的朋友，给毛泽东买来了草鞋、雨伞和吃的东西。在这位素不相识的农民的帮助和带领下，毛泽东安全地到达了铜鼓。

在铜鼓县城南的萧家祠堂，早已等候在那里的铜鼓、修水、浏阳的农军干部立刻聚集在毛泽东的身边，听毛泽东做军事部署。毛泽东对大家讲了党的"八七"会议精神，指明了中国革命的前途和秋收起义的意义，然后以前敌委员会书记的名义宣布：立即举行湘赣边秋收暴动，用革命的武装反对反革命的武装。

天亮前，毛泽东在和大家发起行动前，还风趣地讲了他在浏阳乡间被敌人的民团抓后逃脱的事，大家都说毛泽东在危难中能够逢凶化吉、遇难呈祥，是一生中的好兆头哩……

1927年9月9日，由毛泽东亲自领导的湘赣边秋收起义爆发——会攻目标是湖南省会长沙！

第二天拂晓，天蒙蒙亮，由武装起来的矿工们组成的二团便从安源出发了。战斗一开始，连战连捷，相继攻下了醴陵和浏阳；随后，不想却遭到了比他们强大的多的敌军的突然袭击，在仓促应战中损失惨重，只得被迫组织突围，团长王新亚生死不明……

9月11日，毛泽东在浏阳地方党组织工会、农会、女子联合会负责人联席会议上讲话，要求大家坚定夺取最后胜利的信心和吸取战斗中的经验教训。会后，由浏阳等地的农民武装组成的第三团，在毛泽东的直接指挥下，从铜鼓驻地萧家祠堂出发，向浏阳白沙挺进；行进途中，根据侦察人员报告，白沙镇的守敌虽然不多，但地形复杂、易守难攻，对革命军很不利。于是，毛泽东当机立断，部队在距白沙镇八华里的濠溪兵分三路：左翼由张子清率领，出金坑截击敌军的退路；中路出汤采之率领，组织强攻从正面突破；其余的为右翼，走潼岭攻占制高点……

第三团在毛泽东的指挥下向白沙镇的敌军发起了攻击，顿时双方枪声大作、炮火连天，直打得枪弹横飞、硝烟弥漫；白沙镇的敌军招架不住了，丢掉阵地慌忙逃往东门市。毛泽东手持驳壳枪率领三团乘势追击，却被提前一步抢占了有利地形的敌军负隅顽抗所阻击，被迫暂时停止了进攻……

次日，毛泽东调整了兵力部署，再次强攻东门，战斗打了一天，依然不能取胜，而且伤亡大增；在这种态势下，毛泽东不得不果断下令停止进攻，随即将部队撤退到上坪休整……

这时在平江路上，一团二营进入金坪时，随一团行动的四团邱国轩部突然叛变，从背后向一团二营发起攻击；一团二营毫无防备，被打了个措手不及，损失惨重。这正应了"出师未捷先损兵"的一句古语，一团团长钟文璋弃离部队只身出走……

至此，工农革命军第一军第一师的三路人马虽然在起义中都打了一些胜仗，但最终还是都遭到了严重损失——一团在金坪失利，二团在浏阳溃散，三团在东门市受挫，四团叛变。此时此刻，面对着"军威不振"和"溃不成军"的残缺部队，毛泽东感觉到了"关云长兵败走麦城"的味道。

如此出师不利，是毛泽东始料未及的——痛苦和焦灼折磨着他，令他必须速下决断，以使败下来的部队有所去向……

毛泽东就是毛泽东！在全军面临溃散的关键时刻，他想起了自己曾对两个弟弟说过的话：大鹏鸟也有折翅的时候，只要它养好了伤，会飞得更高、更远！

主意拿定，毛泽东以湘赣边前敌委员会书记的名义通知各部队连以上干部，9月14日晚到上坪参加紧急会议。

是时，全师尚存的连以上干部纷纷来到上坪开会。会上，毛泽东听取了各路人马的战斗情况汇报，然后做出决定：为安定部队情绪，必须先甩开身边的敌人，统一到文家市去休整。

对于毛泽东的决定，卢德铭表示了赞同，不太甘心的余洒度也不得不默默地点了点头……

9月17日，一师各团奉命向文家市集结；毛泽东派人到长沙送信，建议湖南省委立即停止会攻长沙的计划。

两天后，秋收起义的部队陆续到达文家市。毛泽东于当晚到达，立即组织连以上干部到里仁学校内召开扩大的前委会议。

会上，毛泽东向大家讲明了自己的想法：部队放弃攻打长沙的计划，改编后向敌人统治薄弱的农村——罗霄山脉中段进军。

毛泽东说："我们是火种，我们要把这火种保护好，不能让反动势力在我们点燃革命烈火前把火种熄灭掉。我们发动起义，建立武装，是为了夺取政权，而不是为了同反动派硬打硬拼。"讲到这里，毛泽东又点燃了一支纸烟吸了两口，继续说，"现在，我们党虽然在各地都保存下来相当的力量，但我们也必须看到反动派的大屠杀给革命带来的后果，要看到敌人的军事实力远远超过我们，他们是希望我们去硬拼的，好尽可能地一网打尽我们！而我们必须保存好这支队伍，保存好这个工农革命的火种！"

毛泽东丢掉了手中的烟头，继续说："农村，尤其是远离中心城市的地方,是敌人统治力量最薄弱的地方,我们就是要把重心转移到那里去,在广大的农村深入进行土地革命,放手发动农民群众,坚持武装斗争,保存和发展、壮大革命力量,建立根据地;这样做,绝不是失败逃跑,更不是放弃革命,而是把拳头暂时收拢起来,积蓄力量再狠狠地打出去!"

毛泽东将目光投向卢德铭:"你是我们这次起义的总指挥,在这革命的紧要关头,今后的道路该如何走,请你讲讲吧!"

卢德铭稍作思考,随即态度很坚决地说:"我们现在虽然还没有得到省委指示,但我相信毛泽东同志的决策是正确的。暂时的退却是为了更好地发展和进攻,我们起义是为了夺取政权,不单纯是为了同反动派拼个痛快。我同意毛泽东同志的意见,向农村进军,建立根据地,同反动派展开长期的武装斗争!"

此时的余洒度心中虽然仍坚持己见,倒已不再讲话;毛泽东立刻让人拿过一张草图铺在桌上,人们随即围拢过来……

张明山介绍说:"罗霄山脉,北段地势较缓,易攻难守;南段地势比北段好些,但也不比中段最为险要,只是人口少、产粮也不多。"

毛泽东果断地说:"北段太靠近大都会,南段离都会又太远,这样在政治上对湘赣两省的影响也小一些,我看就选择中段吧!在中段,一举一动可以影响两省,根据地建立以后,再把南段及周围地区发展起来。"

卢德铭说:"好!从军事上讲,选择中段也比较理想。"

张明山详细介绍说:"中段是井冈山,坐落在湘赣两省的交界处,北有宁冈,南有遂川,东有永新,西边是鄜县,方圆五百多里,内多高山,有黄洋界、桐木岭、朱砂冲、双马石、八面山等五大隘口,地势非常险要。山上,有大小五井,十多个村落,住着四百多户人家,人口不满两千,产谷不满万担;但是,周围各县盛产粮、棉、油,农民群众受过大革命的锻炼,有较好的群众基础,现在还有部分革命武装。"

"好么!"毛泽东高兴地对大家说,"我们就这样决定了,'兵退萍乡'而后'进军井冈山'!"

三湾改编

1927年9月19日,毛泽东在文家市前委会议上制定出"兵退萍乡"而后"进军井冈山"的决策,开始了共产党武装斗争从城市转向农村的伟大转折。从此,中国的革命者,在毛泽东的英明指挥下,从文家市迈出了具有历史意义的关键一步!

这时,暂住在湘潭的毛泽民得知秋收起义的战斗已经打响,便急忙召唤了一批革命同志匆匆奔向浏阳,打算追赶上毛泽东领导的起义部队,但沿途受到了反动派的重兵拦阻,只得疏散了众人,和妻子钱希均离开湘潭、折返长沙,继续从事地下工作,等待时机重返上海。

此时此刻,已经去了国民革命军第四军政治部工作的毛泽覃随军到达九江不久,因张发奎联蒋反共企图将四军中的共产党员一网打尽,幸亏叶剑英事先得到信息,及时通知了毛泽覃等人,毛泽覃才和政治部的几个同志赶紧化装逃离了九江。途中,他们听说了南昌起义的消息,便急速赶往南昌,到南昌后不想起义的部队已经弃城南下,南昌城内外也已被张发奎所占领,几个人只得混出南昌城,再去追赶起义部队,不料中途走散,仅毛泽覃独自一人在临川城外追上了周恩来,被安排到了叶挺指挥的十一军政治部工作。

在板仓,杨开慧也很快知道了丈夫领导秋收起义的战斗已经打响,又喜又惊;她庆幸丈夫实现了多年的夙愿,组织工农武装夺取政权,却又担心丈夫的安危和处境,日日夜夜、时时刻刻牵挂着丈夫的一切……

9月20日,毛泽东在文家市集合了陆续到达的秋收起义的部队,向全体指战员做了进军井冈山的动员讲话。

毛泽东对大家讲:"这次秋收暴动,虽然受了些挫折,但这算不得什么!常言道,胜败乃兵家常事,重要的是我们要认真总结经验教训。有的同志说,蒋介石现在的力量很大,我们的力量很小,怕搞不出什么名堂来;依我看,我们并不孤立,我们的斗争有湘、鄂、赣、粤四省广大工农群众和全国人民的支持!我们的斗争刚刚开始,力量小只是暂时现象。我们好比一块小石头,蒋介石好比一口大水缸;我们的这块小石头,总有一天要打破蒋介石的那口大水缸!"①

听着毛泽东的讲话,一些战士笑了。毛泽东又说:"按原定计划是去打长沙,但目前长沙那样的城市,敌人的力量很强大,还不是我们应该去的地方;现在我们应该到敌人力量比较薄弱的农村去,在那里找一个'落脚'的地方,先站稳脚跟,然后再逐步发展我们的力量。"②

毛泽东的话调动了部队的情绪。随即,部队打上了"工农革命军第一军第一师"的红旗,分梯队向井冈山进发……

不料部队经过江西芦溪时,又遭到江西军阀朱培德的突然袭击;担任后卫的三团猝不及防,一时间溃不成军,一团团部也几乎被敌军包围夹击。部队在战斗中英勇抵抗,终因敌众我寡而损失惨重,总指挥卢德铭也不幸被流弹击中牺牲,年仅23岁。

毛泽东在退兵、进军途中失去一位得力的军事助手,心情格外悲怆,起义的部队也陷入了更为不利的境地。

工农革命军损兵折将,情绪低落,全军上下笼罩着一片愁云;毛泽东鼓励大家继续前行,不料行军路上天降大雨,不少人开小差跑了,有些军官和党的干部也不告而别……

当部队退至莲花县境内的陈家坊时,伤了脚的毛泽东命令大家停下来小憩;他坐在一棵大树下的青石板上吸着烟,陷入沉思,直觉得"屋漏偏遭连天雨,船迟又逢顶头风";面对着凄风苦雨,他不知道新的落脚点将在哪里……

正在这时,一声"报告"打断了他的沉思,只见卫生队的党代表何长工带着一个农民装束的青年人来到他面前。

"我叫宋任穷。"来人向毛泽东说明了身份和来意,"是奉了江西省委的指示,专程来寻找你们的。"

毛泽东一听不由喜形于色,"绝处逢生"的心绪油然而生:"好么!江西省委的同志怎么说?"

---

① ② 马玉卿、张万禄:《毛泽东革命的道路》,陕西人民教育出版社1991年版。

宋任穷报告说:"报告毛委员,汪泽楷书记说你们在莲花厅一带行动,让我告诉你们宁冈有我们党的武装,有几十支枪,其他的事写在信上了……"说着,从身上摸出一封信交给了毛泽东。

"宁冈?好!"毛泽东笑了,他接信在手,一扫脸上的愁云,起身握住宋任穷的手说,"宋任穷同志,你辛苦了!你来得正是时候,现在我们不愁没得落脚之地了!"

这也正应了"山重水复疑无路,柳暗花明又一村"的一句古诗,兴奋起来的毛泽东立刻重新组织部队,做出了首先攻打莲花县城、进而进军宁冈的决定!

1927年9月25日,毛泽东带着脚伤率部攻克莲花县城后,随即组织人力、物力救治伤员、补充给养;攻克莲花县城的胜利,给这支残破不全、疲惫不堪的起义部队带来了继续生存和顽强战斗下去的一线希望……

第二天下午,毛泽东在莲花县城内主持召开了原党组织负责人会议,要求迅速恢复和重建党组织和群众的地方武装。

9月29日,毛泽东率领工农革命军进驻江西省永新县的三湾村。

清点人马,暴动时的一个整师,如今死的死、伤的伤、跑的跑、散的散,仅剩下七八百人,总共不足一个团的兵力了。这时,余洒度已是心灰意懒,不想再指挥了;而三团长苏先骏更是垂头丧气,竟和身为师长的余洒度一起撂挑子撒手而去。

面对涣散的部队和大多数人低落的情绪,毛泽东决定连夜召开前委会议,提出了他反复酝酿的整编方案。其主要内容是:将所剩人员整编为一个团,为中国工农革命军第一师第一团,团长为陈浩;在部队中建立党的各级组织,设立党代表制度;破除旧军队的带兵方法,在军队内部实行民主制度,倡导官兵平等。

毛泽东在三湾改编,从此创立了一支新型的人民军队,同时也建立了党对军队的绝对领导,确立了党支部建在连上的制度。

部队整编后,毛泽东率领部队到达了宁冈县的古城镇,一连三天召开了前委扩大会议,着重讨论了在井冈山建立革命根据地的问题。

会上,毛泽东对大家讲:"我们这次秋收起义,现在看来军事指挥有缺点,没有高度集中部队,没有集中力量消灭敌人。军事上我们失利了,但在战略上不能说我们失败了。虽然我们的人少了,却很精干,力量还很强,大有希望。现在我们作战略上的退却,来到敌人统治力量薄弱的农村;广大的农村是海洋,我们是鱼,农村是我们休养生息的地方,是我们劳动人民的天下,不是敌人的世界。①"

见大家听得认真,毛泽东进而指出:"罗霄山脉中段的井冈山地势很好,我们可以关了东面打西面,关了南面打北面,敌人奈何我们不得。在这里,我们可以居高临下,看得清、打得准。现在我们要在井冈山'安家',准备'占山为王'了!②"

不久,毛泽东得到消息,说是井冈山上已经驻有一支打家劫舍的农民武装,带头人叫袁文才,是一名共产党员,专门和土豪劣绅、地主老财们作对;毛泽东和前委的同志们商量后得出一致意见,随即给宁冈的党组织和袁文才分别写了信表示致意,并说明了工农革命军第一师第一团要进驻井冈山"安营扎寨"。

很快,宁冈县的党组织和袁文才分别派出代表来古城镇与毛泽东接上了头。

直到这时,毛泽东才长长地舒了一口气,许久以来郁结在心的"石头"总算落了地……

10月5日,毛泽东再一次向全体指战员传达了前委会议决定:进军井冈山!

从此,毛泽东开始了一场威武壮观的创建以宁冈为中心、以井冈山为依托的"工农武装割据"的崭新斗争。

选三大哥,枪下留人!

1927年10月6日,在茫茫晨雾中,毛泽东安排了起义的部队,只带了随身的警卫员何有富和水生,三个人一步步踏进了井冈山中段的大仓村,会见驻扎在这里的农民武装首领袁文才。

---

① ② 马玉卿、张万禄著《毛泽东革命的道路》,陕西人民教育出版社1991年版。

这个个子不高、面色黝黑、看上去和毛泽东年龄相仿的袁文才颇有几分才智,早已聚集了 200 多人在这里"占山为王"了。往常,他所统领的这支农民武装受尽了宁冈豪绅和民团的追剿,早想得到有力的外援;如今得知大名鼎鼎的共产党人物毛泽东率领着秋收起义的革命军要来井冈山,袁文才很渴望结交这位久负盛名的"毛委员",但又怕毛泽东的队伍以大吃小、以强凌弱,自己得不到帮助反而"引虎上山"——他会见毛泽东,既怀有很大的期冀,又战战兢兢……

毛泽东要见袁文才是出于诚心诚意,进驻井冈山也是他的既定方针。双方事业与风险同在,且都认识到结友胜过为敌——毛泽东和袁文才在大仓村林家吊楼二楼的客厅里,终于坐下来会谈了。

两个人表面都很和气,但心里都很紧张——楼外,十几条枪明摆着,颇有一股杀气,那是袁文才布置下的"精兵强将";山下,一支近千人的工农武装荷枪实弹,印有"镰刀斧头"的红旗迎风招展,显示着一股无坚不摧的战斗气势……

面对袁文才,毛泽东似乎洞察了他心中所想的一切,只是不动声色地听着他讲述"创业"的经历和井冈山的一切……

正谈着,村外忽然传来一通鼓响,吊楼外立刻有人惊呼了一声:"啊——"

这一通鼓响,等于宣告了毛泽东一行三人已经处在了刀口上,随时都有丧失生命的可能……

袁文才听到鼓声,心中顿时一震,他立刻站起身来,似有所感地双手抱拳向毛泽东拱一拱:"山上有虎,待我出去看看,请毛委员稍候!"

袁文才转身下楼去了。毛泽东马上机警地向站在身边的何有富、水生两个人递了一个眼色,何有富和水生随即快步走向吊楼的窗口、仔细观察楼外的动静……

袁文才走出吊楼,悄悄问他的军师陈慕平:"有多少人?"

陈慕平忽闪着他那两只不大不小的眼睛说:"起码有一个连!"

袁文才一摆头:"再探!"

陈慕平答应一声,抬腿而去。

这时袁文才开始四下里察看他预先埋伏下的枪手:只见几株又粗又高

的大青树后面闪现着几支乌黑发亮的枪口,对面竹丛中的枪口也已瞄准了吊楼;他放心了,随即转身走进吊楼,在楼下正厅的八仙桌旁坐下来,吸着了一支纸烟,凝视着头顶上的楼板、思索着下一步的行动计划……

楼上的毛泽东凭直觉感到,刚才的一通鼓响事出"蹊跷",但重任所在,一时不便下楼去问个究竟;而楼下的袁文才这样安排,其担心也并非不无道理——他亲眼见过以大吃小的事,更清楚《水浒传》中晁盖等人上梁山吃掉王伦的故事,所以对于他这支只有几十条枪的队伍来说,面对着上千人的革命军不得不防……

袁文才早就听说过毛泽东,他的军师陈慕平就是一个曾念过中学、在武汉农民运动讲习所里学习过的人,毛泽东正是陈慕平的老师,经陈慕平介绍知道了毛泽东这个人。他担心像毛泽东这样一位赫赫有名的风云人物,会看不起他这个山间的"绿林草寇",他手下的人也担心会被起义的革命军"吃掉",只是在陈慕平的一再"担保"下,他才相信了毛泽东"出言有信"和"绝不欺弱"的为人与诺言,派人与毛泽东取得联系约定了时间和地点会谈……

俗话说"害人之心不可有,防人之心不可无",为了慎重起见,袁文才还是做了一些事先安排——他从他的营寨茅坪和毛泽东从起义军的驻地占城镇到大仓村,双方各走一半的路,既以礼相待、又便于进退;他的军事参谋李铭面对上千人的队伍,还是担心会出"意外",袁文才这才定下了一条擂鼓、杀猪、举手、杀人的"连环计"。

先带上一口猪到大仓村林家吊楼,四周埋伏下枪手,众人看袁文才举手行事。来者友善,举右手杀猪款待;来者不善,举左手杀人相拼!除此,袁文才还特别吩咐李铭带上二十几个人、二十多条枪到山口放哨,如果毛泽东只带几个人来则以礼相待,袁文才出面迎客;如果有队伍进入山口,李铭便命人击响第一通鼓,袁文才停止与毛泽东的谈话,准备动武;进入山口的队伍如果再向前进入山坳,击响第二通鼓,袁文才则举第一次手,埋伏下的各枪手一律举枪瞄准目标;如果队伍进入吊楼前边的竹林,击响第三通鼓,袁文才便举第二次手,开枪杀人!

如今第一通鼓已经响过,袁文才的心中还像鼓点一样"咚咚"直跳。

然而坐在吊楼上的毛泽东并不知道袁文才的这一切安排,他只知道刚

选三大哥,枪下留人!

才响过的一通鼓绝非吉兆，或是同《三国演义》中的鲁肃请关羽单刀过江赴会相似，袁文才肯定设下了伏兵；他倒不担心自己的处境，因为自己满怀诚意而来，绝无恶意，他只担心山下的队伍为自己的安全担忧而贸然上山，尤其是团长陈浩本不赞同与袁文才等"草寇"为伍，万一带队伍上山来则会将事情搞得一塌糊涂！

昨天在古城开前委会议时，毛泽东坚决主张与已上了井冈山的袁文才、王佐等人合作，他认为这里的山高地险、利于作战和发展，而袁文才出身贫苦，母亲被豪绅逼死后才聚众呼啸山林、与官府作对，后来还加入了共产党，并几次带人带枪下山参加永新的农民暴动，是可以同他共图革命大业的；而陈浩则认为给袁文才等人一些买路钱，在这里歇歇脚，然后另觅他途，或者干脆以武力解决，将袁文才的人马彻底消灭掉，再好好打拼自己的江山……

毛泽东不赞成陈浩的想法，一再强调说："他们都是被逼上梁山的农民兄弟，应该把他们看作亲人么！"

现在，楼外究竟发生了什么事情？毛泽东一时之间不得而知。这时，负责保卫毛泽东的水生发现挂在墙壁上的一幅古画在晃动，立刻上前轻轻掀开一看，见到有个枪眼、一支枪正对准着毛泽东的座位——水生急忙示意毛泽东离开坐椅，同时走上前将毛泽东同那幅古画隔开了……

此时此刻，毛泽东想起了要给袁文才送枪的事；刚才只是谈到了来这里落脚，还没有来得及谈起此事，外面的鼓声便响了。毛泽东想：是不是自己说晚了？

这时的袁文才更是坐卧不宁，他觉得毛泽东果然带了队伍来！

恰在此时，随着几声犬吠，村口山坳里传来了第二通促人心跳的击鼓声："咚咚咚……"

袁文才急忙走向楼口，楼上传来了毛泽东的呼唤声："文才同志，文才同志！"

袁文才站在楼口第一次举起了左手、一动不动……

四下里的枪手立刻举起了各自手中的快枪，二十多支枪口同时瞄准了毛泽东所在的吊楼二层；一旦有事，毛泽东和他的随从人员将谁也跑不出楼来……

楼上的毛泽东再次大声向袁文才喊话:"文才同志,是不是山上的老虎进村了?"

这时的毛泽东已经感到了事态的危急和严重性,他不得不向楼下走着问道:"文才同志,老虎在么地方啊?我的人是可以帮忙的……"

此时的袁文才已无心思回答毛泽东的问话,他只紧张地等待着第三通鼓响,便会再次举手、下令杀人了!

何有富和水生及时拦阻了毛泽东下楼的去路,同时向毛泽东努嘴、使眼色,要他警惕楼外的一切……

"铛——铛——铛——"楼上的一座挂钟突然响了起来,把楼上楼下、楼里楼外的人都震得心跳不止……

正在这千钧一发之际,楼外竹林边传来一阵急促的马蹄声;只见两个年轻的女子策马加鞭、飞驰而至,当先的一位挥着手向站在楼口的袁文才大声喊道:"选三大哥,枪下留人!"

紧随其后的另一位女子也在奔跑着的马上摆手向埋伏的枪手们高喊:"都放下枪!放下枪!"

这时的袁文才依然没有放下高举着的左手,只是当那位策马跑在前面的女子跳下马、大步奔到他面前说了几句什么话之后,袁文才才把左手向楼内外缓缓地摆动了几下、表示一切行动暂时停止。

毛泽东觉得这位女子很神秘,想下楼去探个究竟,但又考虑到自己的"代表"身份,只得重新在竹椅上坐下来点了一支烟吸,等候着袁文才上楼来继续谈话。

这时,楼下飘来了那位女子爽朗的问话声:"毛委员,毛委员,哪个是毛委员?"

毛泽东起身迎向楼梯口:"哪位喊我?"

只见一位面目清秀的姑娘走上楼来,很随意地回答说:"我,贺子珍!"

定睛看时,毛泽东见站到他面前的竟是一位十七八岁的美丽少女,明眸大眼、肤色洁白,身材苗条而性格开朗,便自我介绍说:"鄙人就是毛委员、毛泽东。"

贺子珍毫不客气地上下打量着毛泽东,看了前边看后边,看了左边又看右边,围着毛泽东的身体转了一圈,然后很恬静地笑了;毛泽东被她的

举动搞得有些诧异,更被她的笑声搞得有些疑惑,不由得自己也开始审视起自己来,以为自己的肩头、背后或是头上挂有什么不妥之物……

"别看了!"贺子珍打断了毛泽东自我审视的举动,笑盈盈地说,"我是想看看你脑子里怎么会有那么多的主意,写出了那么多的好文章!"

毛泽东没想到在这山坳坳里竟能遇上自己文章的知音,又是这样一位年轻的少女,不禁笑道:"如此说来,你看过拙作了?"

"不止一篇哩!"贺子珍煞有介事地说,"我背给你听听:'谁是我们的敌人?谁是我们的朋友?这个问题是革命的首要问题。中国过去一切革命斗争成效甚少,其基本原因就是因为不能团结真正的朋友,以攻击真正的敌人。'还有'农民的主要攻击目标是土豪劣绅,不法地主,旁及各种宗法的思想和制度,城里的贪官污吏,乡村的恶劣习惯。这个攻击的形势,简直是急风暴雨,顺之者存,违之者灭。其结果'……"

毛泽东同她一起背诵道:"其结果,把几千年封建地主的特权,打得个落花流水!"

贺子珍笑了,毛泽东也笑了。

毛泽东不失礼貌地问贺子珍:"你是谁家的娃娃?"

袁文才的妻子谢梅香笑着介绍说:"她是永新县委妇女部长,可勇敢啦!毛委员莫要小看她……"

毛泽东再次看了贺子珍一眼,微微一笑:"是我失言了!刚才冒犯了贺部长,请莫见怪!"

贺子珍甜甜地报以一笑,随即在木桌旁的一把竹椅上坐下来;毛泽东近前去说:"来,请喝茶么!"

"你这是'借花献佛'哩!"贺子珍说罢,端起茶碗来一口气喝下一大半,又说,"我们井冈山的茶,好喝得很哩!"

直到这时,毛泽东才问道:"你们的袁大哥呢?莫非让进村的老虎吓跑了?"

贺子珍收敛了笑容说:"都说你毛委员胸怀天下,不会真的到我们这里来以大吃小吧?"

毛泽东诧异地问:"这话从何说起?"

贺子珍伸手指向楼窗外:"刚才我就亲眼看见一队人马,带着不少的快枪进了山口!"

毛泽东挥了挥手:"误会了!那只是十几个挑枪的,是来送给你们作'见面礼'的!"

贺子珍一听笑了,起身向楼下喊道:"选三大哥,没事的,上来吧!"

袁文才这才慢慢地踏上楼来,再次同毛泽东见面了。

毛泽东笑呵呵地说:"误会了,文才同志!我毛泽东以人格担保,我们绝不做以大吃小的事!山口那只是十几个挑枪的,我想晓得你们有多少条枪?"

袁文才见问,支吾道:"一百条左右……"

毛泽东盯了对方的眼睛再问:"九十?"

袁文才一脸坦诚的样子:"实不相瞒,不到九十。"

毛泽东仍然紧盯着袁文才:"八十?六十?"

袁文才只是笑,并不回答。

毛泽东也笑了:"太少了!请你马上派人到山口去挑枪,我送你些快枪!"

"多少?"袁文才的眼睛一亮。

"一百条!"毛泽东伸出一个手指头说。

"是好枪?"贺子珍惊喜地问。

"好枪!"毛泽东肯定地说,"你想么,我毛泽东送的枪打不响,你们还不把我赶出井冈山吗?"

贺子珍信服地笑起来,袁文才也放心地笑了;毛泽东对站在他身旁的水生说:"你带文才同志的人去接枪吧!"

郁郁葱葱的井冈山

1927年10月6日上午,漫山的迷雾渐渐散去;井冈山上,大仓村中的片片竹林在秋日的阳光照射下,尤显得郁郁葱葱。在林家吊楼外的一株长势苍雄的老樟树旁,前来与袁文才会谈的毛泽东已经让人送来了100条枪。

吊楼前、竹丛旁,李铭解开了一捆枪,取一支递给前来验枪的袁文才看。袁文才接枪在手，顿时两眼生辉：只见乌黑的枪管被轻油擦的铮铮发亮，木制的枪托也被擦得干干净净，是地地道道的汉阳造！

袁文才拿着枪爱不释手，贺子珍上前提醒说："选三大哥，你别拿了枪发愣啊！还有别的事呢！"

一句话提醒了袁文才，他伸手把枪递还给李铭，然后招招手，让人抬来四根手腕粗细的长竹筒。

袁文才当着毛泽东和贺子珍的面，命人打开了四根竹筒的封口，倾斜着往一只大竹篓里一倒，白花花的银圆倒了一竹篓，全是地地道道的"袁大头"。

袁文才向毛泽东抱拳拱手说："承蒙毛委员看得起我袁文才，派人送了枪来。我也不客气，全收了！但我也晓得起义军的开支大，这是一千块大洋，杯水车薪，算是我袁某人的一点心意；日后在井冈山，起义军的粮油我全管了！"

毛泽东大喜过望："那我代表起义的全体官兵谢谢文才同志了！"随后又对站在一旁抿着嘴笑的贺子珍和谢梅香说，"两位是天上下凡来救我一命的活菩萨，刚才那阵马蹄声响得大家心跳哩！"说着，又定睛向贺子珍，"马骑得好，枪法如何？"

袁文才兴高采烈地挥着手说："贺家妹子的枪法好哩！趁今日大家高兴，我们就来当场试一试！"

"咋试法？"贺子珍用手挽着衣袖问。

袁文才四下里看了看，抬手指向一片竹林说："看到么——那竹丛边上的四杆竹子，你和你嫂子跑马打枪，每人两杆！"

语音一落，两个女人笑盈盈地去骑了马跑动起来；随着由近而远的马蹄声，"叭叭——叭叭——"四声枪响，只见被袁文才指定的那四杆翠竹全被打折、丰盈的竹枝拖挂着茂盛的竹叶从空中齐刷刷地翻折下来……

"好身手！"毛泽东不禁夸道，"真是女中豪杰哩！"

袁文才见毛泽东盛赞贺子珍，便乘兴介绍了贺子珍的一些事：她15岁时就当了永新县城中学的团支部书记，16岁时加入了共产党；17岁率领着永新县的共产党人，与王佐、袁文才等人举行了永新起义。她和哥哥贺敏学、妹妹贺怡，一时在永新县被传为美谈，人称"永新三贺"和"贺氏三杰"。当地人尤其推崇贺子珍，说她是"神枪手"、"双枪女将"，老百姓们喜欢她、称道她，地主老财们对她是又气又恨、还害怕得很哩！

听了袁文才的介绍，毛泽东羡慕地对袁文才说："你们有这样一个好妹子，是很大的福气哩！"

袁文才满心喜悦地说："我教她骑马，南斗大哥教她打枪……"

毛泽东问："哪个'南斗'？"

袁文才说："就是王佐。"

这时，贺子珍和谢梅香已经骑马回来了。下马后，贺子珍走在前面，听到毛泽东和袁文才正在谈论自己，便有意岔开话题大声说："四个月前我们劫狱救出来的永新县干部，都躲在这里呢！"说着拉了走在她身边的谢梅香的手，又说，"我每逢缺吃少穿，就来这里找我这位好心的嫂子！"

谢梅香向毛泽东解释："我家文才同她哥哥是中学同学，比亲兄弟还亲；文才同王佐是结拜兄弟，我们都把她当自己的亲妹子哩！"

毛泽东有意招手、让贺子珍在自己面前就地转了一圈身子，然后笑道："你脑子里的主意也不少！会骑马，会打枪，会造反劫狱，还会到这山坳坳里来找两位大哥！"

听了毛泽东的话，大家都非常开心地笑了……

中午了，在林家吊楼有酒有肉的饭桌上，毛泽东向袁文才、陈慕平、李铭、贺子珍、谢梅香等人讲了他想把留守人员和伤病员留在茅坪；没等袁文才、陈慕平、李铭和谢梅香等人开口，贺子珍便喜形于色地抢先说："太好了，选三大哥和我们都求之不得啊！"

袁文才也连连说："求之不得，求之不得！"又端了酒说，"陈军师，毛委员是你的老师，你该敬酒么！"

陈慕平和袁文才轮流向毛泽东敬酒。陈慕平端着酒碗向毛泽东说："老师，学生晓得你不胜酒力，这碗酒我先干了，算是学生的一片仰慕之情和敬意！"

说罢，陈慕平将碗中酒一饮而尽；毛泽东也举着酒碗说："今日高兴，我总得喝一点么！"

毛泽东喝下一口酒，然后向袁文才表示感谢说："我们来借你们一块宝地，歇歇脚；借一条大路，到南边去找贺龙、叶挺的部队。承蒙文才同

志慷慨允诺，我毛泽东代表全体起义军兵，敬你一碗！"

端着酒碗的袁文才高兴地说："毛委员光临穷山僻壤，我们山牯佬三生有幸啊！"说罢，仰头喝尽了碗中酒……

"贺妹子……"袁文才正端着酒碗招呼贺子珍，"你也该向毛委员敬酒啊！"

贺子珍脸红红的，端起酒碗忙向毛泽东敬酒："毛委员，我敬你……"

"应该是我敬你才对！"毛泽东将自己的酒碗举向贺子珍，"要谢谢你的救命之恩哩！"

一句话，把在座的人都说笑了……

1927年10月7日清晨，毛泽东率领的工农革命军就要进驻井冈山北麓的茅坪。

上午的太阳斜照山坡，毛泽东率领着革命军的队伍打着红旗、向茅坪村口走来——早已等候在那里的袁文才连忙带人迎上前去，直到这时他才发现毛泽东的脚有伤、走路有些跛，便急忙让他的人绑了一把竹椅当成轿子，要抬了毛泽东进村；毛泽东哪里肯坐，只换上了袁文才让人送来的一双新布鞋……

袁文才的手下杀猪宰牛，把血泼在路上，用欢迎贵宾的礼仪欢迎着毛泽东的队伍。

革命军进村后，贺子珍已经把攀龙书院八角楼上的房间收拾干净，并且挑水擦洗了桌椅和楼梯。这里，是袁文才特意给毛泽东安排的住处。

毛泽东和袁文才来了，贺子珍和谢梅香站在楼梯口，满怀喜悦地表示欢迎……

这时贺子珍问毛泽东："毛委员，我有一个谜解不开，想请教……"

毛泽东笑着向贺子珍摆了摆手："我也有一个谜没得解开，也想请教你贺部长哩！"

袁文才笑对二人，点头向毛泽东说："你是客人，有什么解不开的谜尽管先讲！"

"强宾不压主么！"毛泽东谦让道，"还是贺部长先讲。"

"那我可说了……"贺子珍问毛泽东，"毛委员为什么不在大城市，硬要钻到这深山坳里来？"

"英雄所见略同呵!"毛泽东笑了,对袁文才和贺子珍说,"我的问题是一样的,你一个女娃子,为什么不在城里,反要跑到这大山里来?"

袁文才哈哈大笑起来:"你们怎么不问问我,我这山里人为什么不到城里去?"

进楼的人都笑了。毛泽东请袁文才、贺子珍和同自己一起来的人都坐下来,自己也坐下说:"我也是从山里出来的人哩!父母、兄弟都是种田的,只是长大了才读了些书、进了城、参加了革命……"

说话间,毛泽东对袁文才讲:"你提的问题,我想找个时间同永新、宁冈和莲花的干部们谈一谈。"

袁文才指一指楼窗外的后山说:"他们都在后山的象山庵里呢!"

"好么!"毛泽东很高兴地说,"今日晚上,我就同他们谈谈!"

"急什么?"贺子珍问。

"事情是这样的……"毛泽东告诉大家说,"如今,唐生智同李宗仁打仗,张发奎同李济深也在打仗,我们正好利用他们混战的机会,向南发展;革命军在这里休整几天,要去打茶陵和酃县,我们总不能长期住在这里吃文才同志的粮油么!还得要去湘东打土豪、充军饷,要开仓放粮,把谷米分给贫苦的农民,尽快建立地方政权,武装民众。"

袁文才听得直点头,贺子珍听得入了迷。毛泽东又说:"我还要派出人去打听贺龙和叶挺的下落,要晓得他们队伍的去处;我是想同革命大军一起,在中国搞一场轰轰烈烈的工农大革命,武装夺取政权……"

讲到这里,毛泽东抬了抬自己的脚笑道:"只是眼下我的脚不那么听使唤!"

袁文才立刻说:"毛委员正好利用这个机会把脚伤治好,我们这里有老中医,山里的草药多得很!"

贺子珍也说:"我和妹妹去采药!"

"你的妹妹在哪里呀?"毛泽东好奇地问贺子珍,"我只晓得你有个妹妹,是不是也像你一样能骑马、会打枪啊?"

"她的妹妹也很有本事呢!"没等贺子珍开口,袁文才便回答说,"也跟她一样,骑马打枪样样都强;现在正组织永新的民众,在乡里筹粮闹革命哩!"

"好么!"毛泽东称赞说,"贺家一龙二凤,今日更晓得厉害了……"

"毛委员——"一句喊话,打断了毛泽东的话语,是陈浩找来了;这时,袁文才和贺子珍起身告辞,并告之毛泽东和陈浩中午在一起吃饭,为他们"接风洗尘"……

当天晚上,毛泽东在袁文才和贺子珍的协助下,召集永新、宁冈、莲花三县的部分党员干部座谈,研究了迅速建立地方党组织的问题……

同"乱世头"交朋友

1927年10月中旬,毛泽东率领秋收起义的部队进驻茅坪后,脚伤在袁文才找来的中医医治下,渐渐有所好转;贺子珍和妹妹贺怡经常按照老中医开出的药方去山里采药,精心为毛泽东敷治脚上的伤口……

革命军总算暂时安顿下来,毛泽东再次给党中央政治局和湖南省委写信,详细汇报了秋收起义的经过和自己要在井冈山建立革命根据地的计划;每当夜深人静,他又总是想起两个弟弟,不知他们现在何方、身在何地?更思念和牵挂着杨开慧和他们的三个儿子,想知道她们母子的一切……

秋风萧瑟,又是子规啼月夜之时;茅坪村上攀龙书院八角楼里依然亮着灯光,暗淡的桐油灯下,毛泽东正在给妻子写信……

前几天,他在给中央和省委写信时,下笔千言,洋洋洒洒不能停笔,一写就是十几页纸;如今,他要给妻子写信了,却握笔在手,一时不知该如何写起……

楼外的秋风阵阵,吹打得林丛和竹叶微微作响;山间的杜鹃鸟一声声啼叫,传响得整个山林一派凄凉……

最后,他终于用暗语给杨开慧写了一信,大意是:"我在这里做买卖,赚了钱,生意兴隆",而且提到了自己的脚伤,"一时不便回去探望"……

白天,毛泽东一方面组织部队学习,一方面多次找到袁文才等人进行团结、教育和由浅入深的思想融通工作。

一天,贺子珍来见毛泽东,两个人在攀龙书院谈了起来。毛泽东夸赞贺子珍"敢同梁山好汉为伍,实在不寻常"和"难得",贺子珍却叹息道:

"我们是被迫逃到这里来的！自从打了永新县城，劫了狱，只能躲到井冈山来打埋伏……"

毛泽东问："这里有什么不好啊？"

贺子珍直言："我们的人几乎天天在讨论，以后该怎么办？总不能'埋伏'在这里当山大王啊！大家都快愁死了，一听说你们来了，人们又都活跃起来，都说毛委员一定会给我们指条明路，带我们出山……"

毛泽东郑重地说："我是不会带你们出山的，相反还要劝你们继续待在山里……"

毛泽东解释说："当山大王有什么不好？我们要当的不是一般的山大王，而是革命的山大王。我领导的起义军一路败退到这里，好不容易找到这座大山，哪舍得走么！"

贺子珍再问："你们不走了？不去打城里的敌人了？"

毛泽东进一步解释说："城里的敌人是一定要打的！走也是要走的，但不是现在；现在敌强我弱，人家几万、几十万的兵力，我们才几百、几千人，叫花子同龙王斗宝，斗不赢么！"

贺子珍有些情急地问："那咋办？"

"进山！"毛泽东指明了说，"山里有什么不好？全国的大山大湖多得很，有多少山、多少湖，就有多少农民、渔民，我们的希望就在这山里、湖里！"

"这就是你说的希望？"贺子珍似懂非懂、似信非信地再问，"也包括我们？"

"对！"毛泽东肯定地说，"也包括你们永新县的党员、干部和袁文才，我还想见见王佐。"

"当真？"贺子珍又来了精神，"南斗大哥在黄洋界只服天管，不服人管，我还担心你看不上他、不肯同他来往呢！"

毛泽东反问道："你贺部长可以找了袁文才，又找王佐，我毛泽东为什么不可以？"

贺子珍笑了，但对于毛泽东的问话，她没有作答……

离开攀龙书院，贺子珍立刻去找了袁文才，将毛泽东想见王佐的事告诉了他，并说毛泽东是真的要在这里落脚，诚心同他袁文才和王佐合作，共同干一番大事业,袁文才听罢又惊又喜,立刻拍了大腿说:"我看毛委员就是个办大事的人,果然名不虚传!既这样,我马上派人给南斗大哥送个信去!"

"就派我和嫂子去吧!"贺子珍调皮地一挥手,语气坚定地说,"我去游说南斗大哥,保证马到成功!"

"也好……"袁文才看着贺子珍的兴奋劲儿,高兴地答应下来,"就派你和你嫂子去!"

10月中旬末的一天,贺子珍和谢梅香骑着两匹快马来到了井冈山的黄洋界。

日将午,二人来到茨坪王佐的团防部门前,贺子珍勒住马大声高喊:"南斗大哥!"谢梅香也停住马高喊了一句:"南斗兄弟!"

听到喊声,白白胖胖的王佐穿着一身直贡缎的黑色短衣长裤,肩头斜挎着一支新式的驳壳枪走了出来。

几个团丁立刻走上来,有人去牵了谢梅香和贺子珍的马;正要再往里走,贺子珍招呼王佐说:"且慢!小妹听说南斗大哥把手下的兵都练熟了,个个一身本事,跑路能飞檐走壁,打枪能百步穿杨,我今天倒要见识见识。"

王佐一听就乐了,立刻拍巴掌喊道:"小的们,把你们的功夫拿出来,让我这嫂子和小妹指点指点!"

王佐的话音一落,从两边房里很快跑出来一伙留着长发的团丁,他们大声呼喝着分成两队,刀对刀、枪对枪、枪对刀地对打了一通,直看得谢梅香和贺子珍一阵眼花缭乱……

"打得真好呢!"贺子珍赞罢又说,"早就听说南斗大哥一身的好本事,今天能不能让小妹开开眼?"

王佐来了精神,答应一声"好",随即脱了外衫,只穿着一身短打,让团丁们挥刀舞枪地向自己打过来;说时迟、那时快,只见王佐侧身抄起一把竹椅,把团丁们打来的刀枪挡开,然后飞步窜到房前抢过一根竹竿、用力一撑,随即弹跳上了房顶……

栅院中,谢梅香和贺子珍笑着鼓掌:"好啊,是真功夫哩!"

王佐得意地在房顶上一招手:"把我的枪扔上来!"

房下的一个团丁立刻去拿了王佐的驳壳枪扔上房。

王佐接枪在手，打开保险、推上子弹，斜眼瞄了瞄天空，然后一手撑着竹竿往房下跳，一手举枪打向天空："啪——"

枪声响处，一只小鸟从天上掉了下来，王佐也稳稳地站到了地上。

栅院中又是一阵叫"好"声，王佐满脸笑着把谢梅香和贺子珍让到团防部的房内，让人沏了一壶好茶，连倒三碗，然后伸手对两个女人说："请！"

三个人喝着茶，贺子珍递上了袁文才写给王佐的信："选三大哥想请你下山见见面。"

王佐接信粗略地看了一遍，然后放下信说："你们知道，我认不得几个字，还是你们说吧！"

谢梅香说："毛委员来了……"

王佐立刻问："你们请他进了茅坪？"

"是的！"贺子珍快人快语，将自己所知所见袁文才请了毛泽东进山的事一一讲了出来；当讲到毛泽东送枪给袁文才时，王佐瞪大了眼睛问道："好枪坏枪？"

贺子珍坦然一笑："当然是好枪啦，一律的汉阳造！"

王佐闻听人吃一惊："一百条枪，我的天公啊！"想了想又说，"莫不是先礼后兵，今日送了，日后还要收回去？"

谢梅香忙说："不会的，我和选三都认定毛委员不会那样做！毛委员已经把指挥部、医疗队和革命军的后勤设在茅坪了，还想办个军装厂。"

王佐思忖着说："我早就听人们说起过毛泽东，他是城里人，共产党的大人物，为什么要到山里来同我们这些'乱世头'交朋友？"

贺子珍开导说："大哥别多心，毛委员亲口对我说过，他很想见见你；他说，别小看这大山老林，没有大山老林里的革命，就进不了大城市！"

"我去见他也无妨……"王佐又想了想，然后说，"他敢送我一百条枪，我就信他有诚意，不是来吃我们的！"

贺子珍顺口说道："我想他一定会送的。"

"那好！"王佐来了精神，伸手取杯喝了一口茶水，"一百条，少一条我也得再想想！"又说，"今日你们先住下歇歇脚，明日一早我陪你们下山；再说见了毛委员，我也得准备几条山竹做见面礼呀！"

"一言为定！"贺子珍笑了，"我已经对选三大哥说了，我和嫂子来，一准儿能请得南斗大哥下山！"

第二天，王佐骑了马带人下山。跟他的5个人每人背了两根短竹筒。

谢梅香和贺子珍骑马跟在王佐的身后。

不多时来到茅坪的攀龙书院，正在这里的袁文才闻声迎了出来，随即领王佐进了攀龙书院。

八角楼的楼厅中，毛泽东正在桌前写信，见袁文才等人进来，急忙起身相迎。

袁文才向王佐介绍说："这位就是毛委员。"

一见毛泽东高高大大的身材，王佐登时拱手施礼，同时近前一步、深深弯腰一揖："在下王佐拜见毛委员。"

毛泽东没料到王佐会来这样一手，也随即抱拳拱还一礼："久闻壮士大名，今日终得幸会，实属快慰平生啊！"

众人落座后，王佐像唱戏似的念着台词对毛泽东说："久闻毛委员大名，如雷贯耳；今日得见尊颜，好比拨开云雾见了青天，足慰生平！"

毛泽东笑了说："是我刚才那几句话，引得王佐同志唱起戏来了！"

听毛泽东这么一说，在座的人都笑起来；王佐见毛泽东如此平易近人，一时忘了来时的戒备之心，不由地向楼门外一招手，大声喊道："小的们，把竹筒抬上来！"

跟王佐来的5个人很快跑进厅来，每人抱着两个竹筒走向王佐；王佐一一打开竹盖，5个人往毛泽东面前的桌上一倾，只见滚出来的全是白花花的"袁大头"和金灿灿的金戒指、金耳环、金链子……

王佐再次拱手向毛泽东："山野粗竹，不成敬意，请毛委员务必赏脸收下！"

毛泽东也起身再次拱手还礼："王壮士果然豪爽过人，多谢多谢！鄙人也有一百条枪相送，明日请派人到砻市去挑。"

王佐闻言大喜，对在座的袁文才、谢梅香和贺子珍说："老庚，这下我们人多枪多，就再也不怕他狗日的尹道一了！"

袁文才忙向毛泽东解释："尹道一是周围四县民团的总团长，南斗从小就受他们亲族的欺辱；尹道一专门勾结湘赣的军队，常来找我们的麻烦。"

毛泽东当即表示："既这样，那我们就设法打掉尹道一！"又说，"民团勾结军阀，欺压民众，是你们的敌人，也是我们革命军的敌人！我们要团结起来，认真部署兵力，一举吃掉它，为开辟我们的根据地打下一个好基础！"

王佐端起茶杯举向毛泽东："有毛委员这句话，我王佐就是上刀山、下火海，也在所不辞！"说罢饮干了杯中茶，又说，"毛委员看得起我王佐，你就放心好了！我们兄弟一定同你有盐同咸，无盐同淡！"

"放心，放心！"毛泽东爽朗地笑道，"要打天下，就要靠千百万民众一条心么！"

王佐听袁文才这样一说，竟当着毛泽东和众人的面开心地大笑起来。

毛泽覃来到了井冈山

毛泽东在茅坪站稳脚跟后，又应王佐之邀，准备率工农革命军进驻井冈山上最大的村镇——茨坪。

1927年10月24日，毛泽东率领革命军由江西遂川县荆竹山准备向井冈山进发时，向部队宣布了三条纪律①：第一，一切行动听指挥；第二，不拿老百姓一个红薯；第三，打土豪筹款要归公。

三天后，毛泽东的部队到达了群山环绕、峰峦叠嶂、树茂林深的茨坪，从此开始了创建中国第一个农村革命根据地的活动。

11月初，毛泽东在贺子珍等人的陪同下，骑马又返回了茅坪，一面进行社会调查，一面对袁文才的队伍进行改造工作，他想尽快争取把袁文才、王佐的两支农民武装编入革命军中来。

这次到茅坪，毛泽东见到了贺子珍的妹妹贺怡。

就在这时——正当毛泽东在井冈山上深入发动民众、开始创建中国工农革命的第一个农村根据地时，中共中央临时政治局扩大会议在上海

---

① 邱延生：《历史的真迹——毛泽东风雨沉浮五十年》，新华出版社2002年版。

召开了。

11月9日至10日，以瞿秋白为代表的第一次"左"倾机会主义在共产党内占了统治地位；会议以湖南的秋收起义失败为由，给予毛泽东党内处分，"开除中央临时政治局候补委员"。

远在江西的毛泽东并不知道共产党中央临时政治局在上海决定的内容，仍在茅坪象山庵里几次召集了宁冈、永新、莲花三县的原党组织负责人开会，研究如何建立和尽快恢复这些地方的党组织问题……

11月18日，毛泽东派部队攻克了井冈山西北侧的湖南茶陵县城，收缴了当地民团的大批物资和枪支、弹药，同时打开了城里豪绅的粮仓，向穷苦的农民发放谷米……

在此期间，毛泽东还去了宁冈县城奢市的龙江书院，在龙江河畔创办起了一个训练军队干部的教导队，这也是在共产党领导下的革命军队中的第一个教导队；同时，毛泽东还对宁冈、永新两个县的阶级关系和土地占有情况进行了调查，开始为土地革命做准备。

11月28日，在毛泽东的指导下，茶陵的工农兵政府成立，在湘赣边界建立起了第一个由共产党领导的红色政权，并选举谭震林为共产党领导下的第一位工农兵政府主席。

转眼进入了12月，井冈山的大山里开始冷起来了。

一天黄昏，贺子珍的妹妹贺怡离开象山庵到茅坪去找姐姐，刚刚走到茅坪的山路口，迎面见到一位穿着一身国民党哔叽呢校官服的青年军官，立刻上前仔细盘问。不料这位英俊、潇洒的国民党军官不愿多说话，只是说："不要多问了，我是来找毛泽东的。"

贺怡拦住他不让进村："那不行！你是国民党的人，这里是共产党的天下，不问明白了不能让你进到村里去！"

来人见眼前这位身材苗条的漂亮姑娘很认真的样子，又见她的年龄和自己差不多，话语之间充满着一种坚毅和妩媚，不像是有意为难自己，便告诉说："你快带我去见毛泽东，我是他弟弟！"

贺怡一听，将他上下打量了一下，笑道："嘿，没想到毛委员还有一个国民党的弟弟哩！"

来人急了，说："什么国民党，我这是化装前来，路上吃了好多苦，你能晓得吗？我来这里找大哥是有重要事情商量的，快带我去吧！"

贺怡被他的神情吸引了，认定他说的是实情，便答应道："好吧，你跟我来！"

两个人来到攀龙书院门前，"站住！"不想攀龙书院门前的战士不放行，用手中枪拦住道，"这个国民党不能过去，得在这里等着！"

没办法，贺怡只得一个人去报告情况。

这时，毛泽东正同袁文才和贺子珍在茅坪河的小桥上说事。贺子珍见妹妹跑得很急，便大声问："有事吗？"

"有事！"贺怡气喘吁吁地说，"我找毛委员……"

毛泽东问："什么事？"

"来人啦！"贺怡跑到毛泽东的面前，没站稳脚跟便说，"说是你弟弟。"

"弟弟？"毛泽东一怔，有些不相信地再问，"哪个弟弟？"

贺怡不清楚毛泽东有几个弟弟，一时语塞，只是用手指向八角楼的方向说，"在那儿哪！"

毛泽东远远看见攀龙书院门前站着几个人，其中像是有一个穿国民革命军军服的年轻军官；那军官也像是认出了什么，立刻推开围在他身边的人，放开脚步向毛泽东奔来……

毛泽东随即挥手一声高喊："润菊——"

那年轻军官也高声呼喊着扑上前来："大哥——"

来人正是毛泽东的三弟毛泽覃！

毛泽东意外见到弟弟，犹如喜从天降，他大步上前，一把拉住弟弟的手，激动得许多话语一时不知从何说起……

毛泽覃眼里噙着泪花，忍了半天最终还是忍不住，扑簌簌的眼泪直淌下来："大哥……"

"好了，好了……"毛泽东安慰着三弟，对身边的人介绍说，"这是我三弟，莫看他穿了一身国民党的军衣，也是一名共产党员哩！"

袁文才和贺家姐妹都被眼前见到的情景感动，他们很能理解毛泽东兄弟俩现在这种"异地逢亲人"和"他乡遇故知"的心情，便急忙劝他们快回到攀龙书院去；很快，毛泽东领着毛泽覃进到攀龙书院，兄弟俩一起上了三楼……

毛泽覃来到了井冈山

刚刚坐下,贺家姐妹为毛泽覃打来了洗脸水;毛泽东向弟弟介绍了贺家姐妹。毛泽覃笑着指一指贺怡:"我们早认识了!"

毛泽覃洗过脸,贺子珍和贺怡下楼去了;毛泽东将目光移到弟弟的身上,不禁说道:"很潇洒么!"

"别提了!"毛泽覃说,"就因为穿了这身军装,那女娃子硬不让我进村哩!"

说着话,兄弟俩重新坐下来,毛泽东又问:"武汉一别,从此再无音信;怎么,你还在张发奎的第四军么?"

毛泽覃也看了看自己一身的国民党军装,知道大哥误会了,便哈哈笑了说:"大哥,张发奎那狗日的早就反共了!他哪里还容得下我?"

"怎么回事?"毛泽东催促弟弟,"快讲来听听!"

毛泽覃叙述说:"我们到九江不久,张发奎就想把四军中的共产党一网打尽,多亏了叶剑英同志及时通知了我们,我才和政治部的几个同志化装后逃离了九江;路上,我们听说我们党要在南昌起义,就急忙赶往南昌。"

"哦?"毛泽东被三弟的经历吸引了,"你们参加了南昌起义?"

"咳,别提啦!"毛泽覃叹了一口气,说,"赶到南昌,却没能赶上起义!"

毛泽东有些吃惊:"怎么回事?"

毛泽覃继续说:"起义部队南下了,城里城外全被张发奎占领了,同我一起逃出来的几个同志也走散了;我一看大事不妙,就准备赶紧混出城去追赶起义部队,不想到了城门口,又被守城的士兵喝住了要搜身检查……"

毛泽东有些担心了:"又捉住你了?"

"没有……"毛泽覃笑一笑说,"一个兵突然从我内衣口袋里掏出件东西,他们看了反而一下子愣住了;我一瞧原来是四军军部发的上尉书记官的证件,我化装时匆匆忙忙地忘了扔掉,没想到这东西反而成了我的一道护身符!"

直到这时,毛泽东的脸上才恢复了笑容:"好险哦……"

毛泽覃接着说下去:"我马上把脸一翻,冲他们就骂;这一骂还真管用,真把那几个兵给唬住了!他们一个劲儿地向我赔不是,还向我立正敬礼;我就让他们'稍息'了,然后大摇大摆地出了城……"

说到这里，毛泽覃得意地笑了，毛泽东望着弟弟调皮的样子也笑了。

这时，有人给他们送来了茶水。毛泽覃喝了一口茶，继续向哥哥讲他的经历："唉，离开南昌后我就一路打听一路追，饿了就向小摊上讨口饭吃，困了我就倒在田埂上睡一会儿，就这么日追夜赶，总算在临川城外追上了起义的部队！"

"好么，好！"毛泽东赞许地点点头，"你进的哪个部队？"

"别提啦！"毛泽覃又一次摆了手，"谁知我们的兵比军阀的兵盘查得还厉害！他们见我像个叫花子，就把我当成了奸细，不问青红皂白，又踢屁股又打耳光，把我打得好惨；我被打急了，叫他们押我去军部，他们硬是不押我去，还说'你这奸细还想去军部？先打死你再说！'"

"那怎么办啊？"毛泽东又一次为弟弟担心起来，"共产党不许打人么。"

"还好……"毛泽覃又喝了一口茶水，"幸亏周恩来从旁边路过，他一眼认出了我，这才算消除了怀疑；周恩来听了我的汇报，就把我安排到叶挺军长指挥的十一军政治部了。"

"哦！"毛泽东彻底地放下心来，"后来的情况如何呀？"

"我在汕头……"毛泽覃继续讲述着他的传奇经历，"当时我军主力在汤坑被黄绍竑埋伏的部队包了饺子，接着又在流沙被打散，全军覆没；不想黄绍竑狗日的随后又亲自率领着3个师的兵力直取潮州，这一下汕头全乱套了，谁也找不到谁，指挥部的头头们也都跑散了，敌人一进城就到处追杀我们的人……"讲到这里，毛泽覃深深地叹了一口气，"这个只红了七天的潮汕一下子又变得白色恐怖了……"

毛泽东又问："你是从汕头逃出来的？"

"逃是逃出来了……"毛泽覃继续说，"我们几个同志一起，在路上又会合了几百人，一路打打藏藏地辗转到了饶平，在那里遇到了朱德同志的部队；他的部队在三河坝同敌人钱大钧部激战了三天三夜，突围后经饶平想赶赴潮汕同主力会师。遇到我们后，他们才知道潮汕已经失守，朱德同志就率领我们向闽西赣粤边转移……"

听到这里，毛泽东关切地问："朱德同志那里有多少人，都还有谁？"

毛泽覃说："开始时有一两千人，后来死的死、伤的伤、逃的逃，到了江西安远县的天心坪整编时，就只有七八百人了。"

"哦……"毛泽东听到这里惊讶地叫了一声。他奇怪地发现，朱德率领的这支部队竟然同他率领的秋收起义的部队有着十分相似的经历，突然使他产生了一种患难遇知音的感觉，不禁问道，"怎么同样也是七八百人？"

毛泽覃不大明白大哥的问话，直说道："是七八百人呀！本来还多些，朱德同志发现有些人还很动摇，整编时就说，'要革命的跟我走，不革命的可以回家'，所以又有一些人离队了，只整编了一个团；朱德任团长，陈毅任指导员，王尔琢任参谋长。"

毛泽东喃喃地自言自语道："越说越像了么……"

"什么越说越像？"毛泽覃不解地问，"像什么？"

"你说，你说！"毛泽东催促三弟继续说下去。

毛泽覃又说："一天，朱德同志把我叫去，指着一张刚缴来的报纸说，'看么，你大哥带着秋收起义的部队上了井冈山，敌人拿他没办法；泽覃，你立即动身，到你大哥那里去联系一下两军会师的事'……"

"好哇！"毛泽东这才明白了三弟的来意，"原来你是特遣大使呀！"

毛泽覃颇有些得意地笑了笑，从衣袋里取出一张名片，递给了大哥；毛泽东接过来一看，见名片上印着"国民革命军第十六军少校副官——覃泽"。

"怎么会是十六军？"毛泽东问。

毛泽覃便又把朱德的部队目前隐藏在十六军的情况说了一下。

毛泽东把拿在手里的名片再看了看，笑道："你把名字颠倒，也学会本领啦！很聪明么！"

"还多亏了这个！"毛泽覃得意地拍了拍身上的军服说，"这一带的地主武装就吃这个，都像龟儿子似的，摆酒接风，设宴款待，这才打听到你们！"

毛泽东不由得哈哈大笑起来，接着又问："朱德同志他们想怎么办？"

毛泽覃说："我们在国民党第十六军隐蔽不过是权宜之计，朱德同志想找个既能屯兵，又能打仗的地方，所以让我来找你联系，看这里怎么样？"

"这里很好哇！"毛泽东简要地介绍说，"这里进山有奇险可守，出门四处可攻，地盘也大，群众基础也好，藏千军万马不成问题！"

毛泽覃听大哥这么一说，心中万分高兴；这时，楼下上来人叫他们去吃晚饭了。

在饭桌上,袁文才、陈慕平和贺家姐妹陪同毛家兄弟一起吃饭,毛泽覃乘兴还对大家说了一件很可笑的事:"你们晓得吗?我还做过县太爷哩!"

"呀——"贺怡好奇地盯着他问,"你怎么做的?"

毛泽覃很神气地说:"我们攻下大庚时,县太爷跑了,朱德同志让我去做县太爷,天天击鼓升堂、审案问案……"

"你这是胡闹!"毛泽东打断了弟弟的话,很严肃地说,"我们夺取政权,是要为人民办事情的!"

毛泽覃见大哥不高兴,赶紧收敛了笑容;袁文才和陈慕平赶紧从中相劝,贺子珍只是笑,没说什么,只有贺怡打抱不平地说:"审案问案有什么不好?要为人民办事,不审清问明了怎么办啊?"

贺子珍制止妹妹:"你莫多嘴!"

毛泽覃也说:"我也烦死了,三天后我们就离开了,县太爷我也只做了三天嘛……"

一听这话,大家又一同大笑起来……

饭后兄弟二人走出攀龙书院,毛泽覃问哥哥:"哥,我嫂子和三个侄儿有消息吗?"

毛泽东见问,突然沉下脸来,面对着苍苍大山难过地摇了摇头,没有作声……

毛泽覃知道大哥心里难过,便没再问,也没有问及周文楠,免得大哥心悲;过了一会儿,毛泽东说:"润菊,汉朝有个大将军霍去病说过,'匈奴不灭,何以为家'?你我弟兄都已投身革命,革命不成也实在难以回家呀!听说湘潭的土豪把我们家的田亩全占去了,湖南军阀悬赏了几十万银圆要我的脑袋,你嫂子带着孩子们恐怕难以幸免……我写过两次信,也不晓得她还能不能见到,更不晓得文楠现在怎样,如果平安的话,我想早该生伢子了……"

毛泽东有些说不下去了,毛泽覃也不想再说什么;兄弟俩就这样默默无语地并肩走着,面对着百里井冈山上的瑟瑟竹林、赫赫松涛,一时无言以对、双双陷入了对亲人们的无限思念……

过了好一会儿，毛泽东才说："润菊呵，革命者难以顾及我们个人的一家一户呀！你我也要随时准备为革命掉脑袋的……"

"这我懂……"毛泽覃坚毅地点了点头。

当日晚，兄弟二人在攀龙书院的八角楼里又谈了整整一夜，其中有悲有喜、有革命的豪情也有同胞亲情，还有对妻子和孩子们的不尽思念……

清除企图叛变的分子

1927年12月上旬，毛泽东根据共产党的"八七"会议精神，开始在井冈山地区开展土地革命。

12月中旬，毛泽东陆续从革命军中抽调了几批有经验的干部，直接深入到农村去帮助地方开展建党工作；其中，有毛泽覃和原二团的党代表张明山。

12月下旬的一天，正在井冈山麓茅坪村的贺子珍突然发起了疟疾。毛泽东让革命军卫生队的人给她吃了仅存的几粒奎宁，才算是渐渐止住了她的病情。

永新县的县委书记刘真和贺子珍的哥哥贺敏学要回永新县去开展党的工作，他们要贺子珍留在茅坪治好了病再回去。正好袁文才需要她协助搜集宁冈县的基本情况，这样她便留了下来，和袁文才一起奉毛泽东之命准备去各乡、镇做调查……

这天，贺子珍感到自己的病况好多了，便离开设在攀龙书院八角楼底楼的卫生队，拿了一只竹篓下到茅坪河中去捡田螺，还捉到了一些泥鳅，准备做给毛泽东吃；当她抱着满竹篓的田螺和泥鳅回到攀龙书院时，迎面碰上了下楼来的毛泽东，便笑着说："毛委员，今日可以打牙祭了！"

毛泽东见她卷着裤褪、满身上下都是泥，便冷冷地说："拿给伤病员们去吃吧！"

贺子珍见毛泽东不大高兴的样子，觉得很奇怪，便近前托了竹篓给他看；毛泽东只得看了看，仍显心烦意乱地说："没得胃口，吃得再好也没得用处，眼睛都瞎了……"

贺子珍不明白毛泽东话中的含义，眨巴着一双丹凤眼走进八角楼，见毛泽东的警卫员何有富正在擦枪，便说："毛委员很不开心，他说自己的眼睛瞎了，我看他的眼睛好好的么！"

何有富笑着解释道："这是毛委员的老毛病了，五天不看报就发急，十天不看报就骂人；只要他看了报纸，晓得了敌人的活动，才好用计谋啊！"

贺子珍这才明白了毛泽东心中烦躁的原因，便将竹篓交给何有富，自己快步跑去找她昨天用来包盐巴的报纸；她把盐巴倒在了一个罐子里，用手抚平了报纸，又把另几片破了的报纸凑起来，一起拿了去找毛泽东。

毛泽东一看是一张《申报》，高兴了："子珍同志，你很能干么！你替我找人开会、抄文章，还替我找报纸，以后就留在前委工作吧！"

贺子珍见毛泽东高兴了，自己也感到高兴；又听说要她留在前委工作，这正是她求之不得的，这样就可以经常在毛泽东的身边了……

正在看报纸的毛泽东并没有注意到贺子珍的感情变化，只是指着报纸说："你看，蒋介石要同宋美龄结婚了，你晓得这里面有什么奥妙么？"

贺子珍摇摇头说："不晓得，反正他们都不是好人……"

毛泽东说："宋家是美国豢养出来的代理人，大买办；新军阀和大买办结合了，就是说，蒋介石不但有日本人撑腰，又要有美国人为他撑腰了！"

"蒋介石不是下野了吗？"贺子珍问，"他不是跑到日本去了吗？"

"又回来了……"毛泽东说，"国民党的三个派系分了合，合了又分，内部纠纷不断；汪精卫又跑回了武汉，南京的国民党为了摆脱不利局面和控制桂系势力的发展，支持蒋介石重新上台，领导反汪。北方的冯玉祥、阎锡山也希望蒋介石尽早复职，共同讨奉；这样一来，蒋介石是要重新掌权的……"

"那我们怎么办？"贺子珍问。

"他打他们的混战，我搞我们的革命！"毛泽东说，"我们正好可以利用湖南和两广军阀之间的矛盾，在井冈山一带大发展；但不能走得太远，否则会遭到敌人的围剿。"他看了贺子珍一眼，问，"你说对么？"又大声对楼里说，"何有富，把田螺、泥鳅煮了！多一些送给伤病员，少留一些自己吃！"

毛泽东的湖南话把"吃"字说成"掐"，而且说得很重，把贺子珍和何有富都说笑了。贺子珍在笑声中调皮地说:"呵,胃口又好了!"

不想看着报纸的毛泽东又突然失声道:"糟了,方鼎英的部队从安仁逼近茶陵了!"

贺子珍忙问:"陈浩团长不是带兵到茶陵去了吗?会跟敌人打起来?"

毛泽东反复唸着三个字:"方鼎英……方鼎英……"忽然间,他收起报纸,起身对何有富一挥手、果断地说,"马上出发,去茶陵!"

贺子珍觉得奇怪,不禁问道:"出了什么事?"

毛泽东只简单地说:"我们的队伍在茶陵,如果失去这个团,我们就失去了一切!"

贺子珍不明白毛泽东为什么这样急着去茶陵……

实际情况是,一直不甘心上井冈山的陈浩听说方鼎英的部队到了茶陵,就阴谋带了部队去投降;幸亏毛泽东连夜快马赶到茶陵的湖口追上了部队,先让何有富叫来了营长张子清和两个营的党代表张明山和何长工,悄悄向他们布置了任务,然后分头按计划行事——张子清带人捉到了方鼎英派来找陈浩的联络副官,从他身上搜出了陈浩写给方鼎英的投降信。

证据在手,毛泽东立刻走进团部;对于毛泽东的突然到来,陈浩着实吃了一惊。但他觉得自己的行动计划尚未暴露,所以故作镇静地派人安排毛泽东吃饭,意欲先稳住毛泽东。

毛泽东也不急于打草惊蛇,将计就计地通知陈浩要召开一个全团军官会议,说是有重要军情需当众宣布;陈浩不知就里,很快召集全团连以上干部来到了团部。

毛泽东见来的人多是共产党员和参加秋收起义的骨干分子,心中有了底数,他当着全团军官的面,十分严肃地宣布:"我们好不容易找到一面墙,靠着墙好打狗。凡是来修墙的我们都欢迎,不管他是神是鬼;凡是来拆这面墙的,那就不客气了,不管他是不是神仙——"话说到此,他猛地一挥手,向何有富和张子清下达了命令:"下枪!"

陈浩猝不及防地被下了枪,他的两个同伙,包括副团长和参谋长登时脸如死灰,吓得双腿不停地哆嗦,等于提供了人证。

毛泽东当众揭露了陈浩等人的投敌事实,并让张子清亮了陈浩写给方鼎英的信;在场的军官们气愤了,异口同声地要求当场枪毙了陈浩等人。

毛泽东劝止了大家，说总得开个公审大会，开过大会之后再宣判，这样可以教育革命军的全体官兵。

陈浩挣扎着说："国民军就要打过来了，你毛泽东也决然跑不掉！"

毛泽东索性坐下来开始吸烟，冷静地说："你以为老鼠们来了，能跑跳多远多久？这全要看猫的胃口……"他指了指在场的张子清等人，又说，"我毛泽东就是猫，不是家猫是山猫呢！我现在的胃口很好，可以评个甲等吧！把老鼠吓跑了，是下策；把老鼠咬伤了，是中策；把老鼠吃掉了，是上策……"

在场的军官们都笑了，纷纷说："还是上策吧！我们的胃口也都很好呢！"

随后，毛泽东命令战士们捆绑了企图叛变的陈浩等人，把处在险境的部队安全地带回到了宁冈县城。

1927年12月末，毛泽东在宁冈县城砻市主持召开了有群众参加的革命军全体官兵大会，揭露了陈浩等叛徒的投敌罪行，果断地处决了陈浩等革命败类，并在会上提出了工农革命军"打仗"、"筹款"和"做群众工作"的三大任务。

毛泽东在大会上说："同志们！我们是工农革命军，是人民的子弟兵，它区别于中国历史上任何旧式的军队。因此，这就要求我们每一个干部和战士，不只是单纯地会打仗，还要会宣传群众、组织群众、武装群众，帮助群众建立革命政权和党组织以至各种群众组织，发动群众起来和我们一道革命。我们只有充分发动群众、紧密团结群众，革命才会胜利！"

毛泽东的话，让在场的干部战士和老百姓们越听越爱听。毛泽东明确指出："我们工农革命军有三大任务，这三大任务就是——第一，打仗消灭敌人；第二，打土豪筹款子；第三，宣传群众、组织群众、武装群众，帮助群众建立革命政权！"

这时的天气虽然有些冷，但会场上人们的情绪却很高涨；随着毛泽东的讲话，一阵阵欢呼声和口号声传出会场，激荡在龙江河畔、回响在茫茫的井冈山上……

对敌作战的十六字方针

1928年1月5日,毛泽东带着尚未治愈的脚伤,率领工农革命军出奇兵迅速攻占了江西省的遂川县城;随后,毛泽东按照预定计划,指挥部队继续"分兵发动群众"。

1月14日至21日,毛泽东带队到草林圩搞调查研究,深入发动群众,打击土豪劣绅,并在他亲自主持召集的遂川、万安两县党的联系会议上第一次提出了保护中小工商业的政策。

会议中,当毛泽东听取万安县委书记张世熙汇报说"与敌人搏战的策略是'坚壁清野,敌来我退,敌走我追,敌驻我扰,敌少我攻',因此相持半月,敌军无可奈何"时,很感兴趣。毛泽东当即指示说:"希望万安的同志很好地运用'敌来我走,敌驻我扰,敌少我攻,敌退我追'的十六字诀,坚持斗争,积极与反动派作战。"

后来,毛泽东将万安的经验和井冈山斗争的经验融合在一起,经常向人们讲述对敌作战的这"十六字"方针……

1月24日,在毛泽东的指导下,遂川召开了工农兵政府成立大会。

第二天,毛泽东在遂川县李家坪向部队宣布了六项注意:

一,还门板;

二,捆铺草;

三,说话和气;

四,买卖公平;

五,不拉伕、请来伕子要给钱;

六,不打人、骂人。①

攻克遂川后,毛泽东的武装行动越搞越大,革命军的力量也越来越强,众多的民众积极参加到了革命的队伍中来;这时的袁文才和王佐知道

---

① 马玉卿、张石禄:《毛泽东革命的道路》,陕西人民教育出版社1991年版。

了毛泽东命人枪毙了陈浩等叛徒的事，对毛泽东佩服得更是五体投地，也都想带了自己的人马参加革命军。

袁文才和王佐合计好了，委托贺子珍去给毛泽东送信；贺子珍感到奇怪，反问两位"大哥"为什么不派个"后生仔"骑马去？

袁文才颇有心计地说："不，信写不清楚，你亲口讲更明白；就说我们都同意革命军派了教官来指导，给我们派了党代表来也欢迎。"

王佐也说："贺妹子，你就去一趟么！毛委员在遂川一带打了胜仗，看样子要把井冈山搞成个铜墙铁壁；他想了解宁冈、永新一带的敌情，你去最合适！再说，你不仅是永新县的县委委员，也是革命军前委的委员么！"

见两位"大哥"都这么说，贺子珍只得带了病愈的水生和几个伤愈的战士一起动身，赶往遂川给毛泽东报信去了。

几天后，毛泽东果然派了何长工来茨坪当王佐等人的党代表。

何长工，原名何堃见到王佐以后，王佐向他提出了要打尹道一的事，何长工想了想说："要消灭尹道一，也不算难！"

王佐一听就乐了，问："党代表有何妙计？"

何长工指点说："请毛委员略施小计，小试牛刀吧！"

恰好第二天毛泽东带了人来看望王佐和何长工等人，王佐和何长工同时向毛泽东提出了想打尹道一的事。毛泽东对他们说："我让张子清给你们派一个排来，够么？"

何长工说："够了，加上南斗兄的团防，足够了。"

毛泽东临走时，王佐下山送行，随口说道："尹道一很凶，我每次下山经过他的地面，他总要追到这里，太欺负人了！"

毛泽东问他："他亲自来追？"

王佐回答："只要听说是我，他一准儿来追。"

毛泽东一听放了心："这就好，就怕他不追！"

王佐纳闷道："来追还好？"

毛泽东淡淡地一笑，对一起相送的何长工说："这件事就交给你了，我到茅坪去见袁文才同志，有事派人送信到茅坪。"

三天后，王佐带着几个人骑马来到茅坪，径直奔向攀龙书院。

袁文才听说后迎了出来，贺子珍也闻声跑了出来。

王佐一见袁文才和贺子珍，立刻下马，喜形于色地大声说："哈哈，毛委员果然厉害！他一句话，老何带队就把尹道一引到了山坳口，把这条恶狗给宰了！"

袁文才和贺子珍听了都很高兴，袁文才拍着手掌说："太好了！为我们大家除去了心头之患，毛委员用兵真如神啊！"

王佐表现得更是高兴："今晚上，全山寨点火把、唱戏、舞狮、喝酒、吃肉，好好热闹热闹，你们都要去！我还要去请毛委员，请他大驾光临。"

这时，毛泽东也闻声迎了上来："王佐兄弟来了？"

王佐见到毛泽东，猛然向前一个深揖，随即单腿跪地、纳头便拜："王佐谢过毛委员！"

毛泽东连忙扶起王佐说："壮士何必行此大礼！"

王佐激动地说："毛委员替我报了两代的冤仇，大恩大德王佐没齿难忘！"说罢，他命随从奉上来一个包袱，亲手打开来取出一件长衫，双手递给毛泽东，"毛委员，请赏脸！这是我亲自连夜做的，不成敬意，还望笑纳！"

毛泽东接过长衫，当众穿在身上，竟非常合身："多谢王佐兄弟费心！"

袁文才对王佐说："你的手艺还没丢么！"又向毛泽东介绍，"他是裁缝出身呢！"

"马马虎虎……"王佐说，"毛委员，今晚山上唱大戏，为党代表庆功！我特意来请你去看看，我老庚和贺妹子都去！"

毛泽东问贺子珍："我们都去看看热闹？"

说者无意，听者有心——贺子珍见毛泽东不问袁文才而单单问自己，又以"我们"相称，顿时红了脸说："去就去呗！"

知趣的袁文才见了大笑，连声说："都去，都去！"

王佐竟自也随着大笑起来……

1928年2月上旬，井冈山地区下了一场春雨。这时，在毛泽东的组织和指导下，统一改编了袁文才和王佐的农民武装，成立了工农革命军第一师第二团，袁文才任团长、王佐任副团长、何长工任党代表。

在大垅寨召开的二团成立大会上，王佐的人马和袁文才的人马站在一起，个个精神抖擞。

当毛泽东来到会场时，王佐的部下习惯地大声齐呼："大吉大利！"随后鼓了三次掌、跺了三次脚，接着还想再来一次，"大吉……"

王佐红了脸制止说："免了，免了！现在我们是革命军，统统鼓掌欢迎！"

一阵掌声顿时如鞭炮爆响似的响了起来，同时响起了锣鼓声和器乐声，将整个大垅寨震得一片山响……

二团的队伍排列整齐了，袁文才、王佐、何长工站在了队伍的最前列。

毛泽东上前，把"中国工农革命军第一师第二团"的大红团旗郑重地授给了袁文才；袁文才将大旗交给王佐后，又从毛泽东的手上接过了二团的大印。

咱们家出了个大将军

1928年2月中旬，赣南的敌人惊恐于毛泽东领导的革命军在井冈山一带的活动，趁工农革命军分兵发动群众之际，急忙调集了军队和民团进驻宁冈的新城，准备会合永新、莲花的敌人对革命军实施"进剿"。

2月中上旬，已在革命军一团担任营党代表的毛泽覃带领着自己的队伍，日夜兼程赶到了宁冈县城，按照大哥交给的任务突袭进驻在城里的敌军。

当毛泽覃的队伍到达时，敌人竟毫无察觉，正在城外的场坪上进行整队训练。

毛泽覃佩服大哥的判断正确，立即命令部队："打！"

毛泽覃一声令下，密集的子弹愤怒地射向了场坪上的敌军；敌军被打了个措手不及，许多人还没有回过神来便被子弹击中、躺倒在血泊中。

没被打死的敌人慌忙撤回城里，依靠城墙的保护，居高临下，疯狂地向革命军扫射，进行着最后的负隅顽抗……

毛泽覃一看不能继续硬攻，便冷静下来仔细观察了周围的地形；很快，他发现附近有一幢带阁楼的大房子，比城墙还要高出一些，便向各连重新布置了任务，要大家听候他的命令再一起向城里冲……

毛泽覃亲自带领着十几个战士，扛着机关枪登上了那幢阁楼；只一会儿工夫，阁楼上的机枪便居高临下地向城墙上的敌人扫射起来，打得敌人没了命似的直往城下躲……

毛泽覃看准时机一挥手，早已准备好了的革命军战士们立刻将一架架云梯搭上了城墙，进了城的几十名战士很快打开了城门，革命军的大队人马随即冲了进去——一面鲜红的军旗在县衙上空高高地升了起来！

在革命斗争的磨炼中，毛泽覃迅速成长为一名赫赫有名的革命军战将，时年26岁。

胜利归来，毛泽东看着三弟的成长，高兴地说："好么，咱们毛家出了一个大将军！"

2月17日，毛泽东在茅坪召开军事会议，决定集中优势兵力，彻底围歼退守宁冈新城的强敌。

第二天，革命军按照毛泽东的布署，一举全歼了新城的国民党敌军，当场击毙了敌人的统兵营长，活捉了国民党的宁冈县长，俘敌上百人，彻底粉碎了敌人对革命根据地的第一次"进剿"。

毛泽东指挥的新城一战，打得迅速而漂亮，收缴了敌人的数百条枪和大批弹药，充分装备了新整编的部队，进一步增强了革命军战胜任何敌人的勇气。新城战斗，充分体现了毛泽东提出的"分兵以发动群众，集中以应付敌人"的战术原则。

战后，在庆功会上，毛泽东为革命军制定了对待俘虏的四项政策，明确了宽大、释放、医治和教育等条款。

毛泽东关于对待俘虏的政策具体内容是：

一，不打、不骂、不杀、不歧视、不虐待、不搜腰包；

二，政治和生活方面的待遇和革命军平等；

三，愿去愿留自愿。愿去者，发给路条、路费、敲锣打鼓热烈欢送；愿留者，开"欢迎新兄弟"大会，热烈欢迎。

四，热情、积极治疗伤员，并和革命军战士享受同样的医疗待遇；治愈者，亦分愿去愿留两种。①

2月21日这天，宁冈县的天空格外晴朗，上万名民众满怀着欢快、喜悦的心情，聚集在宁冈县城砻市镇，参加在这里召开的宁冈县工农兵政府成立大会。

会上，毛泽东宣布从即日起宁冈县的工农兵政府正式成立，并发表了热情洋溢、鼓舞人心的讲话。

面对欢呼跳跃的革命军官兵和挥舞着一面面红旗的民众，毛泽东在讲话中说："我们共产党领导人民闹革命，就是要打倒土豪劣绅，打倒贪官污吏，打倒军阀，打倒帝国主义，建立自己的红色政权。现在我们有军队，有群众，有政权，只要大家团结起来，同心协力，革命就一定会胜利！"②

至此，茶陵、遂川、宁冈三县红色政权相继建立，标志着以宁冈为中心的湘赣边界的"工农武装割据"已基本形成，使毛泽东所倡导、发起和亲自领导的工农革命武装有了坚实的根据地。

2月下旬，毛泽东率领着工农革命军第一师第一团到永新县秋溪乡一带进行社会调查，并亲手建立了秋溪乡的第一个党支部和农民暴动队。

在召集农民暴动队的干部们开会时，毛泽东向大家提出了同敌人"打圈子"的战术。毛泽东生动地对大家说："打圈子是个好经验。打圈是为了避实就虚，歼灭敌人，使根据地不断巩固扩大。强敌来了，先领它兜圈子，等它的弱点暴露出来，就要抓得准，打得狠，要打得干干净净、利利落落，要缴到枪，抓到人。打得赢就打，打不赢就走，赚钱就来，蚀本不干，这就是我们的战术。"

2月底，在以毛泽东为书记的前委领导下，湘赣边界各县的共产党组织都初步恢复和重建起来。

就在毛泽东领导着湘赣边界的革命民众轰轰烈烈地开展革命斗争之际，共产党湖南特委的一些头脑发热的人错误地认为，毛泽东在井冈山地区搞的对敌斗争仍不够"激进"；尤其对毛泽东在草林坪提出的"保护中

---

① ② 马玉卿、张万禄：《毛泽东革命的道路》，陕西人民教育出版社1911年版。

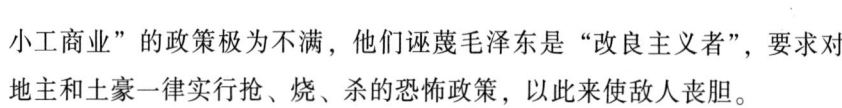

小工商业"的政策极为不满,他们诬蔑毛泽东是"改良主义者",要求对地主和土豪一律实行抢、烧、杀的恐怖政策,以此来使敌人丧胆。

1927年3月上旬,根据中央指示,中共湖南特委派了周鲁到井冈山,推行那些脱离实际而头脑发热的人的"左"倾路线,撤销了以毛泽东为书记的前敌委员会,另行成立中国工农革命军第一军第一师党委,由何挺颖任书记,毛泽东任师长,还错误地传达了共产党临时中央对毛泽东的党内处分,将"开除中央临时政治局候补委员"宣布为"开除党籍"。

周鲁的到来,使井冈山的革命军民在对敌斗争的情绪上受到了很大的干扰,大家对周鲁所宣布的"中央决定"极为不满,甚至有人闹情绪提出来要"撂挑子"不干了。在这样的情况下,毛泽东虽然也因被"开除党籍"而苦恼,但仍劝说、鼓励大家振作、团结起来,不要因为受到一点点挫折就灰心丧气,既要允许党中央犯错误,更要相信党中央会在今后的实践中改正错误而继续执行正确路线,井冈山的斗争终会取得越来越大、越来越多的胜利……

3月中上旬的一天,周鲁和何挺颖来到茅坪步云山革命军前委指挥部的所在地谢家祠堂,安慰毛泽东说:"毛泽东同志,我们也晓得你很辛苦,这段时间没完没了地引军打仗,听说你的脚也受了伤,我们是同情你的。"

听了周鲁和何挺颖的话,毛泽东只得苦笑着说:"这倒不坏,还让我当师长!这段时间我们找了个立足点,使革命军有了根据地,我要再写报告给湖南省委和中央,说明不打长沙和南下井冈山的必要性,说明我们党必须要保护中小资产阶级利益的必要性!"

周鲁是个20岁刚出头的年轻人,满脸还带着青年人的浓重稚气;但他的目光是真诚、明亮的,说话的口气也显得很坚决:"我们总是要坚决执行中央政策的,这是无产阶级革命的铁的纪律!当然你可以写报告,说明和申诉你的理由;但在中央或省委没有新的指示到来之前,委屈你还要坚决执行现在的一切决定!"

心中本不痛快的毛泽东这时有些恼火了:"我并没得讲我不执行中央决定么!可中央的决定明明错了,难道还要错误地去执行?难道要我们眼睁睁地看着来之不易的革命成果再遭受损失?"

何挺颖听人说起过毛泽东这个人"性格执拗"和"脾气暴躁",湖南特委会议上也有人告诫他，对毛泽东"绝不能心软"要"坚决执行无产阶级铁的纪律"，现在见到毛泽东果真如此，便挑明了说："毛泽东同志，不是我们要你怎么样，我们也是执行中央和省委的决定；今后我们在一起工作，你这脾气也得改改么……"

"改改脾气还是可以的……"毛泽东耐着性子说，"但你也晓得'江山易改，本性难移'的古语，对于中央错误的决定，我毛泽东保留说明情况和申诉的权力！"

"你不是党员了，但申诉权力还是有的。"周鲁语气平和地说，"今天我们来通知你湖南省委的另一项决定……"

"又是什么决定？"毛泽东有所警惕地问。

"离开井冈山！"何挺颖态度坚决地说，"第一师立即开到湘南去，支援湘南暴动！"

毛泽东一听就急了，"这是什么决定？错误的么！部队一走，附近几个县刚刚建立起来的地方政权就会丧失，农民分田分地的事更谈不上了；一旦脱离了老百姓，革命军将寸步难行！这样的决定，我不执行！"

周鲁不得不强调指出："省委认为，你们这支军队还不是真正的无产阶级革命军，流氓无产者占了很大成分，也没有进行过无产阶级革命式的正规战斗，只是上匪式的行为罢了，还属于旧军队的性质，缺乏必要的无产阶级革命的再改造……"

毛泽东气得脸色发青，大吼道："那就开到湖南去，让国民党彻底消灭掉，这样就改造好了！"

这时贺子珍来送茶水，听到毛泽东的吼声，惊吓得将茶壶、茶碗全丢在地上摔碎了；听到瓷器的破碎声，毛泽东强压下了满腔的怒火，开始狠劲儿地吸烟……

周鲁却说："毛泽东同志，不要发这么大的脾气么！虽然你不是党员了，但只要认真执行决议，坚决革命，还是可以重新入党的！请你先冷静下来，不要急躁，也不要灰心，这是'天将降大任于斯人也'……"

一听这话，毛泽东的火气又翻了上来："什么'天将降大任于斯人也'？你们这是军事投机主义！上次让我们千把人去攻打长沙，这次又要让我们这千把人去打湘南，一次失败还不够，损失得还不彻底，还非得要

再来一次失败、再损失得彻底些么?"

"你怎么晓得这次要失败?"周鲁反问道,"湖南特委是代表省委的,省委代表中央,中央代表共产国际!"

"共产国际代表上帝?"毛泽东反唇相讥,"你这特派员就是天使,就是钦差大臣!打倒了一个封建皇帝,莫非又来一个赤色皇帝?"毛泽东大声向外吼道,"来人!把这里的东西全部搬出去,露营!"

随着毛泽东的吼声,革命军中的参谋、秘书、警卫、通讯战士跑来一大拨人,他们都被毛泽东的吼声惊呆了,既莫名其妙,又不得不执行命令。

1927年3月16日,根据湖南特委的指示,毛泽东被迫率领工农革命军离开井冈山向湘南挺进;行军路上,许多干部、战士想不通,毛泽东向大家解释说:"下级服从上级,这是我们党的纪律;但我还是师长么,我相信我们还会打回来的!"

3月18日,毛泽东率部队进驻湖南西南部的酃县地界,在农村开始了打土豪、分田地的实际行动。

在酃县南部中村宿营时,毛泽东强压着心中的不满,召集了部队的一些同志开座谈会,鼓励大家说:"革命要有根据地,就好像人要有屁股。人若没有屁股,便不能坐下来;要是总走着,总站着,定然不会持久;腿走酸了,站软了,整个身子就会倒下来。革命有了根据地,才能够有地方休整,恢复气力,补充力量,再继续战斗,扩大发展,走向最后胜利。大家不要灰心,井冈山的根据地是我们辛辛苦苦创建起来的,几个县的老百姓都站在我们这一边,根据地不会丢的!"①

座谈中,毛泽东见大家的情绪渐渐被调动起来,又说:"上级让我当师长,但是,本人'军旅之事,未之学也';可是,中国有句俗语,叫做'一个篱笆三个桩,一个好汉三个帮',还说'三个臭皮匠,赛过诸葛亮'。我们有这么多的战士,这么多干部,大家都来当参谋长,大家都来当师长,只要群策群力,不愁打不好仗!"②

何长工也说:"我也不愿意离开井冈山,但只要有毛委员领导着我们,我们就什么也不怕!我们总会再打回去的!"

---

① ② 马玉卿、张万禄:《毛泽东革命的道路》,陕西人民教育出版社1911年版。

毛泽东笑一笑说:"莫再叫我'毛委员'了,叫'毛师长'吧!"

"我这样叫习惯了,改不了!"何长工继续说,"这次到湘南,先打几仗再说!打胜了,可以扩大革命军的影响;打败了,我们再回井冈山!"

王佐说:"只要跟着毛委员,让我打到哪里都行!"

见到王佐能这样讲,毛泽东有些放心了:"好么!只要我们上下齐心,就没有过不去的火焰山!我相信,革命总会成功的!"

袁文才也说:"想当年李自成也是打遍了大半个中国,最后才打到北京去的么!我们今日跟着毛委员,从小也会打到大,也要打遍全中国!"

听了袁文才的话,在座的人们都笑了,毛泽东却说:"我们不要学李自成,要学就学刘备,先建立根据地,后学朱元璋,打遍全天下!"

3月下旬,为了强调纪律,更好地提高部队的战斗力,毛泽东向部队正式颁布了"三大纪律、六项注意"。

3月末,毛泽东得到湘南起义失败的消息,立刻率领部队继续向湘南疾进,以接应和掩护朱德、陈毅的部队和湘南农军向井冈山转移。

行军途中,毛泽东得到了三弟的妻子周文楠因叛徒告密已被敌人逮捕的消息;这时的毛泽东既无法打听到周文楠的确切下落,又无法派人去营救,只得强忍着心中的愤慨,率领部队继续与敌人迂回作战……

进入4月,经过20多天的辗转战斗,毛泽东的部队终于策应了湘南起义失败的部队转移到了赣西南。

4月28日这一天,中国历史上一个伟大的时刻终于到来了!

当天上午,朱德、陈毅和毛泽东率领的两支工农革命军先后到达了宁冈县城砻市镇,从此实现了中国革命历史上著名的"井冈山会师"。

这天,毛泽东刚刚远征归来,听说朱德、陈毅等人已经到了宁冈县城龙江河畔的龙江书院,立即策马匆匆赶到龙江书院来与他们见面;这时,朱德已经等候在那里了,两位神交已久的伟人早已互相倾慕,此时相见更是心潮起伏、激动万分……

毛泽东下马后快步走到龙江书院的状元桥头,朱德抢先几步,毛泽东也加快了脚步,两个人同时伸出手来奔向对方;刹那间,两位巨人的双手紧紧地握在了一起……

面对此情此景,跟随在毛、朱身后的人们也都激动起来;双方各自介

绍完随行的干部之后，毛泽东和朱德两人并肩而行，走下状元桥，径直向龙江书院深后走去……

龙江书院在清朝曾是湘赣边界宁冈、酃县、茶陵三县的最高学府，占地面积很大，分前、中、后三进，中间均有天井，两边各有厢房。深后是三层楼房，名"文星阁"，是书院的中心。毛泽东和朱德穿过厅堂，登上文星阁，居高远眺，宁冈的百里风光尽收眼底。

"真是个好地方！"朱德赞叹道。

"山水相宜，名不虚传啊！"随后上楼来的陈毅也高兴地说。

"龙争虎斗，以此为家！"毛泽东笑道，"这里就是我们革命军的大本营了！"

说话间，走上楼来的人们一个个高兴地依次坐下来，互相谈论起了军情，气氛显得十分热烈而融洽……

交谈中，朱德盛赞毛泽东领导湖南省前委开辟了这样好的一个革命根据地，毛泽东却感叹道："中央已经把我毛泽东开除出党了，我现在只是一师的师长……"

朱德奇怪地说："没有的事嘛！我们在安远时听说，只是撤销了你候补中央执委，没有开除你的党籍嘛！"还说，"湖南特委的人简直是乱弹琴！"

陈毅也说："周鲁是假传圣旨！老毛，你还是响当当的共产党，革命军中的党代表嘛！"

毛泽东一听来了精神："是他们假传圣旨？"

陈毅大着嗓门问在座的何挺颖："你们听哪个传达的中央指示？有没得中央文件？"

在座的何长工气愤地说："没见到文件就瞎传圣旨，你们这是'左'倾机会主义，害得我们丢了井冈山！"

"算啰，算啰！"朱德说，"已经过去的事了，我们还是商议大事吧！先把我们的大事定下来，然后再向中央写报告汇报这里的情况。"

"要得！"陈毅说，"毛委员是豁达之人，以天下大事为己任，受一点窝囊气算不得啥子！"

毛泽东笑了："听二位这么一讲，我毛泽东真如拨开云雾，又见青天！"

这时整个宁冈县城早已呈现着军民同乐的一派欢腾景象……

当日晚,根据毛泽东、朱德的意见,两军干部和党代表在龙江书院的明道堂里举行会议,开始商讨两军合并、尽快成立中国工农革命军第一军和军党委等重大问题。

毛泽东在会议中指出:"要建立革命军,我看对外不要称第一军,应该称第三军或第四军,这样敌人就不晓得我们究竟有多少人马了!"

陈毅赞同道:"虚虚实实,我们已经拥有了上万人马,既可以威慑敌人,又可以调动民众!"

经过讨论,大家一致同意从即日起成立中国工农革命军第四军,同时组建中国工农革命军第四军党委;经毛泽东提议,也是众望所归,由朱德出任第四军军长,毛泽东在大家的拥戴下出任第四军党代表兼军委书记。

接着,会议选举王尔琢为军参谋长,陈毅为军政治部主任。

从此,"朱毛"成了中国工农革命军的象征——敌人闻之丧胆,人民则欢欣鼓舞;家家户户开门迎"朱毛",男男女女争相当红军。

第五篇

毛泽东重返红四军

朱毛会师在井冈山

1928年5月2日，毛泽东以中国工农革命军第四军军委的名义，向江西省委和中共中央写报告，汇报了井冈山斗争的情况，并提出了坚持井冈山斗争的方针。

5月4日，朱、毛两军胜利会师暨工农革命军第四军成立大会在宁冈县砻市镇的龙江河畔召开，面对红旗翻卷、枪械林立、纵情欢呼的数万军民，毛泽东发表了鼓舞军心、民心的重要讲话。指出：我们的军队，不只是要会打仗消灭敌人，而且还要会做群众工作，担负起宣传群众、组织领导、武装群众、帮助群众建立革命政权以至于建立共产党的组织等重大政治任务。只要我们善于发动群众、依靠群众，有群众的支持，我们就能有如来佛的本领，我们就一定能够胜利！

朱、毛两军的胜利会师和工农革命军第四军的成立，极大地鼓舞了井冈山地区的革命民众，同时也震撼了敌人；面对共产党军队的不断壮大，湘赣两省的敌人惊恐万分，急忙调集了军队向井冈山扑来……

5月上旬，毛泽东、朱德率部队粉碎了敌人向井冈山的第二次"进剿"，并一举占领了井冈山北麓的江西省永新县城。

临近5月上旬末，革命军大部队离开永新返回宁冈县城大本营，赣西的国民党军队乘机向井冈山反扑过来，重新占据了永新县城……

5月中旬，毛泽东乘敌人立脚未稳，率领部队杀了一个"回马枪"，再次攻占永新，消灭掉敌人的全部有生力量，粉碎了敌人对井冈山根据地的第三次"进剿"。

在永新县委组织召开的庆祝革命军再占永新的群众大会上，毛泽东发表讲话指出：敌人怕的是什么？怕的是我们手里的武器。我们为什么能打垮敌人？也因为我们手里掌握着武器。因此，只要大家都拿起武器，就不愁打不垮反动派！我们这样的行动叫什么呢？这叫枪杆子里面出政权！

5月20日至22日，湘赣边界党的第一次代表大会在宁冈的茅坪召开，毛泽东主持会议并做报告。会议总结了创建井冈山根据地的经验，着重讨论了深入开展土地革命的问题。会议还选举产生了中共湘赣边界第一届特别委员会，毛泽东当选为特委书记，毛泽东第四军军委书记的职务则改由陈毅担任。

不久，湘赣边界工农兵政府成立，毛泽东任政府主席。

这一时期，随着朱德、陈毅部队的到来和革命军第四军的建立和扩大，使坚持在井冈山斗争的人们更加艰难。首先是没有粮吃，毛泽东调动了宁冈、永新、莲花以及遂川的党组织和民众向革命军筹粮，革命军以略高于周围地区的粮价收买；即使这样，粮食依然短缺。

面对困难，前委召开会议决定：成立公卖处，积极收购粮食、棉花；设立被服厂，为部队缝制服装、被子；开办教导队和党团训练班，提高干部、战士的政治素质和军事素质；分兵出击打土豪劣绅，收缴谷米和钱财补充部队的给养……

5月下旬的一天，毛泽东在宁冈龙江书院召集特委的几名同志开会，告诉大家要把今后发展党组织的重点放到农村去，着重发展农村中优秀的工农分子，以此来改变党的成分构成。

会中，特委决定毛泽东的三弟毛泽覃和另外几个人到宁冈县的乔林乡去，开展农村党支部的建设工作，抓好试点，取得经验，以便推广。

几天后，毛泽覃收拾好了行装，到龙江书院来向哥哥辞行。

毛泽东很高兴见到三弟愉快地接受了特委交给的任务，一边为他送行，一边叮嘱说："三弟，我晓得你想打仗，你在部队的时间长，这次派你去乔林做些政治工作，对你也是一个很好的锻炼。你们这次的担子并不轻啊，下去以后，要迅速发动群众打土豪，在斗争中物色、培养积极分子入党。这项工作，我也没得好多经验，也还是在韶山时我们兄弟一起搞过的那些，这次一切全靠你自己去办了。要慎重，注意工作方法，我晓得你一贯胆子大……"

毛泽覃认真地听着大哥的叮嘱，不时点头答应着："放心吧，大哥！"并说，"大哥，你也要保重啊！"

乔林乡位于井冈山黄洋界的山脚下,是宁冈大垅寨的一个边远山区;全乡有十几个村子,共2000多人。

毛泽覃一行来到乔林后,立即深入各村,接触群众,了解情况,首先恢复了农协夜校,在县委组织部长刘克犹的家里办学、上课,很快就同当地的农民群众搞熟了。

接下来,毛泽覃又组织了近千名农民手持大刀、肩扛锄头,涌向了大土豪陈云开的家,把陈云开吓了个半死,瘫倒在地上动不了;暴动的农民们打开了陈家的粮仓,毛泽覃叫人把谷米、菜油、腌肉、火腿等物全部分给了农民。

这样一来,乔林乡的贫苦农民们乐了,毛泽覃也乐了。山里的农民们感情淳朴,爱憎分明,阶级觉悟提高得很快,毛泽覃适时地发展了十几名贫苦农民加入了共产党。

不久,乔林乡建立了党支部,毛泽覃担任支部书记;从此,乔林乡成为了湘赣边界农村革命斗争的一面旗帜。

毛泽东在宁冈县城得到汇报欣喜万分,立即将乔林建党的经验向湘赣边界各地推广……

1928年6月中旬,毛泽东在龙江书院主持召开边界特委和革命军军委会议,研究部署粉碎敌人第四次"进剿"的方针;同时,会议正式决定工农革命军改称工农红军,第四军称红四军,从此中国红军的名字便传遍了全中国、并迅速传向全世界……

6月18日,中国共产党的第六次代表大会在共产国际的帮助下,在苏联的莫斯科举行。

6月23日,战斗在井冈山地区的毛泽东、朱德率领部队取得了龙源口大捷,歼敌1000余人,乘胜第三次进占永新县城,粉碎了敌人的第四次"进剿"。

战斗间隙,毛泽东在永新召开红四军班以上干部、地方党和地方武装负责人的联席会议,研究部署了红四军在短期内分兵发动群众的问题。

月末,毛泽东在永新县城主持召开了边界特委、红四军军委和永新县委联席会议,讨论湖南省委要求红四军向湘南发展、支持湘南起义的"左"倾盲动指示。多数同志支持毛泽东继续留在湘赣边界、建设巩固根据地的正确主张。

7月11日,中共"六大"在莫斯科结束。大会通过了《政治决议案》以及苏维埃政权组织、土地、农民、职工等问题决议案,修改了党章,选举了新的中央委员会。

毛泽东在党的"六大"上被选为中央委员。

这时在中国国内,湘赣边区各县农民在以毛泽东为书记的湘赣边特委的领导下,广泛开展起了插牌分田的运动,摧毁了数千年的封建土地制度,解决了农民的土地问题,促进了各项革命事业的蓬勃发展——从这时起,井冈山根据地进入了全盛时期。

朱、毛、陈三双大手紧握在一起

1928年7月中旬,湘赣的国民党反动派有慑于中国工农红军在井冈山的发展壮大,汇集了大部分兵力扑向莲花和永新,准备向朱、毛领导的红军进行"会剿"。

在坚持井冈山的对敌斗争中,毛泽东领导湘赣边特委和红四军积极武装群众,加速农民分田和建立农村革命政权的进程,并严格执行同周围地区自由买卖和优待敌军俘虏的政策,使井冈山根据地的革命形势得到了迅猛发展。

7月中下旬,为了打击敌人的第一次"会剿",毛泽东率红四军一个团进击永新。

这时,湖南省委派驻红四军的代表杜修经等人趁毛泽东统兵离开宁冈之际,极力引导朱德和陈毅率领驻扎在酃县的红四军主力冒险挺进湘南,结果在郴州受挫;这样一来,朱德和陈毅不得不率余部辗转作战,准备转移去桂东……

直到8月上旬,毛泽东统领红军围困敌军已达25天之久;面对绝对优势的敌军,毛泽东只有不足一个团的兵力,不能冒险出击,为了保存实力只得率部退至井冈山的险要地带坚持斗争。至此,由于红军主力已经远去湘南,湘赣边界各县的县城和平原地区全部被敌人重新占领,造成了

"八月失败"。

8月中旬，毛泽东在小西江区九陂村召开红军连以上干部和有地方负责同志参加的紧急会议，讨论湖南省委要求红军立即开往湘南的指示；会议否定了湖南省委的错误主张，决定由毛泽东率领部队去湘南寻找朱德和陈毅的部队，然后一起打回井冈山。

8月23日，毛泽东与朱德、陈毅在桂东会合；陈毅紧紧握住毛泽东的手，淌着两行热泪说："你来得正好！没有你，我和玉阶兄不晓得如何回井冈山呢……"

面对着毛泽东的一身征尘，朱德也激动万分："当初坚持听你的话，顶住杜修经就好了！"

毛泽东微笑着安慰说："朱毛、朱毛，我们已经分不开了！现在我们合兵一处，重新返回井冈山，继续发展我们的事业！"

"要得！"陈毅破涕为笑地对毛泽东说，"我记得你讲过的话，只要我们有武装，就不愁打不下天下来！"

深林中、大树下，朱、毛、陈三人的三双大手又紧紧地握在了一起；站在他们身边的红军战士们，看到流露在他们三个人脸上坚毅的神情，一个个也都安下心来……

8月25日，在桂东会合后的部队，在毛泽东、朱德、陈毅的带领下回师井冈山。

从9月中旬开始，经毛泽东和朱德、陈毅等人周密计划，向前来"会剿"的敌军发起了有步骤地强有力的反攻……

9月26日，毛泽东在率军取得破敌胜利后，返回井冈山大本营途中，得知黄洋界保卫战和整个井冈山地区即将取得反第二次"会剿"的胜利消息，激动的心情溢于言表，欣写下了《西江月·井冈山》词一首：

　　山下旌旗在望，山头鼓角相闻。敌军围困万千重，我自岿然不动。

　　早已森严壁垒，更加众志成城。黄洋界上炮声隆，报道敌军宵遁。

朱德看了毛泽东写的词，赞不绝口："好一首《西江月》！既有大气

磅礴,更有军民一心!"赞罢又连声说,"好词,好词!"

朱德说罢,挽了毛泽东的手又说,"借你词中的气魄,我们登上山去看看黄洋界!"

毛泽东高兴地同朱德步上临近的一座山峰,二人并肩眺望五百里井冈,但见壑峻峰险、群峦积翠,茫茫云海间显现着突出山崖的一簇簇映山红,开得格外娇艳……

10月4日至6日,毛泽东在宁冈茅坪的攀龙书院主持召开了湘赣边界党的第二次代表大会。大会通过了《决议案》,其中重要部分是毛泽东亲自起草的《政治问题和边界党的任务》(即《中国的红色政权为什么能够存在?》一文)。会议选举毛泽东为第二届特委委员,并在毛泽东的提议下选举谭震林为书记。

1928年10月中旬的一天傍晚,已经重新回到红军部队里来当了一名指挥员的毛泽覃到茅坪来找大哥,在攀龙书院底楼遇上了正在卫生队护理伤病员的贺怡,两个人一见面话就特别多。贺怡明知故问毛泽覃:"你又来干什么?"

"呵,这是我的家么!"毛泽覃也故意逗她说,"我想来就来,你管得了么?"

贺怡不甘示弱:"这里现在是红军指挥部,是边界特委会,不是你随便来的地方!"

"这倒怪了!"毛泽覃反驳说,"我是红军指挥员不能来,那你来这里干什么?你也是红军?"

"当然是啦!"贺怡得意地扬起了红扑扑的小脸,神气地说,"我早就是红军了!"

毛泽覃又有意逗她说:"我刚来茅坪时你拦住我不让进村,现在你为什么事又要拦我?"

"这……"贺怡快步去挡住了楼梯口说,"楼上是我姐姐家,我偏不让你上去!"

毛泽覃一听笑了:"这里是我哥哥家,我偏要上去呢!"

"哪个在楼下吵啊?"楼上传来了毛泽东的问话声,毛泽覃立刻答道:"是我,这里有个女娃子拦住不要我上去!"

"小妹，你又在闹？"这时楼上传出的是贺子珍的声音，"别闹了，你们都上来吧！"

贺怡答应一声，立刻抢先一步跨上了楼梯，临上楼还转过身来向毛泽覃做了个鬼脸，然后笑着上楼去了；毛泽覃也微微一笑，紧跟着贺怡的脚步上楼来……

见到贺子珍，毛泽覃不习惯地叫了一声："三嫂……"然后又叫了毛泽东一声，"大哥！"

贺怡在一旁感到奇怪："你叫我姐夫'大哥'，怎么叫我姐姐'三嫂'？"

贺子珍笑了说："你姐夫在家排行老三，当然要叫'三嫂'了！"

毛泽东也笑了，随口对贺怡说："你若是嫁到我们毛家，也不会叫你'三嫂'，要叫'五嫂'哩！"

在场的贺子珍、贺怡和毛泽覃三人，谁也没有想到毛泽东会说出这样一句"玩笑"话来，一时间都愣住了；贺怡和毛泽覃被说得红了脸，倒是贺子珍先吐了一口气，说："就看你们两个的缘分了！"

"姐……"贺怡更加羞涩起来，涨红着脸跑下楼去了；楼上，再一次传出了毛泽东夫妇的笑声，但没有听到毛泽覃的声音，他也是没有一点儿心理准备呢……

11月2日，边界特委收到了中共中央6月4日对前委的一封指示信；按指示信的要求，11月6日重新组建了前敌委员会。根据中央规定，由毛泽东、朱德等五人组成新的前委，毛泽东任书记，统一领导边界特委和红四军军委。

月中，中共红四军第六次代表大会开始在宁冈召开。

11月14日，毛泽东在红四军党的第六次代表大会上发表讲话时，指出只有完成民主革命"才能培养出中国革命的社会主义前途"，"如果否认民权革命的阶段，认为中国革命已经到了社会主义革命的时机，这种误解对于中国革命极有害"。

毛泽东的讲话，批评了存在于党内一部分人头脑中的"左"倾错误思想和急于进入向反动派大举进攻的冒险主义阶段，稳定了红军继续坚持井冈山斗争的情绪，促进和推动了根据地的收复和各项工作的开展。

这时，在毛泽东等人的指挥下，红四军经过连续作战，已经取得了一个个胜利，粉碎了敌军重兵进犯的第二次"会剿"，基本恢复了井冈山根据地的原有地区，并略有拓展。

11月25日，毛泽东代表前委向中央写了一份长篇报告《井冈山的斗争》。

12月，中共"六大"关于土地问题的决议案传达到井冈山根据地后，对井冈山地区开展土地革命斗争起了很大的促进作用。

土地问题是中国民主革命的基本问题。毛泽东在领导湖南农民运动、全国农民协会工作和井冈山的土地革命斗争中，进行了大量的农村调查，不断总结经验，丰富和发展了"六大"关于土地革命的基本原理和政策，使土地革命的路线和政策不断得到完善。

接到中共"六大"关于土地问题的决议案后，毛泽东很快又起草了《井冈山土地法》，并以政府的名义正式公布。这是共产党制定的第一个土地法。

《井冈山土地法》规定没收一切土地归工农民主政权所有权，分配给农民耕种。

临近年末的一天，从相识、相熟到相恋的毛泽覃和贺怡两个人，终于自由结婚，在大家的祝贺下完成了一桩美好的姻缘。

这时，彭德怀、滕代远、黄公略等人率领着于7月22日发起湖南平江起义后成立的红五军主力来到井冈山，与红四军会合，进一步加强了井冈山根据地的武装力量。

面对《土地法》的颁布和红五军的到来，再加上毛泽覃和贺怡的结婚与新一年的即将来临，正所谓"四喜临门"；毛泽东在宁冈龙江书院召开的欢迎红五军主力到来的大会上多喝了一些酒，竟当着众位将领的面，情不自禁地唱起了京剧《空城计》中诸葛亮的唱段：

我本是卧龙岗散淡的人，
……

听了毛泽东酒后的这段唱，众人禁不住一起叫起"好"来；整个龙江书院洋溢着一派热烈而无拘无束的革命亲情……

开辟闽西根据地

1929年1月4日至7日,为粉碎敌人的第三次"会剿",毛泽东在宁冈柏露村主持召开了前委、特委、红四军、红五军及各县党组织负责人联席会议。

会上,毛泽东和大家一起认真分析了敌情,然后对大家说:"以一部分红军坚守井冈山,进行内线防御;而红军主力则打到敌人后方去,以求在外线牵制敌人,并调动和分散敌人围攻井冈山的兵力。这样内外结合,就可以打破敌人对井冈山的第三次'会剿';同时,又可以乘机开辟新的革命根据地。"①

毛泽东的话得到了大家的一致赞同。这样,会议决定采用毛泽东提出的"围魏救赵"、"攻势防御"的战略,即由毛泽东和朱德等人率红四军主力出击敌后,彭德怀等人率红五军留守井冈山。

联席会议结束后,各部队按照会议决定的战略部署,开始了紧张的战前准备工作,袁文才和已经加入了共产党的王佐留下来协助彭德怀率领的红五军坚守井冈山。

1月上旬末,即将统兵出发进击敌后的毛泽东突然接到了湖南省委派人转送来的一份中共"六大"文件,文件中的第10条内容令毛泽东很生气,他不得不连夜找来朱德和陈毅,三个人共同商讨对中央文件第10条内容的一致意见。

在柏露村的宿营地,朱德和陈毅一起走进了毛泽东临时居住的房间;贺子珍给朱、陈二人准备了茶水,毛泽东对她挥挥手说:"你先到伍大姐那里去坐坐吧,我们要开个会。"

贺子珍预感到了问题的严重性,便不动声色地退出了房间。贺子珍走后,朱德问毛泽东:"润之,有什么事情这么重要?"

陈毅也问:"连子珍同志也不能听?"

---

① 马玉卿、张万禄:《毛泽东革命的道路》,陕西人民教育出版社1991年版。

"这件事绝对不能让她晓得!"毛泽东语气坚定地说,"湖南省委转来了中央的一份文件,'左'得很,对袁文才和王佐很不利;子珍同他们两个人亲如兄妹,这样的文件还是不让她晓得为好。"

陈毅再问:"啥子文件?有这么严重?"

毛泽东从衣兜里取出了中央文件,抖开来说:"这第10条上说——"然后念道,"土匪式类似的团体联盟,仅在武装起义前可以适用,武装起义后宜解除其武装,并严厉地镇压他们";毛泽东念文件的语气很沉重,"他们的首领应当作为反革命的首领看待……均应完全奸灭……"

陈毅吃惊地问:"杀头?"

毛泽东痛心地点点头:"就是这个意思吧!可袁文才同志早就是共产党员了,还参加了永新暴动,现在是红四军的参谋长;王佐最近也入了党,对我们创建井冈山革命根据地是做过很大贡献的人……"

朱德接过了毛泽东递给他的文件,看了一眼说:"这个文件太主观了,不符合当前革命的实际情况么!"

陈毅从朱德手中接过文件看了看,生气地说:"简直是乱弹琴,啥子问题也不能一概而论嘛!"

毛泽东狠狠地吸着烟说:"唉!是他们帮我们在井冈山站稳了脚跟,我们才有了今天的局面,绝不能把他们同一般的土匪首领等同起来。"

"放下屠刀,立地成佛!"朱德赞同毛泽东的看法,"实事求是嘛!宁教天下人负我,我们绝不能有负帮助过我们的人!"

"玉阶兄——"毛泽东此时再一次直呼了朱德的名字,"我看还是你出面,叫来彭德怀和滕代远他们,我们几个前委的人统一一下认识,作出对袁、王两个人的妥善安排为好。"

"我去叫他们来!"陈毅抢先说道,"我想他们也不会同意这个文件的第10条!"边说边走出了房间……

深夜,冷风呼啸;在毛泽东居住的房间里,陈毅很快找来了尚未离开柏露村的彭德怀和滕代远等几个前委成员,大家在一起统一了认识,决定文件保密,对袁、王二人绝不能像文件所说的那样不公正地对待。

1月14日,毛泽东、朱德率领红四军主力向赣南进军,揭开了创建中央根据地的序幕。

随后,毛泽东将原先向部队颁布的"三大纪律、六项注意"补充、修改为"三大纪律、八项注意"。

　　进入赣南后,在近一个月的时间里,战斗频繁,生活艰苦,毛泽东多次遇险,有两次是被已怀有身孕的贺子珍单人匹马双枪救下来的,充分体现了她对敌斗争英勇顽强、临危不惧和机智善战的女中豪杰形象……

　　1929年2月25日,毛泽东、朱德等人率红四军转向闽赣边界的山区展开游击战争。

　　3月上旬,在通过大柏地突袭赣东南龙岗的一次战斗中,红四军二十八团团长林彪被敌人刘士毅旅包围,毛泽东率领红军第三十一团强行破敌解围救了林彪。战斗中,贺子珍不顾自己的身孕纵马双枪驰骋疆场,打得刘士毅的人马纷纷躲闪;当敌人看清了骑在马上冲锋陷阵的竟是一个女红军时,竟调集了足有一个连的骑兵尾随追赶,子弹打得"嗖嗖"响,却被镫里藏身的贺子珍几次反手举枪撂倒几个,敌人才不敢再追了……

　　3月14日,毛泽东、朱德指挥红军取得长岭寨大捷,进驻闽西长汀县城。

　　3月20日,毛泽东在闽西汀州主持召开了红四军前委扩大会议,决定在敌人力量薄弱的赣南、闽西20多个县创造和发展新的农村根据地,使之与井冈山根据地连接在一起,形成一个更大范围的红色堡垒。

　　3月下旬,红四军挥师赣南瑞金。

　　4月初,红四军前委在瑞金收到中共中央2月7日发来的指示信,毛泽东立即召开前委会议讨论。

　　4月中旬,毛泽东率部队西进到达赣南兴国县城;这时,贺子珍的身子已显得沉重了。

　　行军、作战中,毛泽东没有时间照顾贺子珍,便叮嘱贺怡多照顾她;只是贺子珍天生一副好动的性格,只要一听说"有情况"或一听到枪响,任谁也劝不住、拦不住她,她总要冲出去打——对于贺子珍这样的"脾气",毛泽东也没有什么好办法……

　　4月15日,毛泽东宣布成立县革命委员会,建立了赣南第一个县级红色政权。

　　进入5月,赣南第二次党代表大会召开。大会根据毛泽东的指示确定了各项革命任务，使整个赣南的革命斗争更加广泛深入地开展起来。

5月18日，毛泽东在瑞金叶坪主持召开红四军前委扩大会议，决定红四军开辟闽西革命根据地。

5月19日，毛泽东、朱德率红四军第二次挺进闽西。

经过四天的急行军和紧张战斗，毛泽东率红四军迅猛进占闽西龙岩，又于26日进占永定。

第二天，毛泽东在永定万人大会上发表了极其鼓舞人心的演说，同时宣布永定县革命委员会成立。

6月2日，毛泽东等人指挥红四军再占龙岩，并在万人大会上宣告龙岩县革命委员会成立。

毛泽东重返红四军

1929年6月19日，毛泽东等人指挥红四军第三次攻占龙岩。

6月22日，红四军在龙岩召开第七次党的代表大会。此次会议偏离了正确方向。由于领导者之间对建军原则和建立根据地等问题认识不一致，毛泽东被迫离开了红四军的主要领导岗位。

会中，毛泽东被选为前委委员，陈毅任前委书记。会后，前委决定毛泽东前往上杭县的蛟洋农村，一面养病，一面指导闽西特委开展工作。

临近7月末的一天，陈毅到蛟洋文昌阁，会同毛泽东一起召开前委紧急会议，研究打破敌人三省"会剿"的方针。

会后，毛泽东到达苏家坡，一面养病，一面继续指导闽西特委工作。

这时，贺子珍在龙岩生下了一个女儿，由于贺子珍在长时间艰苦的战斗环境中总是行军、打仗，身体已经相当虚弱，孩子一生下来只得寄托在一位农民大嫂家中代为抚养……

8月上旬，毛泽东让闽西特委致信前委，提议调红四军回闽西。

8月下旬，红四军前委放弃到浙赣皖边界游击的计划，返回闽西。

在此期间，毛泽东深入福建上杭、永定广大农村进行社会调查，指导土地革命斗争。

9月28日，中共中央作出给红四军前委的指示信（即"九月来信"），充分肯定了毛泽东关于"工农武装割据"的思想、建党建军的原则和红四军两年来的斗争经验及对中国革命的重大贡献，正确解决了红四军党的"七大"前后争论的主要问题。同时，指示信坚决支持毛泽东重返红四军继续主持前委的工作，要求红四军全体指战员维护毛泽东、朱德的领导。

这时，仍在上杭、永定、龙岩一带农村搞社会调查和指导土地革命斗争的毛泽东，面对蒋介石在美国和华东财阀的支持下与桂系军阀在两广豪绅的支持下爆发的争夺华中的大战感慨万分、痛心万分；而对于闽西地方工作取得的重大进展，又令他感到鼓舞和欣慰。

11月18日，红四军前委在上杭官王庄召开会议，决定由陈毅前往蛟洋向毛泽东传达党中央的"九月来信"，并亲自迎接毛泽东回红四军复职。

11月26日，毛泽东在陈毅和福建省委巡视员谢汉秋的陪同下抵达汀州，与红四军会合。

两天后，毛泽东主持召开红四军前委扩大会议，着重研究贯彻中央"九月来信"的问题，并决定召开红四军党的第九次代表大会。

毛泽东重返红四军，使全军上下一片欢腾；只是在这时，从兴国县赶来参加会议的东固山红二团团长李文林向毛泽东报告了一个令他感到十分震惊的消息："井冈山失守了！"

毛泽东感叹道："袁、王二人都是革命的好同志啊！我们要想办法尽快打回去，把他们重新请回来，把井冈山再夺回来！"

11月末，红四军整装待发。就要离开龙岩了，由于是战斗行动，一路上带不得孩子，贺子珍只得去看望了她寄养在农民大嫂家中的女儿，放下了她身上仅有的15块银圆……

12月3日，毛泽东率领红四军进驻闽西连城县的新泉镇，开始从政治和军事两个方面进行整训。

在新泉，毛泽东多次召开各级干部会议和各种类型的座谈会，详细了解红四军存在的各种问题，同大家分析问题产生的原因和纠正方法。毛泽东还多次深入连队，听取战士们的意见和反映，为召开红四军党的第九次代表大会做了重要的思想、组织准备。

12月中旬，毛泽东在上杭古田镇主持召开了红四军各级党代表联席会议。毛泽东将会议分成纠正党内非无产阶级思想意识、党的组织等八个专题小组，对存在的问题找出根源、危害，并提出纠正方法。会议还酝酿了新前委的候选人名单，为进一步开好红四军党的第九次代表大会做了充分准备。

古田镇坐落在彩眉岭的笔架山下，是上杭县的一个不小的村庄，有上千户人家。村中有一座廖家祠堂，由前后厅和左右厢房组成，后厅于民国初年曾作为和声小学，后来改为曙光小学。这里，是一处交通方便、风光秀丽、民风淳朴的好地方。

这时，闽、粤、赣三省敌人纠集的重兵已向闽、粤、赣边界猛扑过来，妄图"会剿"红四军；面对强敌，毛泽东适时地做出了红军主力部队继续向西挺进的决定……

12月28日至29日，毛泽东在古田镇曙光小学主持召开了中共红四军第九次代表大会。毛泽东在会议上首先做了政治报告。会议通过了毛泽东起草的《决议案》，并选举毛泽东为前委书记。

古田会议决议创造性地、系统性地解决了在农村战争环境条件下，用无产阶级思想建设党建设军队的问题，是建党建军的伟大纲领。这个决议也是毛泽东关于农村包围城市的道路理论的一个重要组成部分。

会后，毛泽东率领第二纵队留驻古田，掩护主力西进。

1930年元旦，林彪给毛泽东送来了一封"新年贺信"，信中流露出不少的右倾悲观情绪；为此，毛泽东结合党内、军内存在的右倾悲观思想，决定给林彪写一封复信，以批评林彪及一些人的不良情绪和诸多错误观点。

1月5日，毛泽东在写给林彪的复信中不仅对林彪本人的悲观情绪提出了严肃批评，同时也对党内、军内存在的右倾悲观思想做了严肃批评，深刻阐述了"以农村为中心"的思想，批评了"以城市为中心"的错误观点，明确、系统地提出了关于农村包围城市道路的伟大理论。

信中，毛泽东明确指出：星星之火，可以燎原。

给林彪写信的第三天，毛泽东率第二纵队撤离古田，前往江西广昌同主力军会合；至此，敌人的三省"会剿"行动宣告破产。

1月下旬，毛泽东率领第二纵队和红四军主力在广昌的东韶胜利会师。

会师时，朱德跳下马来紧握着毛泽东的手说："古田会议开得好啊！这次挺进闽西的决定也做得好，使敌人又白白跑了两个多月的路！"

面对红军的大队人马和迎风飘舞在军中的一面面红旗,早已下了马的毛泽东也十分高兴地说:"玉阶兄,我们又在一起了!这次,我们一定要在江西搞出些名堂来,尽力为中国的革命事业多做一些贡献!"

冷风中的朱德同样高兴:"听你的口气,一定又是成竹在胸了?"

已就任红六军党代表的陈毅也纵身跳下战马,大步近前对毛泽东说:"既然这样高兴,润之兄当咏诗一首,以振军威!"

朱德赞同道:"要得,要得!润之这次一定不会推托了?"

"好!"毛泽东容光焕发地说,"承蒙两位兴致好,我就勉为其难了。"

说着,毛泽东抬手正一正自己头上的八角帽,面向行军中的部队、面向大山,一字一句地吟道:

宁化、清流、归化,路隘林深苔滑。今日向何方,直指武夷山下。山下山下,风展红旗如画!

细细听了毛泽东吟咏的诗,陈毅不禁赞道:"这是一首《如梦令》,好词句!既豪情满怀,又简洁明快,很是一幅气势壮观的行军图呢!"

"夸奖了!"毛泽东笑道,"你陈毅在红军中是赫赫有名的儒将,谁人不知、哪个不晓?也该有诗作么!"

"我是引火烧身啰!"陈毅笑着抬手推了推军帽说,"我没得曹子建的才华,也没得润之兄的本领,一时作不来喔……"

朱德在一旁解围说:"我们在打汀州、龙岩时,你作的那一首就蛮好,再说来听听么!"

陈毅看了毛泽东一眼,见他还在注视着自己,只得说:"就依玉阶兄所说,我吟一首旧诗算喽!"说罢,将大手一挥道——

闽赣路千里,春花笑吐红;铁军真是铁,一鼓下汀龙!

"有气魄!"毛泽东笑道,"好就好在'一鼓'二字,把红军的战斗气势全都表现出来了;'下'字用得更好,实为点睛之笔啊!"

说笑间,三个人一起翻身上马、豪情满怀地进入了红旗招展的万马军中……

星火燎原开基业

1930年2月7日至9日,毛泽东在吉安县陂头村主持召开了红四军前委、红五军和红六军军委及赣西特委联席会议,主要研究以江西为中心的闽、粤、赣、浙、湘五省武装斗争形势。

会上,毛泽东做关于政治形势和今后任务的报告。毛泽东在报告中说:"发动广大群众,广泛在农村中建立群众的基础,深入土地革命,彻底分配土地,扩大土地革命影响于全国,普遍地建立小块红色政权、红色武装,并使小块苏维埃与零星的红色武装继续发展,渐次汇为一个总流,然后结合着城市暴动逐步夺取全国政权。"

会议把毛泽东关于建立小块红色政权与逐步争取全国胜利的思想进一步具体化,为实现"争取江西,同时兼及闽西、浙西"的战略计划作出了重大贡献。

会议中,决定在红四军前委基础上扩大成立新的前委,毛泽东为书记,统一指导当前的斗争。

2月15日,在去攻打吉安的行军路上,天降大雪,部队在风雪中急速前进;随军行动的毛泽东骑在马上不畏艰难地策马前行,山中的风雪正疾,将行军中的一面面红旗吹展开来、飘飘荡荡,伴着洁白的雪,显出一派壮观的行军画卷……

连日来,毛泽东的心情一直很好。面对当前蓬勃发展的革命形势和日益壮大的工农武装力量,他这次率领红四军从闽西回师江西,意欲夺取吉安地区,建立以吉安为中心的连成一片的农村革命根据地和红色政权;此次行军,是他实现这一战略设想的具体行动。

当日晚,在毛泽东的参加指导下,赣南工作会议在兴国县召开,以贯彻陂头会议精神和解决赣南存在的问题。

2月下旬,江西军阀张发奎调集了多于红军数倍的敌军增援吉安,毛泽东不得不临时变动作战计划改攻赣州;敌军听说后又快速进逼赣州,毛泽东不得不主动撤回了强攻赣州城的红军部队。

1930年3月17日，毛泽东在赣州城外的楼梯岭主持召开了红军干部和地方干部联席会议，改变了集中兵力攻打中等城市的方针，再次决定将工作重点放到巩固和扩大农村的革命根据地去。会议根据毛泽东的提议，还决定红军第四、五、六军进行大规模的分兵运动，以打通闽、粤、赣三省的联系。

3月底，毛泽东身边调来一名勤务员，叫陈昌奉，是个很机灵的小伙子。陈昌奉来到毛泽东身边后，发现作为前委书记的毛泽东的行装很简单，只有两床半毛半线的毯子、一条很普通的布被单、两套和红军战士一样的灰军装，再有就是一件银灰色的毛衣；他还发现，毛泽东用的东西只是一把已经用线缝过了的破雨伞、一个吃饭用的缸子和一个灰色的有九个口袋的公文包，毛泽东日常用的地图、文件、书籍总是把这个公文包装得满满的。每当行军、作战，毛泽东总是坚持自己背着这个公文包和那把破雨伞，陈昌奉则背着毛泽东的其他东西。

5月，毛泽东率红四军在闽粤赣边界分兵游击期间，抓紧机会进行了寻乌调查。这是毛泽东第一次对城市进行系统、全面和大规模的调查。

转眼进入了6月中旬。中共中央在上海召开政治局会议，通过了《新的革命高潮与一省或几省的首先胜利》的决议案，标志着以李立三为代表的"左"倾冒险主义路线在共产党中央占了统治地位。决议案中指责毛泽东"以农村包围城市"的理论"是一种极端错误的观念"，强令毛泽东及赞同毛泽东主张的人执行他们"会师武汉，饮马长江"的攻打中心城市的"左"倾冒险主张。

6月11日至13日，毛泽东在长汀南阳主持召开了前委和闽西特委联席会议。会议后来移至汀州继续进行。毛泽东在会议中作了形势、任务和斗争经验的报告。会议通过了《富农问题》和《流氓问题》两个文件，发展和完善了党的土地革命政策。同时，会议遵照中央关于整编的决定，成立了红军第一军团，毛泽东任政治委员和前委书记。

6月22日，根据中央指示，毛泽东率红一军团向南昌、九江进军，以配合红三军团的行动进而攻打长沙。

这时，担任红三军军长的黄公略正在按中央指示组织部队攻打长沙。

7月24日，毛泽东指挥部队攻克了敌人有重兵盘踞的樟树镇。

这时正值盛夏，在以毛泽东为书记的总前委领导下，赣西南、闽西革命根据地分别形成，后来合并，称"中央革命根据地"。至此，毛泽东提出的"争取江西，同时兼及闽西、浙西"的战略计划基本实现。

这时，纵观全国的革命斗争形势，除井冈山革命根据地外，中国共产党在全国已经创建了诸多的革命根据地，红军和革命根据地已有了相当大的发展。全国红军已发展到13个军10余万人，开辟了大小15块革命根据地，遍及10多个省、300多个县。

1930年7月30日，毛泽东认为暂时不宜直攻南昌，乃率部西渡赣江，进抵南昌对岸的万寿宫地区；随后，毛泽东率红一军团转入安义等地区休整，避免了强攻南昌、九江可能遭到的损失。

8月中旬，为援助红三军团攻打长沙，毛泽东等率领红一军团西进；8月23日在浏阳永和市与红三军团会师。

会师后，两军团组成红一方面军和中共第一方面军总军委，毛泽东任方面军总政治委员和总前委书记；同时成立了统一指挥红军和地方政权的中国工农革命委员会，毛泽东任主席。

从这时起，就有不少人开始直接称呼毛泽东为"毛主席"了……

8月29日，根据中央指示，毛泽东率红一方面军再次进攻长沙，结果受挫；部队于9月12日主动撤离对长沙的围攻开始转移，再次避免了强攻中心城市可能遭受的损失。

在进攻长沙的日子里，毛泽东、朱德等人多次派出人去到板仓、湘潭等地寻找杨开慧和她身边的三个孩子岸英、岸青和岸龙，但都无果而归。

9月中旬，毛泽东在株洲、袁州等地连续主持召开总前委会议，说服了部分受李立三路线影响的干部，决定先取吉安，然后再相机攻打南昌、九江。

会议中，毛泽东再次见到了已调去红三军团任第八军军长的何长工，终于清楚地知道了袁文才和王佐二人已经不在人世的事。

毛泽东沉痛地说："杀错了，杀错了！特委的人做了蠢事么！国民党反动派做不到的事情，我们的人倒帮他们做到了，这多令人痛心啊……"

何长工和袁文才、王佐两人的情谊颇深，也曾为他们如此死去而心中难过；此时见毛泽东垂泪，便愤愤地说："这件事太不公平了！更大的问题是明明不公平的事，还硬要说是公平的，还不准人说不公平，这太让人气愤了!"

"气愤有什么用啊?"毛泽东也说,"世间的事很少有公平的,我们共产党人就是要解决这个人世间的不公平才组织起来、领导人民闹革命的么!可我们党内的一些人,总是凭想象办事,睡着觉制定政策,忽'左'忽右,搞得许多人无所适从,误了多少大事啊!"

当贺子珍从毛泽东的口中知道了袁、王二人已经死去的消息,竟哭得泪流满面;忘不了他们为革命作出的贡献,她越想越伤心,越伤心越泪流不止:"没有大仓村的会见,会有井冈山根据地吗?"她抽泣着说,"他们身上就是有缺点、有错误,也不该杀了他们呀!世界上哪有没缺点、没错误的人啊?再说他们对革命是有很大贡献的……"

毛泽东想劝慰贺子珍,但一时又无法开口,因为他也有同样的感觉和认识、正深深地刺痛着他的心……

杨开慧牺牲

1930年9月24日至28日,中共六届三中全会在上海召开,结束了李立三"左"倾错误路线。会议选举毛泽东为中央政治局候补委员。

10月4日,毛泽东等指挥红一军团攻占了赣西重镇吉安县城。

10月上旬的一天深夜,板仓的一名地痞范觐溪偶然发现了杨开慧的藏身之地,立刻冒出了坏主意,要捉了杨开慧去长沙"报功请赏"……

第二天深夜,刚刚躺下的杨开慧被房外的狗叫一惊而起,立刻披衣下床……

门被范觐溪带人砸开了,荷枪实弹的敌人一拥而入;敌人发现,在杨开慧的身边有只脸盆,盆内有一堆刚刚烧尽的纸灰,纸灰上还残留着点点红光……

带队的敌军用手枪对准了杨开慧的胸膛,杨开慧大义凛然地冷眉以对。

几个拿长枪的敌军士兵一拥而上,捆绑了杨开慧和房中的陈玉英。

第二天,杨开慧她们被押上了一辆大车,被拖到了火车站,押上了火车。

火车开动了。杨开慧的心就像被火车的铁轮碾压着,昏昏沉沉地被送到了长沙北门外的火车站；车站上早已停着囚车，无情地将她和陈玉英、毛岸英一并吞入，送到了长沙国民党的监狱中……

　　一连几天，杨开慧被敌人揿在刑讯室中毒刑拷问，她一直咬着牙、表现得坚贞不屈，又总是死去活来后挺着胸、昂首怒视着这些拷打她的刽子手；敌人见她什么也不招，竟恼羞成怒，再一次将她打得昏死过去……

　　1930年10月下旬，红一方面军在新余地区集结，以毛泽东为书记的总前委决定停止执行进攻南昌、九江的计划，继续避免了可能的损失。

　　11月12日，在长沙敌人的监狱里，杨开慧已被敌人打得满身血迹，身体也已显得异常瘦弱、脸色憔悴。这时的她正躺倒在牢房墙角的一张破席子上，半睁着眼，神情显得十分痛苦；陈玉英也被囚在了与杨开慧母子同一间牢房里，也被敌人打得浑身是伤。敌人要她同杨开慧做伴，要她发现"意外"情况及时喊人……

　　这时的小岸英依偎在妈妈身旁，嘴里不停地轻轻呼唤着："妈妈，妈妈……"

　　杨开慧痛苦地扭动了一下身子，慢慢地睁开已显塌陷的双眼，艰难地伸出颤抖着的手，吃力地放到了儿子的头上。

　　杨开慧苦涩地微微一笑，颤抖着开裂的嘴唇轻声说："伢子，记着！当个好男儿……当个好共产党员……跟着你爸爸，为穷人……打天下！"

　　岸英淌着眼泪将小脸贴上了妈妈的脸，低声抽咽着说："妈妈，我记着……"

　　躺在一旁草席上的陈玉英看着眼前的杨开慧和毛岸英，想挪动身体凑上前，却无一点力气移动，只是说："岸英，好伢子……"

　　夜深沉，空中繁星闪烁；牢房外腥风凄凄，铁窗内寂静无声。

　　这时，小岸英躺卧在妈妈和陈玉英的身子中间，依偎着妈妈的伤体睡着了，小脸上还留存着未干的泪痕；杨开慧疼惜地看着儿子，她仿佛见到儿子变成了伟岸、高大的毛泽东，耳边仿佛又响起了毛泽东临走前的嘱托："先回板仓吧，照看好五嫂和三个伢子，坚持开展地下斗争；你要多保重身体，我会回来接你们的……"

　　11月14日凌晨，天蒙蒙亮，关押着杨开慧、毛岸英和陈玉英的牢门被打开，四个全副武装的国民党军警走进来，上前拖起了遍体鳞伤的杨开慧；此时的杨开慧已无力支持自己的身躯，她只是两眼依恋地望着儿子，脸上满带着凄楚的苦色，被军警拖架而起……

这时杨开慧开始振作起来，面对死亡，她扭回头大声地叮嘱陈玉英："孙嫂，不要求他们！你带好岸英，带好三个伢子……"

岸英哭喊着扑向妈妈，也被军警用枪托打倒在牢房中；杨开慧奋力挣扎着，高喊："岸英，好伢子，你一定要去找爸爸……"

在岸英的哭喊中，杨开慧被敌人凶狠地带出了牢房，最后一次被带进了监狱的办公室。

敌人最后一次诱供杨开慧："何健省长讲了，只要你声明与毛泽东脱离关系，就马上放了你！"

杨开慧凛然道："死不足惜，但愿润之革命早日成功！"

敌人被激怒了，他们无论如何也想不明白，这样一个柔弱女子竟有如此的铮铮铁骨和钢铁般的意志；敌人无奈，只得下令将杨开慧带出了监狱的铁门，带向了曙光微露的浏阳门外识字岭——那里，是反动派经常枪毙人的刑场。

晨风中，朝阳下，杨开慧大义凛然，沾满了血迹的秀发在她脸前飘摆着，仿佛在轻抚她心中的一切悲怆和苍凉，又仿佛在召唤她昂头挺胸、慷慨赴死、奔向理想中的远方……

一声枪响，结束了杨开慧的生命——这位共产党的优秀女儿，毛泽东的妻子、同志和亲密战友，就这样壮烈地倒在了敌人的枪口下、牺牲在了晨阳中，时年29岁。

反"围剿"中兄弟晤面

1930年12月27日，毛泽东在小布主持召开了军事会议，向红一方面军的指挥员们反复说明了"慎重初战"和"初战必胜"的道理，要大家耐心待机，不要鲁莽从事，不要急于出战。

这时，蒋介石调集了10万军队，以江西省主席鲁涤平为总司令，以十八师师长张辉瓒为前线总指挥，采取"分进合击"的战法，由北向南气势汹汹地向中央革命根据地猛扑过来，妄图一举消灭红军主力于龙冈境内。

此时此刻，根据地的万众军民在毛泽东的统一部署下，早已森严壁垒、更加众志成城！

12月30日至1931年1月3日，毛泽东亲临前线，和朱德一起指挥、调动红军主力部队，把敌人引到龙冈山区，选择有利阵地猛烈发起反攻，一举歼灭敌人9000余人，活捉了敌前线总指挥张辉瓒；接着，红军又乘胜追击溃逃的敌军，在东韶歼敌谭道源师的一半——两个战役仅用了5天时间，共歼敌15000余人，彻底粉碎了敌人的第一次"围剿"。

首战告捷，中央根据地的军民一片欢腾！

1931年1月15日，中共苏区中央局在小布成立，周恩来任书记、周恩来未到之前由项英代理书记；同时成立了中央革命军事委员会，项英任主席，毛泽东任副主席兼总政治部主任和红一方面军政治委员。毛泽东为书记的红一方面军总前委同时撤销。

1月下旬至3月间，毛泽东、朱德命令红一方面军转入攻势作战，接连摧毁了三都等地地主武装盘踞的土围子，在广昌、宁都等地发动群众数十万，巩固扩大了苏区。

2月27日，毛泽东就"地权问题"给江西省苏维埃政府写了一封题为《民权革命中的土地私有制》的信，圆满地解决了自"八七"会议以来一直没有正确解决的土地所有权问题。

3月中旬至4月末，由于存在严重分歧，苏区中央局多次举行扩大会议，反复讨论第二次反"围剿"的战略方针。

会议中，毛泽东坚持自己提出的依然采用"诱敌深入"的战略方针。会议最后重新确定继续采用毛泽东制定的这一正确方针。

这时蒋介石不甘心第一次的失败，又调集了20万军队，由何应钦任总司令，采取"步步为营、稳扎稳打"的战术，对中央革命根据地进行第二次"围剿"。

4月20日，毛泽东、朱德率红一方面军主力实行战略退却，在龙冈、东固等地集结待机。

5月16日至31日，毛泽东、朱德指挥红一方面军采取集中兵力、先打弱敌，在运动中各个歼灭敌人的方针，15天内由赣南的东固、富田向东横扫700里,势如破竹,连续取得中洞、白沙、中村、广昌、建宁等五次战役的胜利,歼敌3万余人、缴枪2万多支,彻底粉碎了国民党的第二次"围剿"。

红军第二次反"围剿"的胜利,是红军建军以来消灭敌人最多、缴获军械最多、自己消耗最少的一次重大战役胜利,极大地鼓舞了根据地的军民,调动了千百万民众的参战热情,进一步促进了根据地苏维埃政府各项工作的开展。

5月下旬,苏区中央局留驻龙冈,另组成以毛泽东为书记的中共红一方面军临时总前委,负责领导前线作战和领导战区的地方工作。

6月间,蒋介石趁红军苦战后未得休息,又纠集了30万军队,亲任总司令,分兵三路,长驱直入,企图一举消灭红军主力;这时,整个赣南、闽西、粤北上空烟尘蔽日,国民党的军队拖着重炮、扛着机关枪一队队地逼向苏区……

敌人重兵来犯,中共中央决定由毛泽东接替项英代理苏区中央局书记。

月末,临时总前委决定继续采取"诱敌深入"的方针,以打破敌人的第三次"围剿"。

进入7月,中央红军按照毛泽东的统一部署,开始调动军队,准备迎击蒋介石的亲自到来。

7月中旬的一天傍晚,在红一方面军总指挥部驻地叶坪村的村口,毛泽东穿着一件发了白的旧灰布衬衣、一条膝盖上补了两大方块补丁的土布裤子,在陈昌奉的侍卫下,走向一片开满了金黄色野菊花的山地间;他一面在战地赏菊,一面细细思考着采取什么样的具体作战方法和步骤,调动敌人和更有效地打击敌人、粉碎敌人第三次"围剿"的行动计划……

这时,他又一次万万没有想到,红十二军军长谭震林陪同一位身上穿了一身西服的人来找他了——定睛一看,竟是与他分别达四年之久的二弟毛泽民!

毛泽东惊喜万分,兄弟俩拥抱在一起,又捶胸又握手、双双张了几次嘴却都没有说出一句别的话来,除了"大哥"还是"二弟"……

夜里,兄弟俩整整说了一夜的话。毛泽民先是告诉大哥,自从秋收起义他没有赶上暴动的队伍,不久就和妻子一起离开了长沙,这四年来他一直在上海主持中央出版发行部的工作,后来由于上海的秘密印刷厂暴露,他和钱希钧就暂时转移到了天津,继续办地下印刷厂;后来重新回到上海,在地下党的领导下仍然主持中央的秘密出版发行工作。不想,1931年4月间,原任共产党中央特工科的负责人顾顺章在武汉被捕,叛变了革命;周恩来知道此事后,立刻采取了一系列果断措施,通知他和钱希钧立即去香港,因为顾顺章认得他和钱希钧。更不想,顾顺章也到了香港,这时中央发急电指示他和钱希钧再次转移;很快,他和妻子由地下交通员陪同,先由香港乘船到汕头,然后经潮安、大埔、青溪,辗转进入中央苏区永定县;然后再经上杭、长汀直接来到江西瑞金;7月份,他刚刚到来便担任了闽粤赣军区的经济部长……

接着,毛泽东向二弟讲述了他从秋收起义到现在的大概经过,其中多有兄弟二人的感慨、兴奋和遗憾……

最后,毛泽东告诉二弟:"目前正准备反蒋介石的第三次'围剿',过段时间要召开第一次苏维埃共和国代表大会;你来得正好,立刻投入工作吧!就由你来负责这次的筹备工作,这可是有600多人参加的大会呦!特别是这么多代表的吃、住,你要统筹安排,尽力把这项工作做好!"

毛泽民被苏区的形势所感染,二话没说,便答应了大哥的安排:"好,我一定尽力!"

7月28日,毛泽东、朱德指挥红一方面军到达兴国县高兴圩地区,胜利完成了回师集中的任务。

8月初,毛泽东指挥红军主力部队跳出了敌人的包围圈。

8月7日至11日,毛泽东指挥红军在莲塘、良村、黄陂三战三捷,在战场上争得了主动权。

8月15日,毛泽东、朱德等人率领红军主力再次巧妙地跳出敌人的包围圈,隐蔽休整;另以红十二军伪装主力向东北方向前进,以调动敌军。

进入9月,毛泽东率红军主力转移到均村、茶园冈地区,继续隐蔽待机;蒋介石被红军打怕了,被迫下令结束第三次"围剿",开始实行总退却。

9月7日至15日,毛泽东和朱德等人率领红军主力部队迅速出击,连续取得老营盘、高兴圩和方石岭战斗的胜利,胜利结束了敌人重兵进犯的第三次"围剿"。

至此,红军在毛泽东的英明领导和亲自指挥下,采取避敌主力、打击薄弱的方针,从闽西绕道千里,回师敌人的后侧于赣南兴国地区,并在敌人的退却中适时出击,夺得了又一次更大的胜利,共计歼敌三万余人。

胜利了,又胜利了!根据地的民众们满怀着喜悦的心情欢庆胜利,人们载歌载舞、敲锣打鼓,并放起了鞭炮;这时,毛泽东已在人们的心目中树立起了英明、伟大、用兵如神的高大形象……

在中央红军连续粉碎国民党军队三次"围剿"的同时,鄂豫皖、洪湖、湘鄂赣、赣东北等根据地的红军也英勇地反击了国民党军队的多次"围剿",取得很大胜利。

9月18日,中国东北的日本驻军"关东军"炸毁了南满铁路柳条湖的一段铁路,反诬是中国军队破坏,并以此为借口,向中国东北军驻地北大营和沈阳城发动进攻,制造了震惊中外的"九·一八"事变。

11月1日至5日,中共中央苏区第一次代表大会在瑞金县叶坪召开,会议由中央代表团主持。令许多人没有想到的是,会议根据中央8月30日的指示信通过了各项文件,指责毛泽东的正确主张是"狭隘经验主义"、"富农政策"和"极严重的一贯右倾机会主义"。会议撤销了毛泽东苏区中央局代理书记的职务,同时还撤销了红一方面军总部的建制,这实际上也撤销了毛泽东的红一方面军总前委书记和总政委的职务。以毛泽东为代表的马克思主义路线同以王明为代表的"左"倾冒险主义路线,开始了直接地长期而复杂的斗争……

11月7日至20日,中华工农兵苏维埃第一次全国代表大会在叶坪召开。毛泽东代表苏区中央局做政治问题的报告并致闭幕词。

会中,毛泽民是第一次听到哥哥作了那么长的政治报告,真是又惊奇、又激动;尤其听到哥哥为大会的题词"苏维埃是工农劳苦群众自己管理自己生活的机关,是工农劳苦群众自己的组织者和领导者"时,就连他自己也好像跑到哥哥的讲话里面去了……

这次会议通过了《宪法大纲》等文件,选举毛泽东等为中华苏维埃共和国临时中央政府中央执委会委员。

11月27日,中华苏维埃共和国临时中央政府中央执委会召开第一次会议，选举毛泽东为执委会主席。中执委下设人民委员会，为共和国的行政机关，毛泽东又当选为人民委员会主席暨中央工农民主政府主席，项英、张国焘为副主席；同时组成了以朱德为主席，王稼祥、彭德怀为副主席的中央革命军事委员会。

从这时起，称毛泽东为"毛主席"的人就更多、更普遍了。

在这次重要的会议中，中央临时政府决定，由毛泽民负责筹建中华苏维埃国家银行。

这时，被蒋介石派到江西来进攻红军的国民党第二十六军近两万人在赵博生、董振堂的领导下，响应中国共产党的号召，在宁都起义，参加了红军，极大地震动了国民党政府……

在接见赵博生、董振堂二人的谈话中，毛泽东先是紧紧地握了赵博生的手说："将军能毅然率部起义，实为民族解放的大义之举，实在令泽东钦佩！"

赵博生先是气愤地说："蒋介石独裁专横已非一时一日，实在是令人气愤！"继而又十分谦逊而恭敬地说，"我们到红军中来，能得到红军的真诚欢迎和毛主席的热情接待，实为三生有幸……"

毛泽东又极其热情地握着董振堂的手说："董将军果真是来自燕赵大地的豪爽之士，不仅有侠肝义胆，而且胸怀天下，装着劳苦大众，泽东要向将军学习啊！"

董振堂情绪激昂地说："为国为民，虽肝脑涂地，在所不惜！"

毛泽东遭到排挤

1932年1月初，苏区中央局在瑞金开会，研究贯彻中央关于攻打赣州等中心城市的命令。毛泽东在会上坚决反对攻打赣州。会议否定了毛泽东的正确意见，决定攻打赣州。

2月4日至3月7日，进军江西的红军久攻赣州不下，遭受很大伤亡，被迫撤退。

3月中旬，苏区中央局在赣州江口圩召开了扩大会议，讨论中央红军今后的行动方针。毛泽东提出红军应集中力量向敌人统治力量薄弱、党和群众基础好、地势有利的赣东北方向发展，"以求在赣江以东、闽浙沿海以西、长江以南、五岭山脉以北的广大范围内，建立和发展农村革命根据地"。但中央局多数人坚持临时中央的军事冒险主义，否定了毛泽东的正确意见，坚持主力向北发展，逐次夺取赣江流域的中心城市。

3月下旬，第一个属于中国工农民众的国家银行在瑞金成立，毛泽民出任中华苏维埃国家银行第一任行长。钱希钧也被分配在银行里协助丈夫工作。

见到二弟当了国家银行的行长，毛泽东叮嘱说："润莲，你要当好我们苏区百万军民的家呀！柴米油盐酱醋茶，槌炮弹药枪标叉，担子不轻哩！"

毛泽民向大哥吐露了他的心情："是呀，所以心里着急么……"

毛泽东十分自信地提出了自己的意见："创业总是艰难的，但必须发挥苏维埃银行的作用，统一财政，统一货币，搞好银行内部的各种财会制度，筹款支援前线。"

毛泽民听了，心中豁然开朗："对呀！应该按照市场需要的原则，发行适量数目的纸币，吸收群众的存款，贷款给有利的事业，有计划地调剂整个苏区的金融……"

毛泽东高兴地说："在这方面你比我强，你就尽心去干吧！"

很快，毛泽东以中央政府主席的名义向各级财政部门发出了"统一财政，筹款支援前线"的指示。

毛泽民上任伊始，首先建立起了国家金库，草立了国家金库条例，同时制定了金库制度，使金库管理合理化。

3月30日，毛泽东提出直下漳州、泉州，调动敌人，求得以战争开展时局的主张，被苏区中央局接受。毛泽东随即直接指挥东路军，包括一军团和五军团作战，于4月1日进抵长汀。

4月4日，临时中央机关报《斗争》发表了题为《在争取中国革命在一省数省的首先胜利中中国共产党内机会主义的动摇》的文章，点名批评毛泽东的主张是"右倾机会主义"。

面对党内发来的指责和批评，毛泽东感到苦恼和气愤，但他没有改变自己的正确主张，继续指挥东路军向东南方向挺进。

4月10日，毛泽东指挥东路军再次占领龙岩。

4月20日，毛泽东指挥东路军占领漳州。

第二天，毛泽东在漳州召开师级以上干部会，讨论下次作战的行动计划。

会中，毛泽东得到了红军派往长沙侦察敌情的人员送回来的准确消息：杨开慧已于1930年11月14日被敌人杀害于长沙的郊外刑场，牺牲前表现得大义凛然、宁死不屈……

惊闻噩耗，毛泽东止不住热泪纵横——他痛苦、他悲愤，一连两天两夜没吃一口饭、没合一下眼，他又一次严重地失眠了；陈昌奉小心翼翼地劝说毛泽东应该想办法休息，贺子珍更是为毛泽东的身体健康担心。

毛泽东面对这一切，党内党外、军情敌情、国事家事，再加上生活条件的艰苦和长期战争环境的折磨，竟一病不起……

见到毛泽东病了，中央决定他暂时离开部队到长汀老古井休养所去休养。

在休养所，他凄楚地对贺子珍说："开慧之死，我毛润之百身莫赎啊！"

在接下来的日子里，毛泽东一方面养病，一方面走出休养所，经常去和附近的农民一起劳动，进行社会调查，征求农民们对苏维埃政府和对红军的意见……

1932年6月，蒋介石又纠集了60多万兵力，向根据地发动了第四次"围剿"。在第四次"围剿"中，蒋介石首先集中兵力进攻鄂豫皖、湘鄂西和湘鄂赣根据地……

7月，毛泽东向苏区中央局提出建议：红军北上应先打敌军守备薄弱的乐安、宜黄等地，扫清北进的道路，打通与赣东北的联系。但苏区中央局却要求红军北上后迅速夺取赣江流域的中心城市。

7月21日，苏区中央局书记周恩来到前线去考察工作，任弼时开始在周恩来离任期间代理苏区中央局书记的职务。周恩来到前线后，经过实地考察和研究，同意了毛泽东的战略思想。

7月25日、29日，周恩来两次提议由毛泽东任红一方面军总政委。

8月初，红一方面军总部在兴国县竹坝召开军事会议，随后苏区中央局也召开了兴国会议，两个会议一致决定接受毛泽东的建议。

8月上旬末，苏区中央局接受了周恩来的提议，任命毛泽东为红一方面军的总政治委员，并下达了展开乐安、宜黄战役的训令；同时决定，在前方由周恩来、毛泽东等人组成最高军事会议，负责处理前方的行动方针和作战计划。

8月17日至23日，在毛泽东等人的指挥下，红一方面军连续攻克乐安、宜黄、南丰三城，使中央根据地得到巩固和扩大。

8月下旬，根据敌情变化，红一方面军最高军事会议改变计划，命令部队撤退到有利地形休整；但临时中央和苏区中央局却一再催促红一方面军继续向北威胁南昌。这样，以临时中央和苏区中央局为一方，以前线的周恩来、毛泽东等为一方，在作战方针上发生了明显分歧。

进入9月，毛泽东等复电湘鄂西中央分局，指出湘鄂西红军应尽快摆脱与敌人纠缠、设法突出重围，集中力量相机打击敌人，不要分散与持久硬打；湘鄂西中央分局没有听取这个正确的指示，结果在第四次反"围剿"中遭受了严重挫折。

9月13日至14日，在敌人重兵"围剿"下，鄂豫皖中央分局书记张国焘惊慌失措，连电中央告急求援；毛泽东等接到中央转来的电报后，复电要求红四方面军迅速、果断、秘密、机动地各个击破敌人。然而张国焘并未贯彻这一指示，结果未能打破敌人的第四次"围剿"。

9月26日，前方指挥机关根据形势变化，抵制了后方苏区中央局的错误意见，以红一方面军总司令朱德、总政委毛泽东的名义，发布了《在敌人尚未大举进攻前部队向北工作一时期的训令》，为第四次反"围剿"规划出了实施作战的蓝图。这个训令，是毛泽东为第四次反"围剿"战争胜利作出的一个重大贡献。

然而，9月29日、30日和10月1日，一连三天，苏区中央局连电周恩来和毛泽东等人，坚决反对这个训令。

10月上旬，苏区中央局全体会议在宁都召开，中心议题是确定第四次反"围剿"的军事方针。"左"倾教条主义者对毛泽东进行了更为激烈地指责和批评，号召对毛泽东进行"及时和无情的打击"；会议在"左"倾机会主义者的把持下，完全否定了毛泽东的正确主张，再一次排挤了毛泽东对红军的正确领导，要求红军在敌人合围前就去粉碎敌人的进攻，夺取中心城市，使王明"左"倾冒险主义路线在中央苏区进一步得到贯彻。

这次会议，取消了前线最高军事会议制度，提出由周恩来实施战争总负责，留毛泽东在前方"助理"；但后来会议又批准毛泽东暂时"请病假"，必要时再到前方，这实际上决定要毛泽东离开红军的领导岗位，回到后方去主持政府工作。

10月12日，中央军委发布通令，毛泽东的红一方面军总政委一职由周恩来代理。至此，毛泽东在党内、军内的领导职务全部被撤销，只保留了中央政府主席一个职务。

由此，毛泽东再未能回到前方。

会后，毛泽东带着郁闷的心情，告别了朱德和周恩来，并特别告别了已经加入红军的赵博生和董振堂，回到后方，在闽西汀州的福音医院养病。

这时，已经担任了苏区中央局秘书长职务的毛泽覃到福音医院来看望大哥，兄弟俩没说几句话就吵了起来，同来的贺怡劝止不住，只得听他们两兄弟在那里吵。毛泽东怒不可遏地训斥三弟："你在中央局，又是秘书长，要挺身制止他们的错误么！"

毛泽覃的火气也很大："我怎么不制止？可我制止得了吗？同意我观点的只几个人，他们的人那么多，表决时少数服从多数，我有什么办法？"

毛泽东拍着桌子大吼："战士们在前线流血牺牲，你们在后方瞎指挥，这是对革命不负责任！"

毛泽覃一向敬重大哥，但此时感到既委屈又窝火，不由得反驳道："我也想上前线，可我去得了吗？你不要总以大哥的身份压我，我不是三岁的小孩子，乱下命令的人也不是我！"

"混账！"毛泽东举手要打三弟，被闻声赶来的贺子珍和陈昌奉等人上前拦住了；毛泽覃本来脾气火爆，此时更是火冒三丈，也拍了桌子向哥哥大吼："这里是革命的地方，不是你的毛家祠堂！"

正在兄弟二人闹得不可开交之际，幸好毛泽民和钱希钧也赶来看大哥，才劝止了毛泽东和毛泽覃的争吵；毛泽民知道大哥从前线下来后心情不好，便责怪三弟不该发火，毛泽覃却深感委屈地说："是大哥先骂我……"

贺怡也为毛泽覃抱不平："当大哥的也该让着些……"

这时毛泽东也冷静下来，兄弟三人这才一起坐下来，共同谈起了第四次反"围剿"的事；贺子珍姐妹和钱希钧、陈昌奉在一旁看了，几颗悬着的心也才渐渐放下来了……

1932年11月，贺子珍生下了她和毛泽东的第二个孩子。因是男孩，毛泽东把他和前三个儿子的名字并列，取名毛岸红，乳名"毛毛"。

小毛毛长得端端正正，眼睛很大，额宽鼻直，很像毛泽东，深得毛泽东和贺子珍的喜爱；这在毛泽东遭打击、受排挤的日子里，多少给他们夫妻的精神生活带来些许的安慰和乐趣……

1933年1月，由于王明"左"倾冒险主义在共产党内的影响，使共产党丧失了组织抗日民主统一战线的有利时机，客观上为蒋介石稳定时局创造了有利条件；蒋介石在帝国主义支持下更加疯狂地向革命力量进攻，致使抗日民主运动遭到很大挫折。在此情况下，共产党在国民党统治区的组织几乎全部遭到敌人破坏，中共临时中央被迫由上海迁到中央根据地瑞金，同苏区中央局合并，改称中共中央局。

自从中共中央局在瑞金正式开展工作后，王明的"左"倾错误路线开始在中央根据地全面贯彻开来。

2月15日，中共中央局作出《关于闽粤赣党委的决定》，严厉指责福建省委"形成了以罗明为首的机会主义路线"，随后在党内开展了所谓反对"罗明路线"的斗争，在江西开展了反对所谓以邓小平①、毛泽覃②、谢维俊③、古柏④为代表的"江西罗明路线"的斗争。这场斗争实质上是反对以毛泽东为代表的正确路线。

这时，在中央苏区，"莫斯科的马列主义"压倒了"山沟里的马列主义"，王明的代表博古大张旗鼓地掀起了"集中火力反右倾"的斗争。在党内两条路线斗争的风口浪尖上，在江西中央苏区，凡是与毛泽东有联系的领导人，几乎都受到了株连。

在这样的形势下，毛泽东住的地方再也不像以往那样高朋满座了，登

---

① 邓小平，时任会昌、寻邬、安远中心县委书记。
② 毛泽覃，时任苏区中央局秘书长。
③ 谢维俊，时任江西省苏维埃政府委员、乐安中心县委书记。
④ 古柏，时任总前委秘书长、江西省苏维埃政府委员。

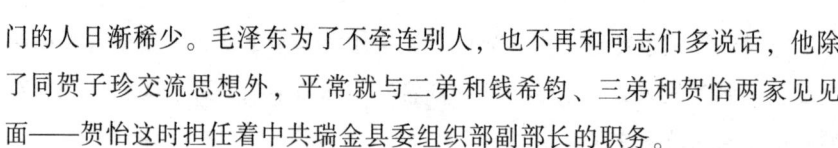

门的人日渐稀少。毛泽东为了不牵连别人，也不再和同志们多说话，他除了同贺子珍交流思想外，平常就与二弟和钱希钧、三弟和贺怡两家见见面——贺怡这时担任着中共瑞金县委组织部副部长的职务。

在这段日子里，毛泽民照常向大哥谈论他所了解的各方面情况，商讨财政方面的困难和问题，向大哥讨个主意。他和三弟都是绝对信任大哥的，但有时也不免向大哥诉几句苦、发几句牢骚。每当这时，毛泽东总是耐心地告诫两个弟弟，凡事要冷静，不要耍性子，尤其对三弟泽覃，更是叮嘱他不要意气用事。毛泽东自己心中虽然感到郁闷和窝火，但他还是一再叮嘱两个弟弟，务必保持革命的坚定性，认为事实终究会澄清、历史自有公论。

这时毛泽民仍然担任着中央苏区国家银行的行长，不仅是中央苏区卓越的经济领导人之一，而且是苏区军民一致公认的第一位金融家和实干家；在他的组织、筹划下，中央苏区的财政积累已达数百万元，还有大量的布匹、食盐、粮食和衣物等，并且发行了印有"中华苏维埃共和国中央政府"字样的纸币、银圆和铜板，同时发行了经济建设公债，极大地稳定和促进了中央苏区的经济发展，有力地支援着红军的对敌战斗。

对待毛泽民，共产党内的教条宗派主义者们虽然也批评他提出过的"打土豪筹款子"的经济政策是"建立在沙坝上的，像上海的帮头一样，钱来得不光彩"、把苏区发行的纸币说成是"向石印机瞄准"，但还不敢太为难他，因为他们也知道毛泽民所担负的工作的分量。

然而对待毛泽覃，"左"倾路线的执行者们可就"不客气"了。他们撤销了毛泽覃苏区中央局秘书长的职务，要他承认"反党活动"，声称要"开除"他的党籍；毛泽覃历来性情火爆，这时也不会屈服，但他记住了大哥的话——凡事冷静，历史自有公论。

2月20日，正是农历的大年初五。这一天，毛泽覃还没有吃完早饭，就有两个人走来找他；其中一个人阴沉着脸，十分严厉地说："毛泽覃，你在永、吉、泰期间，是不是将一床从敌人手里缴获来的鹅绒被子送给了一个富农？"

毛泽覃一时被这突如其来的问话弄蒙了，他仔细回忆，怎么也想不起曾有过这么一回事！

来人继续说:"那里有不少同志反映你在永、吉、泰任职期间执行的是富农路线,你认真反省反省吧!"说完,一拍屁股走了。

这真是无中生有的事!毛泽覃被气得脸色发青,将碗筷往桌上一砸,一句话也说不出来。倒是贺怡在一旁安慰他,说:"你在永、吉、泰时我也在,没有的事,不怕他们瞎栽赃!"

可是没过几天,那位执行"左"倾路线的领导人又来找毛泽覃,要他将在江西永新、吉安、泰和工作期间的情况向组织写一份书面报告;同一天,他又接到一份《斗争》杂志,上面刊登了一篇《什么是进攻路线》的署名文章,公开把矛头直指邓小平、毛泽覃、谢维俊、古柏。看完全文,毛泽覃气得发抖,浑身的热血直往头顶上冲……

1933年3月21日,红一方面军由于有前一时期毛泽东军事思想的深刻影响和朱德、周恩来等人的具体指挥,取得了草台岗大捷,基本上打破了敌人的第四次"围剿"。

然而,红军军事上的胜利并没有使王明的"左"倾路线推行者们冷静下来考虑以后的重大问题,他们不去考虑在日本侵略中国的国难当头之时如何尽快建立抗日民族统一战线、不去考虑如何总结以往红军战斗中的经验和教训,以便重新组织力量准备应付敌人可能发起的再一次"围剿",而是错误地把斗争矛头集中指向以毛泽东为代表的正确路线和勇于坚持真理的革命同志……

4月间,一股批判中共福建省委代理书记的"罗明路线"的恶性风潮刮遍了中央苏区党政军的每一个角落;一时间,恐怖气氛笼罩着整个苏区。

4月15日,毛泽覃接到要他回江西省委参加会议的通知。会议根据王明"反右倾"的错误纲领,把邓小平、毛泽覃、谢维俊、古柏打成"罗明路线在江西的创造者"、"反党派别和小组织的领袖",对他们四个人进行了"集中火力的斗争"。

历时5天的会议充满了"批判"、"揭发"和"斗争"的火药味,毛泽覃几次想站出来据理力争和加以反驳,但他想起了大哥的话,冷静下来,一次又一次地强压了心头的怒火,一直一言不发……

面对王明路线的残酷迫害,虽然毛泽民所受到的打击较轻,但他内心却很痛苦——外有敌人的军事进攻、经济封锁,内有自己同志的打击和迫害,自己所尊敬的大哥和疼爱的弟弟等亲人被整,他精神上承受的巨大压力常使他痛苦不堪……

但他毕竟久经考验,只要还让他工作,他始终是一心一意、全力以赴地投入;他牢牢地记着大哥的一句话:历史自有公论!在这艰难、困苦、复杂的斗争日月里,他夜以继日集中考虑的问题首先是如何使苏区的经济更快地向前发展。

4月下旬的一天中午,毛泽民突然收到第九区的一份报告,说是在毛泽覃曾经工作过的泰和县的小龙一带发现了钨砂!

发现了钨砂几乎就等于发现了黄金——毛泽民当即决定:开采泰和小龙钨矿!

"反毛"的斗争还在继续

1933年5月,"反毛"斗争还在继续。

5月17日,《斗争》杂志发表了《毛泽覃同志的〈三国志〉热》一文,胡诌八扯地说"毛泽覃的游击主义和诸葛亮式的机会主义的战略战术,就是害怕有伤亡、打滑头仗,怕有疲劳反对追击的狭隘投机理论,必须完全、彻底地抛弃"。

看了这些,毛泽覃清楚地知道了这些人提的所谓反"罗明路线",实际上是反对大哥毛泽东的路线;很明显,他们向罗明、邓小平、谢维俊、古柏和自己"开刀",是要将认真执行毛泽东路线的人统统打倒。

这时的毛泽覃——毛家的大将军反倒更加坚定了。

5月下旬的一天,毛泽覃接到苏区中央局和江西省委《对毛泽覃所犯错误的组织处理决定》。来送《决定》的人告诉毛泽覃:"从即日起,免去你中共苏区中央局秘书长等职务,责令你到兴国县去接受劳动改造,并继续交代问题;如果不交代清楚,将重新考虑你的党籍。"

来人说完后,又收去了组织上配发给毛泽覃的手枪。

毛泽覃面无表情地送走了前来传达《决定》的人,然后拿出贴身收藏着的共产党员党证,看了很久……

这次受到牵连的还有早已随红军来到中央革命根据地的贺子珍的父母、哥哥贺敏学和贺怡。

这时在中央苏区，王明路线的执行者们独揽了苏区的党务、政治、军事大权，大反"右倾机会主义"和"富农路线"，并在《红色中华》期刊上连篇累牍地发表文章，号召"彻底进行老苏区的查田运动"，以"布尔什维克的战斗"，"合奏最后胜利的壮曲"……

毛泽东离开了他心爱的军队，心情十分郁闷，身体状况也一直不好；恰在这时，他又得知了他的第三个儿子毛岸龙早已不在人世的噩耗，心情犹如雪上加霜，悲愤而痛苦……

毛泽东在党内没有了任何职务，悲愤与痛苦中，他的工作十分艰难。他既不能公开反对临时中央的指示，又不想违心地去执行这些人的错误决定，更想在一些重大问题上力图纠正"左"倾错误。这时的他，夜里失眠的时间更长了，同时产生了便秘……

是年夏天，毛泽东又一次来到了他当年曾经战斗过的地方——瑞金城北的大柏地。

7、8、9三个月，可以说是"左"倾错误在中央苏区泛滥最严重的三个月！

在这期间，贺怡在党校生下了她和毛泽覃的第二个女儿，由于早产，孩子很瘦弱。贺怡把她视为掌上明珠，耐心地抚养。由于孩子是在贺怡和毛泽覃处境最艰难的时刻出生的，贺怡给孩子取了一个很有意义的名字：毛雪英。

只是，贺怡这时还不能随便见到丈夫，她感到十分悲怆；终于有一天，她避过众人的耳目，偷偷地抱了孩子去见毛泽覃。毛泽覃抱着女儿亲了又亲，夫妻俩相对无言，只有泪如雨下……

这时在中国的各革命根据地，由于"左"倾错误导致了军事上的一败涂地，各根据地内部已经变得不安宁了。而且，战争形势也越来越紧张，红军的处境越来越糟，敌人趁机步步紧逼，各革命根据地日益缩小，"左"倾分子已缺少了推行他们主旨的地盘……

是年秋天，在毛泽东的直接领导下，中央根据地开展了一次自下而上的声势浩大的普选运动。

"反毛"的斗争还在继续

这时的毛泽东虽然仍处在被排挤中，但他心系战场，他担心"左"倾领导者们抵御不了蒋介石向中央革命根据地发动的更大规模的第五次"围剿"……

1933年9月，蒋介石亲任总司令，调集了50多万军队疯狂地向中央革命根据地发动了大规模的第五次"围剿"，意欲彻底剿灭中央苏区。

面对数倍于己的敌人的重兵进攻，王明的追随者们竟然照搬了苏联红军的作战经验，用堡垒对堡垒，实行正规战、阵地战，同敌人拼消耗；结果是根据地越打越少，红军越打越少……

尽管毛泽东这时在军事上已经没有了发言权，但他仍然心急如焚地屡次向中央建议，面对强敌，必须采取积极防御、诱敌深入的战略方针；而王明路线的领导者拒绝采纳毛泽东的建议，极力主张实行消极防御的路线，先是实行进攻中的冒险主义，提出"御敌于国门之外"的口号，命令红军"全线出击"。红军屡战不胜，陷于被动挨打的局面，王明路线的领导者又实行节节抵御的军事保守主义，致使红军屡遭失败。

10月初，在一次军事会议上，毛泽东不顾某些领导者的阻止，强行发言，再三提出必须采取红军一贯的游击战和运动战的战术，硬拼是绝对不可取的；指出敌人的战法是稳扎稳打、步步为营，妄图以碉堡战和持久战来消耗红军，如果红军同敌人硬碰硬地去打、去拼，是要吃大亏的。结果，毛泽东的正确主张再一次被斥责为"改不了的游击主义"和"诸葛亮式的机会主义"的战略战术，是"怕有疲劳反对出击的狭隘投机理论"，被王明路线的领导者、自封为"布尔什维克"的人们所不取……

无奈，毛泽东只得将他的工作重心放回到土地革命上来，以保证苏区在战争条件下的稳固和发展。他利用几天的时间，在大量的农村调查的基础上写了《怎样分析农村阶级》一文，提出了一条基本适合中国国情的完整的土地革命路线：

依靠贫雇农，联合中农，限制富农，保护中小工商业，消灭地主阶级。

这时贺子珍又生下了一个男婴。只是因为早产，孩子太弱，贺子珍不得不对她的这第二儿子倍加呵护、精心照看，生怕他有什么不测。毛泽东也几次看着这个儿子，皱着眉头对贺子珍说："桂圆，这个伢子在这个时候来到世上，生不逢时啊！但我们一定要想尽一切法子养活他，不能再失去了……"

这时的贺怡已经在党校接受了4个月的"教育"，由于她"表现不好"，险些被开除了党籍。董必武知道此事后，气得立刻找到校长博古，担保说："贺怡从小投身革命，是一个难得的优秀妇女干部！她的思想、品行我完全清楚，我以一个老党员的身份予以担保！"

贺怡的党籍是保住了，但给了她一次党内严重警告处分，接着下放她到瑞金下肖区去做群众工作；这样，她又可以自由地见到丈夫毛泽覃了。

毛泽覃夫妇俩虽然蒙冤，但仍互相鼓励，努力工作。

这时的毛泽东依然没有恢复党内和军队中的职务。世态炎凉，人情淡薄，在革命队伍中也在所难免。陈昌奉跟随在毛泽东的身边，见到一些人趋炎附势地躲避着毛泽东夫妇，心里很替毛泽东夫妇难过和气愤；当有人"好心"地劝说他调离毛泽东身边时，他看不起劝他的这种势利小人，只是冷冷地说："我哪儿也不去！"

这时的毛泽东心情一直不好，吃饭也很少，经常看着刚刚出世的小儿子发呆，他见这个孩子瘦小的身躯远不如他的哥哥毛毛，便让贺子珍想方设法为儿子多增加些营养；可红军吃的都是糙米饭，每天的饮食连菜也没有，哪里去找营养品啊？

想来想去，贺子珍只得去找了福建省苏维埃政府主席邓子恢，要来一点东西补给小儿子吃……

毛泽东想着前线，总是悒悒郁郁。有时，毛泽民晚上来看望大哥，看着月光下大哥独自一人的身影，不禁凄然泪下；但他相信大哥，他记得大哥曾说过的话："困难和挫折算得了什么？""大鹏鸟也有折翅的时候，只要它养好了伤，会飞得更高、更远！"

这时，毛泽民领导开发生产的泰和小龙钨矿，连同先后开发的7个集体经营性质的钨矿，再加上一个专加工精矿的白鹅洗砂厂，钨矿产量比过去大幅度上升。1932年钨矿产量为648吨，到1933年的现在已上升到1800吨。

有了钨矿就有了光洋，有了光洋就可以买到苏区急需的各种物资，就可以更有效地保证红军的对敌作战……

"左"倾路线带来失败

1933年11月,毛泽东率中央政府检察团深入苏区模范单位——江西省兴国县长冈乡和福建省上杭县才溪乡进行了详细考察。

这时,发生了"福建事变"。

参加"围剿"红军的国民党第19路军将领蒋光鼐、蔡廷锴等与国民党内的反蒋势力李济深等人合作,公开宣布抗日反蒋,在东方前线掉转枪口向蒋介石反戈一击,而且宣布成立"中华共和国人民革命政府",并同苏区中央工农民主政府和工农红军签订了抗日反蒋的停战协定。

毛泽东得到这一消息,十分兴奋,几次找到博古和李德,积极进言,提出建议,要红军抓住这一天赐良机,出动主力部队突进到以浙江为中心的苏浙皖赣地区去,将战略防御变为战略进攻,向广大无堡垒地带寻求作战……

12月20日,毛泽东以中华苏维埃共和国临时中央政府的名义,向"福建人民革命政府"与19路军发出了第一封电报:

> 我们苏维埃政府和工农红军,准备在任何时候同你们联合,订立作战的军事协定,以反对与打倒我们共同的敌人——日本帝国主义与蒋介石的南京国民党政府。[1]

然而,博古和李德等人根本听不进毛泽东的任何建议,反而把19路军看成是"中间派",认为"中间派"是最危险的敌人。

结果,红军丧失了粉碎敌人第五次"围剿"的绝好时机。毛泽东不由得仰天长叹:"若这等无知之徒继续掌握兵权,红军势将一败涂地!"并说,"竖子不足与谋!"

有人将毛泽东的这两句话报告了博古和李德,博古竟说:"他毛泽东

---

[1]《毛泽东早期文稿》,知识出版社1993年版。

是搞农民暴动出身，只懂得游击战，懂什么叫大兵团作战？他发牢骚，也只能是'免冠徒跣，以头抢地'尔！"

李德也嘲笑说："苏联红军的战术，他永远也掌握不了！"

这时的毛泽东，抱病回到住处，在昏暗的桐油灯下，在贺子珍和陈昌奉的陪伴中，写出了《长冈乡调查》和《才溪乡调查》两个著名的调查报告。

1934年1月，蒋介石集重兵打败了19路军后，迅速调转部队，继续向中央苏区猛扑过来；直到这时，博古和李德等人才认识到，他们失掉了一次战胜敌人的大好机会。

1月15日至18日，中共六届五中全会在瑞金召开。会议通过了一系列"左"倾错误理论和政策，是第三次"左"倾路线发展的顶点。

毛泽东出席了这次会议。由于毛泽东的威望所在，被选为中央政治局委员。

1月22日至2月1日，第二次全国苏维埃代表大会在瑞金城外西南4公里处的沙洲坝村召开。这里，也是毛泽东从去年4月便由叶坪迁来的中央工农民主政府的办公地。会上，毛泽东代表中央执委会和人民委员会作了两年来的工作报告，阐明了经济建设的原则和政策，初步形成了新民主主义革命的经济建设思想。

毛泽东在报告中说：推翻地主资产阶级在全国的统治，驱逐帝国主义出中国，将几万万民众从帝国主义国民党统治的压迫剥削之下解放出来，阻止灭亡中国的殖民地道路，建立自由独立领土完整的新中国！

毛泽东还向大会作了关于中央执委会与人民委员会报告的结论，着重阐述了"关心群众生活、注意工作方法"两个问题。

会议选举毛泽东等人为中央执委会委员。

2月3日，中华苏维埃第二届中央执委会召开第一次会议，选举毛泽东为执委会主席。毛泽东原任的人民委员会主席则由张闻天担任。

这表明，以博古为首的"左"倾领导集团要进一步排斥毛泽东在政府中的领导作用。

面对大战在即的严峻形势和博古、李德等人的盲目自大、自以为是的"左"倾主义，毛泽东感到忧心忡忡……

4月中旬，国民党的军队集中了11个师的兵力进攻广昌，企图从北面打开苏区大门，进而占领瑞金。据守瑞金的"左派"们也摆开了架势，要和敌人"决战"，一场激烈的大战即将发生……

面对强敌，不懂军事的博古、李德等人竟荒谬地高喊："为着保卫广昌而战，这就是为着保卫中国革命而战！"同时喊出了"胜利或者死亡"的极不负责任的口号。他们调集了红军一、三、五、九军团9个师的兵力，企图与敌人死打硬拼……

毛泽东几次赶往临时中央军事委员会，要求改变打法，无奈博古、李德丝毫听不进毛泽东的忠告！

结果，敌人每天用三四十架飞机对广昌实施狂轰滥炸，造成了红军的极大伤亡；只会纸上谈兵的共产党国际代表李德，指令一个营的红军在工事里守备，结果全部壮烈牺牲……

广昌保卫战前后共进行了18天，虽歼敌2600多人，但红军自身伤亡多达5000余众，约占红军参战人数的五分之一；最后，红军被迫退出了广昌城……

当广昌陷落的消息传到毛泽东的耳边时，他一连几天说不出一句话，只是一个人走到一株百年的老樟树下，有时一坐就是半天，一支接一支地吸烟；陈昌奉看着毛泽东脸上痛苦的表情，知道他心里难过，但又不知该如何近前去劝说……

广昌保卫战的严重失利，也引起了苏区广大军民的强烈不满；尤其是参战的红军将士们，更是对博古、李德等人怨声载道。

曾经支持过"左"倾错误主张的张闻天，也公开批评广昌战役是"不对的"，并开始认识到了"左"倾冒险主义军事方针给革命事业和红军造成的严重危害……

广昌战役后，蒋介石又下令加紧"围剿"，从6个方面向中央根据地的中心兴国、宁都、石城等地突进。

5月，在敌人重兵向中央苏区全面推进的险恶情况下，毛泽东到达会昌，一面养病，一面继续进行调查研究、指导南线的工作。他和前线指挥员一起制订了切实可行的作战计划，抵制了王明的错误路线，使中央苏区南线暂时出现了比较稳定的局面。

1934年7月，正当第五次反"围剿"处于极其严重的紧要关头，毛泽东亲临会昌城外的文武坝参加中共粤赣省委扩大会议，进行调查研究和指导工作。

8月，蒋介石的50万军队和上百架飞机一齐出动，整个空间安排周密，空中、地上，四面八方同时向中央苏区进逼。东路有蒋鼎文、南路是陈济棠、西路何健、北路是顾祝同；他们仍按老战术，步步为营、碉堡推进。

毛泽东再次向博古、李德建议："敌人从一路来，我们应避开他的先头部队，也不打他的后续部队，而只需打他最后的接应部队；敌人从几路来，我们同样不打他的先头部队，只要集中兵力突击打他侧面的一路，敌人必败！"

可是博古、李德依然妄自尊大、我行我素，竟然又命令红军"分兵把口"，形成"六路分兵"、"全线防御"；结果，红军进一步陷入了被动挨打的局面……

9月初，紧张不安的气氛越来越浓。瑞金以北的宁都、石城相继失陷，东部敌军已开始向根据地中心长汀的白衣岭发动进攻，南部粤军也已逼近会昌一带……

中央苏区已濒临绝境！

这时，毛泽东在宁都患了严重的恶性疟疾，冷时冷得"牙关错"，热时热得"蒸笼里坐"，且连续高烧40度；毛泽东感到自己实在抵抗不住疟疾的侵袭了，又想到敌军的大举进攻，不禁咬牙垂泪道："天亡我也！"

贺子珍日夜守护在毛泽东的身边，每当毛泽东被病痛折磨得实在难受时，她便总是安慰、鼓励："别悲观，润之！你会好的，一定会好的！不说革命离不开你、红军离不开你，就是我们母子也离不开你呀！还有霞姐的两个孩子……"

在毛泽东大病缠身、生死存亡的危难时刻，幸亏苏区的著名医生傅连暲十几天的抢救治疗，才使得他渐渐脱离了危险。

9月下旬，病体刚刚好转的毛泽东紧急建议红军"向湖南中部前进，调动江西敌人至湖南而消灭之"，以打破敌人的"围剿"；但又被中央"左"倾领导者拒绝，打破敌人第五次"围剿"的希望最后破灭了……

这时，苏区的老百姓们人心惶恐，大路上也忽然出现了一些指向西方

的路标,写着"长江"或"黄河"的纸条埋在地上,而且这样的路标和纸条一天天多起来。

而临时中央对人们的说法是要进行"战略转移",中央决定西征去湘西,与二、六军团会合;但参加"战略转移"的人员却严格保密,把持中央领导岗位的极"左"路线的执行者们经过选择,把他们认为犯有"错误"的人员统统排斥在外,强行留在中央苏区断后和坚持对敌斗争……

本来,毛泽东也没有被列入"战略转移"人员名单,"左"倾领导者们先是想把他送去苏联"养病",但共产国际不同意,说现在苏区离不开毛泽东;后来又打算把他留在中央苏区,但又考虑到毛泽东在党内和军队中的崇高威望,并且担任着中央人民政府主席,留下实在不妥,才临时勉强允许他一起"转移"。

临出发前,毛泽东在瑞金附近的一个山林间,召集政府各部领导人开会,着重向大家说明了两点:第一,革命是有前途的,大家要有信心;第二,要把各部的善后工作做好,使留下来的同志们能够更好地继续革命斗争。说这些话时,人们看得出毛泽东的心情很沉重……

这时,红一军团已奉命回到瑞金集结待命。聂荣臻和林彪提前一天赶到瑞金,周恩来先找他们两个单独谈了话,说明了中央决定要作"战略转移",要他们暂时保密并做好准备,目前尚不能向下透露,也没有讲明转移方向。

红一军团到达瑞金后,首先需要到兴国去抗击敌军,并迟滞敌人对瑞金的进攻,以掩护各路红军到预定的地区集结。

聂荣臻和林彪离开了周恩来,又专程去看望了尚在病中的毛泽东。毛泽东见到他们两人去看望他,很高兴,笑着对二人说:"你们的胆量不小么!还敢来这里看望我,许多人都不敢到我这里来'沾毛'了!"

聂荣臻安慰毛泽东说:"我们是我们,他们是他们。他们不敢来,是他们别有用心;我们来看看你,是我们完全了解你、相信你!"

毛泽东感慨道:"前些日子赵博生和董振堂两位将军来看望我,也亏得他们一片赤诚,给我带来一些好药……"

聂荣臻说:"他们都是有血气的革命军人啊!"

这时候毛泽东笑对二人:"你们这次为么事回瑞金啊?"

聂荣臻回答说："周恩来找了我们，交代了新任务。"

毛泽东反问："什么任务？"

林彪说："要转移。"

毛泽东再问："你们晓得了？"

聂荣臻答："也只是知道个大概，周恩来同志只说是要转移。"

毛泽东不再往下问，也不继续谈"转移"的事，而是提议他们两个陪他一起去看看瞿秋白在瑞金办的一个图书馆……

三个人在陈昌奉和警卫人员的跟随下，一起走出了毛泽东的住处；在去往图书馆的路上，聂荣臻想：在如此紧迫的危难时刻，毛泽东竟还有心思去看图书馆，这得需要有多么宽广的胸怀啊！只有毛泽东能够这样遇大事而不惊、处险情而不慌，其他人是很难做到的……

而这时候，被确定随红军一起转移的毛泽民正忙得不可开交。上级指示他"要把财产清理好，什么都要带走"；毛泽民不分昼夜地指挥着国家银行的人们分工清理银圆和纸币，有的人去拆卸石印机、造币机，能装箱的就装箱，不能装箱的就用绳子捆绑起来等待处理。

财产还没清理完，就足有上千担了。毛泽民想，这上千担的挑夫到哪儿去找啊？再说挑这么重的担子还怎么行军、打仗呢？

这时，邓子恢来告诉他说："把能带上的带上，不能带上的埋掉算了！"

按照邓子恢所说，毛泽民分别对各职能部门做了具体安排。

钨矿公司不能留给敌人，就是一颗钨砂和一粒粮食也不能留下。毛泽民让人把这里不能带走的东西，全都埋藏在了废窟里和房中的地底下。

白鹅洗砂厂里的钨矿太多了，足足堆满了三间大房；毛泽民索性在门前贴了一张通知，告诉乡亲们可以随意将钨矿挑走，不计数量；剩下的钨矿让同志们埋藏在沙滩里，或者隐藏到水田下面。

中央造币厂也把铸造银圆的机器拆了，分别捆绑好装入木箱；有的木箱被抬去会昌县白鹅乡，埋藏在山沟里，也有的被运到于都的龙山村，埋在了山坡地中。

忙完之后，毛泽民和钱希钧一起去云石山看望大哥；不巧，毛泽东不在，只有贺子珍在。贺子珍告诉他们："你大哥到于都去了，我随着总卫生部的休养连走。"

毛泽民问:"毛毛呢?"

贺子珍告诉他:"三弟和怡妹子被留下来,我和你大哥商量好了,把毛毛交给他们带。"

"也好……"毛泽民知道贺子珍此时又已怀有身孕,便安慰说,"行军路上要多加小心,一定多保重!"

钱希钧也说:"大嫂一定要多保重!"

毛泽民和钱希钧走后,贺子珍又抓紧时间去看了看她留在妹妹和毛泽覃身边的毛毛……

毛泽覃被留下来担任了苏区中央分局委员和红军独立师师长,他率领留守部队将转战在闽赣边界和武夷山区。

这时的毛泽覃为了忘我地投入对敌作战中去,也是为了贺怡和毛毛、女儿毛雪英的安全,只好将她们以及贺怡的父母一起转移出去。

贺怡十分舍不得毛泽覃。自从她与毛泽覃结识以来,无论怎样险恶的环境都是同舟共济、患难与共,从来没有分开过;这个时候分开,她不知道何时再能相见——想到这里,她难过得泪水顺着脸颊直往下淌……

很快,毛泽覃按组织安排,将贺怡一行带到了会昌城外的白鹅渡口;分别前,他紧握着妻子的手说:"怡妹,父母和孩子全都托付给你了,你要保重再保重,照看好毛毛和我们的女儿,无论遇到什么情况都要坚持住啊!"

贺怡悲怆而坚强地点了点头,并抱了女儿让毛泽覃亲了亲脸蛋,再抱起大哥、大姐托付给的小毛毛让毛泽覃亲了亲,然后才不忍离去地与毛泽覃分了手,不想此次分手竟成永诀……

红军就要撤离瑞金了。毛泽民领导的国家银行被编为中央纵队第15大队,他任大队政委。15大队的任务十分明确,除了和部队一起行军打仗外,最主要的就是要保护好国家的资产,沿途还要筹划部队所需要的钱粮……

肩负着银行的队伍要行军打仗,行军打仗的队伍又要肩负着一个国家银行,古往今来,国内国外,恐怕只有毛泽民一人担当过如此重任!

红军要走了,红军真的要走了!

中央苏区的老百姓们舍不得红军走,红军也不愿意走,可不走不行啊！敌人已重兵压境，革命的力量要保存，只要能保存力量，革命终有一天会胜利！

苏区的群众纷纷拉着红军的手，追问红军战士们何时才能打回来？战士们回答说："三五年之内，我们一定打回来！"

三五年，这要等多久啊……

第六篇

毛泽覃瑞金牺牲

开始长征了

1934年10月10日，中共中央和红军总部率领红军主力5个军团及后方机关86000余人，分别从瑞金、于都地区出发，开始了后来震惊世界的壮举——长征！

10月18日，毛泽东根据中央指示离开于都，加入了长征行列。

这时，一眼望不到尽头的红军队伍迤迤逦逦地行走在山谷间；路旁的山坡上，一处处站立着含泪相送的男男女女、老老少少，他们有的挥着手，有的一言不发、直愣愣地望着从他们身边走过的红军队伍……

入夜，赣南的山路上火把通明，行进中的几万人马拥挤不堪；大部队走走停停，人们的说话声、口令的传递声、战马的嘶鸣声混合在一起，再加上临时停下来的部队就地燃起的缕缕炊烟，远远望去简直是乱了阵脚。

这时，停下马来坐地休息的毛泽东想起了《三国演义》中描写刘备被曹兵追赶、携带数万黎民百姓逃离新野县的情景，不禁感叹道："这哪里是转移么？完全像是逃跑的样子！这样的队伍遇上敌人，还能打仗么？"

毛泽东身边的红军老战士侯登科卷了一支旱烟说："主席，现在又不让你指挥了，你只管跟上队伍走就是了；反正现在离火线远一些，左有一军团和九军团，右有三军团，后面还有五军团压阵，你还担哪门子心？"

"话不能这样讲……"毛泽东也卷了一支纸烟吸着，缓缓地说，"蒋介石不会让我们走得痛快，他前面要派兵截，后面要派兵追，中间还要打我们的伏击，我们要准备打仗呢！"

"要打仗也是没办法的事！"陈昌奉气不平地说，"要是让主席指挥第五次反'围剿'，红军也到不了今天这样！"

侯登科也发牢骚说："这还不知道走到哪一站、哪一处是头呢！"

"这也太难了……"陈昌奉说，"蒋介石调集了一百多个团围追堵截

我们,什么时候才能突得出去呀?"

毛泽东此时的心情虽然也很烦躁,但还是鼓励身边的人说:"我们都是红军,是共产党领导的革命队伍,要有信心,不要怕困难吧;相信红军总会突出去,我们总会胜利的!"

听毛泽东这样讲,陈昌奉和侯登科才不再说别的了……

1934年10月21日,红军迅速攻占了王母渡、韩坊、固坡、新田等地,突破了蒋介石设在江西阻截红军西进的第一道防线。

4天后,红军全部渡过了丰河。

进入11月,红军主力部队急速行军进入赣南。在汝城以南的天马山至城口间,经过两天三夜的激烈战斗,蒋介石设在赣南的第二道碉堡工事和机枪阵地防线,也被红军占领。

11月15日,红军先头部队迅速攻占了湖南良田至宜章之间的咽喉要冲,突破了敌人的第三道封锁线,随即进入临武、兰山和嘉禾地域。

这时候,蒋介石已经任命何键为"追剿"军的总司令,指挥西路军和薛岳、周浑元两部所统的15个师,极力阻截红军;同时电令陈济棠率领粤军的大部队进至粤、湘、桂边设阵地实施截击,并命令桂军的白崇禧以5个师的兵力牢牢控制了灌阳、兴安、全州至黄沙河一线……

11月18日,掌握着红军指挥权的博古、李德等人把希望完全寄托在了与湘鄂川黔边界的红二、六军团会合的基础上,强令红军"夺路西进";红军只得兵分两路,先后占领了道县和江华,随之渡过潇河。

25日,红军先头部队在广西的兴安、全州之间与设伏的粤军展开激战,红二师、红四师各一部于27日渡过湘江,并迅速控制了界首至觉山铺之间的渡河点;这时,湖南和广西的敌军分两路向红军发起了疯狂的猛攻,妄图夺回渡河点,阻止红军西进……

大敌当前,重兵"围剿",红军的后卫部队也与一路跟进、追击的敌军展开激战——除被红军控制了的界首至觉山铺之间的渡河点外,湘江沿岸的所有船只几乎全被敌人收缴了,面对浩浩的湘江水和敌人的围追堵截,要不要继续渡江和怎样渡江,一时间在红军的领导层中展开了激烈的争论。

时间不容人多想,必须采取果断措施——博古和李德这两个不懂军事的人，竟不顾毛泽东等人的坚决反对，命令部队全线压上、强行渡江——这样一来，一场空前惨烈的战斗便在湘江岸边展开了！

从11月25日战斗打响截止到12月1日，中央红军在湘江战役中遇到敌人的重兵堵截和围击，损失惨重，由出发时的86000多人锐减到30000多人；这时，虽然蒋介石设在湖南的最后一道防线也被红军击破了，但由于伤亡太大，也促使红军的广大指战员逐渐觉悟到这是排斥了以毛泽东为代表的正确路线、贯彻错误路线所致，部队中明显滋长了要求改变红军领导的情绪……

11月下旬至12月上旬这段时间，毛泽东和张闻天、王稼祥一起行军、一起宿营，三个人互相谈心；毛泽东使张闻天和王稼祥从"左"倾领导集团中分离出来，并站到自己一边来同"左"倾错误路线展开斗争——这样一来，由于张闻天和王稼祥的思想转变，为促使毛泽东能够尽快重新指挥红军、摆脱当前的困境奠定了基础。

就在毛泽东和张闻天、王稼祥等人研究着红军将士如何在极其艰难困苦的时候团结一心、革命到底的战略方针时，瑞金城里已被国民党"清剿"的部队翻了个底朝天。敌人到处张贴标语："人要换种，草要过烧，石头要过刀！"

一时间，红区成了白区，四处都是碉堡、铁丝网、步哨和关卡；大街小巷血流成河，城外村口人尸成堆，苏区群众遭到了空前的浩劫……

这时毛泽覃率领的独立师战斗频繁，生活极其艰苦。在山上，没有粮食就挖竹笋、摘野果子充饥；没有衣服被褥，就穿着破旧的单衣在山林间和岩洞中裹着茅草和树叶过夜。天气已经很冷了，凄风苦雨雾凋零，夜无衣被腹中空；在如此艰难困苦的斗争环境中，毛泽覃怀着一腔誓死报国的决心和对革命事业的无限忠诚、怀着对革命事业必定胜利的坚定不移的坚强信念，率领部队克服着一个又一个难以想象的困难，英勇顽强地同残暴的敌人进行着周旋和殊死搏斗……

12月上旬，毛泽覃率领着部队突袭到瑞金城边去解救群众，赶到城边遇上了敌人。战斗一开始，毛泽覃先让一部分部队保护着被解救的群众快速撤离，然后组织火力阻击敌人的追赶；战斗中，毛泽覃发现在平地上同敌人交火，敌强我弱，红军会吃亏，便指挥部队撤退到临近的谢坊小镇，

这里山高林密,是个打伏击的好去处……

毛泽覃在谢坊的山林间布置了一个伏击圈,不久,负责牵制敌人的红军战士按计划把敌人引了过来,只见400多敌兵在几名军官的指挥下,杀气腾腾地追了上来,一头扎进了伏击圈。

毛泽覃立刻打响了信号枪。顷刻之间,一串串愤怒的子弹、一颗颗复仇的手榴弹猛烈地向敌人打去;接着,毛泽覃率领部队向敌人发起了冲锋,这一仗红军大获全胜!

12月18日,红军主力部队和中央机关向西穿过湘南到达了贵州东部的黎平县境内。

在黎平县城,周恩来主持召开了中共中央政治局会议,肯定了毛泽东的正确主张,第一次响亮地提出了红军要"北上抗日"的战略方针,否定了博古、李德坚持会合红二、六军团的错误意见,决定绕道向贵州北部前进,并通过了相应的决议,正式改变战略,从而扭转了形势,开始争到了与敌人斗争的主动。

这时留在瑞金地区的毛泽覃接到苏区中央分局的命令,要他率领的部队与福建省委书记万永诚率领的部队会合整编。整编后,毛泽覃被任命为福建军区司令员,建议万永诚分兵进行机动的游击战争,而万永诚则主张合兵进击;结果毛泽覃的正确意见被否决,万永诚率领福建军区直辖的两个主力团在四都与敌人硬拼了一场,几乎全军覆没。

毛泽覃得报,急忙率领部队把万永诚和几十名战士接应回了山林,再次劝说万永诚不能硬拼,必须进入深山进行游击战争……

1935年1月1日,红军主力部队到达贵州猴场。毛泽东出席了中央政治局召开的会议,会议决定"创建川黔边苏区根据地"。

会后,红军继续向黔中挺进。沿途崇山峻岭,长长的大部队急速前行在险峰恶涧之间;毛泽东骑在马上听当地的向导说:"这里的山很险呢!我们这里有句民谣,说是'上有骷髅山,下有八宝山,离天三尺三,人过要低头,马过要下鞍'哩!"

毛泽东听罢感慨有加,遂咏《十六字令》词一首:

山,

快马加鞭未下鞍。

惊回首，

离天三尺三。

遵义会议——转折

山陡峭，路难行。红军在长征路上急速向乌江挺进……

时逢天降大雨，山间的小路水流如注、湿滑难行；人们有的穿着蓑衣，更多的人则没有任何遮雨的雨具，只是扛着枪、背着米袋子和行装，深一脚、浅一脚地踏着泥泞冒雨前进……

1935年1月上旬的一天深夜，红军临渡乌江前，贺子珍在一户山间的农舍中生下了一个女儿；孩子降生后，贺子珍想到是在长征路上，根本无法带孩子，便忍痛将女儿送给了农舍家看护她的大嫂。

两天后，贺子珍随卫生队艰难地行至云贵交界的盘县地带，敌机又来轰炸了；贺子珍不顾自己虚弱的身体，滚离担架跑去扑救伤员，结果被炸成重伤，从右背到右臂全被打进了弹片……

晚上，得到消息的毛泽东在陈昌奉的跟随下，提着马灯来看望她；面对毛泽东，贺子珍哭了："我把女儿送人了……我没办法……"

毛泽东轻抚着妻子的手说："你为救伤员被炸成了这个样子，让我佩服呢……"

贺子珍见丈夫不提孩子的事，心里更加难过，眼泪像是断了线的串珠，竟至扑簌簌地滚淌下来；毛泽东揭开担架的被角，在陈昌奉举过马灯的光亮下看了看贺子珍身上裹着的绷带，惊呆了："哎呀，怎么伤得这么重？桂圆，苦了你……"

贺子珍忍住了泪水；她不想让丈夫难过，只是无力地摇摇头，又点点头："我……大概要残废了……不想连累党，我不想……连累红军……"

在接下来的几天时间里，红军队伍继续艰难地前进。一路上山高岭险，峰峦叠嶂；国民党的追兵虽无法追赶和"围剿"，但红军行走亦见艰难……

1935年1月7日，红军先头部队突破敌人重兵设防的安顺场后，迅即

占领了黔中的重镇遵义城。

1月15日,中共中央政治局扩大会议在遵义召开。会场设在老城子尹路原黔军第二师师长柏辉章的官邸。会议在楼上的一张椭圆形桌前进行。参加会议的人员有毛泽东、李德、博古、周恩来、张闻天、王稼祥、朱德、陈云、刘少奇、邓发、凯丰、刘伯承、李富春、彭德怀、林彪、聂荣臻、邓小平、杨尚昆、李卓然等近20人,伍修权任翻译。

会议由张闻天主持。博古作为党中央书记做总结报告,强调指出第五次反"围剿"的失败"是帝国主义和国民党的力量强大,苏区物质条件太差,各方苏区军队相互之间配合不够",完全不承认他和李德领导的错误,反而"认为在中央军委领导下,李德同志指挥的军事路线是没有错的";周恩来作为军委负责人之一,向大会做了第五次反"围剿"的补充总结报告。

对于博古的报告,众人反应不一。

张闻天不失时机地代表毛泽东、王稼祥和他本人,向大家宣读了一份反对"左"倾路线的报告提纲,顿时使会场骚动起来;接着,毛泽东做了重要发言,一针见血地指出了李德和博古的"左"倾错误路线是导致第五次反"围剿"失败的根本原因,并明确指出李德"不懂得中国革命战争的特点",是个只会"纸上谈兵"的人,同时指出博古"盲目地跟着外国人指挥棒走"、"搞得党内毫无民主作风"、"压制和报复"敢于坚持正确路线的人,面对敌人的重兵"围剿"先是"主观冒险",后是"惊慌失措";在发言中,毛泽东对"左"倾错误路线进行了全面的、深刻的、切中要害的分析批判,正确阐述了中国革命战争的战略问题,指明了今后的正确方向。

毛泽东的发言,引起了会场上的一阵活跃……

王稼祥紧接着发言,表示赞同毛泽东的意见,并指责和批评了李德和博古的种种错误做法;随后,张闻天表示拥护毛泽东和王稼祥的发言。

会议的气氛热烈起来。博古感到意外,他涨红着脸,感到无话可说;李德听了毛泽东、王稼祥、张闻天的发言,先是吃惊,后是消沉,无可奈何地跷着二郎腿狠劲儿地吸烟……

这时,周恩来起身,表示完全拥护和赞同毛泽东和王稼祥的观点,并做了自我批评……

1月17日,遵义会议否定了博古所做的报告,实际上也就是否定了

1931年以来以王明为代表的六届四中全会的错误路线；会议增选毛泽东为政治局常委，并为周恩来军事指挥上的协助者，使毛泽东重新走上了指挥红军的主要领导岗位。

遵义会议，胜利地结束了王明"左"倾机会主义路线，确立了以毛泽东为代表的新中央的领导，从而在危急关头挽救了共产党、挽救了红军、挽救了中国革命，为中国革命开辟了通向胜利的航程……

毛泽东重新掌握了红军的军事指挥权之后，用高超的游击战术率领红军继续前进。他出奇制胜，忽进忽绕，一再回旋，使敌军迷离彷徨，摸不清楚红军的去向和动态，使红军离开遵义后纵横驰骋，在万山丛中犹如一条舞海蛟龙，再也无法抵挡和束缚……

1935年1月19日，中央红军按照毛泽东的部署，分左、中、右三路向赤水方向进军，准备经川南渡过长江，北上与红四方面军会合，在川西北建立新的革命根据地。

毛泽东率领部队抵达土城后随即分兵，派林彪率一军团继续北上抢占赤水城，派彭德怀和董振堂率三军团和五军团占领土城以东西侧的高山，要给尾追而来的国民党军一个"下马威"……

1月28日凌晨，红军第三、五军团按照毛泽东的指示向防守在土城以东的青杠坡之敌发起了进攻；战斗打得异常激烈，红军一度占领了敌人的主要阵地——银盆顶，但这时敌人赶来了大批援兵，红军阵势立刻处于危急之中……

毛泽东发现情况有变，敌人原有的2个旅4个团变成了4个旅8个团，感到红军在局部中已处于劣势，便当机立断，派了干部团出击打乱敌人的反进攻；干部团在团长陈赓、政委宋任穷的率领下，一阵猛冲猛打，以其出色的战斗力迅即击溃了敌军。

当毛泽东得到红军反反进攻胜利的消息，竟站在高地上大声地说："陈赓行呢！"

即刻，毛泽东向聚在他身边周恩来、王稼祥、张闻天等人提出："原定由赤水北上，从泸州到宜宾之间北渡长江的计划不行了；为了打乱敌人的追击计划，变被动为主动，红军不应再与郭部恋战，作战部队和军委纵队应立即轻装，从土城渡过赤水河西进。"

毛泽东的提议，得到了周恩来等人的赞同。

1935年1月29日，毛泽东指挥中央红军首次渡过赤水河北上，进入了四川南部地带，然后集中主力部队于云南扎西。

2月18日至21日，毛泽东指挥在扎西休整后的红军兵分两路，调头向东，经古蔺、叙永，在太平渡、二郎滩二渡赤水，打了敌人一个措手不及。

毛泽东率红军杀"回马枪"重返贵州，破了蒋介石的合围计划。

2月25日至28日，毛泽东、周恩来、朱德等人指挥中央红军进行了遵义战役，攻占娄山关，重新占领了遵义城，取得了长征以来的最大一次胜仗。

至此，中央红军全军上下一片欢欣鼓舞；跟在毛泽东身边的陈昌奉和侯登科更是高兴，就连长征以来一直为毛泽东的安全提心吊胆的贺子珍，这时也难得地露出了笑容……

3月4日，中央军委决定特设前敌司令部，委托毛泽东为政治委员。

3月11日，由毛泽东、周恩来、王稼祥组成的中央三人军事领导小组在贵州的鸭溪、苟坝一带成立。这在如此紧张、复杂、残酷的战争环境中，实际上成了全党全军最高最主要的领导机构，也是全党全军最高的统帅部。

3月16日至17日，毛泽东率领中央红军出其不意地在茅台附近三渡赤水，再次进入川南。

这样一来，完全打乱了国民党对红军围追堵截的方略和部署，敌人完全不知道该如何阻击红军前进，更不知道该如何追击红军，要打也不知道该从哪里下手了……

这时，毛泽东趁敌人乱了阵脚、不辨红军去向之际，又大胆而巧妙地声东击西、指南打北，率领部队大踏步地挥戈东进……

3月21日至5月初，毛泽东率中央红军再赴太平渡和二郎滩，四渡赤水河，继而飞兵南渡乌江，佯攻贵阳，将滇军调出；又乘云南敌军增援贵阳之际，命令部分红军急速行军直插云南，威胁昆明；随后，红军主力向北急进，9天9夜巧渡金沙江而未失一人一骑，完全跳出了数十万敌军围追堵截的圈子，取得了长征途中具有决定意义的胜利。

遵义会议后，毛泽东指挥的四渡赤水之战，充分显示了他杰出的军事指挥才能；全军上下一片赞誉之声，纷纷伸了大拇指说："要说毛主席用兵，神了！"

也正是在这时，在毛泽东率领红军设法摆脱敌人的"追剿"之际，他的三弟毛泽覃也正在瑞金的险恶环境中战斗着……

毛泽覃在瑞金牺牲

1935年4月，留在瑞金苏区的毛泽覃率领独立师和福建军区的部队退守山林，无奈福建省委书记万永诚极力主张与敌人硬拼，毛泽覃多次劝阻无效，万永诚一意孤行，很快将他带出的部队拼得只剩下了40多人，万永诚自己也战死了。

毛泽覃悲痛地掩埋了战友们的尸体，带着仅存的几十个人进入深山密林中继续与敌人周旋；他坚信，总有办法与项英、陈毅的部队取得联系，总有办法突出去，等待时机再打回来……

4月25日这天，毛泽覃身边只剩了11名红军战士。

当日晚，他们来到瑞金红林山区的黄狗窝一个槽房中休息。

十几个人烧了一堆火，大家席地而坐。毛泽覃派了一名战士去找陶古游击队，约定好天一亮就去攻打黎子岗炮楼，从那里冲出敌人的封锁线。

第二天黎明，山谷间突然枪声大作。原来，派出去的那名战士被敌人抓到后经不起拷打，当了叛徒，并带领着敌人来包围了房子。

毛泽覃机警地冲到前边门口，命令其他人赶快从后门撤往山上；他自己端起机枪向着门外的敌军一阵横扫，打得敌军没有一个人敢往前闯……

敌军军官用手枪督着士兵们往房前爬："给我冲，抓住毛司令有重赏！"

最后，毛泽覃的子弹打光了，他只好抓了一支步枪、上起了刺刀，准备同敌人进行白刃战；就在这时，一颗子弹击中了他的右腰上方，一直穿过前胸，迫使他魁梧的身躯重重地倒在了血泊中，手中还紧握着那支上了刺刀的步枪……

这一年，毛泽覃29岁，时任福建省军区司令员、红军独立师师长。

毛泽覃牺牲时，正是毛泽东率领着红军四渡赤水的时候。

5月中旬，毛泽东率领红军到达大凉山彝族地区；刘伯承率先头部队与彝族兄弟歃血为盟，保证了红军主力部队顺利地通过了大凉山。

5月下旬，毛泽东率领红军强渡大渡河，勇夺泸定桥，突破了川中的第一道天险。

当红军终于胜利地消灭了大渡河对岸的敌人时，毛泽东和朱德、周恩来等人踏上了用一块块门板重新铺设好的泸定桥桥面；面对桥下急激流翻滚的大渡河水，毛泽东感慨地说："敌人绝想不到我们的战士会抢险夺桥，更不会想到我们红军敢于爬铁索链！"

朱德的一只手紧紧地抓着他身边的一条铁索，另一只手指一指毛泽东说："是你老毛下了死命令，我们的红军才创造了这次军事上的奇迹！"

周恩来也说："蒋介石是想不到我们这么快就能够胜利地渡过大渡河的！"

毛泽东说："这就是我们红军同国民党军队的区别，是本质上的区别。"

望着红军的大队人马从身边走过、从泸定桥上走过，毛泽东和朱德、周恩来那消瘦的脸颊上都露出了欣慰的笑容……

6月上旬，红军开始翻越终年积雪的夹金山。

雪山口上的风很大、很冷……

人们的手脚早已被冻僵，只是靠着两条大腿的移动而向前挪动着身躯；到了向山下行进时，人们走得更艰难、更小心了，稍有不慎，便有被雪山吞没的危险——已经有人和战马翻滚下了山底，再也没能爬上来……

这时的毛泽东，先是用手抓了他的黄骠马的尾巴一步步走着；后来，干脆用一根绳索捆绑了自己的腰，让马拖着前行。

下山时，毛泽东风趣地对陈昌奉说："昌奉啊，等革命胜利了，我还要带你来这里踏雪哩！"

陈昌奉见毛泽东充满了革命的乐观主义，只是抖着嘴唇说："我可是……不来了……"

见陈昌奉被冻得浑身打战，连说话也发抖，毛泽东竟自豪情地大笑起来，并开口高喊了他自己写过的两句诗："漫天皆白，雪里行军情更迫；头上高山，风卷红旗过大关！"

这时的毛泽东充满着伟大的革命豪情，但他决然想不到的是，他的三弟毛泽覃已经为革命壮烈牺牲，他的两个儿子——岸英、岸青在上海，也已被敌人的便衣特务逼迫得流落街头……

毛泽东率领红军翻越了白雪皑皑的夹金山后，在山脚下停止了前进。

6月12日，中央红军和红四方面军胜利会师。

14日下午，两军举行了会师庆祝大会。

6月16日，毛泽东等人代表中央红军致电红四方面军领导人，指出一、四方面军总的方针应是占领陕甘川三省，建立三省苏维埃；而四方面军的主要负责人张国焘却不愿意接受毛泽东等人的建议，单方面主张向川康边退却。

次日晚，毛泽东、周恩来、朱德等人到达达维镇，受到四方面军同志的热烈欢迎。

18日，毛泽东致电张国焘，申明北上方针。张国焘接电后保持沉默。

两天后，毛泽东再次致电张国焘，请他来懋功，共商战略大计。

24日，毛泽东和周恩来、朱德亲临两河口镇，并叫总政治部的人们在镇上布置了欢迎会场。

次日上午，天一直下雨，毛泽东仍以极大的热情期待着张国焘的到来；终于，张国焘骑着一匹白色的高头大马，在30多名骑兵卫队的护卫下，神气十足地赶来了。

在欢迎会上，张国焘一说话就亮出了底牌，气势逼人："这里有广大的弱小民族，有优越的地势，我们具有创造四川、西康、新疆大局面的更好条件。"

尽管毛泽东不同意张国焘的主张，但仍设了晚宴招待他；然而，张国焘在宴席间与同时参加"一大"的毛泽东交谈时，总是摆出一副不感兴趣的态度。

6月26日，中央政治局在两河口召开会议，毛泽东出席会议并讲话，主张红军继续北上，到陕甘边建立革命根据地。

张国焘开始时不同意北上，但见到没有几个人支持他，才勉强同意了毛泽东等多数人的意见；但人们看得出，他不愿意到陕甘边去……

28日，毛泽东等人率领中央红军自懋功北上，翻越了梦笔山、长板

山、打鼓山等雪山。

这时的张国焘依然滞留在原地按兵不动。

毛泽东领军北上

1935年7月初，中革军委把攻打松潘的任务交给了红四方面军，同时增补张国焘为军委副主席。

7月上旬，毛泽东等率领中央红军到达四川松潘附近的毛儿盖，耐心等待故意延宕的张国焘。

张国焘依然拖延，并令其追随者致电中央，要求四方面军的陈昌浩任红军总政委。

面对张国焘极其追随者的要挟和赤裸裸的争权行径，中央复电"具体问题需开会商讨"。

这样，张国焘最终还是来了。

7月21日，中央为了顾全大局，在芦花召开了中共中央会议，展开讨论，提了许多方案，张闻天甚至想把总书记的位置让给张国焘，以换取四方面军的北上；毛泽东主张可以把总政委的职位让给张国焘，表现了高度的原则性和灵活性。

尽管中央做了让步，但张国焘还是不甘心，还要求提拔四方面军的9名干部进入中央政治局。中央一让再让，只得让陈昌浩、周纯全进入政治局，又增补了四方面军的几名中央委员。

8月3日，红军总部制订了进军甘肃南部的"夏（河）洮（河）战役"计划，决定把一、四方面军混编成右路军和左路军。

右路军由毛泽东等率领，包括一方面军的一、三军团和四方面军的四军、二十军及军委纵队一部，中共中央随右路军行动。

左路军由张国焘率领，包括四方面军的九军、三十一军、三十三军和一方面军的五、九军团及军委纵队一部，红军总司令朱德、总参谋长刘伯承随左路军行动。

这样，红军兵分两路，直进巴西。

在以后的三天时间里，中央政治局在毛尔盖附近的沙窝召开会议，毛泽东出席会议并讲话。会议重申了两河口会议确定的北上战略方针。

8月20日，中央政治局在毛尔盖召开扩大会议，毛泽东做夏洮战役后行动问题的报告。

第二天，毛泽东率领右路军从毛尔盖出发，开始跋涉渺无人烟的茫茫草地……

所谓草地，实际是一片一眼望不到尽头的长满了荒草的沼泽地。陈昌奉手中拿了两根木棍，一根探路、一根用来拉扯毛泽东；侯登科则一手牵了负重的黄骠马，一手拄着木棍紧随在毛泽东的身后，三个人带马互相牵引着深一脚、浅一脚地向前移动着……

艰难地行进，顽强地拼搏，有的战士被沼泽所吞没，再也没能爬起来；当毛泽东听到有的战士在草地牺牲了，消瘦的脸颊上竟自挂上了豆粒大的泪珠。他侧目长空，对病魔缠身的周恩来说："世界上还从来没有哪一个军队能够像红军这样，勇于战胜困难，勇于自我牺牲……"

躺在担架上的周恩来也十分感慨地说："这也证明了红军是不可战胜的！"

8月27日，右路军终于穿过了荒无人烟的大草地，到达班佑、巴西地区；但这时仍不见张国焘的动静，毛泽东和周恩来等人不得不再次以极大的耐心等待着……

1935年9月3日，毛泽东耐心等待的张国焘终于有了回音，但他却以种种不便为借口，不按中央的计划行进，使毛泽东真的急了。不久，张国焘又以红军司令部的名义，致电党中央和右路军南下。

9月9日，张国焘又致电在右路军的陈昌浩、徐向前，令他们率部南下，企图分裂中央；叶剑英接到电报后，立即报告了毛泽东。

毛泽东火速赶到周恩来处，两个人商议后立即召开紧急会议，会议决定为避免红军内部发生火拼，应连夜率一、三军团以及军委纵队一部迅速北上。

事不宜迟，毛泽东率部队悄悄出发了。

出发不久，陈昌浩、徐向前大惊。陈昌浩欲率兵追赶，被徐向前严厉地阻止了："天下哪有红军打红军的道理！无论如何都不能打！"

陈昌浩只得放弃了追打毛泽东的行动，从而避免了红军内部的一场血战……

9月17日，毛泽东率红一、三军攻占了天险腊子口。

18日，毛泽东率领部队翻越岷山雪山。当不畏艰难险阻的红军战士们登上了皑皑雪山，毛泽东站在雪山之巅，面对横空出世的莽莽昆仑，遂放眼抒怀、咏作《念奴娇·昆仑》词一首：

横空出世，莽昆仑，阅尽人间春色。飞起玉龙三百万，搅得周天寒彻。夏日消融，江河横溢，人或为鱼鳖。千秋功罪，谁人曾与评说？

而今我谓昆仑：不要这高，不要这多雪。安得倚天抽①宝剑，把汝裁为三截？一截遗欧，一截赠美，一截留中国②。太平世界，环球同此凉热。

毛泽东率红军部队翻越岷山雪山后，到达了甘肃南部的哈达铺，遂改编为中国工农红军陕甘支队，毛泽东兼任政治委员，彭德怀任司令员。

22日，毛泽东在哈达铺召开的团以上干部会议上讲话，号召红军指战员到陕北建立新的根据地。

9月27日，陕甘支队到达榜罗镇。

在榜罗镇，中央政治局召开会议，毛泽东出席会议并讲话。会议正式决定以陕北为领导中国革命的大本营。

会后，毛泽东和病体稍见康复的周恩来以及张闻天等人率领红军攀越六盘山……

这时，蒋介石亲自出任"西北剿匪总司令"，急调嫡系胡宗南和东北军、西北军主力以及宁夏地方部队二三十万人马，一面"围剿"共产党人刘志丹领导的陕北根据地，一面设置层层封锁线阻止红军前进；毛泽东指挥红军佯进天水，以急行军在武山、漳县间通过了渭水封锁线……

进入10月，红军陕甘支队在毛泽东、周恩来的率领下经回族区连续

---

① 挥，后来毛泽东将"挥"字改为"抽"字。
② 留中国，后来毛泽东改为"还东国"。

突破了会宁、静宁间和平凉、固原间的封锁线。

10月2日，陕甘支队进占甘肃通渭。

两天后，红军陕甘支队开始攀越六盘山。登上六盘山，毛泽东面对山峦大川和行进中的红军部队，激情满怀、壮志不已，遂赋《清平乐·六盘山》词一首：

天高云淡，望断南飞雁。不到长城非好汉，屈指行程二万。

六盘山上高峰，旄头①漫卷西风。今日长缨在手，何时缚住苍龙？

10月7日，毛泽东指挥红军在六盘山下歼灭敌人4个骑兵团，随后率领部队攀上了高高的六盘山主峰。

下午，陕甘支队全部越过六盘山。

不久，毛泽东率领的红军部队进入了陕北苏区。

10月19日，陕甘支队在吴起镇与红十五军团的地方部队胜利会师。

胜利中，毛泽东在一次排以上干部会议上，充满豪情地朗诵了他新作的一首七言律诗《长征》：

红军不怕远征难，万水千山只等闲。
五岭逶迤腾细浪，乌蒙磅礴走泥丸。
金沙水拍云崖暖，大渡桥横铁索寒。
更喜岷山千里雪，三军过后尽开颜。

红旗飘舞瓦窑堡

1935年10月22日，中央政治局在吴起镇召开扩大会议，毛泽东、周恩来等人出席。会议指出今后的战略任务是建立西北根据地，领导全国的大革命。

---

① 旄头，后来毛泽东改为"红旗"。

会议进行中，毛泽东听到陕甘宁边区的干部反映，刘志丹、杨森等大批陕北根据地的党、政、军负责同志在一个月前被中共陕甘宁边区保卫局的人逮捕，有的甚至被杀害了；毛泽东立即指示"刀下留人"和停止捕人，并派王首道、刘向三和贾扬夫等人去接管陕甘宁边区保卫局的工作，先把事态控制下来。

出发前，毛泽东对王首道说："杀头不像割韭菜，韭菜割下了还可以长起来，人头落地就长不拢了；如果我们杀错了人，杀了革命同志，那就是犯罪行为。大家要切记这一点，要慎重，要做好调查研究工作。"

王首道等人说："我们一定按照党的政策办事，认真做好调查研究。"

11月3日，中华苏维埃共和国中央政府决定成立西北革命军事委员会，由毛泽东任主席。

同日，西北革命军事委员会宣布恢复红一方面军的番号，毛泽东任政治委员。

11月5日，毛泽东在象鼻子湾军委总部召开会议，研究制订了直罗镇战役计划。

两天后，毛泽东随中央红军到达陕甘根据地中心瓦窑堡。

这时，贺子珍的伤势已见好转。毛泽民从瑞金带领的国家银行的14个人，只有8人到达了陕北。第15大队从瑞金出发时的一百多名运输队员，也只剩下黄德泉和邱端阳两个班长了。

毛泽民在长征途中，奉命在湘江之战后，先是扔了国家银行的印刷机和造币机，又在土城战斗中将两担铜板倒进了一口井里；四渡赤水后，国家银行的担子就不多了。等到爬雪山、过草地，到达巴西时，银行的纸币也全部烧毁了。

只是，国家银行的人在毛泽民的领导下，从瑞金开始挑着国家银行的文件资料和黄金珠宝，一直艰辛地挑到了陕北瓦窑堡，完整无损地交到了陕北根据地。

11月20日至24日，毛泽东亲临前线，指挥红军取得了直罗镇战役的胜利，彻底粉碎了敌人对陕北根据地的第三次"围剿"，为党中央把全国革命的大本营放在西北举行了奠基礼。

直罗镇战役后，毛泽东回到了瓦窑堡。

在瓦窑堡，党中央、毛泽东肯定了王首道等人的调查，对刘志丹等同志立即释放，并恢复领导工作。

11月28日，中共中央以中华苏维埃共和国中央政府主席毛泽东的名义，发表了《抗日救国宣言》。这个宣言和11月13日由中共中央根据时局发表的《为日本帝国主义并吞华北及蒋介石出卖华北出卖中国宣言》，进一步号召全国人民团结、武装起来，为抗日反蒋，争取民族解放而斗争；同时重申苏维埃政府和红军愿意与抗日反蒋的政治派别、武装军队、社会集团和个人订立抗日协定，并乐意同他们组织抗日联军和国防政府。

11月30日，毛泽东在陕北军民召开的庆祝直罗镇战役胜利的大会上，做了题为《直罗镇战役同目前的形势与任务》的讲话。

毛泽东的讲话受到了军民们的热烈欢迎……

1935年12月8日，毛泽东等发表《告陕甘苏区的工农劳苦群众书》，号召保卫苏维埃的土地和自由。

12月9日，北平学生数千人，在中国共产党和北平学联的领导下，举行了大规模的抗日救国示威游行。

12月17日，中共中央政治局在瓦窑堡举行会议，毛泽东出席并讲话。会议根据中国时局，通过了《关于目前政治形势与党的任务决议》等，确立了抗日民族统一战线的策略和方针。

12月25日，瓦窑堡会议结束。

两天后，毛泽东在党的活动分子会议上又做了《论反对日本帝国主义的策略》的报告，系统地阐明了党的抗日民族统一战线的策略和方针，从政治上批判了"左"倾错误。

这两个会议的中心内容是制定中国共产党建立抗日民族统一战线的政策。会议分析了目前时局的基本特点是日本帝国主义吞并中国东北以后，"现在又吞并了整个华北，而且正准备吞并全中国，把全中国从各帝国主义的半殖民地变为日本的殖民地"。

瓦窑堡会议和毛泽东的报告，解决了遵义会议未能解决的党的政治路线和策略问题，用民族统一战线的理论和政策武装了全党，给中国人民反对日本帝国主义的斗争指明了方向。

12月间的瓦窑堡会议前后，为了建立广泛的抗日民族统一战线，毛泽东通过传递信件等方式，同受蒋介石派遣前来"围剿"陕甘苏区的国民党东北军将领张学良和西北十七路军将领杨虎城等人建立了联系。

当杨虎城接到由红军第二十六军政委汪锋转交的毛泽东的亲笔信后，对信中提出的西北大联合、共同抗日的主张，深表赞同。

这时在瓦窑堡，一幢幢依靠着黄土高坡而挖建的窑洞在冬日阳光的照射下显得格外醒目，一面面红旗在村里村外的上空迎风飘舞，使昔日的苏区更加呈现出一派旺盛的蓬勃生机……

第七篇

顾大局,平家事

顾全抗日救亡的大局

1936年2月中旬,西北革命军事委员会在瓦窑堡决定将红一方面军和原陕北红军主力合编为"中国人民抗日先锋军",毛泽东任政治委员。

这时,一位名叫董健吾的上海互济会的牧师,以国民党政府财政部委员的名义,受宋庆龄委托,携带着重要文件到达了陕北,向共产党中央传达了国民党愿意与共产党谈判的意图。其实,董健吾是中国共产党派在上海的一名秘密党员,公开身份是上海圣彼得教堂的一名牧师。对此,中共中央十分重视,毛泽东及时提出了国共两党谈判的条件。

在接待董健吾的交谈中,董健吾向毛泽东详细讲述了毛岸英和毛岸青两兄弟在上海大同幼稚园的情况;因为大同幼稚园是以他所创办的互济会的名义开办的,所以他清楚地知道幼稚园里孩子们的许多事情。

毛泽东和贺子珍十分感谢董健吾带来了岸英兄弟的消息,并委托他回上海后设法联系共产党的地下组织,找到岸英兄弟和其他革命者的后代,或送去苏联学习,或转送到陕北来……

董健吾离开陕北前,毛泽东、周恩来给宋庆龄写了复信;从此,国共两党开始恢复了中枢间的联系。

就要发起东征战役了。抗日先锋军先要东渡黄河,才能开赴华北前线对日寇作战。为了顺利东渡,毛泽东等人率领抗日先锋军从陕北出发,很快进驻到黄河岸边。

这时正是初春时节。

2月20日,毛泽东、彭德怀、刘志丹率领指挥抗日先锋军发起了东征战役,一举突破山西军阀阎锡山的黄河防线,连续取得三交镇、关上村、兑九峪等战斗的胜利。

3月上旬,身处山西前线的毛泽东得到确切消息,他的三弟毛泽覃早在去年4月间已壮烈牺牲在同敌人的一次战斗中，不由得悲思万千、长夜哀痛不眠……

陈昌奉看在眼里，急在心中；他心疼毛泽东，既为毛泽东的心情难过而难过，又为毛泽东的身体健康而忧虑。每当毛泽东独自一人夜不能寐时，他在一旁总是劝慰说："主席，你可要多保重身体呀！"

毛泽东又总是说："润菊，我怎么也想不到他会牺牲，他是我带出来的……"还说，"润菊是很能打的，他是我们毛家的大将军啊！"

3月20日至27日，中央政治局在山西西部石楼、交口、孝义一带召开扩大会议（即"晋西会议"），毛泽东出席会议并讲话。会议进一步统一了全党政治和军事的战略思想。

会议进行中，周恩来得到了毛泽覃已壮烈牺牲的消息，他既为毛泽覃的牺牲而悲痛，又为毛泽东连续失去亲人的心情而忧虑；为此，周恩来指派专人发秘密电报通知江南的地下党组织，想尽一切办法在上海寻找到毛泽东的儿子及其他革命烈士的后代，寻找机会送去苏联学习，并在已被敌人占领的苏区认真解救所有革命同志的亲人和后代，凡有条件尽力护送到陕北或将他们转移到安全的地方去……

4月5日，毛泽东等发表《为反对卖国贼蒋介石阎锡山阻挠中国人民红军抗日先锋军东渡抗日捣乱抗日后方宣言》，在重申东征目的的同时，向全国人民揭露了蒋介石、阎锡山派兵阻挠红军东渡的罪恶行径。

在东征途中，红军在山西屡遭阎锡山部的阻击，红军抗日先锋军副总司令刘志丹在战斗中英勇牺牲。

毛泽东很伤感，为刘志丹题写了悼词：

群众的领袖，民族的英雄。

5月5日，根据中共中央决定，毛泽东率领抗日先锋军全部撤回黄河西岸，结束东征。

同一天，毛泽东等联名发出《停战议和一致抗日》的通电，公开放弃了反蒋的口号。

这时，抗日救亡运动已在全国范围内迅速发展起来……

5月20日，毛泽东等联名致电张国焘等，欢迎红二、六军团和红四方

面军北上。

贺子珍在这里总算又有一个"家"了,她和毛泽东的生活也算是"安定"了下来。看着四壁坚固的窑洞,既能挡风又可挡雨,对于过惯了风餐露宿军旅生活的贺子珍来说,在这里使她感受到了长时期以来少有的安详……

保安城,斯诺访问毛泽东

1936年6月底,毛泽东随中共中央机关从瓦窑堡迁驻保安。

中共中央分析了东北军、十七路军的情况,在争取国民党最高当局抗日的同时,进一步加强开展了对这两支部队的统一战线工作。

在毛泽东率红军抗日先锋军东渡黄河期间,中共中央成立了由周恩来兼主任的东北军工作委员会,释放在进攻红军战斗中被俘的东北军官兵,并派了联络局长李克农到洛川会见张学良,双方就联合抗日问题交换了意见。

稍后,周恩来亲自到延安,与张学良本人举行会谈,达成了互不侵犯、互相帮助、互派代表以及红军帮助东北军进行抗日教育等协议,并探讨了逼蒋抗日的问题。

中共中央在分别争取张、杨的同时,还派人消除他们之间的隔阂,增进友谊,密切关系。

从此,实现了红军与东北军、十七路军的联合抗日。这个联合抗日,为国共两党再次合作和抗日民族统一战线的建立奠定了基础。

7月15日,中共中央所在地保安城来了两个黄头发的外国人,一时间成了一件轰动的新闻,成为中央机关、红军大学、当地群众谈论的中心。有人说这两个外国人是毛泽东请来的客人,有人却说可能是蒋介石派来的密探,还有人说也可能是外国的传教士;其实这是两位美国记者,一位叫埃德加·斯诺,另一位叫马海德。

次日,毛泽东在他住的窑洞里,热情地接见了这两个来自大西洋彼岸的客人。

毛泽东对斯诺说:"我们很欢迎你到我们这里来。周恩来同志在电报上说，你是一位对中国人民友好的记者，相信你会如实报道我们的情况。任何一个新闻记者来我们根据地采访，我们都是欢迎的。不许新闻记者到我们这里来，是国民党反动派。你可以到根据地任何一个地方去采访，你看到的都可以报道，不限制你们的采访活动，而且要尽可能给你提供方便和帮助。"

负责翻译的吴亮平同志翻译了毛泽东的话，斯诺感到很惊奇；他高兴地笑了，因为毛泽东给他采访自由，太出乎他的意料了。他赶忙站起身来，激动地说："我会公正地、如实地向全世界报道你们的情况的！"

接着，毛泽东回答了斯诺提出的一些问题，吴亮平进行翻译，斯诺用英文记录，马海德坐在一旁听。毛泽东深入浅出地讲解，叙述诸多事件时多是风趣横溢，引得两个年轻的美国人简直听入了迷、忘记了时间……

斯诺和马海德对毛泽东所具有的渊博知识所钦佩，对毛泽东如此熟悉政治、军事、历史、地理、文学、哲学等诸多事物和深邃的内涵所赞叹。斯诺问毛泽东："主席，听说你每天都要工作十三四个小时，经常工作到深夜，有时天亮了才休息，难道你的身体是铁打的？就不知道疲倦吗？"

毛泽东憨厚地笑着回答了客人的提问："这是我少年时代经常参加田地里的劳动，学生时代坚持长跑、爬山、游泳等活动锻炼出来的，不过不是铁打的。"

接下来，在谈及中国共产党领导红军抗击日本帝国主义侵略的诸多问题时，毛泽东向斯诺做了较为详尽的述说：

"如果中国打败了日本，这将意味着中国人民大众已经觉醒了，已经动员起来，并已取得了独立。因此，帝国主义的主要问题也就得到解决了。"

"中国想要成功地反对日本，也必须争取别国的支援。但是，这并不是说，没有外援，中国就无法和日本进行战争。也不是说，我们必须等到有了同外国的联盟才能开始抗日。"在说这几句话时，毛泽东特别加重了语气。然后，毛泽东接着说：

"中国蕴藏着极其巨大的潜力，这些力量，在一个伟大的斗争的时期是能够组织起来投到强大的抗日战线上去的。

"中国人民是不会向日本帝国主义屈服的。我们深信他们会把他们的巨大潜力动员起来，投到抗日的战场上去的，他们会全力以赴地去对付侵

略者的挑战。在这场斗争中，最后胜利必定属于中国人民。"①

在谈及中国战胜日本帝国主义的条件时，毛泽东指出：

"第一是中国抗日民族统一战线的完成；第二是国际抗日统一战线的完成；第三是日本国内人民和日本殖民地人民的革命运动的兴起。就中国人民的立场来说，三个条件中，中国人民的大联合是主要的。"

"如果中国抗日民族统一战线有力地发展起来，横的方面和纵的方面都有效地组织起来，如果认清日本帝国主义威胁他们自己利益的各国政府和各国人民都给中国以必要的援助，如果日本的革命起来得快，则这次战争将迅速结束，中国将迅速胜利。如果这些条件不能很快实现，战争就要延长。但结果还是一样，日本必败，中国必胜。只是牺牲会大，要经过一个很痛苦的时期。"②

谈到红军和红军的战斗力，毛泽东充满了自信地对斯诺说：

红军通过自己的斗争，从军阀手中赢得了自由，成为一支不可战胜的力量。抗日义勇军从日本压迫者手中赢得了自由，并以同样的方式武装了自己。如果中国人民都得到训练、武装和组织，他们也同样能成为一支战无不胜的力量。

我们的战略方针，应该是使用我们的主力在很长的变动不定的战线上作战。中国军队要胜利，必须在广阔的战场上进行高度的运动战，迅速地前进和迅速地后退，迅速地集中和迅速地分散。这就是大规模的运动战，而不是深沟高垒、层层设防、专靠防御工事的阵地战。这并不是说要放弃一切重要的军事地点，对于这些地点，只要有利，就应配置阵地战。但是转换全局的战略方针，必须是运动战。③

毛泽东和斯诺、马海德的谈话一直延续到了深夜两三点钟，斯诺和马海德满怀着感谢的心情和丰硕的收获，恋恋不舍地向毛泽东告别；毛泽东送他们到了窑洞门口，并用英语对他们说："Good night!"

在接下来的数天时间里，毛泽东又同斯诺、马海德进行了多次交谈，

---

① ② ③ 吴黎平整理：《毛泽东1936年同斯诺的谈话》，人民出版社1979年版。

详细介绍了中国共产党的方针政策和个人的革命经历。

在采访中，经斯诺提议，毛泽东换了一件深蓝色的军上衣，头上戴了一顶整洁的红星八角军帽——斯诺为毛泽东照了照片，同时拍照了保安的窑洞……

这时的毛泽东很瘦、很瘦——是年，毛泽东43岁。

1936年8月13日，毛泽东再次致信国民党第十七路军总指挥、西安绥靖公署主任杨虎城将军，并派了张文彬作为红军代表前去协商联合抗战的诸多事宜。

同一天，毛泽东在致信杨虎城的同时，亦给国民党第十七路军的总参议杜斌丞写去一信；信中，毛泽东呼吁"全国不分党派，一致团结御侮"，以求得"救西北救华北救中国……"

西安事变　逼蒋抗日

1936年9月间，中共中央特派叶剑英为红军代表团团长常住西安，协助张学良和杨虎城两军改造部队，准备抗日。

张学良接了毛泽东和周恩来写的信后，认为这是中共中央对他的最大信任，表示愿以最大的勇气和最有力的办法"劝说"蒋介石抗日，并说"今后一定以劝蒋联共抗日为己任"……

但是，蒋介石却颁发了对红军的总攻击令，逼迫张学良和杨虎城继续"剿共"。

10月间，红军二、四方面军到达甘肃会宁、静宁地区与红军一方面军的同志们会师。

至此，红军三大主力最终实现了大会师，伟大的长征宣告结束。

红军三大主力的胜利会师，壮大了红军统一的军事力量，更加巩固陕甘革命根据地在国民党重兵围困中的生存基础，同时也更加增强了红军抗击日本帝国主义侵略的实力。

就在红军单方面停止内战之际，蒋介石一意孤行，仍然命令他的部队向进驻陕甘地带的红军实施"进剿"，并以"避暑"为名亲自到西安至洛阳间"督战"。他还特意调集了嫡系精锐部队约 20 个师,摆在平汉线的郑州至汉口段和陇海线的郑州至灵宝段,同时下令扩大西安、兰州两地的机场,调集 100 架新式战斗机和轰炸机"待命"。

部署完这一切内战准备之后,蒋介石又调陈诚、卫立煌、蒋鼎文等 20 多名高级军政大员聚集西安,一方面是为了大举"剿共",另一方面也是为了准备密谋解决张学良和杨虎城"剿共不利"的问题。

面对蒋介石的步步进逼,红军依据中共中央"停止内战,一致抗日"的指示屡屡退让,有时也不得不在自卫的原则下被迫应战,予以还击。

10 月 29 日,在西安的叶剑英和刘鼎就蒋介石同张学良"会商"的情况向中央汇报:"蒋、张已会谈,结果亟恶。蒋表示匪不剿完决不抗日。"

11 月 4 日,毛泽东召开会议,张闻天、周恩来、博古等人参加,由从西安赶回来的叶剑英进行汇报;会中,机要秘书送来张学良发来的电报,说"形势十分危急",请叶剑英先生即来西安,共商大计。

毛泽东指示叶剑英速返西安……

11 月末,蒋介石见国民党西北各军"剿共"不利,便率领着陈诚、蒋鼎文等一大批国民党高级将领来到西安,再次部署"剿共"的军事行动,逼迫张学良、杨虎城执行"剿共"命令,否则即将东北军、西北军分别调往福建和安徽……

12 月 1 日,毛泽东与朱德致函蒋介石,奉劝其停止内战。

1936 年 12 月初,在西安的张学良和杨虎城面对蒋介石和其率领的一大批国民党高级将领亲临前线的"剿共"督战态势颇为不满,几经商议,最后下决心不再参加"剿共"行动;为此,二人几次"晋见"再次抵达西安的蒋介石,劝说其放弃内战政策,但蒋介石却根本听不进去。

12 月 4 日,蒋介石住进了临潼的华清池。

华清池的第一道门卫由张学良的"西北剿总"卫队第一营第一连担任,营长王玉瓒;第二道门和五间厅之间的警卫,则由蒋介石带来的卫士担任。

在华清池,蒋介石逼迫张学良和杨虎城在两个方案中做出抉择:

一、服从"剿共"命令,将东北军和西北军全部开赴陕北前

线,进攻陕北红军,"中央"军在其后接应督战;

二、如不愿"剿共",则将东北军调往福建,西北军调往安徽,陕甘两省让给"中央军"自己"剿共"。

蒋介石的这两个方案,都是张学良和杨虎城所不能接受的:他们既不愿意再与红军作战,又不愿意离开西北。如果攻打红军,势必使自己的实力消耗殆尽;而离开西北,得不到红军的支援,迟早必被蒋介石"改编"或吞并——衡权利弊,张、杨下定决心:一不再打内战,二不离开西北。二人决定先行"苦谏",万不得已即实行"兵谏"。

12月7日,张学良驱车到临潼华清池再见蒋介石,痛陈国家民族的危亡已经到了最后关头,非抗日不足以救亡,非停止内战不足以言抗日;他慷慨陈词,声泪俱下⋯⋯

不想蒋介石连连拍着桌子喊叫:"现在你就是拿枪把我打死,我的'剿共'计划也绝不能改变!"

12月9日,西安一万多名学生举行游行,纪念"一二·九"运动一周年。游行的学生们高举"停止内战"和"一致抗日"的横幅标语、手持小纸旗走上街头,却遭到国民党特务的开枪镇压,打伤小学生一人,更激起了学生们的极大义愤;学生们临时决定,徒步去50里地以外的临潼华清池,向蒋介石"请愿"。

蒋介石急忙布置军队在十里铺架设机枪拦阻,同时让侍从室主任钱大钧打电话给张学良,要他派兵镇压,并连声说"格杀勿论";张学良不得不亲自去十里铺劝阻学生,并向学生们保证:"一星期之内,我一定用事实答复你们⋯⋯"

实际上,张学良和杨虎城都感到蒋介石积极反共、消极抗日的顽固态度实难改变,但还是抱着最后的一线"希望",于次日由张学良再次硬着头皮向蒋介石"进谏",要求联合全国的一切武装力量和动员全国的民众,一致抵御外患,竟被蒋介石斥为"犯上作乱",同时对其在十里铺对学生们的讲话表示了极端的不满。

张学良退出后,让杨虎城再去一次,看看情况;杨虎城去了,见蒋介石依然是一副顽固不化的态度,只得返回同张学良商议。二人觉得"苦谏"

和"哭谏"等软办法都无济于事,再用也无效,最后决定实行"兵谏"。

12月12日,"西安事变"爆发。

张、杨派兵分别包围了华清池,扣留了蒋介石及其随行要员陈诚等10余人,随即向全国发出通电,陈述事变动机出于"抗日救国",对蒋本人"保其安全,促其反省"。

当天,张学良、杨虎城宣布取消"西北剿总",成立抗日联军西北临时军事委员会,张、杨分别担任正、副委员长,并向全国提出8项抗日救国主张:改组南京政府;容纳各党各派共同负责救国;停止一切内战;立即释放上海被捕之爱国领袖,释放一切政治犯;开放民众爱国运动;保障人民集会、结社等一切政治自由权利;确实遵行总理遗嘱;立即召开救国会议。

"西安事变"的爆发,引起国内外各派政治势力的强烈反响,出现了紧张、复杂的局面。在国民内部,以何应钦为代表的亲日派,极力主张"讨伐"张、杨,派飞机轰炸西安,企图置蒋介石于死地,以便取而代之。他们一方面派遣大军逼近潼关,一方面电促汪精卫火速回国,准备组成亲日派政府。以宋子文、宋美龄为代表的亲英美派,竭力主张用和平的方式营救蒋介石,反对"讨伐"张、杨,并邀请与蒋介石、张学良有密切关系的英籍澳大利亚人端纳去西安,寻求和平解决的途径。

这时,国民党内部的抗日民主势力冯玉祥等人,亦主张和平解决,以避免内战;全国各界救国联合会代表团等18个救亡团体也发表了通电,表示拥护张、杨提出的8项主张,并呼吁全国同胞,"万众一心,坚持团结,共赴国难,藉挽危亡"。

中共中央政治局会议一致肯定了西安事变的意义,并决定对"西安事变"采取和平解决的方针。

12月13日,毛泽东与周恩来联名致电张学良,称赞张学良的"义举"并请其派飞机接周恩来去西安。

同一天,毛泽东再次致电张学良,就西安事变后的军事方针提出了共产党方面的意见。

第二天,毛泽东、朱德、周恩来、张国焘等人联名致电张学良和杨虎城,建议成立抗日援绥联军,以张学良为总司令。

同日，毛泽东与周恩来再次致电张学良，向其通报了日本和南京方面的情况，并提出了共产党的建议。

12月15日，中共中央通电国民党南京当局，劝告他们接受张、杨的抗日主张，团结救国；同时，应张、杨的请求，红军主力开往西安附近，随时准备配合东北军、西北军抵抗亲日派的进攻……

在采取了这些措施之后，中共中央派出由周恩来、秦邦宪、叶剑英等人组成的代表团前往西安参加和平谈判。

12月16日，周恩来等到达西安，向张、杨及其将领和社会各界人士阐明中共中央和平解决事变的方针，指出只要蒋介石答应停止内战、一致抗日，就可以释放他回南京，这将有利于全民族抗战的发动。张、杨接受了中共的主张，进一步坚定了逼蒋抗日的决心。

12月19日，中共中央政治局再一次召开扩大会议，会议进一步制定了正确的和平解决"西安事变"的方针。

12月22日，宋美龄、宋子文一行到达西安。

第二天，周恩来作为中共全权代表参加了张、杨与宋氏兄妹的谈判。

经过两天谈判，达成了6项和平协定：

（一）改组国民党和国民政府，肃清亲日派，容纳抗日分子；

（二）释放上海被捕的爱国领袖，释放一切政治犯，保障人民的自由权利；

（三）停止"剿共"，联合红军抗日；

（四）召开各党各派各界各军的救国会议，决定抗日救亡方针；

（五）与同情中国抗日的国家建立合作关系；

（六）其他具体的救国方法。

12月24日晚，周恩来会见了蒋介石，对蒋指出：只有停止内战，一致抗日，才是唯一的出路。

在全国人民和国民党爱国将领的压力下，经过谈判斗争，蒋介石被迫表示同意已达成的6项协定，并邀请周恩来到南京直接谈判。

12月25日，蒋介石由张学良陪同，经洛阳返回南京。当周恩来得到张学良陪同蒋介石一道离开西安时，急忙驱车赶往机场，而蒋介石和张学

良一同乘坐的飞机已经起飞了……

次日，回到南京的蒋介石随即囚禁了张学良，并发表了一个重申同意已达成的6项协定的"声明"。

1937年1月2日，中共中央政治局扩大会议在保安召开，毛泽东出席并讲话。会议讨论了蒋介石回南京后的严峻局势，确定了继续联蒋抗日的方针。

贺子珍在"抗大"

1937年1月13日，毛泽东随中共中央机关由保安前往延安。

来到延安，毛泽东和贺子珍被安置在北门内凤凰山山脚下的一排四间相通的宽敞的窑洞里住下来。

在延安城东侧延河岸边的土山上，有一座九层高的八角形宝塔，加上塔顶总共十层，巍巍耸立在高高的山顶上；由于中国共产党中央进驻延安，这座宝塔从此就成了延安革命圣地的象征。

1月20日，中国抗日红军大学改为中国人民抗日军事政治大学（简称"抗大"），毛泽东兼任政治委员。

1月27日，毛泽东与朱德、张国焘联名致电周恩来、博古等人，明确提出了红军与东北军、西北军应"同进同退"的方针。

2月份正值春节期间，延安城里城外的乡亲们也纷纷忙碌起来，既要打扫窑洞，又要置办年货；偶尔，在那长满了枣树枝枝杈杈的黄土坡地上，会传来铿锵有力、荡气回肠的"信天游"的歌声，虽然只是一句两句的，但那歌声却能传得很远很远，在黄土高原上久久回响……

2月10日是农历的大年三十。这一天，延安军民一派团结抗日的崭新气象……同一天，中共中央致电即将召开的国民党第五届三中全会，提出了实现国共合作抗日的五项要求和四项保证。

五项要求是：

（一）停止一切内战，集中国力，一致对外；

（二）保障言论、集会、结社之自由，释放一切政治犯；

（三）召集各党各派各界各军的代表会议，集中全国人才，共同救国；

（四）迅速完成对日抗战之一切准备工作；

（五）改善人民的生活。

如果国民党能够实现上述要求，中国共产党本着团结御侮的诚意，愿作以下四项保证：

（一）在全国范围内停止推翻国民党政府之武装暴动方针；

（二）工农政府改名为中华民国特区政府，红军改名为国民革命军，直接受南京政府与军事委员会之领导；

（三）在特区政府区域内，实施普选的彻底民主制度；

（四）停止没收地主土地之政策，坚决执行抗日民族统一战线之共同纲领。

这四项保证，是中国共产党为实现合作抗日而作出的重大让步。

2月11日是春节。延安军民载歌载舞，到处呈现着一派团结抗日、欣欣向荣的动人景象……

春节过后，贺子珍走去朱德住的窑洞，找朱德夫人康克清吐露心声。两个人商量好以后，第二天便分别向毛泽东、朱德提出了去抗大学习的要求，即刻得到了毛泽东和朱德的一致赞同和支持……

两天后，贺子珍和康克清要去"抗大"报到了；临行前，两个人一律戴好了八角军帽，穿了军装，扎了皮带，打了绑腿，背了背包，挎了水壶，向毛泽东和朱德告别。

毛泽东和朱德一起站在窑洞外，看着她们英姿飒爽地上路。凤凰山麓的窑洞距离"抗大"的校址不远，也就一二里路，用不着骑马；两个女"大学生"同时立正，干脆利落地向毛泽东、朱德行了军礼，表情庄重、严肃，好像又要踏上另一次长征之路……

毛泽东和朱德看着她们渐渐远去的背影，互相满意而舒心地相视而笑。

在延安抗日军政大学，贺子珍和另外 9 名女红军被编在由红军干部组成的第一大队里。"抗大"共有 12 个大队，每个大队大约 100 人。其他大队还有不少来自大、中城市的学生领袖，有参加了北平"一二·九"学生运动的燕京大学的学生和 100 多名失去家园的东北流亡学生。

新的生活，新的希望，使贺子珍信心百倍、满面春风。虽然，"二月春风似剪刀"的气候乍暖还寒，使得留在她身体里的炸弹碎片时常发疼，但她强咬着牙关忍耐住了；她知道目前没有条件开刀取出她身体里的那些炸弹碎片，只得凭毅力强忍着。为了新的生活、新的希望，她脸上焕发了青春，仿佛又回到了井冈山……

回到家里，贺子珍先要把娇娇接回来。孩子的笑声、哭闹声，给毛泽东一家人带来无限的乐趣，一排四孔窑洞里充满了欢快的生活气息。

这时的毛泽东正在反复思考着"西安事变"后的时局变化和如何促成抗日统一战线的问题，晚上还要抓紧时间写《实践论》、《矛盾论》和有关中国革命战争的书稿；即使再忙，他也要放下毛笔走出他那间作为办公室和书房的窑洞，过来和妻子一起逗逗孩子、过问妻子的学习情况。

而这时的延安，不仅有当地的老百姓和从长征路上走过来的红军，还有许多从全国各地涌来的满怀革命激情的热血青年。在这些人当中，有许多女学生，也有不少离校的大学生，还有大学教授。

在"抗大"，大家来自五湖四海。有的怀有一技之长，有的懂外语，有的原来就是红军；虽然方言各不相同，相貌各异，但大家同心抗日，都在如饥似渴地学习着革命理论和抗日的道理及军事知识。

贺子珍在学员中渐渐地感到了一种压力，这种压力来自她所面对的众多有知识、有文化的青年当中。虽然这些青年人对红军充满了敬意，更对贺子珍交口称赞，但她还是感受到了一种冲击、一种无形的挑战——她不愿意别人只知道她是毛泽东的夫人，而不知道她是"贺子珍"。她要努力学习功课，以便今后更好地独立工作，她更乐意用自己的实际工作赢得众人承认她是真正的"贺子珍"！

可是，"天教心愿与身违"——贺子珍在"抗大"越来越感到体力不支了。开始时，她朝气蓬勃、虎虎有生气，出操训练、斗志昂扬，排队报数、声音响亮；到后来，便日渐脸色苍白，时而气短头晕、体倦无力，继而腰酸腿软、心慌不支了……

她不明白这是为什么，自以为是尚未适应集体生活；她坚持着，一天上军事课，练习跑步卧倒、匍匐前进，做到第三遍，众人见她脸色大变，她自己也感到了严重的心跳气短……

教官急忙让她到一边休息观操。十几分钟过后，她感到好些了，便上前喊"报告"，要求入列、重新投入训练；教官允许了，但当她跑步卧倒做到第三遍时，卧倒后便再也起不来了……

贺子珍在半昏迷状态中，被康克清等人扶持着回到宿舍休息；经校医检查后，让她停课两周，这使她心烦意乱，深怪自己的身体不争气，没完成学业就当了"逃兵"……

毛泽东得到消息，立刻骑马赶到"抗大"来看望她，劝慰她"看菜吃饭，量体裁衣"，并对她说"身体是第一位重要的，要以休息为主，身体好了再学习"；周末回到家里，毛泽东不让她再做任何家务，女儿也暂时不要接回来，只让她安心养病……

谢觉哉调停毛泽东的"家庭内战"

1937年3月1日，毛泽东在延安凤凰山麓的窑洞里接见了美国进步女作家史沫特莱。陪同史沫特莱前来拜会毛泽东并担任翻译的，是一位名叫吴丽丽的年轻女同志。

毛泽东通过吴丽丽，就中日问题、"西安事变"等向史沫特莱讲述了中国共产党所持的方针、政策和立场。

谈话中，史沫特莱注意到毛泽东的窑洞里放了很多的书；通过吴丽丽翻译，她知道了这些书当中有艾思奇的《大众哲学》和柳湜的《街头讲话》等；还有许多马克思、列宁的著作和中国的《孙子兵法》……

这时的贺子珍正按着毛泽东的嘱咐在家中养病，当她感到自己的身体状况好了一些时，便又要求到"抗大"上学了。

开头两天，她还能勉强应付得了；可到了第三天，她便又坚持不住了。她咬紧牙关强坚持着，可苍白的脸色隐瞒不住她的病情；同学们劝她休息，她不听，依然坚持上课……

课间休息时，她到厕所去；上课了，同学们还不见她返回课堂来——大家都知道贺子珍是很守时间的，上课从来没有迟到过，今天这是怎么了？同学们急了，几个女同学赶忙报告了老师，然后快步跑去厕所一看，只见贺子珍早已经晕倒在地上了！

贺子珍被送进了红军医院，几经检查，最后由傅连暲复诊，断定她患了严重的贫血症，需要休息6个月的时间。

贺子珍没办法，只好退学，离开了她心爱的"抗大"，回家继续养病了。

回到毛泽东的身边，她感到自己像是在战场上打了败仗似的，当了"俘虏"；她暗自生气，有时气得自己没任何来由地竟自发些无名火……

而这时的毛泽东则比以前更忙了，白天他要去中央开会、研究工作，即便有一点时间也要到"抗大"去讲课或做报告；贺子珍一个人在家里感到很"憋闷"，每当听到窑洞外面不远处传来的军号声和人们的喧闹声，她便感到自己像是被时代"遗弃"了，内心深处总有一种无可挽回的失落感——她痛惜自己失去了上"抗大"学习的机会，她常常追忆井冈山的生活……

现在，到了延安，丈夫日夜忙于筹划抗日救国的大计，这是她过去求之不得的；然而在她欣慰之余，又为自己的伤病之躯感到一种莫名其妙的惆怅。

养病期间，贺子珍的孤独感和失落感越来越重；安静的生活中仿佛潜伏着一种不安定的感情波澜。这时的她，想及的还有妹妹贺怡和毛泽覃，想及她失去的儿子和女儿，想及她失散的父母、哥哥和含冤死去的战友袁文才和王佐。

1937年3月中旬的一天，史沫特莱又来毛泽东住的窑洞拜见毛泽东了，在她的身后还跟着翻译吴丽丽。

史沫特莱进入窑洞一见到毛泽东，感觉显得比上次亲热得多："啊，使人钦佩的军事战略家！"

毛泽东微笑着请客人坐下来谈话，警卫员小贺给客人沏了茶水、拿来了水果；这一次，毛泽东同史沫特莱又谈了很多……

当史沫特莱起身告辞时，毛泽东热情地将她们送出了窑洞。

晚上，不知为什么，毛泽东住的窑洞里传出了贺子珍同丈夫的吵架声。警卫员小贺不敢上前劝，赶紧跑出窑洞去搬"救兵"……

这时住在附近的朱德和周恩来都不在，小贺只搬来了毛泽东的湖南同乡、中央政府的秘书长谢觉哉。

谢觉哉快步走进窑洞，看到他所熟悉的这一对感情很好、脾气不好的夫妻，一个脸红、一个脸白，正在互相生气，一时倒不知该先劝说哪一个。

毛泽东见到谢觉哉，忙说："谢老，你来得正好；明日，让子珍到桥儿沟去！"

谢觉哉不知什么意思，随即问道："桥儿沟？"

毛泽东要把贺子珍送到设在桥儿沟的中央党校去："让她到党校去学习！"

贺子珍依然大声对丈夫说："我不去！要去，你去！你也得好好学习学习！"

谢觉哉明白了毛泽东的意思，先把贺子珍劝到侧间的窑洞里坐下来，让她消消气，有话等消了气再说，何必大呼小叫地吵得四邻不安呢？贺子珍让他有话去对毛泽东讲，自己不用劝；谢觉哉只得返回身来再劝毛泽东，说这样把人送去党校也不是办法，会伤害了贺子珍的自尊心，不但问题得不到解决，搞不好还会激化矛盾……

可无论谢觉哉怎么说，毛泽东在气头上就是不答应，坚持明天一定要把贺子珍送到桥儿沟去；谢觉哉只好先答应下来，然后进一步劝说毛泽东过到贺子珍待的窑洞那边去。他想，夫妻没有隔夜仇，哪怕一时吵翻了脸，过后总会冷静下来相忍为安而和好如初的……

贺子珍深知谢觉哉同毛泽东的亲密关系，她同他说话也无所顾忌。她告诉谢老，她已不是第一次见毛泽东给她这副脸色了！现在又这样吼着要把她送到桥儿沟去，她接受不了。她说："同我贺子珍抖什么威风！上党校本来是件好事，但强迫命令就成了惩罚，我才不怕他吼呢！如果我贺子珍一直没生孩子、没受伤、身强力壮，干什么都不在话下，他敢……"

谢觉哉笑了，他深知贺子珍的性格，规劝她凡事想开些，以大局为重、以革命事业为重、以身体健康为重；贺子珍暂时总算接受了规劝，但提出来要毛泽东收回送她去党校学习的"成命"，否则她要离开延安！

谢觉哉大吃一惊："离开？现在烽火连天，你到哪儿去？"

贺子珍还没想好，只是说找地方去做手术，取出留在身上的炸弹碎片，无论什么地方，只要能做手术就行；谢觉哉劝她暂且把这个念头放一放，说如果你讲出要"走"，同润之让你上党校一样，彼此就"将军"了，会越闹越对立。

这时毛泽东起床了。谢觉哉又去劝说毛泽东。

毛泽东一听说贺子珍"要走"，心里也吃了一惊；他知道这个女人执拗得很，凡是她下定了决心要办的事，哪怕九头牛也拉不回来。不过，细细一想，他认为这其中带有某种恫吓、威胁的味道；世界之大，毛泽东怕过谁的恫吓和威胁呢！这反倒激起了他更大的怒火，一气之下，坚持要送贺子珍去桥儿沟，而且马上就去，到党校后要她边学习、边检查！

谢觉哉感到问题越来越不可收拾了，只得采取拖延政策，继续规劝双方寻找解决问题的良策……

由于谢觉哉从中斡旋，问题一拖再拖，毛泽东的火气渐渐消了许多，不再坚持送贺子珍去党校了，任凭谢觉哉安排贺子珍今后的工作去向；贺子珍也不再提出离开延安，暂且耐下心来继续在家休养身体。

至此，双方挂起了"免战牌"，一段时间内又相安无事了……

卢沟桥事变，群情激愤

又是春暖花开的时节。在延安，这是中共中央迎来的第一个春天。

陕北地处黄土高原，土地贫瘠，民风淳朴。为了解决红军到陕北后的吃粮问题，中共中央多次开会研究解决问题的办法和方案；为此，毛泽东多次写信和致电各路军的负责同志和远在上海、香港等地的共产党组织，要他们积极想方设法筹粮筹款，以不给当地民众增加过多的负担……

1937年4月12日，青年团中央在延安召开第一次西北青年救国代表大会，毛泽东出席会议并讲话，号召青年团结起来，打败日本侵略者。

5月2日至14日，中共全国代表会议在延安召开，毛泽东出席会议并代表中央政治局做《中国共产党在抗日时期的任务》的报告和《为争取千百万群众进入抗日民族统一战线而斗争》的结论，深刻分析了民族矛盾和国内矛盾在目前阶段的发展情况及当前中国革命的基本问题，指出争取千百万群众进入抗日民族统一战线，是党在新阶段的主要任务，强调在统一战线中坚持无产阶级领导权的重要性。

会议通过了毛泽东的报告，批准了遵义会议以来党的政治路线，为迎接全国的抗日战争的到来做了重要准备。

抗日民族统一战线的初步确立，使毛泽东能够有更多的时间完成他正在著述中的《实践论》和《矛盾论》两部哲学著作……

6月中旬的一天，毛泽东得到了贺怡和她母亲尚在赣南的消息，连忙向江西的党组织拍发了电报，要他们设法找到她们，并要她们转道到延安来。

两天后，毛泽东又给中共湖南省委拍发了电报，要他们在长沙、韶山两地寻找周文楠和孩子的下落及准确消息，并打听堂妹毛泽建的消息和杨开慧身边的保姆陈玉英的下落，如得信息后请他们即刻回电告知……

1937年7月7日晚，侵华日军在中国北平以北的卢沟桥附近举行所谓军事演习，诡称一名士兵失踪，挑起事端，向宛平城发动进攻，中国驻军第二十九军何基沣旅吉星文团奋起抵抗。这就是"七七"卢沟桥事变。

消息以电波形式迅即传遍全中国。

7月8日，毛泽东等致电蒋介石，要求全国总动员进行抗日斗争，并代表红军将士请缨杀敌……

几天时间里，全国各党派、各民众团体和全国民众，纷纷发表声明和宣言，一致要求国民党政府立即实行全国总动员，奋起抗日，并发电报给第二十九军表示坚决声援……

7月13日，毛泽东出席延安共产党员与革命机关工作人员的紧急会议，号召每个共产党员和抗日的革命者随时出动，到抗日前线去！

在这期间，毛泽东还在"抗大"认真讲授马克思主义哲学，撰写完了《实践论》一文，全面阐述和发挥了唯物主义的基本原理，并着重论证了"真理的标准只能是社会的实践"，"实践的观点是辩证唯物主义的认识论之第一的和基本的观点"。毛泽东首次提出了科学的真理标准。

月末，北平、天津相继失陷。

8月1日，陕甘宁边区政府在延安宝塔山下的商会大会场上举办了"八一"抗战动员运动大会。毛泽东在大会开幕式上挥动着手臂发表讲话说：

> 华北危急，中华民族已到最后关头，要立即动员全国各阶层民众联合起来，与日本帝国主义作殊死的斗争！
>
> 准备出发到河北去！准备到抗日的最前线去！①

8月13日，日本帝国主义以虹桥事件为借口，对上海发动进攻，中国军队奋起还击，淞沪会战开始——这就是"八·一三事变"。

第二天，国民政府发表《自卫抗战声明书》，表示"实行自卫抵抗暴力"。

自此，全国的抗战大规模地展开了——从长城内外，到大江南北，从乡村，到城市，抗日的烽火迅速燃遍了整个中华大地……

面对日本侵略者的嚣张气焰，蒋介石急于要求红军开赴抗日前线，被迫同意了红军改编和设立总指挥部。

8月22日，中共中央政治局扩大会议在陕北洛川冯家村召开，毛泽东出席会议并做了关于军事问题、国共两党关系问题和中国共产党在抗日战争时期基本任务的报告。

同一天，国民政府军事委员会正式公布了红军改编的命令，将西北红军改编为国民革命军第八路军。

8月25日，中共洛川会议结束。会议通过了《关于目前形势与党的任务的决定》和毛泽东起草的宣传提纲《为动员一切力量争取抗战胜利而斗争》，制定了《抗日救国十大纲领》。

洛川会议决定由毛泽东等人组成新的中共中央军事委员会，毛泽东为书记、对外则称主席。

洛川会议制定了党的全面抗战路线，为实现中共对抗战的领导和夺取抗战胜利奠定了政治思想基础。

---

① 邸延生：《历史的真迹——毛泽东风雨沉浮五十年》，新华出版社2002年版。

同一天，毛泽东等以中央军委的名义发布八路军将领的任职命令，红军由此改编为国民革命军第八路军。

洛川会议期间，从西安开来一辆向延安运送粮米的卡车，车上搭乘着一位从上海转道西安要去延安的电影女演员，名字叫"蓝苹"，据说是一名共产党员。

| 第八篇 |

江青找毛泽东"请教"问题

平型关首战告捷

1937年8月，中国抗日战争全面爆发后，国际上各种力量对中国的抗战持不同的态度和政策。

德、意法西斯竭力支持日本帝国主义侵略中国。德国不仅积极向日本提供军火援助，还极力劝诱和压迫国民党政府向日本投降。

苏联在道义和物资上给予中国的抗战以很大的援助。是年8月，苏联与中国订立了互不侵犯条约，并答应向中国派出军事顾问和志愿飞行员，帮助作战。

在各国共产党的领导、号召和影响下，各国工人阶级和人民开展了援华捐献活动，纷纷抵制日货、阻止向日本运送军用物资。一些志愿人员还直接到中国来参加抗日战争……

8月27日，面对复杂的国际形势和国内局势，毛泽东在政治局常委会上再次强调提出，在统一战线中，有一个共产党吸收国民党、还是国民党吸收共产党的问题。

这时候的延安，是许多热血的中国青年向往和为之投奔的地方。滚滚延河水，巍巍宝塔山，淳朴的"信天游"，一张张充满了朝气、生动的脸；这一切，都表明了中国人民的抗战意志和决心，表明了中华民族在艰难困苦的境况中的顽强毅力和不屈不挠的精神……

8月间，毛泽东撰写完成了《矛盾论》一文，深刻阐明马列主义的唯物辩证法，特别是系统地、全面地论述了矛盾的普遍性和特殊性及其相互关系。

毛泽东所著《实践论》和《矛盾论》的完成，总结了中国共产党的历史经验教训，揭露了"左"、右倾错误，为共产党规定了正确的思想路线、领导方法与工作方法，丰富和发展了马列主义，为共产党领导抗日战争做了充分的理论准备。

这时的毛泽东在延安得到中共湖南省委传来的消息：毛泽东的堂妹毛泽建早已被国民党杀害；毛泽覃的妻子周文楠于1928年因叛徒告密被捕入狱，受尽折磨，后被红军营救出来，随红军到湘赣进行革命斗争，再后来在一次战斗中与部队失去联系，历经艰难回到长沙，现在已和她的儿子毛楚雄一起回到了韶山……

毛泽东此时既为堂妹的牺牲而悲痛，又为周文楠和毛楚雄的健在而高兴，他立即给湖南省委复电，按规定以烈士遗属给周文楠送去20块银圆作为抚恤，转告她们母子可在稳妥的情况下前来延安……

9月20日，中共中央军委发布命令，将已改编为国民革命军第八路军的红军按战斗序列改称第十八集团军，原八路军总指挥朱德改称总司令，副总指挥彭德怀改称副总司令；叶剑英任参谋长，左权任副参谋长；任弼时任政治部主任，邓小平任副主任。下辖三个师——一一五师，师长林彪、副师长聂荣臻，政训处主任罗荣桓；一二〇师，师长贺龙、副师长萧克，政训处主任关向应；一二九师，师长刘伯承、副师长徐向前，政训处主任张浩。全军编制45000人。

稍后，政训处主任一律改称为政委。

这时的日军正由晋北、察南、冀西会攻太原。为配合国民党军队的正面防守，共产党领导的第十八集团军一一五师一部开赴平型关。

9月22日，国民党中央通讯社发表《中国共产党为公布国共合作宣言》。次日，蒋介石发表实际上承认中国共产党合法地位和两党合作抗日的谈话。至此，以国共合作为基础的抗日民族统一战线正式形成。

1937年9月25日，共产党领导的八路军第一一五师一部在平型关东北伏击沿平绥线进犯的日军第五（坂垣）师团补给部队，激战一昼夜——战斗进行中，惊恐万状的敌人被突如其来的袭击一时打了个首尾不顾，当他们稍微"清醒"之后极力组织抵挡，但已为时晚矣……

此次大捷是抗战以来中国人民取得的第一次大胜利。它沉重地打击了日军的锐气，提高了八路军的声誉，振奋了全国人心；全国各党派、民主团体和各界人士纷纷向八路军发来贺电，就连蒋介石也发了电报表示"慰问"、"祝贺"与"嘉奖"……

侵犯平绥线的日军在平型关受打击后,改由菇越口突破内长城防线,向太原方向进犯。为保卫太原,国民党集中十多个师,由第二战区副司令长官卫立煌任前敌总指挥,在忻口地区组织防御。

为配合忻口会战,八路军第一一五师、一二〇师分别在忻口东北和西北敌之侧后伏击和牵制敌军,破坏敌后交通线;并深入敌后雁北、察南和冀西,收复十余座城镇。

这时侵入华东、华北、华中、华南广大地区的日军已重兵突破了国民党守军的重重防线,相继攻占了保定、开封、安庆等许多中小城市,国民党军调集重兵集结于山西太原、湖北武汉、江苏徐州和上海地区,准备与日军实施大会战。

1937年9月29日,毛泽东根据时局态势的发展变化,致电周恩来等,指出在华北局势危急情况下我军应坚持游击战争的方针。

同日,毛泽东发表《国共合作后的迫切任务》一文,指出应该把统一战线发展充实起来。

10月2日,根据国共两党达成的协议,将留在南方8省坚持斗争的红军游击队改编为国民革命军陆军新编第四军。

10月10日,毛泽东正确预计到华北战场将要发生急剧变化,及时对八路军的部署做出明确指示:一一五师主力转移汾河以西吕梁山脉;一二九师在正太路以南坚持游击战争;一二〇师坚持晋西北游击战争。

这时,进犯武汉的日军已突破大别山要隘,占领了大冶、鄂城一带,武汉三镇陷于敌三面包围之中。

在上海,中国守军与日本侵略军激战正酣……

在太原,外围日军已被歼10000多人,中国军队亦伤亡数万人,军长郝梦龄、师长刘家骐相继殉国。双方形成对峙态势……

10月23日,毛泽东向全体共产党员、红军、陕甘宁边区民众发出号召:

> 一定要战胜日本帝国主义,共产党员、红军、陕甘宁边区负有这种责任。一定要唤醒全国人民全国党派执行共产党提出的抗日救国十大纲领,用以挽回危局,战胜日寇。每个共产党员,每个先进分子团结起来,不屈服于任何困难,把一切准备得好好

的,最后粉碎日本帝国主义。①

贺子珍赴苏联治病

抗日民族统一战线建立后,中国共产党先后在南京、武汉、西安、重庆、太原、长沙、桂林、兰州、迪化等地公开设立了八路军办事处,在广州等地设立了八路军通讯处,进行大量的统战工作和宣传工作,用以推动各界爱国人士参加抗日斗争。

这时候,又有许多爱国的热血青年陆续来到延安,其中就有那位来自上海电影界的女演员"蓝苹"。只是,在延安第三招待所登记姓名时,她把自己的名字改写成了"江青"。

1937年10月25日,毛泽东在延安接见了英国记者贝特兰,谈话中首次科学地概括和明确规定了共产党军队政治工作的三大原则:

官兵一致,军民一致,瓦解敌军。

10月26日,会攻太原的日军攻占娘子关,进而进逼太原。

这时在全国抗日战场上,形势已对中国军队越为不利……

11月2日,忻口守军因侧后受敌威胁,只得放弃阵地、奉命南撤。

11月5日,日军一部在杭州湾登陆,包抄上海,中国守军奉命撤退。

11月8日,太原失陷。

11月9日,毛泽东指示八路军各师,控制一部为袭击队,以大部尽量分散于各要地,创建抗日根据地。

11月12日,日军占领上海。

同一天,毛泽东在延安党的活动分子会议上做题为《上海太原失陷以后抗日战争的形势和任务》的报告,强调必须坚持统一战线中的独立自主原则,明确指出在党内在全国均须反对投降主义。

日军占领上海后,立即分三路向南京进犯。

---

① 《毛泽东早期文稿》,知识出版社1993年版。

11月13日，毛泽东致电朱德等，要求八路军进一步发挥独立自主精神，坚持华北游击战争，多打小胜仗，影响全国，实现全面抗战之新局面。

11月20日，国民党政府在南京受日军三路逼近，遂宣布迁都重庆。

29日，延安上空开来一架苏式的运输飞机，徐徐降落在了延安山脚下简陋的机场跑道上；这时候，中共中央的几位主要领导毛泽东、张闻天、周恩来和朱德等人都等候在那里，热情地迎接从飞机上走下来的三个人——王明、康生和陈云。

王明离开中国已达6年之久。1931年10月18日，他和妻子孟庆树一起从上海乘船赴苏，11月7日到达莫斯科，在那里担任中国共产党驻共产国际代表团的团长。

康生比王明晚一些时候到达苏联，在莫斯科担任中共驻共产国际代表团的副团长。

陈云是在1935年1月遵义会议之后，奉中共中央之命，前往莫斯科向共产国际汇报工作；现在，他和王明、康生一起，同乘一架由苏联驾驶员驾驶的飞机回国，先后在迪化、兰州两地机场降落加油，然后飞抵延安。

12月上旬，南京处于日军的三面包围之中。

这时在延安，天冷了，贺子珍体内的伤痛阵阵发作，终日搅得她心绪不宁；而这时毛泽东的工作更忙，他简直就没有闲下来的时候，更没有多少时间体谅妻子的各种苦衷……

一天，毛泽东又去"抗大"与新来的学员们讲话了。贺子珍独坐家中，悄悄写了去西安治伤的报告；毛泽东得到消息大吃一惊，意识到她这次是下定决心要走了……

三天后，贺子珍离开了延安……

在西安，贺子珍碰到了刘英。刘英当时染上了肺病，要去苏联治疗，同行的还有在战争中丢掉了一条胳膊的蔡树藩、断了一条腿的钟赤兵；贺子珍利用这个机会，给延安写去一封信，要求与这些人同行，到苏联去治伤。

毛泽东接到贺子珍的这封辞别信后，一时间心中忐忑不安。他很清楚，贺子珍正有孕在身，如果这样负气离开自己、离开延安、离开祖国，孑然一身投奔到异国他乡，实在是太危险、太不合时宜了；异国的风俗习惯、语言、气候、人际关系，她这样一个弱女子能吃得消吗？

这些担忧，令毛泽东心急如焚。他在经过深思熟虑之后，想了两条办法来阻止贺子珍：一方面，他跟洛甫商量，给八路军西安办事处拍发了电报，表面上同意在第一批赴苏联治病的行列里，添上贺子珍的名字，免得她节外再生别枝；另一方面，毛泽东又接连给八路军西安办事处、兰州办事处、迪化办事处的有关同志发了电报，希望这三处的同志们能够好言劝慰贺子珍，使她放弃这次去苏联的念头。

在西安、兰州、新疆等地，林伯渠、谢觉哉、王定国等人受毛泽东的嘱托，费尽了心机、苦口婆心地劝慰贺子珍回心转意，但都没能将贺子珍挽留下来……

血战台儿庄

1937年12月9日，中共中央政治局会议在延安召开，毛泽东出席会议并讲话，坚持了中央的正确路线，着重阐述了抗日民族统一战线中的独立自主原则问题。

12月10日，侵华日军开始进攻南京城。13日，日军占领南京。

14日，在延安召开的中共中央政治局会议结束。

会议进行中，毛泽东再次强调了共产党在抗日民族统一战线中必须坚持独立自主的原则。这次会议没有形成任何决议。党的各项方针、政策，依然按照毛泽东等人制定的正确路线贯彻执行。

这时，进占南京后的日本侵略军正进行着大肆的烧杀淫掠，制造了骇人听闻、震惊中外的"南京惨案"。

日本侵略军在南京犯下的滔天罪行，披露报端后更激起了全中国人民的无比愤怒和全世界爱好和平的人们的强烈抗议，也更加激起了中国人民同仇敌忾和抗战到底的决心。

1938年1月，新四军军部在南京成立，由叶挺任军长，项英任副军长，张云逸任参谋长，周子昆任副参谋长，袁国平任政治部主任，邓子恢任副主任。下辖4个支队，共1万余人。一支队司令员陈毅、副司令员傅秋涛；二支队司令员张鼎丞、副司令员粟裕；三支队司令员张云逸（兼）、副司令员谭震林；四支队司令员高敬亭。随后，新四军各部经过集结、整训，陆续挺进敌后，在华中坚持抗日斗争。

在各抗日根据地，八路军广泛宣传共产党提出的《抗日救国十大纲领》。

在根据地，八路军以减租减息作为抗日战争时期解决农民问题的基本政策，广泛深入地发动群众积极投身到抗日斗争中来，并特别强调了中国共产党对抗战的领导责任，要求共产党员及其领导的民众和武装力量，成为全国抗战的核心。

1月11日，毛泽东在延安向八路军各部队发出了抗日游击战争的基本战术乃是袭击战的指示。

这时候，毛泽东的二弟毛泽民由于过度操劳累倒了，严重的胃病和气管炎折磨着他。为了毛泽民的身体健康，中共中央决定他去苏联治病，钱希钧陪同他一起去了新疆……

1月末，侵入南京的日本鬼子在持续6周的大屠杀中，被杀害的中国人已达35万之多；在一个月内发生强奸事件2万多起，全市三分之一的房屋被烧毁。城内尸骨横纵，瓦砾成山，斑斑血迹遍及大街小巷。日本法西斯的这种极端残酷的暴行，既令每一个活着的中国人惨不忍睹，也更加激发了中华民族抗战到底的必胜决心。

2月11日，毛泽东出席延安举行的反侵略大会并发表演说，明确指出中国抗战一定会取得最后胜利。

2月下旬，北路侵华日军在山东临沂被中国军队挫败。

2月27日，中共中央政治局会议在延安召开，毛泽东出席会议并就军事问题发言，认为要依靠游击队和人民游击战争，逐步发展到正规战争，打败日本侵略者。他特别强调：在指挥关系上必须坚持统一战线下的独立自主原则。

3月中旬，侵华日军攻占了山东滕县，继而向台儿庄方向突进……

3月23日，台儿庄会战开始。中国守军与敌人奋勇拼杀，一时间山东南部上空烟尘蔽日，枪炮声伴随着敌我双方飞机和装甲车的轰鸣、夹杂着手榴弹与炸药包的阵阵爆响，喊杀声更是充斥了战区的整个沂蒙山谷……

从 3 月 31 日开始，台儿庄战役进行得更加惨烈，同时也更加危急；日军已占领了城内 4/5 的地段，每天仍以 20 多架飞机进行轮番轰炸，每天投弹 120 多枚，并用 40 多门重炮每天发射 1000 多发炮弹，意欲炸平整个台儿庄——然而，攻进城里的一股股日军很快被顽强抵抗的中国军队分隔、包围，使敌人根本无法完全占领台儿庄……

4 月 7 日，台儿庄会战取得了决定性胜利，共计歼敌近 2 万人。

台儿庄大捷有力地打击了日本侵略军的嚣张气焰，鼓舞了中国人民的抗战士气。

捷讯传来，中共中央向徐州战区发出了贺电。

论持久战

1938 年的春天，桃花谢了，柳树绽绿。

这时准备远去苏联治病的毛泽民滞留在新疆，钱希钧同丈夫分开了，去到新兵营工作，从此再也没有见过毛泽民的面……

4 月 1 日，延安陕北公学举行第二期开学典礼。

下午 2 时，毛泽东和陈云、李富春等中央领导同志，在同学们的一片欢腾和热烈的鼓掌声中，也和大家一起鼓着手掌步入了会场。

当毛泽东走上讲台时，会场上的掌声雷动；毛泽东几次挥动手臂制止掌声，以洪亮的语气对大家说："今日陕北公学开学，我应当送点礼物给同学们。可是，我没得多少东西，只能送给同学们两件礼物。第一件，是坚定不移的政治方向；第二件，是艰苦奋斗的工作作风！"

毛泽东讲到这里，会场上又响起了热烈的鼓掌声。

毛泽东继续说："只要我们有一个一致的政治方向，有艰苦奋斗的工作作风，而且坚持这一方向和作风，就能够把全国人民团结起来，就能够战胜日本帝国主义，把日本侵略者赶出中国去！"

在讲话中，毛泽东还生动地指出：大家都是读过书的人，一定知道中国古时候许多以弱胜强的故事和战例；西周的姜子牙伐纣开始时是先联合了各个诸侯国的，同时进行了有计划的屯兵和军事训练；《三国演义》中的诸葛亮在四川，进攻北魏也是先屯田汉中，而后才出兵祁山。我们中华民族现在虽然到了最危急的时候，面对强敌，也还是要讲究策略的；我们的这个策略是什么呢？那就是既有姜子牙的"联合"策略，又有诸葛亮的"屯田"策略，就是我们现在所具体实行的抗日民族统一战线领导下的"持久战"！

毛泽东还鼓励大家说："大家都是有一定文化知识的人，有文化知识的人参加到抗日斗争的队伍中来，是同学们明确了正确的政治方向；在正确的政治方向指导之下，相信大家会很好地利用各自所学得的知识，为抗日战争做出更大的成绩！"

毛泽东的讲话完了，会场上掌声雷动……

4月4日，张国焘利用清明节之际，借口要随同陕甘宁边区政府主席林伯渠代表中华苏维埃共和国中央政府一道去陕西的中部县①祭奠黄帝的陵墓，乘坐一辆嘎斯51型汽车离开延安，随后又借口去西安"治病"而钻进了国民党派去祭奠黄帝陵的蒋鼎文的汽车，从此背叛革命，投入了国民党特务集团的怀抱。

在这期间，康生已经被中共中央派往中央党校接替了李维汉，出任校长职务，而这时的江青正在中央党校的第12班学习；中央党校第12班亦即"从国民党监狱中释放出来的干部"，这使江青感到思想压力很大，恰巧康生早年曾认识她，这样一来，康生便成了江青在延安立足的"靠山"……

4月上旬，加拿大共产党员白求恩率国际医疗队到达延安。

第二天晚上，毛泽东在凤凰山麓的窑洞里会见了白求恩，对他和医疗队到中国来表示热烈欢迎。

这时在延安，共产党中央的领导人们还没有一辆小汽车可乘坐；无论哪位领导或首长要到哪里去，都是骑马或者步行。一位华侨出于对共产党领袖人物的尊敬和信赖，捐献给延安两辆小汽车。警卫战士们都很高兴，认为这下子毛泽东出去开会或办公，就再也不用骑马、走路了；中央办公厅的同志们也想分配给毛泽东一辆小汽车。

毛泽东从叶子龙口中知道了中央办公厅的意见，提出了他自己的分配

---

① 中部县，今黄陵县。

"方案"：一要考虑军事工作的需要，二要照顾年纪大的同志。

虽然大家都希望给毛泽东一辆小汽车，但在毛泽东的一再坚持下，两辆小汽车还是分给了八路军总司令朱德一辆、延安的"五老"——徐特立、董必武、谢觉哉、林伯渠、吴玉章一辆，毛泽东自己依然坚持骑马走路。

4月18日，中共中央作出《关于开除张国焘党籍的决定》。

4月下旬的一天，贺怡和她的母亲终于经西安来到了延安，使毛泽东激动不已。几年不见，贺怡一见到毛泽东便掉下了眼泪，深责自己没能带看好小毛毛；毛泽东反倒安慰她说："战争环境么，怪不得你，也怪不得刘锡福同志；刘锡福同志为掩藏和保护我的孩子，牺牲了自己的生命，是我对不住他啊！只要孩子还在人世，以后总会找回来的。"

听到毛泽东这样说，贺怡的心情才算舒缓了一些；当她听说姐姐已经去了苏联治伤，心中陡然间又增添了一股悲凉。毛泽东安慰贺怡母女说："你们来了就好，我也放下一份心。你们都是我的亲人，在延安，有你们的饭吃，有地方住，还有革命工作可做；这样一来，娇娇有她外婆和姨妈照顾，我也有人可以说说家常话了！"

这时候，贺怡的母亲只顾拉着毛泽东的手，竟一句话也说不上来……

接下来，毛泽东安排贺怡母女住在了凤凰山麓的窑洞里，自己搬到延安西北不远处的杨家岭去住了。

毛泽东搬走的第二天，贺怡接了娇娇回来，母女二人见到娇娇如同见到了贺子珍，不由对娇娇又疼又爱；这样，娇娇就同她外婆和小姨生活在一起了。

5月上旬，在台儿庄受挫后的日军加紧向徐州地区增兵，又从南北两面向徐州发动了进攻……

5月中旬，毛泽东移居杨家岭；这里，距延安城约3公里，地处延安西北方向，是中共中央新的办公地。

5月26日，毛泽东在延安抗日战争研究会上开始做题为《论持久战》的讲演……

5月间，毛泽东还潜心撰写了《抗日游击战争的战略问题》一文，论述了抗日游击战争的战略地位和伟大作用。

6月3日，毛泽东结束了在抗日战争研究会上所做的《论持久战》的讲演。

毛泽东的这个讲演，全面分析了中国战争所处的时代和中日双方的基本特点，深刻论述了中日战争是持久战，必须经过战略防御、战略相持、战略反攻三个阶段，最后胜利是中国人民的，从而揭示了抗战发展的过程和规律，批驳了"亡国论"和"速胜论"。讲演还深刻阐述了人民战争思想和八路军的战略方针，为全国人民指明了抗战胜利的方向。文中首次提出七月一日为中国共产党诞生的纪念日。

毛泽东的《论持久战》和《抗日游击战争的战略问题》，是运用辩证唯物论和历史唯物论解决抗日战争问题的典范，丰富和发展了马克思主义的军事科学。

江青找毛泽东"请教"问题

1938年6月初，日本侵略军由徐州沿陇海线西进，于6月5日侵占开封，准备夺取郑州，进攻武汉。

6月5日，毛泽东在延安致电国民党参政会，提出要"坚持抗战，坚持统一战线，坚持持久战"。

第二天，毛泽东指示山东共产党所领导的地方武装，恢复和使用八路军游击支队的番号。

两天后，毛泽东再次电示：凡共产党领导的游击队，以用八路军名义为宜。

6月9日，国民党政府为阻止日军向南推进，竟然炸开了郑州以北花园口的黄河大堤，使豫皖苏三省3000多平方公里的田园变成一片汪洋，数十万人被淹死，1000万多人流离失所，给人民造成了极大的灾难。

日军机械化部队由于无法通过黄泛区，遂改变原定进攻路线，调转军队沿长江西犯武汉。国民党政府以第五战区防守长江以北地区，第九战区防守长江以南地区。

12日，日军攻陷安庆，揭开了武汉会战的序幕……

6月15日，毛泽东指示八路军、新四军广泛开展敌后游击战争，以对日军的有力袭击配合友军保卫武汉作战。

6月下旬的一天，与毛泽东分散多年的周文楠在党组织的帮助下终于来到了延安。毛泽东很高兴，也更加追忆三弟毛泽覃；毛泽民和钱希钧已不在延安，贺怡听说后也赶来看望了周文楠。

夜很深了，毛泽东居住的窑洞里，依然亮着灯光。周文楠很自然地向毛泽东和贺怡谈起了依然住在韶山的王淑兰；毛泽东感慨地说："她仍是毛家的人么！"

谈及留在韶山读书的毛楚雄时，周文楠从她带着的一个小布包中取出了一个小本子，翻开来很自豪地读给大家说："楚雄的学习可好了！这是他写的一篇作文，题目是《抗战建国》：'现在国家已被暴日侵略，危急到了万分，就如刀架在头上，火烧在眉尖一样，我们小朋友也该团结起来……要抗战才能建国，要建国必须抗战。在前方的应该努力作战，在后方的应该努力读书和宣传，建筑新的中华民族。所以要在这青年时代，努力向前猛进，千万不要养尊处优、虎头蛇尾！青年要达成目标，非要吃苦不行！'"

毛泽东听罢，不由感慨万千："一个十三四的娃娃，能写出这样情绪激昂、卓尔不群的作文来，很是我们毛家的后代么！"

1938年6月27日，毛泽东再次指示八路军和新四军广泛开展敌后游击战争，以对日军的有力袭击配合友军在武汉展开的大会战。

7月中旬的一天，江青来到杨家岭找毛泽东"请教"问题，在窑洞里同毛泽东谈了很长时间；直到傍晚，毛泽东客气地留她吃了顿晚饭……

江青走后，毛泽东的警卫员阎长林问机要秘书叶子龙："这是个什么人呀？主席怎么对她这么客气？"

叶子龙说："你没看过她的演出？就是在中央礼堂演《打渔杀家》的那个'肖桂英'！"

阎长林似乎像是想起来了："哦，是她……"

叶子龙解释说："现在她已经从中央党校转到鲁迅艺术学院去了，是康生介绍她来见主席的。"

听说是康生介绍来的，阎长林不再问了……

这时远去苏联治伤的贺子珍，已在莫斯科的郊区医院里生下了她和毛泽东的第6个孩子，而且是个男孩；只是由于贺子珍的身体极度虚弱，没有奶水喂养他，只得竭尽全力、想方设法买了奶粉来喂养孩子——恰在此时，贺子珍又大病一场，加之生活上的不习惯，人地两生、水土不服、语言不通、饮食不适等诸多现实困难，致使她懊悔不迭，她不得不从心底里佩服毛泽东料事如神而悔不该当初……

1938年7月22日，日军进犯九江，武汉会战开始。中国军民在武汉外围进行着英勇顽强的抵抗……

这时在苏联，共产国际执委会主席团负责人季米特洛夫接见了即将回国的中共驻共产国际代表团团长王稼祥和接替王稼祥任中共驻共产国际代表团团长的任弼时，表示在中共中央内部应支持毛泽东的领导地位，并指出王明缺乏实际工作经验和斗争经验，不应争当领袖。

8月22日，毛泽东在中央党校对大家讲话说：

> 人总是要学习的。你学到一百岁，人家替你做寿，你还是不能说"我已经学完了"这句话；因为你再活一天，就能再学一天。你就是死了，你还是没有学完，而由你的儿子、孙子、孙子的儿子、孙子的孙子再学下去。照这样讲，我们人类已经学习了多少年呢？据说已有50万年，有文明史可考的只有两三千年而已。那么，以后还要再学习多少年呢？那可长哉长哉，不晓得有多少子孙，一代一代学下去，直到永远，是没得尽头的。

8月下旬的一天，毛泽东又到"抗大"来讲课了。这次讲课，在未进入正式授课前，毛泽东先微笑着对大家讲了一段"开场白"：

"同学们，上课之前，我先给大家讲一件'小事'……"说着，毛泽东从他灰色上装的衣袋中取出几张纸条，看一眼放在他面前的白木桌子上，用桌子上的搪瓷缸子压了，接着说，"最近几天，有不少同学给中央和我写信、递条子，说我们是历尽千辛万苦才到延安来的，来到党中央身边，为么事不几天就要叫我们离开呢？我说对呀！中央的许多同志也很同情这些同志的想法。但是，就有那么一个人不同意，整天叽哩咕噜地在那里发牢骚。可这个人是哪一个呢？姓什名谁？"

毛泽东故意话到嘴边留半句，听课的人们被说得面面相觑，猜不出毛泽东在讲谁；稍停片刻，毛泽东这才风趣地对大家说："这个人就是'肚先生'，也就是大家的肚子啰！"

一句话，说得大家都笑起来。笑声中，毛泽东继续说："大家不要笑么，不相信可以试一试，你们哪一个敢同这位'肚先生'较量较量？"

听讲的人们没有一个表示要"较量"，毛泽东又说："中国古代有一位名叫老子的道学家，他是非常信这个邪的。他说'民以食为天'，我说是'吃饭第一'！"

毛泽东见大家听得入了神，便把讲话引上了正题："我要讲的'小事'，就是动员大家去洛川'就食'，先要吃饱饭，解决'肚先生'的问题。所谓'就食'呢，就是古人所说的'就粮'，也就是把人带到产粮、积粮多的地方去找饭吃。《后汉书》上说，'吾且休兵北道，就粮养士，以观其弊'。今日，我们党中央也学点古人的做法，动员你们去洛川'就食'；其目的只有一个，就是让大家吃饱肚子，学习好、训练好、做好抗日的准备！大家说，该去不该去呀？"

听讲的人们纷纷表示说："该去！该去！我们都去，一定去！"

江青的身世

1938年8月间，中共中央办公厅和组织部完成了对江青历史的调查。

江青，山东诸城人，生于1914年，本名李淑蒙，后来读书时改名为李云鹤。1929年入赵太侔开办的山东艺术专科学校，后又随王润生去北京，在北京的各剧院扮演小角色参加演出，但并不得意，生活无着落，开始漂泊动荡。十五六岁时与一个姓黄的青年结了婚，几个月后又离了婚，只身来到青岛，找到赵太侔，经他介绍，在青岛大学图书馆当管理员。

在此期间，她结识了青岛大学的地下共产党员俞启威，很快与之同居并结婚。1933年2月，经俞启威介绍，她加入了共产党；同年7月，俞启威被捕，她又只身一人来到上海，在上海陶行知办的一所学校里教书，并改名为蓝苹。

同年 10 月，蓝苹被捕，两个月后被保释出狱。

1935 年 4 月，蓝苹进入通业电影公司。1936 年，她转到联华影片公司，担任了话剧《娜拉》的主角，接着又在《大雷雨》中担任主角，并获得成功。

同年，蓝苹闪电般地和通业电影公司的杂志编辑兼导演唐纳结婚。婚后，两个人几次掀起情感风波，一时成为 20 世纪 30 年代上海滩的报端奇闻。最后，两个人终于分手。

1937 年 8 月，离开上海后的蓝苹先辗转到了西安，又搭乘一辆向延安运米的卡车到达陕北的洛川，后再经洛川进入延安，并改名"江青"。

另外，组织上在了解江青本人身世的过程中，江青自我述说她的生身父亲叫李德文，娶了两房妻室，她为"庶出"，不算嫡生，又是个女孩子，母女二人在李家根本没有什么地位。

江青记得她 5 岁的时候，那年人们正在欢欢喜喜地过元宵节，不知她父亲为了什么事情，突然抓起一把铁锹，追赶着打她的母亲；江青扑上去保护母亲，结果被撞坏了一颗牙。

江青讲她父亲比她母亲大好多岁，在济南开着一间木匠铺；她父亲长得很凶，嗜酒如命，脾气暴躁，而且习武，时不时地虐待她母亲。因此，父亲在她的脑海里没有留下一点好印象，她只爱母亲。

自从那年元宵节她母亲被打之后，她就跟着她母亲离开了济南，去到她的出生地诸城谋生。她母亲在诸城给人家做保姆，曾先后在好几处有钱人家干过活。

在她母亲给人家干活的过程中，有一户大地主家姓张，这家的二少爷就是现在在共产党中央社会部工作的康生。

后来江青的父亲害伤寒病死了，她们母女才又回到济南，投奔在江青的外祖母家生活；母女俩相依为命，全靠母亲为别人家帮工挣一点钱艰难地度日。

这样悲苦地过了好几年，在江青 12 岁的时候，母亲听说她同父异母的姐姐李云露在天津嫁给了军阀部队里的一个军官，便带着江青离开济南到了天津，投靠在江青的姐姐家谋生。

在天津，江青没能继续上学，她母亲和她姐姐、姐夫又都不同意她去

烟厂当童工，她只得在姐姐家帮忙，打扫屋子洗衣服、上街为姐姐家买点东西什么的，一家人的生活来源全靠她那个在军阀部队里当军官的姐夫。

这样在天津过了一年多，江青又同她母亲回到了济南。在江青的记忆中，一直对她的这个姐姐抱有好感，因为她的这个姐姐在天津曾养活了她们母女二人。

江青还有一个同父异母的哥哥叫李干卿，同江青母女来往很少，江青也没有多谈……

中央办公厅和中组部的人，将江青的这些情况向毛泽东作了详细汇报；毛泽东又给早年曾认识江青的康生写了一封信，要他负责社会部写出一份有关江青的书面证明材料。

康生在他亲笔署名的证明上写了：

据我部调查，江青同志别名蓝苹，在上海左翼文联工作。

她的历史上清白，政治上无问题。

康生

至此，毛泽东对江青的历史放了心。

毛泽东将康生的书面证明交给了中共中央办公厅，办公厅又上呈了书记处。中央认为江青的经历虽然坎坷、婚姻状况复杂，但没有发现什么政治问题，历史还算清楚……

1938年8月，王稼祥等人从苏联回国后来到了延安。

9月14日，中共中央政治局会议在延安召开，王稼祥传达了共产国际的指示和季米特洛夫的意见，认为中共一年来建立了抗日民族统一战线，政治路线是正确的，在中央领导机关要以毛泽东为首解决统一领导问题。

1938年9月29日，中共六届六中全会扩大会议在延安召开，毛泽东出席会议并代表政治局做《论新阶段》的政治报告……

这时，延安正值夏末秋初季节，天气不凉不热，气候宜人。每当夜幕低垂，中央礼堂外面的山坡路上便走满了刚刚散会的人们，这时在不远处的后山坡上总会有人扯开喉咙唱上一两句信天游：

白生生的（那个）云朵呦蓝蓝的天，

毛主席（那个）领导咱打江山……

11月6日，扩大的中共六届六中全会胜利闭幕。

会上，毛泽东做了题为《论新阶段》的政治报告和大会总结，要求全党同志认真地负起领导抗日战争的重大历史责任，要坚持党在抗日战争中的领导权，并强调了武装斗争的重要性。毛泽东在报告中最早概括了党的民主集中制的四项重要纪律，在结论中第一次明确提出"党指挥枪"的原则。会议肯定了以毛泽东为首的中央政治局的政治路线，确定了中共领导全国人民坚持持久战的基本方针和战略部署，基本上克服了王明右倾投降主义错误，为夺取抗战胜利提供了思想上、组织上的保证。

六中全会后，毛泽东和江青的感情日深，书信来往频繁……

12月中旬，毛泽东和江青经中央政治局讨论同意后结婚。

1939年2月1日，毛泽东看了在中央宣传部工作的陈伯达写的一篇《墨子哲学思想》的文章，觉得有多处需要纠正，便认真地写了一封长信给陈伯达；毛泽东在信中以辩证唯物论的方法纠正了陈伯达文中的诸多错误和不妥之处，深刻指出了事物的根本属性在于"质"，其"质"不变，则事物的根本属性亦不变的哲学道理。

第二天，中共中央在延安召开生产动员大会，毛泽东出席并讲话，发出"自己动手，自力更生，艰苦奋斗，克服困难"的号召，要求部队、机关、学校开展生产。随后，陕甘宁边区的生产运动热烈开展起来。毛泽东带头参加生产劳动，亲手开荒、种菜。

2月16日，毛泽东在中央军委工作会议上指出中国军队应当学习苏联红军的经验。毛泽东说："苏联红军战斗的经验教训足以为中国军队与中国军人所取法，使我们懂得要战胜日本帝国主义，中国军队也要变为政治上具有正确方向的军队，也要逐渐具备新式的技术装备，近代化的军事素养，与民族革命的政治工作。"

毛泽东还说："中国军队必须能在长期抗日战争中锻炼自己，成为全世界上反法西斯战争中的一个有力的方面军。"

江青的身世

人若犯我，我必犯人

1939年2月上旬，正值中国农历的腊月下旬；要过年了，延安军民一派喜气洋洋的景象。

2月18日是大年三十，毛泽东让秘书叶子龙去请贺怡母女来杨家岭一起过年，贺怡不来，只让叶子龙带回了娇娇；毛泽东考虑过后，让江青带着娇娇在杨家岭，自己骑了马赶去凤凰山麓，同贺怡母女一起吃了顿年饭。

大年初一下午，江青见叶子龙拿着照相机正在给人们照相，便招呼叶子龙也给她和毛泽东照一张；叶子龙答应了，江青立刻去窑洞内叫出了毛泽东，两个人并肩站在窑洞前，让叶子龙一连给他们照了三张……

1939年春节前后，中国的时局、政局变化很大。日本侵略军在占领了广州、武汉后，由于战线延长，兵力不足，速战速决的战略企图破产；特别是在其后方受到共产党领导的敌后游击战争的严重威胁，因此，被迫停止了对正面战场的战略进攻。抗日战争正如毛泽东在《论持久战》中所论述的那样，转入敌我战略相持阶段。

随着战争的长期化，日本侵略者在坚持灭亡中国的总方针下，在策略上有了新的变化。由以往重视国民党，轻视共产党，改为重视共产党，轻视国民党，把主要兵力压向敌后战场；由过去对国民党的军事进攻为主、政治诱降为辅，改为政治诱降为主、军事进攻为辅。

正是由于共产党、八路军在敌后组织和实施的有力抗战，使得日本将主要对手转移到了共产党、八路军的身上，也证实了毛泽东所说的共产党、八路军要担负起抗战的领导责任。

这时，美英为了集中力量对付西方的德国，于是加紧策划"远东慕尼黑"阴谋，企图以牺牲中国、对日妥协的办法，来保护其在中国和东南亚地区的利益。

在日本帝国主义的积极招降下，国民党政府中的汪精卫集团公开叛国投敌——亲日派汪精卫集团在抗战刚开始就主张妥协投降，并一直和日本秘密地互通函电，往返信使，进行叛国活动。第二次近卫声明发表后，汪精卫即派高宗武、梅思平到上海与日本代表影佐祯昭、今井武夫等洽谈，商定了汪精卫外逃叛国的行动计划。1938年12月18日，汪精卫等潜离重庆飞抵昆明，次日和周佛海等飞往河内。12月22日，日本政府发表了第三次近卫声明；29日，汪精卫发表"艳电"响应，声称愿以近卫三原则与日本作"和平之谈判"，公开投敌。

汪精卫集团的叛国投敌，激起全中国人民的无比愤怒，解放区军民和国民党统治区许多团体、著名人士、军政官员，纷纷举行讨汪集会，发表讨汪通电……

5月4日，毛泽东出席延安"五四运动二十周年纪念大会"，发表题为《青年运动的方向》的讲演，要求青年走与工农相结合的道路。毛泽东在讲演中提出"人民民主共和国"的口号，这是"人民民主专政"理论的第一次提出。

会后，毛泽东又写了《五四运动》一文，提出是否愿意并实行和工农民众相结合，是知识分子革命的或不革命的或反革命的分界。此文和《青年运动的方向》，成为指导中国青年运动的纲领性文件。

5月11日，中央卫生部的傅连暲来杨家岭看望毛泽东。交谈中，傅连暲说毛泽东的身体状况比以前好多了；毛泽东笑了说："在瑞金，多亏了你呢！那时王明一伙人想要我去见上帝，只是马克思他老人家不要我去，没得办法，走到阴阳界口又返回来了！"

傅连暲说："主席，中国的革命实在是离不开你啊！周副主席和任弼时同志都曾对我讲过，中国出了个毛泽东，实乃共产党有幸，人民有幸！"

毛泽东一边摇头，一边摆手说："我毛泽东一个人的力量是很有限的，全靠了我们党内大多数人的团结，全靠了我们党勇于坚持正确的革命路线。"又说，"依我看，我们的党是大有希望的，中国是大有希望的。"

在谈及坚持抗战中的统一战线时，毛泽东再一次强调说："国民党蒋介石集团反共之心不死，我们必须坚持独立自主的原则。为了坚持独立自主原则，要区别情况，采取'先奏后斩'、'先斩后奏'、'暂时斩而不奏'、'暂时不斩不奏'等灵活的策略，这是我们党发展和巩固革命力量、实现全面抗战的关键所在啊！我们不能把抗战全部寄托在国民党身上，更不能依靠蒋介石！"

傅连暲说毛泽东说得对,并对毛泽东在六届六中全会上所做的报告和结论表示赞同。

1939年5月26日,毛泽东所写的《抗大三周年纪念》一文发表。

这时延安的"抗大"已经闻名于全国乃至世界的许多地方。

这时,远在苏联的贺子珍因生活困难,她身边的小儿子又不幸得了伤寒,终因抢救不及而夭折了;这使远离祖国、远离毛泽东的贺子珍痛不欲生……

毛泽东在延安并不知道贺子珍在苏联的情况,他的全部心血都倾注在了在极其艰难困苦的条件下,顽强、坚毅地领导着中国人民坚持统一战线、坚持抗战的伟大的事业之中……

进入6月的天气,延安已经显得很热了。毛泽东在"抗大"的讲台前顶着烈日,热情地鼓励着听讲的人们,受到大家的热烈欢迎……

6月10日,毛泽东在延安高级干部会议上明确提出:"目前形势的特点在于国民党投降的可能已经成为最大的危险,而其反共活动则是准备投降的步骤。"

6月18日,汪精卫从日本回到国内,开始筹建他的投敌叛国的傀儡政府。

6月30日,毛泽东的《反对投降活动》一文发表,号召巩固抗日民族统一战线,巩固国共合作,用一切努力去反对投降和分裂。

7月3日,中共中央政治局扩大会议在延安召开,毛泽东针对时局和国民党的投降倾向和其反共政策做了长时间的讲话。

延安的夏天虽然很热,但也有一处"避暑胜地",这就是坐落在延安西北方向,与凤凰山和宝塔山隔延河鼎立的清凉山。

这时在清凉山麓中,设立有新华总社、新华广播电台、解放日报社、中央印刷厂等机构,是中共中央新闻中心的所在地。毛泽东和其他中央领导同志经常到清凉山来,到各新闻单位视察工作,与各办事机构的人员们座谈,鼓励大家重视和大力搞好、发展新闻事业,要让中国共产党、八路军的声音响遍全中国,乃至全世界……

1939年8月25日,于7月3日召开的中共中央政治局扩大会议结束。毛泽东做了会议总结。

会议期间，毛泽东得到了他的两个儿子岸英、岸青在苏联学习的消息，很兴奋，又为已经失去了三子岸龙而悲伤；他怀念杨开慧，惦念岸英和岸青，追思幼小的岸龙和岸红，又挂怀贺子珍。这时他知道了贺子珍到苏联后已经又生下了一个儿子，这是他的第6个儿子，也是他的第9个孩子，可惜没能存活下来……

在无限的思念与感慨中，毛泽东为岸英和岸青找了一些书籍，并托驻西安的林伯渠买了一些书一起转寄苏联。

8月26日，毛泽东写信给岸英、岸青：

> 我还好，也看了一些书，但不多，心里觉得很不满足，不如你们是专门学习的时候。
>
> 为你们及所有小同志，托林伯渠老同志买了一批书，寄给你们，不知收到否？来信告我。①

9月14日，毛泽东在延安干部大会上做了题为《第二次帝国主义战争》的讲演。

两天后，毛泽东同中央社、扫荡报、新民报三家新闻单位的记者谈话，对国民党顽固派向解放区的军事进攻提出警告，宣布了共产党、八路军的自卫原则：人不犯我，我不犯人；人若犯我，我必犯人。

这一阶段，国民党在"防共"、"反共"的方针指导下，到处制造反共摩擦，武装袭击八路军、新四军的后方机关，发生多起流血惨案。中国共产党根据党中央和毛泽东的一系列指示精神，对国民党一些主要当权者危害民族抗战的倒行逆施，在政治上给予充分揭露，在军事上进行了有力的自卫还击。

10月10日，毛泽东为中共中央起草了关于《目前形势和党的任务》的决定，再次向党内敲起警钟，为在粉碎日本帝国主义的"扫荡"后打退国民党顽固派发起的第一次反共高潮做了必要的思想准备。

10月中旬的一天，王稼祥来找毛泽东谈工作，两个人在一起谈了八路军和新四军的发展问题，谈到了八路军已经壮大到了40万人，新四军也

---

① 《毛泽东书信选集》，生活·读书·新知三联书店1986年版。

已接近了中央规定的10万人；两个人又谈起了国民党的蒋介石和汪精卫，一致认为汪精卫在南京成立亲日的傀儡政府已不可避免，蒋介石的反共行动也会随之而来，要坚决站在自卫的立场上予以有力还击……

12月9日，毛泽东出席延安青年纪念"一二·九"运动四周年大会并作了讲演。

这时，国民党公然发动了对共产党领导的抗日武装的进攻，掀起了抗战时期的第一次反共高潮。

面对敌人的进攻，八路军各部队遵照党中央、毛泽东的指示"人不犯我，我不犯人；人若犯我，我必犯人"的自卫原则，给予了敌人以有力地自卫还击……

12月20日，毛泽东在延安为庆祝斯大林60岁生日写了《斯大林是中国人民的朋友》一文。第二天，毛泽东出席延安各界庆祝斯大林60寿辰大会并发表讲话。同一天，毛泽东还写了《纪念白求恩》一文。

在延安各界追悼以身殉职的白求恩的大会上，毛泽东亲笔写了挽联：

学习白求恩同志的国际精神，学习他的牺牲精神、责任心与工作热忱。

毛泽东并为追悼白求恩题词：

救死扶伤，实行革命的人道主义。

这一时期，毛泽东还开始著述《中国革命和中国共产党》一书。全书分两章，第一章《中国社会》，先由他人起草，再经毛泽东亲自修改；第二章《中国革命》，是毛泽东自己动手写的。该书运用马列主义基本原理揭示了中国社会的性质、特点和主要社会矛盾及中国革命发展的历史规律，并第一次提出"新民主主义革命"这一科学概念。

"大家都是革命同志"

1939年年末,毛泽东开始写《新民主主义论》。他要用马克思列宁主义的理论结合中国革命的具体实践,总结出中国革命的具体经验,以武装人们的头脑,指导人们当前和以后的实际行动……

毛泽东接连几天写《新民主主义论》,困极了就狠狠地吸上几口烟,或者用冷毛巾擦一擦脸,然后继续伏案疾书;实在写累了,才会在他身边的一张帆布躺椅上坐下来躺一躺,或者走出窑洞在门前的场坪上散散步。夜里,他会仰望星空,间或发出一两声感慨之音;白天,他会同工作人员谈几句话,换换脑筋……

1940年1月5日,陕甘宁边区文化界救亡协会第一次代表大会在延安召开,毛泽东出席会议并演说,勉励文化工作者深入工农兵,为工农兵服务。

1940年1月28日,毛泽东针对时局为中共中央起草了《克服投降主义,力争时局好转》的党内指示。毛泽东要求党的组织,要集中一切力量为发展武装建立根据地而斗争。

这时候,毛泽东完成了他的《新民主主义论》一文,并发表在了延安出版的《中国文化》创刊号上。

毛泽东在文章中科学地总结了帝国主义和无产阶级革命时代殖民地和半殖民地人民革命斗争的经验,提出了无产阶级领导的民族民主革命的基本规律,阐明了新民主主义革命的路线和纲领。文章的发表,粉碎了国民党顽固派在政治思想上的进攻,从理论上批判了共产党内"左"右倾机会主义,进一步统一了全党和全国革命人民的思想,推动了中国革命的顺利发展。

1940年2月1日,毛泽东为延安民众声讨汪精卫投降日寇的叛国罪行大会起草了《向国民党的十点要求》通电。

2月10日,中央军委根据毛泽东的指示,向全军发出指示,要求部队开展生产运动。

这时给毛泽东做饭的炊事员叫黄成玉,他总想给毛泽东做些好一点的饭菜吃,可延安的条件差,再加上毛泽东和其他中央领导人一样,伙食都

是有标准的；一天两顿饭，每顿只两个菜，基本上都是白菜、芋头，还有一点点少得可怜的肉。每逢月末，毛泽东总要亲自检查他的伙食账，严格要求黄成玉掌握好标准、不准超过。

今天朱德和康克清来家吃饭，总要搞些好菜吃吧！可因毛泽东的伙食标准所限，该如何让朱德夫妇和毛泽东夫妇吃好这顿饭呢？

犯难之际，黄成玉想起了毛泽东讲过的他弟弟毛泽民早年在长沙学校当总管的事，便学了毛泽民的办法，去买了比较便宜的猪蹄来，用小火炖了做给大家吃。

吃饭时，朱德连声夸奖菜做得很好；毛泽东让王来音叫了黄成玉来，问他："今日的菜做得很好，是么回事？我的伙食没得超过标准么？"

"没有！"黄成玉汇报说，"报告主席，我是按照毛泽民部长做过的办法做的！"

"很好！"毛泽东连连点头，"我毛泽东要带头遵守规定、执行标准呢！"

朱德也夸赞黄成玉说："你能想办法把饭菜做得这样好，说明你是动了脑子的，很好呵！咱们的伙食标准是供给部统一规定的，我们大家都要遵守，主席这样要求你是对的。"

江青想说什么，看了看毛泽东却没敢说出来。毛泽东这时对康克清说："今日请你们来，本来是要吃顿便饭的，好在大家都过惯了艰苦生活；现在我们的生活正处在困难时期，伙食标准是低了些，但总比在井冈山、比长征路上强么！"

康克清笑道："我是走过三次草地的人，吃什么也不在乎，只要能吃饱肚子就行！"

江青也随着笑道："康大姐是老革命了，我以后一定要向你多学习、多请教呢！"

"那我可不敢当！"康克清真诚地对江青说，"你又能写又能唱，文化水平比我高多了，还是我向你学习吧！"

毛泽东说："互相学习么！朱毛、朱毛，朱毛是一家人，你们两位女同志也是一家人么！"

朱德也说："大家都是革命同志，朱毛两家就更亲密些；今天不说别的了，吃饭！"

第九篇

毛泽民被"请去谈话"

毛泽东为贺怡签字手术

1940年年初，去苏联治病的毛泽民回到了新疆；这时钱希钧已写了要求回延安直接参加抗日的申请，搭上苏联的运输车回延安了。

钱希钧回延安后，组织上批准了她和毛泽民离婚。

毛泽民在新疆，认识了在迪化女子中学任教导主任的才女朱旦华。朱旦华是一位端庄、俊俏的姑娘，原是从延安到新疆来组建新疆省政府经济建设计划委员会的，后来到了邓发领导的新兵营，又从新兵营到了迪化女中。

3月11日，毛泽东在延安党的高级干部会议上做《目前抗日统一战线中的策略问题》的报告，提出扩大统一战线，必须采取"发展进步势力，争取中间势力，反对顽固势力"的策略；同顽固派作斗争，必须坚持"有理、有利、有节"的原则，注意运用"利用矛盾、争取多数、反对少数、各个击破"的策略。

3月30日，国民党汪精卫集团在南京成立伪"国民政府"，汪精卫代理主席，充当了日本侵略者的忠实走狗。

4月间，毛泽东所考虑的主要问题依然是如何进一步巩固和发展壮大抗日民族统一战线，他除了向国民党当局进行呼吁外，同时广泛接触来到延安的众多的知识分子和各界人士，同他们谈心，讲明共产党坚决反对任何形式的投降，一心抗日的决心和团结民众的各项政策，吸引和鼓舞着越来越多对共产党和八路军有所认识、了解的人们……

5月间，在新疆迪化的毛泽民与朱旦华结婚。在迪化城的大礼堂里，他们正式举行了婚礼，由王宝乾做主婚人，还有女中的学生们组成了歌咏队前来贺喜。

婚礼很简朴。毛泽民只是把自己的一只旧皮箱和一个旧藤条包打开，将被子、衣服、书籍、一双穿了好多年的旧毡筒靴和一顶从内地带来的旧皮帽子一股脑儿地塞了进去，与朱旦华的简单行装汇集在一起，这就是他们的全部家当了，没有一件新的家具和摆设。

婚礼这天，毛泽民和朱旦华还特意约集了茅盾、张仲实、孟一鸣、王义明和沈谷南等人玩了一天。

婚礼虽然办得简朴，但一点也没影响婚礼的欢快气氛。其实，毛泽民完全可以把婚礼办得隆重一些，因为他时任新疆省财政厅厅长，按省政府规定，高级官员生活上的某些费用是可以报销的，但毛泽民却从来不占用公家的一分钱。

婚后的毛泽民更加朝气蓬勃地投入到了新疆的经济、财政建设上面，工作也更加显得如虎添翼了。朱旦华仍和从前一样，依然在女中任教；教课之余，笔耕不辍，经常在《新疆日报》上发表文章，深受读者的好评。

这时在延安，毛泽东身边已有不少从韶山来的家人，每逢休息日，这些人总要到杨家岭来看望毛泽东，并从幼稚园接了娇娇回来，大家在一起乐一乐；只是贺怡执行任务离开了延安，毛泽东便常抽时间去凤凰山麓看望贺子珍的妈妈，和老人家一起吃顿便饭……

只要有时间，毛泽东总要到"抗大"去讲课，并且对"抗大"教职员的学习抓得很紧。他常对大家说："要当先生，必须先当学生。"

1940年7月5日，毛泽东为纪念抗日战争三周年和中国共产党成立19周年写了《团结到底》一文，对坚持、巩固、扩大统一战线，孤立国民党顽固派起了重大作用。

8月间，离开延安执行任务的贺怡在韶关不幸被国民党特务逮捕；为了保持共产党人的气节，她吞下金戒指准备自杀……

毛泽东在延安得到消息，立刻给在重庆的周恩来拍发了加急电报，要他赶快想办法营救；周恩来马上同顾祝同谈判，用八路军俘虏的国民党将领换回了贺怡，并派人把她送回了延安。

延安野战医院的医生认为，必须尽快对贺怡动手术，取出腹中的金戒指。按规定，手术前必须由她的亲属在手术申请单上签字。可是，这时贺怡身边已无直系亲人，总不能去凤凰山麓请了她年事已高的老母亲来吧——怎么办？手术申请单被送到了杨家岭毛泽东那里。

毛泽东为贺怡签字手术

江青知道后说:"这手术单主席不能签!"

毛泽东却说:"要签呢!为了她能够多工作几十年,这个字我还是要签的。"

贺怡的手术成功了,虽然她的胃只剩下了三分之一,但终于恢复了健康。当她得知毛泽东代表直系亲属为她签写了手术申请单时,两行热泪不由得夺眶而出……

就在贺怡的手术成功之时,江青生下了一个女儿。毛泽东极为高兴,给女儿取名李讷,但总爱叫她"爸爸的乖女儿、大娃娃……"

这是毛泽东的第10个儿女,按姐妹排行是毛家的第四个女儿了。

又值深秋季节。延安的枣树红了,杨家岭后山上的柿子树黄了,延河边的杨柳树叶子也黄了,并且开始落叶。

远在苏联的贺子珍这时身体状况极差,她思念祖国、思念毛泽东,又因痛失爱子而精神恍惚,更加思念留在延安的女儿娇娇;毛泽东得到消息后,为了给贺子珍以精神寄托,决定将女儿娇娇送去苏联,陪伴在她身边,使得她能够尽早恢复身心健康……

1940年12月3日,毛泽东为中共中央起草了党内指示,其中一部分即《论政策》一文,这是毛泽东在抗战时期有关中国共产党政策的集大成文章,对统一解放区政策、巩固抗日民族统一战线起着重大作用,也是毛泽东关于政策和策略理论走向成熟的标志。

临近年终岁尾,毛泽东、朱德命令王震率三五九旅开赴延安东南的黄龙山南泥湾地区,在保持战斗准备的情况下,屯田开荒,发展生产。

王震临行前,毛泽东对他说:"三五九旅到了南泥湾,一定要吃大苦,耐大劳,干出一个样子来!"又说,"军队搞屯田,也不是现代人的什么发明,中国古时候就有了,春秋时管仲搞过,三国时诸葛亮也搞过;如今我们搞屯田,是要打破国民党的经济封锁!我们要靠着两只手,做到自力更生,丰衣足食!"

王震表示说:"请主席放心,我保证三五九旅一定干出个样子来!"

"毛泽东同志的思想"

1941年1月4日,新四军军部率领皖南部队9000余人开始北移。

1月6日,新四军进至安徽泾县茂林地区时,遭到国民党军第三战区7个师8万余人的包围袭击。新四军自卫血战7昼夜,终因众寡悬殊,除2000多人突围外,大部分被俘、失散或壮烈牺牲,军长叶挺被扣,政治部主任袁国平牺牲,副军长项英、参谋长周子昆遇害。这就是震惊中外的"皖南事变"。

17日,蒋介石发布反动命令,诬蔑新四军为"叛军",取消新四军番号,并声称将叶挺交军事法庭"审判"。

一时间,全国舆论哗然。中国共产党对国民党的这一反共暴行进行了针锋相对的斗争。

20日,中共中央军委发布重新组建新四军的命令,任命陈毅为代理军长,刘少奇为政治委员。

两天后,毛泽东以中共中央军委发言人的名义对新华社记者发表谈话,揭露国民党破坏抗战、实行反共的阴谋,向国民党提出取消蒋介石1月17日宣布的取消新四军番号的反动命令,惩办祸首,释放叶挺,废止国民党一党专政,实行民主政治等12条解决办法,沉重打击了国民党顽固派的嚣张气焰。

1月25日,新四军新军部在苏北盐城成立,立即将部队整编为7个师,继续坚持长江南北敌后战场的抗战。

1月31日深夜,当杨家岭窑洞外的星空寂寥、万籁俱寂时,毛泽东在窑洞内的煤油灯下给他的两个远在苏联的儿子岸英、岸青写了一封长信。

2月18日,毛泽东等共产党参政员致函国民参政会,提出皖南事变"善后办法"12条。

又值春节时期——这时在新疆迪化,朱旦华生下了她和毛泽民的儿子毛远新。

3月18日,毛泽东为中共中央起草了《打退第二次反共高潮后的时

局》的党内指示。

3月间,在延安工作的共产党理论工作者张如心在《论布尔什维克的教育家》一文中,首次使用了"毛泽东同志的思想"这个提法。他说,毛泽东同志的言论、著作"是马列主义理论与中国革命实践结合的典型的结晶体";共产党的教育人才"应该是忠于列宁、斯大林的思想,忠实于毛泽东同志的思想"。这是"毛泽东思想"的首次提出和公开使用。

"三副中药"——提倡中西医结合

1941年仲春的一天,毛泽东利用工作之余又扛起锄头,到划分给他的那一块田地里去劳动了。阎长林和王来音见毛泽东的工作太多、太忙,便几次劝阻说:"主席工作这么忙,身体又不大好,种田的事就让我们去干吧!"

毛泽东坚持亲自参加生产劳动,并说:"我不可以不劳动呢!劳动生产是党的号召,我应该和同志们一样,响应党的号召,参加大生产么!"

劳动中,阎长林和王来音等警卫人员、勤务人员都跑到毛泽东的田间来帮着挖地,毛泽东制止大家说:"你们有你们的生产任务,我有我的生产任务;这点地,你们都挖了,我就没得挖了,还是让我自己动手么!"

5月19日,毛泽东在延安党的高级干部会议上作《改造我们的学习》的报告,要求全党在学风上来一个彻底改造,树立马列主义学风,坚持理论联系实际的原则和实事求是的科学态度,坚持有的放矢的学习方法。报告是延安整风运动的必读文件之一,对搞好整风运动起着重要作用。

1941年6月22日,世界形势陡变——法西斯德国发动了对苏联的侵略战争。德军分三路向苏联境内发起闪电进攻。

第二天,毛泽东为中共中央起草了《关于反法西斯的国际统一战线》的党内指示。

在延安的党中央机关工作的人们谈起东欧局势,毛泽东分析说:"苏联那么大,斯大林是有手段的,我相信日后苏联必胜,德国法西斯必败!"

7月2日,毛泽东致电八路军副总司令彭德怀,提出共产党所领导的军队必须准备配合苏军反法西斯作战的准备。

当有人问起世界共产党人的力量最终是否能够打败法西斯时，毛泽东肯定地说："无论任何时候、任何地方，人民的力量总是最强大的；凡是反动的东西，最终总归是要失败的！我们看么，中国人民一定会打败日本帝国主义，共产党一定会打败国民党！苏联人民一定会打败德国法西斯，凡是搞侵略的人最终都是没得好结果的！"

毛泽东还说："我们是不想打仗的，但敌人要打，那就横下一条心，想尽一切办法打好了！打就大打，狠打，彻底地打，打它一个天翻地覆、人仰马翻，彻底砸烂旧世界，像《国际歌》中唱的那样，实现'英特耐尔'！"

8月中旬，毛泽东为边区的经济建设多次写信给林伯渠、谢觉哉和陕甘宁边区政府银行行长朱理治等人，指示他们多和中共中央西北局书记高岗、陕甘宁边区政府财政厅厅长南汉宸、陕甘宁边区政府副主席高自立、八路军总后勤部部长兼政委叶季壮等人商议，共同研究，起草一个边区经济建设的可行性方案来；为此，毛泽东经常自然而然地想起他的二弟毛泽民——如果有毛泽民在延安，可以省却他关注边区经济建设和财政政策上的多少心血啊！

而这时毛泽民依然远在新疆迪化，化名周彬，由担任新疆省财政厅厅长改任民政厅厅长，在不到两年的时间里使全省的财政工作有了很大起色，并募捐到一大批款项购得了10架战斗机；这10架战斗机被命名为"新疆号"，从窝堡机场起飞，奔向了抗击日本帝国主义的最前线……

9月下旬的一天夜里，毛泽东在写作中突然感觉到胳膊痛得抬不起来了——长期艰苦的战斗生活，使毛泽东早已患了风湿性关节炎和严重的肠胃病，发作时痛得很厉害。他还经常便秘，夜里失眠，白天饮食不振。这一天，他的关节炎再一次发作起来，天亮后阎长林要去医院请大夫，被毛泽东阻止了："莫去了，吃了多少次西药都不大顶用，还是请中医吧！"

在边区政府工作的李鼎铭先生，既是米脂县参议会的议长，又是边区有名的中医。阎长林去请李鼎铭，李鼎铭拄着拐杖从边区政府来到杨家岭给毛泽东看病。

切脉后，李鼎铭对毛泽东说："吃三副中药就会好转，不要紧的。"

李鼎铭走后，在毛泽东身边工作的人员和中央卫生处的一些同志都反对毛泽东吃中药，因其太苦，担心引发胃病。毛泽东笑着对大家说："你

们应该相信中医,还是试试看么!"

毛泽东吃完三副中药后,胳膊果然能够转动自如了。毛泽东不由夸赞说:"中医是中国的传统医学,有上千年的历史,是很值得继承和发扬的!"

9月26日,中共中央决定成立中央学习研究组,由毛泽东任组长,主要任务是研究马列主义理论和党的历史经验,以克服主观主义和形式主义。同时决定成立各地高级学习组。随后,延安高级干部开始了整风……

这时在欧洲战场,分三路进攻苏联的北路德军已于7月包围了列宁格勒,南路德军于9月攻陷基辅,中路德军也已兵临莫斯科城下……

10月22日,于9月10日召开的中央政治局扩大会议结束。

10月30日,毛泽东在东方反法西斯民族会议上发表讲演,强调加强国际统一战线,打倒法西斯。

这时又值深秋时节,陕北的黄土高原上天高气爽。

11月中上旬,毛泽东的风湿性关节炎和胃病再一次同时发作了。李鼎铭先生除了让毛泽东服中药以外,还用按摩的办法予以治疗,并建议说在太阳光下按摩的效果会更好。毛泽东欣然同意。

一连数日,毛泽东每天中午便赤裸了上身,躺坐在窑洞外的帆布椅上,在阳光的照射下让李鼎铭先生给他按摩身体。开始时是一天一次,后来隔日一次;阎长林每次都拿着毛泽东脱下来的旧夹袄侍立在一旁,随时准备着为毛泽东重新穿上衣服。

一次在按摩中,毛泽东对李鼎铭说:"现在延安西医看不起中医,是有些人迷信西医的医术,不晓得也不认识中医医学的缘故;将来,等这些人生病了,西医治不了,被中医治好了,他们就看得起中医了。"

李鼎铭边给毛泽东按摩边说:"等这些人生病就晚了。我认为中西医各有长处,只有团结起来才能求得进步。"

毛泽东听了很高兴:"你这个想法好哩,以后中西医一定要结合起来!"

11月中旬末,毛泽东的身体状况好了许多,同时学到了许多中医保健方面的知识。从此以后,他逢人就讲李鼎铭先生的医术高明,宣传中医的好处,号召人们尊重和爱护中医,要西医虚心向中医学习。

在毛泽东的倡导下,边区很快成立了中医研究会、中西医协会、中医保健药社,推进了中医中药的发展和中西医结合……

整风与文艺座谈会

1942年1月1日,中、苏、美、英等26个国家正式结成了世界反法西斯同盟。

太平洋战争爆发后,日军作战重心转向太平洋地区。对中国正面战场的军事行动主要是配合其在太平洋的作战。

日军为了把在中国的占领区变成其稳定的战略后方和兵站基地,这时更加紧了在华北地区推行的"治安强化运动",对"治安区"(即敌占区)以"清乡"为主,强化保甲制度,进行欺骗怀柔;对"准治安区"(即游击区)以"蚕食"为主,恐怖政策与怀柔政策并用,实行所谓"绝缘政策",制造"无人区",反复进行搜索;对"非治安区"(即解放区)以"扫荡"为主,调集大部分兵力,采用所谓"铁壁合围"、"纵横扫荡"、"辗转抉剔"等新战术,对敌后根据地进行连续的残酷的"扫荡",实行残暴的烧光、杀光、抢光的"三光"政策,妄图扼杀根据地军民的生存条件。同时,在华中、华南推行"清乡"运动,强调"军政并进,剿抚兼施"。

国民党顽固派也调集了几十万大军包围、封锁解放区;还有大批军队投敌,配合日军进攻解放区。

由于日、伪、蒋的夹击,加上华北地区连年遭受自然灾害,使解放区处于极端困难的境地。解放区缩小了,人口和军队的总人数也下降了,财政经济和军民生活发生了极大的困难。这时,解放区的许多地方几乎被弄得没有衣服穿,没有油吃;八路军和新四军的战士们没有鞋袜,工作人员没有被盖。

为了克服困难,坚持长期抗战,共产党中央和毛泽东先后为全党制定并实行了对敌斗争、精兵简政、统一领导、拥政爱民、发展生产、整顿三风、审查干部、时事教育、三三制政权、减租减息等十几项政策。这些政策的中心思想就是以马列主义为指针,加强共产党的自身建设和统一领导,保持政治上思想上的一致,调动一切积极因素,团结奋斗,战胜困难,巩固解放区,开创新局面,夺取抗战的最后胜利。而整风运动和大生

产运动则是其中的两个中心环节。

为了清除教条主义的思想影响，克服共产党内各种非无产阶级思想，保证党的正确路线更好地贯彻执行，中国共产党首先从延安开始，逐步开展了全党的整风运动。

从1941年5月到1942年年初，是全党整风的准备阶段，主要在高级干部中进行学习讨论、以提高认识和统一思想。

与此同时，解放区军民开展了大生产运动。在陕甘宁边区，广大军民积极响应中共中央和毛泽东提出的"自己动手，丰衣足食"的号召，首先掀起了热火朝天的大生产运动，毛泽东、朱德、周恩来、任弼时等中央领导同志带头参加劳动；中共中央机关、边区政府、军队和学校都开荒种地、种粮种菜，办工厂；王震率领三五九旅开垦南泥湾，边区农民组织起来开荒生产，同时边区工业也有了很大发展。敌后根据地军民，在频繁的战斗环境中，实行劳武结合，也开展了生产运动，以达到"自己动手，克服困难"的目的。

这时，蒋介石顽固派更加紧了对新疆大军阀盛世才的收买活动，老奸巨猾的盛世才很快摘下了他脸上伪装革命的假面具，开始向新疆的共产党人举起了屠刀……

早在1938年春，盛世才在全国抗日救亡运动高涨之际开始伪装进步，要求与共产党合作，并提出希望共产党派一批干部到新疆工作。中共中央为了争取一切可以团结的力量共同抗日，答应了盛世才的要求，派出了陈潭秋、毛泽民、林基路等优秀共产党员去新疆工作。

1942年年初，新疆的形势已经很紧迫了。陈潭秋和毛泽民清醒地分析了形势，认为应建议中共中央及时考虑撤出在新疆的共产党干部，并将新疆政治形势的急剧变化向中央做了汇报。

这时，毛泽东为着准备在党内发动整风运动，号召边区部队学习红四军第九次党代表大会决议。

2月8日，毛泽东在延安干部会议上做《反对党八股》的报告，阐述了反对党八股的必要性，列举了党八股的8条罪状，促进了马列主义文风的建设。

3月31日，毛泽东出席延安《解放日报》改版座谈会并发表了讲话。

为办好《解放日报》第4版副刊，毛泽东还特意拟定了一份征稿人名单。随后，由中共中央办公厅按名单发出通知，请大家到枣园参加毛泽东指定的"宴会"。

枣园又名延园，地处延安城西北10公里处，是中共中央书记处的所在地。枣园大门面东偏南，进门是一幢四方形砖木结构的中央小礼堂，与之相对的一侧是作战研究室、休息室和机要办公室三座相类似的平房。小礼堂后面的山下，是任弼时、刘少奇、彭德怀居住的窑洞。这时在山上，为了工作方便，也给毛泽东、周恩来、朱德准备出了三处窑洞。西北侧还有一幢房子，是苏联援华医生阿洛夫的住所。山下沟道里另有一处窑洞，是中央社会部的所在地，住着社会部部长康生。

"宴会"这天，被毛泽东邀请的客人都从四面八方赶来了。当大家纷纷进入小礼堂，毛泽东站在台前致辞说："诸公驾到，非常感谢。今在枣园摆宴，我想诸位专家、学者必然乐于为《解放日报》第4版负责，当仁不让，有求必应，全力以赴，取之不尽，用之不竭……"

毛泽东的话，把到场的人们都说笑了……

5月2日至23日，中共中央在杨家岭中央礼堂召开了文艺座谈会，毛泽东出席会议并于2日、23日两次发表讲话①，回答了中国革命文艺运动中长期争论的一系列带根本性的问题，阐明了马克思主义的文艺理论和党的文艺路线，指明了革命文艺为工农兵服务的根本方向，把五四以来的革命文艺运动推向了新的阶段。毛泽东的讲话对延安文艺界的整风运动起了积极的推动作用，极大地促进了广大党员和干部改造世界观的自觉性。

这时在太平洋战场上，日本进攻中途岛，遭到美军反击，日军舰队惨败，成为太平洋战局的转折点；从此，日军由攻势转为守势，美军由守势转为攻势。

毛泽民被"请去谈话"

1942年5、6月间，侵华日军对敌后战场的军事进攻疯狂到极点，"扫荡"、"蚕食"和"清乡"三种办法互相配合使用。敌后战场的形势极端复杂，战斗的频繁和残酷达到了空前未有的程度。

这时在陕甘宁边区，以延安为中心的党内整风运动正在普遍进行之中，广大党员认真学习整风文件、反省思想、自觉改造世界观。这是一次由毛泽东亲自领导的普遍的马克思列宁主义教育运动，意在使广大党员认识和掌握马列主义的普遍原理和中国革命的具体实践相结合的正确方向，使全党在马列主义的基础上达到空前的团结，为夺取抗战胜利和人民民主革命的胜利奠定坚实的思想基础。

与此同时，解放区广大军民在毛泽东的号召下掀起的轰轰烈烈的大生产运动战胜了严重的物质困难，为争取抗日战争的最后胜利奠定了物质基础，同时锻炼了干部、密切了党、政、军、民之间的关系，培养了自力更生、艰苦奋斗的延安精神，积累了经济建设的经验。

1942年8月上旬，国际战争形势变化很大；美军在瓜达耳卡纳耳岛登陆，标志着美军开始在太平洋上展开了正面反攻。

这时新疆的形势对共产党人愈加不利了……

8月29日，蒋介石亲自坐镇嘉峪关，特派宋美龄、朱绍良、梁寒操和吴泽湘等乘专机飞抵迪化，与盛世才进一步谈判。

蒋介石对盛世才威胁利诱并用，他任命盛世才为国民党中央监察委员，国民党新疆省党部主任委员，边防督办，省政府主席，第八战区副司令长官兼党、政、军要职。同时，他又派遣胡宗南部队进驻甘肃南部，以大军压境相要挟。

通过这次谈判，盛世才最终投靠了蒋介石；蒋介石即对盛世才下达了四条指令，其中第三条就是"肃清新疆共党"。

宋美龄等人一离开迪化，盛世才就以安全为由，将中共在新疆各地的工作人员，包括病残人员、家属和孩子全部集中在迪化八户梁和南梁招待所，即八路军驻新疆办事处。

此时的毛泽民已经料到形势即将发展的严重后果，随时准备把监狱当作自己对敌斗争的战场，并且下定决心，只要项上的人头还在，就要与蒋介石、盛世才斗争到底！

阴沉沉的秋天似乎在预示着痛苦和灾难的到来……

9月，在新疆迪化，形势已急遽恶化。

17日上午，为了中共在新疆的同志能早日撤离，陈潭秋和吉合匆匆赶往苏联驻迪化领事馆，送去了他们准备分批撤离的计划和人员名单。

不料，陈潭秋和吉合回来时，盛世才的人马已经武装包围了陈潭秋的住所和整个八户梁招待所。

一伙全副武装、荷枪实弹的军警特务，分别冲进了毛泽民、林基路等人的住宅，声称："督办请你们去谈话！"然后不由分说地将毛泽民、林基路等人推上了停在院中的汽车。

在被武装"护送"的汽车上，毛泽民看到了与他一起被"请去谈话"的还有陈潭秋等5人。

毛泽民是下午1时被"请去谈话"的。当临近傍晚时，朱旦华还不见他回来，预料到这是盛世才耍惯了的捉人的鬼把戏——仅仅两天时间，盛世才以"谈话"为名软禁了中共在新疆的所有人员，包括家属和孩子共164人，朱旦华和儿子毛远新也包括在内。

陈潭秋、毛泽民、林基路等人被软禁后，联名给盛世才写了抗议信。信发出后，却没有任何反应。接着，他们又发出了第三封措辞更为强烈的抗议信。

这些抗议信对盛世才已经毫无作用了。因"皖南事变"和苏德战争爆发后，盛世才认为苏联不行了，中共也靠不住了，便制造借口大肆捉拿共产党人，作为他投靠蒋介石的资本……

毛泽民在狱中

1942年10月12日，毛泽东在延安为《解放日报》写的社论《第二次世界大战的转折点》发表，高度评价了苏联红军在斯大林格勒的胜利。

这时远在苏联的毛岸英，已经参加了苏联红军，在苏联的卫国战争中，以其勇敢的战斗作风和勇于献身的大无畏精神，迅速地成长为了一名年轻的苏联红军基层指挥员。

12月在新疆，整个迪化已变得阴森恐怖、冷酷如冰……

盛世才丧心病狂地下令将陈潭秋和毛泽民及其家属从"刘公馆"秘密

转移到原来城防团团长尤大头的住宅"尤公馆",实际此处已成了盛世才的秘密监狱。

毛泽民等人再次愤怒地指责盛世才恩将仇报,完全忘记共产党派来干部帮助他开展新疆的抗战工作和发展经济的功绩与事实,并强烈要求立即释放被他所关押的全部共产党员。

盛世才对于这些抗议和指责充耳不闻,只是专心和急切地要向蒋介石一表忠心、大献殷勤。他亲自起草了密文,并派专人赴重庆送呈蒋介石,将新疆最近一段时间内的"大事情"向蒋介石特别详细地汇报;胡说新疆破获了"共产党'四·一二'阴谋暴动案"、"杜重远阴谋暴动案"和"阿山案",以及如何软禁中共人员的详情,并请示从速派人到新疆"审讯和处理"。

为了进一步讨好蒋介石,盛世才于12月9日又下令组织了一个所谓"清理历次阴谋暴动案委员会"。他这样做,目的是为了迎接蒋介石即将派来的"新疆审判团"。

盛世才心里明白,在蒋介石的"审判团"到来之前,他必须准备好所需要的"口供";所谓准备,就是他预先策划、制造事端后采用"逼供信"的手段而逼取出来的"口供"。

在这样的情况下,分两处被软禁的陈潭秋、毛泽民和林基路等人的处境已经很艰难、很危险了……

新疆的情况,由在迪化的共产党组织和苏联驻迪化的领事馆迅速报告给了延安,引起了共产党中央的极大重视。毛泽东和中央的其他领导同志几经商议后,很快做出决定:一方面,要求新疆的共产党人坚定革命立场,严守党的机密,不给敌人以任何反共借口,继续进行革命斗争,努力完成党交给的各项任务;另一方面,要求八路军驻西安、重庆办事处的人密切关注重庆方面同盛世才的一切联系,同时密切关注新疆方面的一切动向,并向苏联驻迪化的领事馆发出电报请求帮助,以确保新疆所有共产党人及其亲属们的生命安全……

进入1943年,共产党人在新疆的处境更为恶化。被软禁在迪化"尤公馆"中的陈潭秋、毛泽民等人以及他们的家属日夜受到监视,每日的伙食越来越糟,敌人里里外外增加了岗哨,断绝了众人与外界可能发生的一切联系。

这时候，迪化其他软禁地的情况也愈发恶劣，特别是三角地"临时招待所"处，敌人增加的岗哨一直设立到了被软禁人员居住宿舍二楼的楼梯口，连人们夜间去厕所也要受到盘问和跟踪。

毛泽民、陈潭秋、林基路等人已经认识到形势的严峻性，他们很快烧毁了各自的学习笔记，并做好了应变的一切准备。

1月9日，蒋介石派遣到新疆的第一批各种工作人员抵达迪化城。

同时，英美两国也在迪化正式设立了领事馆。

八路军驻重庆办事处的人很快获知了迪化所发生的这一切，并迅速报告了延安，毛泽东更为所有在新疆的共产党人的处境而担心……

1月16日，国民党新疆省党部在迪化宣布正式成立，由一心投靠蒋介石的盛世才担任主任委员。

2月初，被软禁在迪化各处的中共人员几乎同时发现，盛世才突然停止了向各软禁地发送报纸，这明显地预示着事态已向更凶险的境况发展了。

2月7日傍晚，盛世才终于撕下了他脸上的一切伪装，将已被软禁达4个多月的中共党员全部正式分批投进了监狱。

傍晚时，首先出动的军警将软禁在"尤公馆"中的徐杰（陈潭秋）、周彬（毛泽民）、潘柏南（潘同）、刘西平（刘希平）、孟一鸣（徐梦秋）等人一起押进了迪化第二监狱。尽管徐梦秋是个残疾人，没有双脚，但仍由王义福照顾着被投进了监牢。

第二批出动的军警又将软禁在三角地"临时招待所"的林基路、李啸平（李宗林）、李志梁（李云扬）、高登榜、刘伯珩（白大方）、马殊、郑亦胜、许亮、谷先南、谭桂标、于村（刘德亭）、王漠（王漠行）、马锐（马肇嵩）、曹克屈（曹建培）、段进启（段士谋）、胡东（胡鉴）、陈然然（陈清源）、陈如青等人一一点名叫了出来，分别押上汽车，送进了迪化第四监狱。

在第二监狱，陈潭秋、徐梦秋和王义福被关在同一个监牢中，毛泽民被关在另一个牢房里。

在第四监狱，被押进来的共产党人分别被关在了四个监牢中。

很快，身陷囹圄的共产党员们确立了三点对敌斗争原则：

（一）我们是盛世才邀请来的，我们在新疆有功无过，为什么关押我们？要求公审，宣布"罪状"；

（二）要求集体回延安，在任何情况下，都不单独出狱，单独出狱者是叛徒；

（三）要永远保持共产党员的高尚气节，宁肯牺牲自己的生命，也不危害党的利益。

接下来，一场充分显示共产党人钢铁般的革命意志和受尽摧残而宁死不屈的顽强斗争，在敌人的监狱中展开了……

"要重点提审毛泽民"

1943年2月2日，苏联红军取得了斯大林格勒大会战的胜利，苏军开始由战略防御转入战略进攻。这是苏德战争的转折点，也是第二次世界大战的转折点。

这时美军已在太平洋的瓜达耳卡纳耳岛上登陆达半年之久，日本守军几乎全军覆没，瓜岛被美军占领。从此，美军转入战略总反攻，日军节节败退。

这时，毛泽东已经搬到枣园来住了，江青和李讷也一同从杨家岭搬了过来，连同在毛泽东身边工作的人员，都随毛泽东到了枣园。

3月1日，国民党蒋介石派驻新疆的外交和监察等机构，在迪化正式成立。

蒋介石自从接到盛世才请求派去具有反共经验，并懂得法律的审判人员到新疆参加审判的密电之后，心中大为高兴；他立刻将密电批交中统局，并嘱咐"保送人员候核"。

中统局局长徐恩曾当即慎重选送了曾任中统南京实验区区长和第三处处长的季源溥，中共叛徒、屡任江西和江苏调统室主任的冯诗，中统骨干、重庆地方法院检察官郑大纶三人。

蒋介石在重庆官邸并没有同意冯诗，而是自行批选了CC系高级特务、国民党中央政治学校训导主任王德溥和季源溥二人为审判员，由王德溥负责，并特别吩咐要重点提审毛泽民。

听说要去新疆"审判"共产党，陈果夫立刻找到蒋介石，提出王德溥的老友、江苏高等法院院长和行政法院评事朱树生为审判员。这时郑大纶也向徐恩曾要求，希望能派去新疆参加审判。

临行前，蒋介石亲自召见了王德溥、季源溥和朱树生三人，并再三强调要严办新疆这批共党，尤其不能放过毛泽民。

随后，徐恩曾又设宴招待了包括郑大纶在内的全团四人。席间，徐恩曾嘱咐他们："此行去新疆，一定要遵照总裁的训导，很好地完成任务！"

3月上旬的一天，王德溥、季源溥、朱树生和郑大纶四人乘专机离开了重庆，经西安飞往新疆，次日到达迪化。

盛世才特意指派了新疆第一号特务头子李英奇等要员前去机场迎接，并将四位"贵宾"送到了奢侈豪华的督办公署大花园下榻。

盛世才随即重新组织了所谓的"审判委员会"，并由盛世才本人亲任审判委员长，指定刘效藜和王德溥为副委员长，李英奇、李溥霖、彭吉元、程东汉、盛世骥、张光前、季源溥、朱树生和郑大纶等12人为委员。

"审判委员会"被盛世才划分成三个审判组。第一组由季源溥、李英奇等五人组成，专审"共产党'四·一二'阴谋暴动案"；第二组由王德溥等二人组成，专审"杜重远阴谋暴动案"；第二组由朱树生等人组成，专审"阿山案"。

"审判委员会"的"复审"工作开始后，按照盛世才的指令，尤其要软化和打消毛泽民、陈潭秋、林基路等人强烈的革命气节，妄图使他们自己"招供"……

1943年3月16日至20日，中共中央政治局会议在延安举行，毛泽东出席会议。会议推举毛泽东为政治局主席、中央书记处主席。会议确定中央宣传委员会和中央组织委员会作为中央政治局和中央书记处的助理机关，毛泽东兼任中央宣传委员会书记。会议进一步确定了自遵义会议以来毛泽东在共产党内的领袖地位……

在新疆，3月下旬的一天晚上，毛泽民和陈潭秋在迪化第二监狱的一间特殊审讯室里受到了季源溥审判组的第一次"审讯"。

这是一间装有一部直通督办公署盛世才办公室电话的特殊审讯室。审讯室里的一切已经就绪，以季源溥为首的五人"审判官"和记录员常天申已经在各自的座位上坐好了。

随着一声"带人犯"的喝喊，门开处，身穿棉袄的毛泽民和陈潭秋被全副武装的军警押进了室内。

四名军警牢牢地监押在毛泽民的左右两侧。季源溥先令狱卒将木棍、镣铐、夹板等刑具拿来放在毛泽民和陈潭秋的眼前，然后操着假作温和的语气，先问陈潭秋："你叫什么名字呀？"

陈潭秋神情自若，不抬眼皮地泰然说道："我们是共产党人，是盛世才请来新疆宣传、组织抗日的，你们无权审讯我们！"

季源溥一下子站起来，正想说什么，却被大义凛然的毛泽民喝住了："我们抗日无罪，你们的审讯是非法的！"

季源溥和李英奇等人先是一惊，随即同声发出了歇斯底里的叫喊："快用刑，快给我用刑！"

这次特殊审讯室里的特殊审讯，就这样以敌人的失败结束了。

在李英奇一手编造的所谓"共产党'四·一二'阴谋暴动案"的初审报告中，捏造了一件耸人听闻的"事实"——什么在陈潭秋、毛泽民的策划指挥下，由李一欧几次召开秘密会议，与徐梦秋等人共同讨论决定，为了推翻省政府，建立新的新疆政府，定于民国三十二年4月12日，在群众大会上刺杀盛世才等军政要员；并已有被抓获的李一欧供词交代："策动'四·一二'暴动，参加苏联领事馆会议的有苏联总领事和军事顾问，还有八路军办事处的陈潭秋、毛泽民、王宝乾等人，武装由红军第八军供给。"

李一欧的"供词"从何而来、如何而来，只有盛世才心中自明。

被盛世才掌握在手中的李一欧，根本不是什么共产党员，也不是什么进步人士。他原来只是盛世才手下的一个亲信——政训处处长，因为在个人私利上与盛世才有矛盾，被盛世才逮捕入狱。

这次，为了证实盛世才捏造的"共产党'四·一二'阴谋暴动案"，李一欧带罪立功，在盛世才的授意下大放厥词，给在新疆的共产党编造了一通假口供，诬陷了在新疆的所有共产党人……

在盛世才威逼陈潭秋、毛泽民等共产党人之际，蒋介石在重庆发表了

《中国之命运》，大肆宣扬封建主义和法西斯主义，反对共产主义，污蔑共产党、八路军、新四军，扬言要在两年内消灭共产党，穷凶极恶地发动了第三次反共高潮。

面对国民党顽固派蒋介石的猖狂叫嚣，中国共产党同其展开了坚决的斗争，以大量事实揭露其破坏抗战、反共、反人民的投降阴谋；同时，解放区军民也做好了充分的政治动员和军事准备，以随时应付其可能发起的任何挑衅和进攻。

这时又值春季，陕甘宁边区的大生产运动正在热火朝天地进行之中。

在延安，从凤凰山到杨家岭，从柳树铺到王家坪，从枣园到清凉山，一片片黄土坡地上到处都是开荒竞赛的人们。参加开荒竞赛的机关干部、学校学员、部队的战士们，个个都挥汗如雨……

3月下旬，毛泽东同时给八路军驻重庆办事处的周恩来、董必武等人和苏联驻迪化领事馆发去电报，要他们采取一切积极、有效的措施，尽力营救这些由党派出的忠诚战士。

电报发出后，毛泽东又失眠了——他想及二弟的一切，从小到大，是他把二弟和三弟带出韶山来的；三弟已经为革命的事业英勇地牺牲了，希望二弟和那些被盛世才扣押的同志们不要再遭到什么更大的不幸啊……

每天夜里，毛泽东常常一个人步出枣园的窑洞，站在场坪前仰望北方的星空，仿佛要透过暗暗的云层和漫无边际的夜幕，向毛泽民、陈潭秋等人传去他不尽的情思和无限的挂念……

坚贞不屈毛泽民

为了让毛泽民等人承认共产党人犯下了李一欧所说的种种"罪行"，盛世才等人开始了对毛泽民和陈潭秋等共产党人的严刑逼供。

1943年4月10日下午，季源溥在盛世才的指令下对毛泽民展开了一场有计划、有布置、有安排的秘密审讯。

狱卒们把毛泽民五花大绑地押进了审讯室。毛泽民在敌人面前表现得大义凛然，神情自若。

审讯开始，记录员常天申做了如下笔录①：

问："姓名？"

答："周彬。"

问："年龄？"

答："45岁。"

问："籍贯？"

答："长沙。"

问："职业？"

答："高等工业学校修业，《武汉民国日报》做过事，新疆财政、民政厅长。"

问："家有几口人？"

答："在迪化有一妻一子。"

问："参加过什么党派？"

答："国民党入过，共产党入过，先入共产党。"

问："共产党谁领导？"

答："毛泽东领导。"

问："你担任什么职务？"

答："担任宣传工作，当时系秘密。"

问："你信仰国民党成分多，还是信仰共产党成分多？"

答："国民党有40年斗争的历史，中国近百年来受帝国主义压迫，所以三民主义的民族主义就是救中国的主义，因此加入国民党，但是后来我信仰共产党。"

问："你何时来新疆，同来多少人，何人介绍？"

答："我一同来的三人，石三、陈慧卿二位女人，由延安来此，经毛泽东介绍，于民国27年2月到新疆的，到此后，督办叫我帮忙，所以边治病边工作，到迪化10天后，就任财政厅副厅长。"

问："你几时去苏联养病？"

答："民国28年5月去苏联，约住了8个月。"

---

① 邱延生：《历史的真迹——毛泽东风雨沉浮五十年》，新华出版社2002年版。

问："你回国后担任什么工作？"

答："回新疆后，担任财政厅厅长。"

问："八路军在新疆有多少人？"

答："不多，回去的很多。"

问："徐杰是不是由八路军来的？"

答："徐杰是由延安来的。"

问："共产党的事情，是不是由徐杰负责？"

答："所有的书报由徐杰办理，我们这里没有党的组织，因新疆民族复杂，不能进行党的活动。"

问："八路军在这里谁负责？"

答："徐杰是办事处的代表。"

问："你们在新疆有什么党的组织？"

答："我们在这里的人员分散，所以无党的生活，也无党的组织。"

问："苏联对新疆怎样？"

答："新疆有亲苏政策，所以来了专家顾问。"

问："你是不是毛泽东的弟弟？"

答："请问督办。"

问："八路军办事处有什么任务？"

答："主要办理八路军病人的事。"

问："八路军在新疆的人，内部有无分工？"

答："我们脱离党的生活，没有小组，没有支部，所以没有任何分工，没有党的发展。"

问："你们八路军人到新疆，中共中央给的什么指示？"

答："统一战线，帮助新疆建设。"

问："八路军的人在新疆不做争取群众及发展组织的工作吗？"

答："不做。"

问："你们在这里工作的人，谁是重要干部，谁是次要干部，举名字说一说？"

答："请问督办。"

问："共产党在新疆的组织活动怎样？"

答:"我们共产党,为国家为民族而斗争,没有个人的利害,所以,在新疆无党的活动;我们的人在新疆,无个人任用的权能,都是个人的活动,但无系统活动联系,同时为抗战建国,我们在新疆不作组织的活动。"

审讯到此,季源溥觉得很难审出什么具体内容,便向朱树生递了一个眼色,示意停止审讯。

书记员常天申把审讯记录交给季源溥等四位审判官签字盖章后,自己也盖了章,然后送到毛泽民面前,要毛泽民签字。

毛泽民公开拒绝签字。

早已等候在侧的打手们立刻蜂拥而上,强行摁倒毛泽民用竹板、木棍暴打一通,然后又架起毛泽民让他坐上了"老虎凳";毛泽民被敌人打得皮开肉绽,鲜血淋漓,但他依然拒绝在审讯记录上签字。

季源溥一时无计可施,只得暂时结束了审讯。

1943年4月20日,敌人再次刑讯毛泽民,妄图逼迫毛泽民承认中共在新疆有"秘密活动"、毛泽民"阴谋暴动"。

面对酷刑,毛泽民慷慨陈词,据理力争,同时揭露了盛世才反苏反共、残害共产党人、破坏抗日民族统一战线的阴谋罪行。

敌人无言以对,继而命令打手再打毛泽民40个手板。

野兽般的打手用宽木板狠狠地压揉在了毛泽民的手掌上,每压揉一次,都把毛泽民疼得咬烂了下嘴唇、疼得咬断了衣领;但是,他硬是一声不吭地坚挺了下来——鲜红的血,顺着毛泽民的嘴角向下滴淌着,但他始终顽强地不说一句话……

敌人见他仍不开口,便又气急败坏地将他拖到了刑讯室"坐飞机"——他们先把毛泽民在墙上吊起来,然后上前押平了毛泽民的两臂,让他脚点着地;两个凶神恶煞般的特务打手挥动了四川造的皮鞭,一鞭接一鞭地向着毛泽民的身上狠命抽打起来……

一天的时间过去了,毛泽民已被打得浑身血肉模糊,但敌人没能逼出一点口供,所谓"阴谋暴动"一事,强迫毛泽民脱离共产党的企图,最终都没有丝毫收获。

毛泽民已被敌人打得全身虚脱了,出现了严重的神经衰弱症,整个头颅就像被重锤猛击似的疼痛难耐。敌人抓着他带血的衣领,使劲地摇晃,又在他耳边声嘶力竭地吼叫，但毛泽民依然保持着镇定的神志，不屈不挠地同敌人抗争着。

敌人一个个虽暴跳如雷，但终归又都无计可施。

盛世才丧尽天良地使出了他的绝招——连续7天7夜，敌人没让毛泽民合一下眼，存心折磨得毛泽民直至疲惫不堪的程度；只要他偶尔合一下眼，敌人就马上用一种被称作"阿姆尼亚"的烈性刺激药刺激他。

这种药只要放在人的鼻前嗅一嗅，那种难以忍受的刺激气味就会令人无法抵御；敌人就这样把毛泽民捆绑在一张受刑椅上，白天、黑夜没完没了地受着"阿姆尼亚"的刺激。

审讯官换了一个又一个，数不清换了多少张嘴脸。但毛泽民心里明白，每换一次，就是过去了四个小时；每换两次，就是过去了一个白天或一个黑夜。

连续几天几夜，敌人始终不让毛泽民合一下眼皮；毛泽民觉得自己的身躯就像一摊泥堆在了刑椅上，浑身上下不停地淌着汗，头晕、目眩、口干、舌燥、恶心……他毫无气力地坐在刑椅上，不管敌人说什么，他都听不清楚了，耳边只觉得一阵阵嗡嗡声响，而且越来越微弱。

突然，毛泽民感到自己的胸口像被炸开来一样疼痛，他猛地睁开眼睛，见到敌人将一只瓶子塞进了他的鼻孔。

昏沉中，毛泽民难受得什么也不知道了——敌人觉得时候到了，已经6天6夜了，再有意志的人在"阿姆尼亚"的连续刺激下，也不可能再控制得了自己了……

敌人再一次把毛泽民拖进了审讯室。

敌人诱导说："你把'阴谋暴动'的事实说一说吧！"

毛泽民有气无力地说："我答不出来，我需要休息几天……"

"事实怎么样呢？"

"没有事实……"

敌人再次给毛泽民使用了"阿姆尼亚"："政府对你尽情尽理，你应该表示诚意。"

毛泽民再次感到一阵阵头痛、胸闷，他连说话的力气也没有了；最后，他艰难地张了几下嘴巴，用尽最后一点点气力对敌人说："我现在不晓得说什么，我需要休息几天……"

"'四·一二'暴动是怎么回事？"

"我不晓得……"

敌人的嘴对向了毛泽民的耳朵："旁人有没有呢？"

毛泽民已是奄奄一息了："我不晓得……"

敌人又一次拿来了"阿姆尼亚"："颠覆政府暴动的事，到底是怎么回事？"

毛泽民以微弱的声音喃喃地说："我没有参加，我不晓得……"

敌人气得再次吼叫起来："事实非说不可！不说不行！"

毛泽民用尽了自己的最后一点力气："没有的事……我怎么说呢……"

面对着快要断气的人，嘴巴还是这样硬，敌人被气得七窍生烟："告诉你吧，不说你是要吃大苦头的，吃了苦头还得说！"

"不晓得……"

敌人被气得发了疯，重新将死人般的毛泽民拖回到刑讯室继续用刑。

顷刻间，刑讯室里传出了各种刑具的撞击声、皮鞭打在人的肉体上发出的特有的抽打声，而丝毫听不到受刑人的喊叫声和呻吟声，只听到行刑人的吼叫声和吵嚷声……

7天7夜，敌人酷刑用尽，但在毛泽民身上却一无所获！

敌人感到了毛泽民的意志简直比钢铁还硬，只得把他带进了刚刚投放他到狱中的那间干净一点的小屋中，审讯官的问话也变得和气起来。

毛泽民不知不觉中，感到自己仿佛进入到了一个虚幻中的世界，又好像自己不曾有过什么痛苦，周围是一片空虚缥缈的平静，平静中又似乎有狗叫的声音……

蓦然间，一个近似亲切的呼唤响起在毛泽民的耳边，他已经有8个月的时间没有听到过这种亲切的呼唤了："周厅长，你太疲倦了，你应该马上睡觉了！"

蒙眬中，毛泽民感到自己确实太困了，确实需要睡一会儿了。

又一个声音在他的耳边柔柔地响起："周厅长，这份文件你已经看过了，签个字吧，签了你就去睡！"

接着，一支钢笔塞进了他的手中；再接着，一只手扶住了他的手和他手中的钢笔："周厅长，就签在这儿！"

又是那个柔和的声音仿佛从远处传来，毛泽民的心中一惊："啊，什么文件？我没有看过，怎么能签字呢？"

就在这时，毛泽民感到自己的手被人抓到了一块硬板上——不好！毛泽民猛然清醒过来，睁开眼睛一看，板子上铺着一张白纸，"关于四·一二阴谋暴动的自首"一行标题字映入了他的眼帘。

毛泽民怒气顿生，一把抓过那张写有假口供的"自首书"撕了个粉碎。

特务、打手们慌忙从四周扑向毛泽民，但已经晚了，"自首书"已无法恢复原样；敌人恼羞成怒，再一次抡起了皮鞭，把毛泽民又一次打了个皮开肉绽……

接着，敌人冲上来给毛泽民灌了大量的辣椒水；立刻，毛泽民身上的汗水、血水混合着辣椒水流遍了全身，淌落在他身下潮湿的黑土地上……

这时的敌人，已被毛泽民坚强的意志吓坏了——他们感到简直不可思议，他们面前的这个人简直不是肉长的，而是钢铸铁打的……

1943年5月中旬，密切关注着新疆局势变化和事态发展状况的毛泽东再次致电周恩来和苏联驻迪化领事馆，要想尽一切办法营救被困在那里的每一个共产党人……

5月下旬，英美联军取得了北非战场上的胜利。而在中国，蒋介石乘共产国际解散之机，再一次发出了要"解散共产党，取消边区"的叫嚣。

6月，在新疆迪化，盛世才用尽了一切招数，就是无法"撬开"毛泽民的嘴，审讯了好几个月，他不但没有得出一点结论，还被蒋介石电斥为"不要办无能的事"。

恐惶与气恼中，盛世才命令季源溥炮制出"共产党'四·一二'阴谋暴动案"判决书。

同时，王德溥、朱树生也分别炮制出了"杜重远阴谋暴动案"和"阿山案"的判决书。

开始时，季源溥绞尽脑汁也找不到适合于徐杰、周彬等共产党人的"罪状"；最后，还是郑大纶想到了引用国民党《刑法》中的"内乱罪"的条文。

于是，季源溥将前两个案子套以"内乱罪"，而将"阿山案"套以国

民党《刑法》中的"外患罪"。

在炮制三个判决书的过程中，由郑大纶统一拟写报告，并以盛世才的名义请示蒋介石批准执行，其中详细列举了各案的案情，最后还特别加注："以上三案的犯罪事实，均已审讯，被告自供不讳，核与事实相符，徐杰、毛泽民虽不承认，但经对质审讯，证据确切，理合检具三案的判决单，报请钧座审批指示，以便执行。"

写完报告，郑大纶当即以快邮代电报的形式送呈重庆。

6月7日，盛世才亲自致信蒋介石：公布中共叛徒徐梦秋、潘同、刘西屏等人脱离共产党的宣言，公布通缉逮捕邓发、张仲实、王宝乾、陈培生夫妇及萨空了等人。

盛世才将他的这封亲笔信交给王德溥等人之后，一再嘱咐他们到了重庆务必面交蒋介石。

6月16日晚上9时，从新疆赶回重庆的王德溥等4人来到蒋介石侍从室主任陈布雷处，呈上了盛世才写给蒋介石的亲笔信和有关《共产党"四·一二"阴谋暴动案》等文件，共计18件并附有一只装文件的皮夹。

陈布雷接手后，按照蒋介石的指令，很快将新疆送来的"案件卷宗"交付侍从室第二处第六组组长兼军统局帮办唐纵办理。

6月21日，唐纵开始办理新疆"三案"；这时的蒋介石加紧了军事部署，准备闪击延安……

7月1日，已被折磨了7天7夜未曾合眼的毛泽民，又一次昏死在敌人的刑讯室中。

后来，毛泽民竟然又奇迹般地活了过来；这时狱外明月朗朗，四野寂静。毛泽民无力地瘫坐在牢房的一角，任凭周身的血迹斑斑、刑伤累累。他睁了两眼艰难地望向铁窗外，心中念起了韶山、念起了延安，念起了他的大哥毛泽东和妻子朱旦华及儿子毛远新，念起了他的同志们……

毛泽民久久地、痴痴地凝视着铁窗外清寂的月光，他已经感觉不到遍体鳞伤所引起的疼痛了；这时他所想的，只有他的大哥、他的妻儿和他的同志……

而他的大哥毛泽东这时正在延安指挥着全党和党所领导的八路军、新四军并广大解放区的民众同敌人进行着英勇的战斗，他的妻儿也被囚禁在牢中受着敌人的残酷折磨，他的同志们也同他一样在敌人的酷刑下坚贞不屈、威慑敌胆！

林基路在敌人的牢狱中毒刑受尽，依然在清醒的时候吟咏了他写下的《囚徒歌》：

> 我噙泪低吟民族的史册，
> 一朝朝，一代代，
> 但见忧国伤时之士，
> 赍志含愤赴刑场。
> 血口缭牙的豺狼，
> 总是跋扈嚣张！
> 哦，民族——
> 苦难的亲娘！
> 为你五千年的高龄，
> 已屈死了无数的英烈；
> 为你亿万年的伟业，
> 还要捐弃多少忠良！
> 铜墙，
> 困死了报国的壮志；
> 镣链，
> 锁折了自由的双翅！
> 这阴森的铁门，
> 囚禁着多少国士！
> 豆萁相煎，
> 便宜了民族仇敌；
> 无穷的罪恶，
> 终教种恶者自食；
> 难闻的血腥，
> 用噬血者的血去洗！
> 囚徒，

新的囚徒:
坚定信念,
贞守立场!
砍头枪毙,
告老还乡;
严刑拷打,
便饭家常!
囚徒,
新的囚徒:
坚定信念,
贞守立场!
抛我们的头颅,
奠筑自由的金字塔;
洒我们的热血,
染成红旗,
万载飘扬!

7月8日,《解放日报》在显著位置刊登了国民党反动派反共、反人民的罪恶事实,进一步揭露了蒋介石集团破坏抗日民族统一战线的事实真相;同时,刊登了王稼祥写的一篇题为《中国共产党与中国民族解放的道路》的文章。文章在中国革命史上首次提出了"毛泽东思想"这个术语。文章说:"毛泽东思想就是中国的马克思列宁主义,中国的布尔什维主义,中国共产主义";"它是创造的马克思列宁主义,它是马克思列宁主义在中国的发展","是马克思列宁主义与中国革命运动实际经验相结合的结果"。

7月12日,毛泽东为《解放日报》写的社论《质问国民党》发表,揭露了蒋介石顽固派准备进攻边区的反共阴谋,要求团结抗日。

由于共产党的斗争,国内进步人士、广大人民和国际舆论的斥责,蒋介石在政治上陷入了孤立的境地,不得不停止了向解放区进攻的军事冒险,国民党的第三次反共高潮随之被粉碎。

在此期间，世界大战的风云也发生了很大的、根本性的变化——英美联军继取得北非战场的胜利之后，又攻占了意大利的西西里岛，意大利法西斯政府已面临着彻底失败的历史命运。

这时，苏联红军也调集重兵开始了库尔斯克大会战，而且胜利在望。

进入8月，苏军取得了库尔斯克大会战的完全胜利。从此，苏军开始了总反攻。

毛泽民惨遭杀害

1943年9月，在新疆迪化，秋风无情地吹落了丛林树木的黄叶，广袤的天山脚下也已是花枯草衰。在高高的云际间，似乎没有了任何敢于凌空翱翔的小鸟，只有雄鹰在展翅，俯瞰着天山南北、苍茫大地……

面对共产党人的坚贞不屈，盛世才已觉得无法控制他的失败情绪了，只得亲自跑进监狱，站到毛泽民的面前皮笑肉不笑地说："老周，以前那个事就算啦！你只要办一个手续，在《脱党声明》上签个字，就可以放你回去，还可以在国民党里面做大官嘛……"

毛泽民愤怒地说："你别做梦了！为了祖国和人民，我们全家都参加了革命；你们这帮败类、刽子手，杀害了我的嫂嫂、弟弟和妹妹，杀害了我们无数阶级兄弟和姐妹，我和你们仇深似海！你们要我叛党、投降，简直是妄想！"

"你……"盛世才气得险些被过气去，只得转身走了……

几天后，无计可施又恼羞成怒的盛世才下了手谕，命令李英奇将中国共产党的优秀领导人陈潭秋、毛泽民、林基路秘密处死。

9月27日深夜，月黑风高；塔里木盆地，一片飞沙走石……

盛世才终于对毛泽民等人下了毒手！

几名全副武装的军警突然打开了关押着毛泽民的牢房门，大声吼叫："周彬，起来！"

毛泽民毫无惧色而又艰难地站起身来，拖着沉重的脚镣走向了牢门。

刚刚走出门口，只听"呼"的一声响，一根大木棒"啪"的一下狠狠地击打在了毛泽民的头上；毛泽民顿感眼前金星缭乱，鲜血从嘴里喷涌而出——他身不由己地向前踉跄了一步，终于，又以极大的毅力站稳了身躯。

毛泽民回头，瞠目怒视着穷凶极恶的敌人；用木棒打他的那个刽子手心中猛颤，一步步地向后退却了……

正在这时，另一名操着木棒的刽子手从毛泽民的背后走上前，又一次猛砸了毛泽民的头顶；毛泽民高大的身躯摇晃了几下，便直挺挺地栽倒在了冷冷的黑土地上……

刽子手们一见，立刻扔下了各自手中的木棒，一起扑上前用绳索套住了毛泽民的脖子，使劲儿地勒紧，然后将他装入了麻袋。

这样，毛泽民、陈潭秋、林基路相继被敌人活活地勒死了！

47岁的毛泽民没有能够再看一眼他的大哥，更没有能够再看一眼他思念的家乡，没有看一眼他的妻子和儿子，没有能够再见一见他的同志们，便永远、永远地长眠在了新疆的土地上……

1943年9月间，意大利政府投降。

10月1日，毛泽东在延安为中共中央起草《开展根据地的减租、生产和拥政爱民运动》的党内指示。这个指示调动了广大群众的积极性，推动了大生产运动的发展，巩固了抗日根据地。

10月5日，毛泽东为《解放日报》写的社论《评国民党十一中全会和三届二次国民参政会》发表，驳斥了国民党的反共污蔑，提出废除国民党一党专政的主张，并表示愿意恢复两党谈判。

10月中旬的一天，毛泽东终于得知了他的二弟毛泽民已经被盛世才残酷杀害的消息。惊闻噩耗，毛泽东一连两天没有吃下一口饭，两夜没有睡一会儿觉；他缅怀二弟的一切，继而又追思三弟的牺牲，浮想他们的音容笑貌，更加仇恨国民党顽固派对他们一家人的迫害和对中国革命事业的摧残，也更加坚定了他要将中国的革命事业坚决进行到底的决心！

为了悼念毛泽民，江青带了女儿到城外的野地里去采摘了一些黄黄的野菊花；又找了一个大口的玻璃瓶子，将菊花插在里面摆放在了毛泽东的办公桌上。

看着菊花，毛泽东忍不住再次流下了眼泪："看到这菊花，使我想起了在瑞金的时候；那时候也是在菊花盛开的日子，二弟刚刚到达瑞金，便一头扎进中央苏区的财政工作里去了……现在，我想再见他一面，已经是不可能的了……"有时，毛泽东看着菊花又会想起他的三弟毛泽覃，因为毛泽覃的字叫"润菊"……

李讷已经很懂事了，她经常悄悄地给瓶子里的菊花换水，还一声不响地用她那稚嫩的小手为菊花摘除枯瓣……

刘少奇也十分怀念毛泽民，回想起他和毛泽民一起在萍乡搞工人运动的许多往事，常令他追思不已；他和毛泽东在一起时，总是说："泽民是我们党内一位十分优秀的同志，他有着十分丰富的经济管理经验和卓越的理财才能，而且为人忠厚，办事认真；泽民的不幸遇害，是我们党和人民的一大损失啊！"

毛泽东也总是十分叹息地说："他为人忠厚，待人诚恳，对党的事业忠心耿耿，柔中有刚，有许多地方我不如他……"还说，"搞经济工作，我不如他；论冲锋陷阵，我不如三弟润菊……他们本不该就这样牺牲了，他们都是我带出来的，革命还没有成功……"

每当讲起泽民，毛泽东又总是讲起三弟泽覃，这常使他的心绪不宁；刘少奇不得不时常婉言劝慰："你是我们党的领袖，总是要保重身体的；对于泽民和泽覃，我们党和人民是永远不会忘记他们的……"

周恩来和董必武在重庆，也深感毛泽民、毛泽覃都不愧是伟大的共产主义战士，不愧是毛泽东的弟弟。周恩来说："像毛泽民、毛泽覃和杨开慧同志，都是为了中国的革命事业而牺牲的，对党对人民忠贞不渝，这就是我们领袖的家庭啊！"

董必武也说："润之一家为革命牺牲的亲人太多了，弟弟妹妹全死了，真叫人痛心！"又说，"我想，润之怎么受得了呢？"

周恩来说："我们可以理解主席的心情，但他一定能够受得了，他是我们党的领袖啊！"

11月6日，毛泽东出席延安庆祝苏联十月革命节的干部晚会并发表了演讲。

晚会中，由延安平剧院演出了《古城会》、《打渔杀家》、《鸿鸾禧》和《草船借箭》四场古装戏。

在看《草船借箭》时，对于戏中诸葛亮的唱腔，毛泽东听入了迷；在看《打渔杀家》时，坐在毛泽东身边的江青鼓了掌；在看《古城会》时，毛泽东动容地落了泪……

11月末，世界反法西斯战争已经发生了根本性的转变。中、美、英三国政府首脑蒋介石、罗斯福、丘吉尔在开罗举行了会议，签订了《中、美、英三国开罗宣言》。

这时，苏、美、英三国政府首脑斯大林、罗斯福、丘吉尔在伊朗首都德黑兰举行会议，主要讨论了在欧洲开辟第二战场问题，还有战后和平问题。

以上两个会议，加速了法西斯德国和日本的最后失败。

美军的代表到延安

1944年1月，中共中央晋察冀分局决定出版《毛泽东选集》，全书五卷，定于5月31日出版。这是中国出版的第一部《毛泽东选集》。

2月7日，临近中午时，延安街头一片锣鼓喧天；延安人民的秧歌队和延安的民众团体近千人，打着"人民救星"的大幅锦旗，浩浩荡荡地奔向了杨家岭。正在杨家岭出席中共中央工作会议的毛泽东会见了大家，并即席发表了演说。

毛泽东心情振奋地对大家说："现在全世界全中国都在团结一致打法西斯，我们边区党政军民已经团结一致，今年更要团结一致，为增加生产，巩固后方，打倒日本帝国主义而努力。"

2、3月间，冬去春来，延安城里城外，山上山下，军民们又开始了开垦荒地和春播春种的劳动、生产大竞赛。

毛泽东也和众人一样，扛起了镢头走上荒山，和中央机关的工作人员们一起去开荒、种地了。

4月12日，毛泽东在延安高级干部会议上做《学习和时局》的讲演，传达中央政治局关于研究党的历史经验应取何种态度等几个重要问题的结论，提出了夺取抗战最后胜利和全国胜利的任务，教育和鼓舞了全党，对全党在"七大"达到政治思想上的空前团结起了重要作用。

4月18日,侵华日军调集了五六万兵力开始对河南地区进攻,国民党守军40万人,除在许昌和洛阳与敌展开激烈战斗外,其他地区均未进行认真抵抗。

4月22日,郑州失守。

5月1日,侵占了郑州的日军继而攻占了许昌。

由于国民党军的消极抵抗,日本侵略军在中国的国土上疯狂地烧杀掠抢,造成了千百万中国的老百姓流离失所、无家可归;单只在黄河沿岸,每天都有扶老携幼的难民们沿河逃离被侵略者烧毁的家园,他们衣裳褴褛,一个个面黄肌瘦、骨瘦如柴——更有那些失去了亲人的逃难者们,他们欲哭无泪,苍茫的脸上显露的神色满是悲愤和仇恨……

5月21日,毛泽东在延安主持召开了中共(扩大)六届七中全会。全会第一次会议选举毛泽东等组成主席团,毛泽东为主席团主席,并决定在全会期间由主席团处理党的日常工作。

5月25日,进攻河南的日军继而攻占了洛阳。

河南战役后,日军又调集10万兵力对湘北发动了进攻。防御在湖南战场的国民党军队约40万人,边打边退。

这时在中国的中原大地上,日寇再一次猖狂进攻,国民党守军节节败退;而在敌后,共产党领导的抗日军民异常活跃,时时处处打击着敌人,真正担负着抗击日寇、解放祖国的历史重任……

6月19日,在湘北进攻的日军突破了国民党守军的第一道防线岳阳之后,又攻陷了长沙。

同一时间,美国在太平洋战争中为了利用中国对日作战,以缓和它在太平洋战场上的危机,不断以大量贷款、军火援助蒋介石,并派专家替蒋介石训练军事人员……

6月,美军在太平洋战场上虽然不断取得诸岛作战的胜利,但损失惨重,而且日军还拥有强大的实力,美国迫切希望中国战场的有力支援;恰在这时,国民党正面战场又遭到新的失败,共产党敌后战场,取得了局部反攻的胜利。因此,美国有一部分人如史迪威主张与中国共产党进行一定程度的抗日合作。他提出把美国对华的军事援助合理分给包括八路军、新四军在内的一切抗日军队，美国副总统华莱士到中国，向蒋介石表明美国愿意调解中国国内争端……

1944年7、8月间，美国政府派出的美军观察组成员分两批到达延安，同共产党开始建立了联系。

当美军观察组的第一批人员到达延安时，毛泽东同他们进行了热情的谈话，全面介绍了中国共产党领导抗日军民坚持敌后抗战的情况，明确表示了中国共产党坚持国共团结、反对分裂的立场，同时也表明了反对美国助长蒋介石坚持反共反人民的立场。

8月8日，国民党衡阳守军军长方向觉向日军投降，衡阳失陷。随即，日军分三路向广西进犯……

这时在延安，美军观察组的人经常到枣园同毛泽东接触和谈话，彼此之间逐渐加深了了解并取得了彼此间的相互信任……

9月1日，中共中央在杨家岭召开会议，毛泽东出席会议并讲话。会议决定派王震等率三五九旅主力及一批地方干部挺进湘鄂赣边，创造根据地。

王震率部离开延安前，到枣园毛泽东的住处辞行。毛泽东除向他交代了一些必要的政策和行动方案以外，还特意嘱托他有机会派人到韶山，接出毛泽覃的儿子毛楚雄参加八路军，跟随王震开辟革命根据地。

9月8日，毛泽东出席中央直属机关召集的张思德同志追悼会，并作了题为《为人民服务》的演讲，弘扬了无产阶级人生观和全心全意为人民服务的共产主义精神。

1944年秋，美国军队在太平洋上同日军激战。美国在中国又不得不依靠蒋介石。随着国际反法西斯形势的好转，美国企图通过蒋介石取代日本在华的统治地位。为此，赫尔利以总统私人代表的身份来华活动；10月，史迪威被免职……

史迪威的被免职，表明美国在中国的联合共产党进行合作抗日的主张发生了根本性的改变。

10月11日，毛泽东为新华社写的评论《评蒋介石在双十节的演说》发表，及时教育全国人民认清蒋介石一伙的反动本质，对人民夺取抗战的最后胜利和迎击蒋介石挑起的内战起到了思想准备作用。

11月7日，美国总统特使赫尔利到达延安。毛泽东同他进行了三天会谈。

三天后，会谈双方达成建立民主联合政府和联合军事委员会为主要内容的《中国国民政府中国国民党与中国共产党协定》。

这时候，回到重庆的赫尔利在遭到蒋介石完全拒绝他与中国共产党达成的协定后，随即变卦，完全背弃了他在延安的诺言，公开了他扶蒋反共的真实嘴脸。

12月1日，毛泽东亲切地会见了已从淮南到延安来开党的第七届全会的新四军代军长陈毅，两个人紧紧地握着对方的手，高兴地谈了好长时间。

毛泽东说："日日盼君归，君归更潇洒！"

陈毅则说："夜夜想主席，主席更伟大！"

"我伟大在哪里呀？"毛泽东笑道，"比不得你们在前线出生入死、浴血奋战……"

"全靠了你和军委的调度么！"陈毅坦言道，"从古到今，哪个打仗不是靠了统一指挥、全盘调度啊？我们能有主席指挥、调度，大家都是放了心的！"

毛泽东再说："你陈毅是我们军中出了名的儒将么，完全可以指挥一个很大的战役……"

陈毅却谦虚地说："打仗要得，我不怕死；要讲统领全军，我陈毅还是一个小学生喔！"

毛泽东再一次地笑了："战争考验人，也锻炼人啊！"

随着毛泽东的笑声，陈毅也爽朗地笑起来……

12月15日，毛泽东在陕甘宁边区参议会上发表《一九四五年的任务》的演说，提出"扩大解放区，缩小沦陷区"的号召，指出1945年唯一的任务是打倒日本侵略者，而组织联合政府才能实现这个目标。中国人民都要为此目的而奋斗。

12月19日，毛泽东在接见美军观察组组长包瑞德时严正指出：如果美国要支持蒋介石，那是美国的权力，但不管美国做什么，蒋介石是注定要失败的。

第十篇

兄弟已逝，解放曙光即至

党的"七大"召开

进入 1945 年,在毛泽东和中央军委的统一部署下,各解放区战场上的八路军、新四军和游击队向日伪军发起了强大的进攻一时间,从中国的北部山河大小兴安岭到南疆的郁江平原、雷州半岛,从东面的鲁南大地到西部的黄土高原,敌人被打得如惊弓之鸟、惶惶不可终日……

这时第二次世界大战的整体形势已发生了根本性的变化。世界反法西斯战争已处在胜利的前夜。

当德国法西斯即将败亡之际,苏、美、英三国首脑斯大林、罗斯福、丘吉尔于 1945 年 2 月在苏联雅尔塔举行会议,讨论了击败德国的共同行动和战后的占领管制问题,主题是:外蒙古独立;恢复 1904 年由日本进攻所破坏的原属俄国的各项权益;库尔岛南部交还苏联;大连商港国际化并保障苏联的优越权利;恢复租用旅顺军港;中东铁路和南满铁路由中苏合营共管;千岛群岛交还苏联等。

英美以这些条件换取苏联于战胜德国三个月后参加对日作战。这个会议对于争取反法西斯战争的最后胜利是有重要作用的,但也反映了几个大国主宰世界、各自划分势力范围、牺牲他国利益的意向。在没有中国参加的情况下,决定有关中国主权的一些重大问题,这是违反民族自决原则的。

3 月间,太平洋战场上的美国军队攻占了琉璜岛,处于守势的日本军队已是日薄西山、每况愈下……

进入 4 月,在欧洲战场上的苏联军队开始进攻柏林。

1945 年 4 月 20 日,历时 11 个月的扩大的中共六届七中全会在延安胜利闭幕。会议通过了《关于若干历史问题的决议》。决议对中共党史上若干重大问题,特别是对王明为代表的"左"倾教条主义错误做了分析和结论,高度评价和肯定了毛泽东在把马列主义理论同中国革命实践相结合方面作出的杰出贡献，确立了毛泽东在全党的领导地位和毛泽东思想作为党的指导思想。会议使全党在以毛泽东为代表的正确路线的基础上达到了思想、政治上的统一。

第二天，中共"七大"预备会议在延安举行，毛泽东出席会议并做《"七大"工作方针》的报告，指出"七大"的工作方针是团结一致，争取胜利。

4月23日，毛泽东在延安主持召开中国共产党第七次全国代表大会。毛泽东致《两个中国之命运》的开幕词。

第二天，毛泽东在会上做《论联合政府》的政治报告。

4月27日，毛泽东为《解放日报》写的社论《论军队生产自给，兼论整风和生产两大运动的重要性》发表。

5月2日，欧洲战场上，苏联红军攻克柏林。

次日，毛泽东致电斯大林，祝贺苏联红军解放柏林。

5月8日，德国无条件投降。欧洲反法西斯战争胜利结束。

5月下旬，毛泽东在中共"七大"上先后就形势、路线问题做了报告，就选举问题讲了话。

6月11日，毛泽东在党的"七大"上做《愚公移山》的闭幕词。

至此，历时48天的中共第七次全国代表大会胜利闭幕。毛泽东在大会的讲话和报告中，提出了中国共产党的政治路线和成立民主联合政府的主张，强调加强党的领导，保持和发扬党的三大作风，即理论联系实际、密切联系群众、批评与自我批评。"七大"确定毛泽东思想为全党的指导方针，为全党一切工作的指针。会议选举毛泽东等为中央委员。"七大"使中国共产党得到了空前的巩固和团结，为抗战胜利和夺取新民主主义革命在全国的胜利奠定了基础。

为了纪念在中国历次革命战争中牺牲的先烈们，同时也是为了更好地团结全党和鼓舞全体军民更加积极地投身到夺取抗战最后胜利的伟大斗争中去，中共中央决定在延安召开一次隆重的死难烈士追悼大会。

6月13日，延安如期召开在中国革命战争中死难烈士追悼大会。毛泽东出席大会并致悼词。

6月19日，中共七届一中全会在延安举行，选举毛泽东为书记处书记、政治局委员、中央委员会主席（即为中央政治局主席和中央书记处主席）。

鉴于形势和尽快夺取抗战胜利，中共中央决定及时召开军委会议。

这时在太平洋战场上，美军占领了冲绳岛。战争已逼近日本本土。

中国解放区战场于5月至7月发动了夏季攻势，收复了大片国土，扩大了解放区，打通了各解放区之间的联系，为抗日战争的全面大反攻创造了极为有利的形势。

对日寇的最后一战

1945年7月10日，毛泽东为新华社写的评论《赫尔利和蒋介石的双簧已经破产》发表，揭露了蒋介石"还政于民"是假，与人民为敌、发动内战是真，提醒中国人民要与之斗争到底。

7月中旬的一天，在枣园，毛泽东热情地接待了六位来延安的国民参政员。交谈中，毛泽东问黄炎培来延安的感想如何？黄炎培诚恳地说："既然主席见问，就请恕我直言了……"

毛泽东说："孔子说'三人行，必有我师焉'；我们共产党人也是'不耻下问'的，更何况黄老先生是我们的贵客，我毛泽东理该当面请教哩！"

黄炎培坦言道："我生六十多年，耳闻的不说，所亲眼见到的，真所谓'其兴也勃焉'，'其亡也忽焉'；一人，一家，一团体，一地方，乃至一国，不少单位都没有能跳出这周期率的支配力。大凡初期聚精会神，没有一事不用心，没有一人不卖力，也许那时艰难困苦，只有从万死中觅取一生。既而环境渐渐好转了，精神也就渐渐放下来了……"

黄炎培见毛泽东听得专心致志，便继续说："有的因为历时长久，自然地惰性发作，由少数演为多数，到风气养成，虽有大力，无法扭转，并且无法补救。也有为了区域一步步扩大了，它的扩大，有的出于自然发展，有的为功业欲所驱使，强求发展，到干部人才渐见竭蹶，艰于应付的时候，环境倒越加复杂起来了。控制力不免趋于薄弱了。一部历史，'政息宦成'的也有，'人亡政息'的也有，'求荣取辱'的也有。总之没有

能跳出这周期率。中共诸君从过去到现在，我略略了解的了。就是希望能找出一条新路，来跳出这周期的支配。"

毛泽东感慨道："正所谓'君子之泽，五世而斩'，'富贵不过三代'，也包含了这样的道理。"

"然也！"黄炎培说，"主席是很能看问题的。"

毛泽东笑了，说："我们已经找到新路了，我们能够跳出这周期率！"

黄炎培惊喜地问："什么新路，可以讲一讲吗？"

毛泽东直言相告："这条新路，就是民主。只有让人民来监督政府，政府才不敢松懈。只有人人起来负责，才不会'人亡政息'。"

"主席言之有理！"黄炎培点点头说，"只是难啊！当人在阶下时，总是希望民主的；但当人在堂上时，又都总是想着自己说了算数，听不得反面意见，所以才形成了这样的周期率。"

"这要定个制度呢！"毛泽东说，"凡从政者，总希望自己的政见被多数人所接受；所以我们共产党人早就定下了三条：一是理论联系实际，二是密切联系群众，三是批评与自我批评。既接受群众监督，又经常作自我批评，以保证我们党的路线的正确性。"

"领教了！"黄炎培高兴地说，"这就是你们'从群众中来，到群众中去'的工作方针啊！"

"是么！"毛泽东挥一挥手说，"一个人、一个团体、一个军队乃至一个政府，凡是把人民利益放在第一位时，就会发展、就会强大；反之，如果看不起老百姓，把人民当成'群盲'而搞'愚民政策'，甚至一旦当了官就欺压老百姓，贪赃枉法，腐化堕落，那么他就要完蛋了，军队要打败仗，政府也会垮台的！"

"哦……"章伯钧咦嘘道，"主席的这番话，各党派都应该认真听一听，尤其是国民党……"

黄炎培也说："主席的话，当对蒋公一叙啊！"

"他不听我毛泽东的么！"毛泽东又挥一挥手，"他蒋介石要是能够听我们共产党人的话，把人民的利益放在第一位，而不是把大地主大资产阶级的利益放在第一位，真正搞国共合作，国家形势也不至于此……"

通过这次交谈，黄炎培等人深深感触了毛泽东超凡的个人魅力和平易近人的领袖风采,并为共产党政策、路线的正确性所折服……

7月26日,中、美、英三国发表了促令日本政府投降的"波茨坦公告"。日本政府对公告发表了"不予理会"的声明,幻想苏联出面调停,以取得"体面"的下场。苏联拒绝了日本的要求。

1945年8月6日,美国在日本广岛投下了第一颗被命名为"小男孩"的原子弹。

第二天,延安军民得到消息为之一振;毛泽东和朱德等认为,正可利用日本受打击之时,发动抗日军民向侵华日军发起全国规模的大反攻。

8月9日,美国又在日本长崎投下了第二颗被命名为"胖子"的原子弹。

当天,毛泽东在延安代表中共中央发表《对日寇最后一战》的声明,号召中国人民的一切抗日力量举行全国规模的大反攻。

10日至11日,延安总部朱德总司令连续发布7道命令,命令各地的人民军队积极反攻,迫使日伪军投降;各解放区军民在毛泽东的号召和朱德的命令下,向日伪军展开全面大反攻。

在东北,由八路军、新四军抽调的各路大军,分别沿北宁路和海上兼程挺进东北,东北抗日联军从中苏边境的边外营地打回东北。经过1个多月的战斗,解放了东北广大城乡。

在晋察冀,聂荣臻率领所部向平绥路东段、北宁路南段、平汉路和津浦路北段进攻,解放了张家口、秦皇岛、山海关等城市。

在晋绥,贺龙率领所部向同蒲路北段、平绥路西段进攻,解放了山西、绥远广大地区。

在晋冀鲁豫,刘伯承、邓小平率领所部向平汉路中段、陇海路中段进攻,解放了晋冀鲁豫黄河沿岸的广大国土。

在山东,罗荣桓率领所部向津浦路中段、胶济路、陇海路东段进攻,解放了山东大部国土。

在华中,陈毅率领新四军各部队分别向长江两岸、津浦路南段、陇海路东段及沪宁路、沪杭甬、浙赣路等地进攻,解放了华中各省的广大国土。

在华南,华南抗日纵队向广九、潮汕两路进攻,解放了许多地方。

从8月11日到10月10日,两个月的大反攻作战,共毙伤日伪军23万多人,收复城市197座,解放人口1871万多人。

从1937年9月到1945年10月，八年抗日战争中，八路军、新四军和华南抗日纵队共作战12万5千1百多次，歼敌171万4千多人（日军52万7千多人，伪军118万6千多人）。人民军队扩大到130多万人，民兵发展到260多万人。解放区面积近100万平方公里，人口1亿多。这是中国共产党及其领导下的抗日武装为中华民族的独立和解放，为世界反法西斯战争的胜利作出的重大贡献，同时也为夺取中国新民主主义革命的胜利奠定了基础。

8月13日，毛泽东在延安干部会议上发表《抗日战争胜利后的时局和我们的方针》的讲演，科学地预见了抗战胜利后时局发展的方向，提出了共产党关于争取和平发展和准备革命战争的方针，使全党在革命转折关头能够保持清醒的头脑，为共产党夺取全国政权做了思想准备。

8月14日，日本天皇裕仁决定接受波茨坦公告，无条件投降。

第二天，日本政府正式宣布无条件投降。

消息传来，延安军民一派欢腾。军队和学校、机关人员和老百姓纷纷跑上街头，敲锣打鼓、燃放鞭炮、扭着秧歌欢庆胜利，到处是一片载歌载舞、欢快喜庆的场面……

这时，蒋介石连续三次给毛泽东发来电报，"邀请"他亲自去重庆进行国共两党的"和平谈判"。

8月23日，毛泽东在延安枣园礼堂主持召开中央政治局扩大会议，讨论同国民党进行谈判的问题。毛泽东在会上讲话，指出蒋介石要消灭共产党的方针没有改变，但经过我们党和全国人民的斗争，有可能争取一段国内和平的局面，我们要学会在和平条件下进行斗争，准备走曲折的道路。会议决定，先派周恩来前往重庆，随后毛泽东再去。

次日，毛泽东复电蒋介石，表示愿意前往重庆"共商和平建国之大计"。

同日，中共中央决定将中央革命军事委员会改称中央军事委员会，毛泽东任主席。

晚上，一些人到毛泽东的住处来，表示了对毛泽东去重庆的担心；毛泽东耐心地劝说大家，要大家放开手脚努力去工作，只要解放区军民团结一致，料他蒋介石一时还不敢公开做出冒天下之大不韪的举动来。

8月25日，中共中央政治局鉴于形势的发展，紧急决定毛泽东、周恩来等为代表，立即赴重庆与国民党进行谈判。

第二天上午，毛泽东为中共中央起草《关于同国民党进行和平谈判》的党内通知，阐述了共产党以革命的两手反对蒋介石反革命两手的策略思想。

吃午饭时，又有人来提醒毛泽东，鉴于蒋介石的一贯阴险狠毒，建议毛泽东最好不要去重庆。毛泽东坦言相告："不入虎穴，焉得虎子！人家现在三番五次来电催着我去，我不去，人家就会把破坏和平的帽子戴在我们共产党人的头上；我去了，打他一个措手不及，我料想他蒋介石是想不到我会真去的。这样，我们就争取了主动，在全国人民面前站稳了脚跟，也在谈判桌上赢得了第一分，何乐而不为呀？"又说，"风险总是有的，要革命么，不担些风险怎么行呢？但请同志们放心，有恩来同志在身边，他同敌人打惯了交道，自会料理周全；再说，有张治中将军担保，他还算是个老实人，不会出大事的。"

这时候，远在湖南韶山的毛泽覃的儿子毛楚雄，已由王震派人接到三五九旅去了……

重庆谈判　挥手之间

世界反法西斯战争和中国的抗日民族解放战争胜利结束了。但是，日本军国主义对中国的野蛮侵略，使中国人民蒙受了深重的民族灾难和巨大的牺牲，中国军民伤亡高达2100万人之多，财产损失在600亿美元以上。

抗日战争是近代中国人民反对外敌入侵第一次取得完全胜利的民族解放战争。事实表明，中国的抗日战争是世界反法西斯战争的重要组成部分。

抗日战争的胜利表明，一个半殖民地半封建的经济落后的国家，可以打败帝国主义强国的侵略。抗日战争的胜利不仅是中国全民族团结抗战的胜利，同时是人民战争的胜利，尤其突出显示了中国共产党是全民族抗战中的中流砥柱。

世界反法西斯战争的胜利，使得国际国内的时局发生了重大变化。在国际上，帝国主义力量大大削弱，社会主义和人民民主力量空前壮大，并且正在向着更加蓬勃、辉煌的方向发展。

战后的中国，人民的觉悟程度和组织程度都有了很大提高，国民党统治区的爱国民主运动进一步高涨。全国人民强烈要求和平、民主、团结、进步，迫切盼望走和平建国的道路。而国民党却违背全国人民的意志，坚持独裁、内战和继续向以美国为首的帝国主义出卖国家与民族利益的卖国政策，竭力恢复大地主大资产阶级的专制统治，把中国拉回到半殖民地半封建的老路上去。它出卖国家主权以换取"美援"准备发动内战，妄图消灭人民的革命力量。

1945年8月10日，日本政府发出乞降照会。国民党便在美帝国主义的支持下，对人民革命力量采取"寸权必夺、寸利必得"的方针，立刻调兵遣将，抢夺抗战胜利果实。

8月11日，国民党政府发布了三道命令：一是命令解放区抗日军队"应就原地驻防待命"，不得向敌伪"擅自行动"；二是命令它的嫡系部队"加紧作战"，"积极推进，勿稍松懈"；三是命令所谓伪军"须切实负责，维持治安"，抵抗人民军队受降。国民党政府军事委员会甚至任命伪行政院副院长大汉奸周佛海为上海行动总队司令。一时间，有50多万伪军摇身一变成了国民党的"先遣军"。

8月21日，国民党政府把中国战区划分为15个受降区，并委派了受降主官。国民党大批军政官员以"接收"为名，对沦陷区人民进行残酷掠夺。"接收"敌伪财产时，常常是国府、省府、市府三道封条并贴，国民党党、政、军部门同时伸手。"你也抢，我也抢，文和武争，官与民争；有力者公然霸占，无力者暗中盗窃"。"接收"大员们疯狂地抢占洋房、汽车、黄金、美钞。沦陷区人民称他们是"三洋开泰"①和"五子登科"②。国民党政府规定以1元法币兑换200元伪币的比价③夺去了人民的大量财产。

与此同时，美国政府不但派了大批的飞机、军舰把国民党的军队从西南运送到华北、华东及东北等地，而且，还派出海军陆战队直接在中

---

① "三洋开泰"，指"捧西洋、受东洋、要现洋"。
② "五子登科"，指"车子、房子、金子、衣服料子和婊子"。
③ 当时法币与伪币的实际比价是1:25。

国沿海各主要港口登陆，帮助蒋介石抢占战略要地和铁路交通线。国民党统治集团在美国政府的直接支持下，在华北、华中、华南拼命抢夺人民抗战的胜利果实，并极力争夺东北的实际控制权，中国面临着严重的内战危机……

毛泽东和中国共产党人清醒地认识到，战后的中国面临着两种命运的严重斗争。以共产党为代表的人民大众同美国支持的、以国民党统治集团为代表的大地主大资产阶级之间的矛盾就此成了国内不可调和的主要矛盾。

抗战胜利后，中国建立一个什么性质的国家，是建立一个无产阶级领导的人民大众的新民主主义的国家，还是建立一个大地主大资产阶级专政的半殖民地半封建的国家，是国内阶级斗争的焦点，也是各民主党派关注的根本问题。

中共中央和毛泽东全面地分析了国际、国内形势，正确地制定出了争取和平民主的基本方针，并以结束国民党一党专政，建立民主联合政府为斗争目标，以达到建立新民主主义国家的目的。

毛泽东向全党正确地规定了斗争的基本策略是在绝不放松武装自卫的条件下，力图用和平方法实现国家的社会政治改革。中共中央在毛泽东的主持下，制定出的争取和平民主、反对独裁内战的方针是以革命的两手反对反革命的两手为基本原则的。毛泽东告诫全党，只有这样，中国共产党在抗战胜利后的复杂斗争形势下，才能够把握正确方向，立于不败之地。

国民党在依靠美国积极准备内战的同时，于 1945 年 8 月 14 日、20 日、23 日连续三次电邀毛泽东赴重庆谈判。蒋介石的诡计是：如果毛泽东不去谈判，他们就诬蔑中国共产党不要和平、不要团结，把内战的罪责强加在中国共产党身上，以欺骗中国人民和世界舆论；如果毛泽东去谈判，则妄图向共产党施加压力，迫使共产党交出人民军队和解放区。如果此计不成，则可利用谈判之机，加紧抢夺抗战胜利果实，加紧准备内战。

为了尽一切可能争取和平与民主，力争通过和平方式达到废除国民党一党专政，建立民主联合政府的目的；也为了在争取和平、民主的过程中揭露蒋介石的真面目，以团结和教育广大人民，毛泽东毅然决定亲赴重庆，到虎穴狼巢中去与蒋介石作针锋相对的斗争。

为此，中共中央做出相应决定，在毛泽东去重庆谈判期间，由刘少奇代理党中央主席职务，并增补陈云、彭真为中央书记处候补书记。

1945年8月28日，毛泽东在已就任美国驻华大使赫尔利和国民党政府军事委员会政治部部长张治中的陪同下，和周恩来、王若飞一起乘坐敞篷汽车从枣园驶向了延安机场。

这时候，在延安机场上，上万名延安民众早已聚集在跑道的两旁，他们怀着牵挂、依恋的心情，目送着自己的领袖即将离开他们飞向敌人的虎口；中央各机关、学校、部队也来了不少人，他们悬着一颗颗剧烈跳动、不安的心，向自己的领袖频频挥动着手臂，每个人都想多看毛泽东一眼，每个人都想走上前去把自己的领袖挽留下来——可是，毛泽东是要去的，毛泽东是为了全国的和平而离开延安，到敌人的龙潭虎穴中去战斗的！

毛泽东从乘坐的敞篷汽车上走下来了，人们清楚地见他今天穿了一身崭新的灰布中山装，头上戴了一顶南洋帽，步伐沉稳地向着停在机场上的飞机走去。那步伐，一步一步迈得坚实有利；那身影，高大而魁梧；那神态，潇洒而自若！

机场上站立已久的人们欢呼着、跳跃着，挥动着一双双热情的手臂为毛泽东送行；毛泽东满面红光地微笑着，边走边向欢呼的人群连连招手，向热爱他的民众致以深深的谢意——他也舍不得离开延安的人民啊！

这时一些随行人员已经提前上了飞机，周恩来、王若飞等人也已走上飞机、进入了机舱……

1945年8月28日，由毛泽东、周恩来、王若飞组成的中共代表团由延安飞抵重庆；中共代表团的到达，受到了重庆各界人士包括郭沫若、邵力子、雷震、沈钧儒、张澜、黄炎培等人的热烈欢迎。

从8月29日至10月10日，国共两党谈判正式举行。

谈判中，毛泽东批评了国民党反共反人民的政策，阐明了共产党和平、民主、团结的方针。双方谈判具体问题，主要在共产党代表周恩来、王若飞和国民党代表王世杰、张群、张治中、邵力子之间进行。

国民党对谈判根本没有诚意，未做认真准备，谈判的提案都是由共产党的代表提出来的。谈判中，双方争论的焦点是军队问题和解放区政权问题。国民党企图在"军令"、"政令"统一的借口下，取消中国共产党领导的人民军队和解放区政权。共产党代表拒绝了国民党的无理要求，但是为了使谈判能够取得成果，也作出了重大让步。如在军队问题上，共产党提出"应公平合理地整编军队"，并愿将人民军队和国民党军队，按照1:5或1:7的比例缩编为24个师或至少20个师；在解放区问题上，中国共产党先后提出4种方案，都被国民党"以政令统一必须提前实现"为借口加以拒绝。中国共产党在坚持国民党必须承认解放区民选政府的原则下，同意退出广东、浙江、苏南、皖南、皖中、湖南、湖北、河南（不包括豫北）8个解放区，将部队撤到陇海路以北，以及苏北、皖北解放区。但是，仍被国民党拒绝。因此，在军队问题和解放区政权上未能达成协议。

为了促使谈判达成协议，毛泽东在周恩来、王若飞的协助下同重庆各界代表人物进行了广泛接触和交谈。毛泽东等人分别会见了宋庆龄、冯玉祥、柳亚子、张澜、沈钧儒、黄炎培等民主人士和妇女界、民主工商界的著名人士及外国友好人士，说明了中国共产党争取和平、民主的真诚意愿，阐述了中国共产党的政治主张，争取和团结了广泛的社会力量，扩大了革命统一战线，使谈判向着有利于人民的方向发展。

国民党在同共产党进行和平谈判的同时，又命令国民党军队向解放区发动进攻。军事斗争和政治斗争互相配合。8月29日，蒋介石密令各战区大量印发他在1933年编印的《剿匪手本》；8、9月间国民党不断派兵进攻绥远、察哈尔、热河二省的人民军队和晋冀鲁豫解放区的上党地区。中国共产党领导解放区军民遵照毛泽东的指示奋起自卫……

9月3日下午，毛泽东原定去"桃园"拜访于右任，却突然踅进了同处"桃园"中的戴季陶居所。戴季陶是国民党中顽固的反共分子，长期充当蒋介石的谋士。毛泽东对这个人是很了解的，早在第一次国共合作时期，就写过许多文章批判他。这时的戴季陶做梦也没想到毛泽东会来看他，见面时显得局促不安，喏喏连声；毛泽东见他这副样子，也没有多坐多谈，便告辞离开了。

毛泽东离开戴季陶的住所去见于右任，碰巧身穿中式便装长衣的蒋介石前来看望戴季陶。二人狭路相逢，蒋介石先是一怔，随后佯笑说："好，见见好，见见好。"

二人在"桃园"的竹林甬道上并步，谁也不谈政事，只叙一些似乎漫不经心的闲言；但两个人的内心深处都明白，彼此之间实是"水火不容"

的。蒋介石假意虚让毛泽东在重庆各处"多走走，多看看"；毛泽东却真心邀蒋介石有机会能到延安去"坐坐"、到人民中间"多转一转"……

在重庆，毛泽东还有意会见了几个他想要见的人。陈立夫是国民党中反共的头面人物之一、CC系的头子，对国共两党进行和平谈判极力反对。对这样一个人物，毛泽东仍不放弃接触，并与他相见了。见面时，毛泽东先以回忆往事的口气，谈起大革命时期国共合作的情景，然后批评国民党实行反共剿共的错误政策，用事实谆谆诱导；面对毛泽东坦荡的胸怀，机敏的议论，风雅的谈吐，陈立夫无以措辞，不得不表示，要对这次国共和谈"尽心效力"。

而这时蒋介石已密令山西的阎锡山部第61军的2个师、19军的2个师和1个炮兵团以及多股杂牌军和改编的伪军，共计17000多人的兵力，再次进犯由共产党人控制的上党地区，妄图实现其"抢占华北、夺取东北"的战略意图。

毛泽东在重庆接到延安发来的敌情通报后，立刻同周恩来商议，为保卫人民得来的胜利果实，果断决定进行上党战役，指示晋冀鲁豫军区在刘伯承、邓小平的指挥下，集中太行、太岳、冀南主力先后消灭被敌人占领的长治外围之屯留、长子、潞城、壶关等较弱据点，同时以重兵围困敌人据守的核心城市——长治。

战役指令下达后，毛泽东和周恩来依然不露声色地同国民党的政界要员和谈判代表们进行着谈笑风生的会见和针锋相对的谈判……

9月13日晚，戴季陶请张治中代的时间宴请毛泽东，毛泽东和周恩来、王若飞应邀出席了戴季陶的宴会，并在宴会上发表了谈话，希望有良好的谈判结果，表示了真诚的和平望愿。

9月18日，毛泽东出席由国民参政会举行的茶话会，回答了中外记者的提问。

9月19日，毛泽东复电刘少奇等，决定江南部队北撤，新四军主力到山东接替防务，罗荣桓率山东主力进军东北，谭震林等坚持华中。

3天后，毛泽东和周恩来得到刘少奇从延安发来的电报——在已经进行的上党战役中，太岳纵队第25团和第57团在旅长李成芳的率领下，于昨天星夜奔袭长治北关，打了敌人一个措手不及，一举攻下长治！

毛泽东笑了："打得好哇！这样一来，我们同蒋介石再谈起来就更轻松了！"

周恩来也笑道："蒋介石可真的要头疼了！"

毛泽东吸着烟说："我们本意是不想打的，可蒋介石硬是要打，那就只好'遵命'了！"

周恩来说："蒋介石同我们桌面上握手，桌面下踢脚，这是他欺骗人民一贯使用的伎俩嘛！"

毛泽东坦然一笑："我们也是两手啊……"

周恩来随着笑了："正像主席说的，'我们是用革命的两手，对付蒋介石反革命的两手'嘛！"

9月末，毛泽东在重庆的老朋友柳亚子先生约了许多文艺界人士宴请毛泽东，并在宴席间赋诗一首《赠毛润之老友》：

阔别羊城十九秋，重逢握手喜渝州。
弥天大勇诚能格，遍地劳民战尚休。
霖雨苍生新建国，云雷青史旧同舟。
中山卡尔双源合，一小昆仑顶上头。

毛泽东看了柳亚子的诗，连连称赞；柳亚子请毛泽东赋诗以赠。盛情难却，毛泽东答应过些天一定"还愿"……

宴席中，画家尹瘦石向毛泽东说他和柳亚子合作，要在重庆举办一个以爱国主义英雄人物为主题的"柳诗尹画联展"；为了表达对毛泽东的爱戴和崇敬，柳亚子提议给毛泽东画像。毛泽东欣然同意，约定10月5日下午在红岩村专候尹瘦石。

10月初，毛泽东和周恩来再接电报——上党战役大捷。

喜获捷报，毛泽东和周恩来相视而笑了……

10月5日下午，尹瘦石如约来到红岩村毛泽东的办公室。毛泽东坐在一张藤椅上很随和地说："听你的，你要如何画就如何画吧！"

这天，毛泽东穿了一件半旧的黑色夹大衣，一双布鞋；由于同国民党谈判一个多月，根本没时间修饰，头发很长，嘴角也长了短髭。过度的紧张和睡眠不足，使毛泽东脸上微露倦意；他坐在那里，眉头紧蹙，一支接一支地吸烟，一气足足坐了40分钟。

尹瘦石凝视着毛泽东的面容，竭力抓住某些特点，以真实地表现毛泽东的感情和形象……

10月7日，毛泽东在红岩村将他以前所写的一首词《沁园春·雪》重新抄写一遍，送给了柳亚子先生。

柳亚子得词后爱不释手，连口称赞毛泽东的词气魄宏伟、志向高远，且用墨浓重、字迹飘逸，堪称当代诗词家中的大手笔："中国有词以来第一作手，虽苏①、辛②犹未能抗哉……"

周恩来将毛泽东的这首词送给了张恨水，张恨水遂将这首词刊出在他主编的《新民报》副刊的《西方夜谈》专栏上，署名"毛润之"，并加写了按语说《沁园春·雪》一词："风调独绝，文情并茂，而气魄之大，乃不可及。"

次日，《新华日报》予以转载，立刻轰动了整个重庆！

由于毛泽东这首词的发表，竟使得闷热的山城刮起了一股荡人心肺的《沁园春》热——重庆的文化界吵吵嚷嚷，许多人都大作特作《沁园春》，柳亚子、易君左、郭沫若、黄斋生等名家都写了和词，更有那些自认为可以写诗填词的墨客文人们也竞相动笔，使原本紧张的政治气氛突如其来地掀起了好大一股几近风雅的诗词潮……

毛泽东生平有三大嗜好，一是爱吃辣椒，二是爱吸烟，三是爱吃鱼。毛泽东离不开烟，这是凡了解毛泽东的人都早已熟知的事了。尤其当毛泽东写作、思考问题时，在他的手上必然有一支烟。卫士们为了限制他的吸烟量，曾把一支烟折为两截，使他吸烟有个间隔的时间；为了他的身体健康，医生和众人也曾反复多次劝他戒烟，江青也不止一次两次地劝过他。可是他戒不掉，以致他的牙齿被烟熏得越来越黄，手指也被烟熏出了黄斑。

但在重庆，在他同蒋介石面对面的谈判中，他控制住了吸烟。因为蒋介石不吸烟，而且不喜欢烟味。毛泽东在同蒋介石谈判时始终不吸烟，这种毅力和意志，引得了许多人的感叹和钦佩。

---

① 苏，指苏轼，宋朝大文学家、诗人。
② 辛，指辛弃疾，宋朝诗词名家。

谈判期间，毛泽东的进出行动，周恩来都做了认真地安排和妥善布置，竭尽全力保证着毛泽东的安全，保证着延安来的每一个人的安全。

国民党的特务们并不是不想加害毛泽东，每当毛泽东出动，他们总是尾随其后窥视动向；可他们又无机可乘，在周恩来的保护下，国民党的特务们无计可施。同时，张治中将军也帮了很大的忙，几次请毛泽东住到了他的家里，也使得心怀叵意的特务们无从下手。

敌人仇恨毛泽东，但又害怕毛泽东。他们从本意上想除掉毛泽东，但一时又不敢贸然行动；他们知道，一旦毛泽东在重庆遇有不测，必将引起全国人民的共同反对和国际舆论的一致谴责，那样就做了蠢事，就无法耍阴谋欺骗人民了。所以，敌特最终没敢向毛泽东等人下毒手……

10月8日，外国驻重庆记者和国民党军委会相继举行招待会，毛泽东出席招待会并发表讲话，依然希望国共两党最终能够达成和平谈判协议，再次表示了诚恳的和平愿望。

经过谈判桌上针锋相对的斗争和战场上的较量，也是迫于形势的压力，国民党不得不于10月10日与中国共产党签署了《政府与中共代表会谈纪要》，亦即"双十协定"。

10月11日，毛泽东由重庆飞返延安。

回来了，回来了！毛泽东终于安安全全地回到了人民中间！

10月13日，就在毛泽东刚刚回到延安的第三天，蒋介石便迫不及待地撕掉了他同共产党进行"和谈"的假面具，再一次发布"剿匪"密令，在全国人民面前完全、彻底地暴露了他假和平、真内战的嘴脸。

10月17日，毛泽东在延安干部会议上做《关于重庆谈判》的报告，总结了重庆谈判的意义和经验，揭露了国民党反动派的本质，提出了中国共产党在新形势下的斗争方针和任务，指明了中国革命发展的总趋势。

毛岸英与父亲重逢

1945年10月，在蒋介石下达其"剿匪"密令后，国民党用于进攻解放区的正规军就达80万人，还不包括包围陕甘宁边区的部队在内。

这时候，进攻解放区的国民党军，按照蒋介石密令中"督励所属，努力进剿"的训示，一群蜂地向解放区扑来。解放区军民奋起自卫，于10月24日至11月2日取得了邯郸战役的胜利。

邯郸战役的胜利，粉碎了国民党对豫北、冀南的进攻和深入华北、东北的计划。此外，人民解放军在同蒲、平绥、津浦各线的自卫反击，也都取得了很大胜利。从而沉重地打击了国民党军队的反动气焰。

11月2日，毛泽东在11月作战部署中进一步提出"夺取东北，巩固华北和华中"，使已经制定的"向北推进，向南防御"的全国战略方针更加具体化。

11月7日，毛泽东为中共中央起草《减租和生产是保卫解放区的两件大事》的党内指示，指出了实行减租和发展生产的重要意义和办好这两件大事的方针政策。这对保卫和巩固解放区、调动广大群众的积极性，具有重要的意义和巨大的实际作用。

11月下旬，积极推行扶蒋反共的美国驻华大使赫尔利向美国总统递交了辞呈，美国政府被迫调整其对华政策，即由公开扶蒋反共改为以"中立"和"调停"国共纠纷的面目出现。

12月6日，中国共产党为继续争取和平民主，派出以周恩来为首的出席政治协商会议的代表团抵渝。

15日，毛泽东在延安为中共中央起草了《一九四六年解放区工作的方针》的党内指示，规定了保卫和巩固解放区，动员人民打败反动派进攻的根本方针。各解放区遵循指示，随即开展了练兵、减租减息和生产运动，提高了全军的战斗力，巩固了解放区。

20日，美国派总统特使马歇尔以"调处"中国内战为名来华。

12月25日，美国总统杜鲁门发表对华政策声明，表示赞成中国"召开全国主要政党代表会议，以谋早日解决目前的内争"。虽然美国扶蒋反共的基本政策并没有改变，但是，美国这种对华政策的变化，对于中国人民争取和平民主的斗争是有利的。

三天后，莫斯科苏、美、英三国外长会议发表公告，也认为中国"国民政府各级机构中民主党派广泛参与及内部冲突之停止，均属必要"。美国政府还表示在最短的时间内撤退驻华美军。

12月28日，毛泽东为中共中央起草给东北局的指示《建立巩固的东北根据地》，进一步强调在东满、北满、西满较远的城市和广大乡村建立巩固的军事政治根据地，工作重心是群众工作，逐步积累力量，准备将来转入反攻。

1946年1月初，毛泽东的大儿子毛岸英终于回到了延安，回到了他离别已达19年之久的父亲的身边——1927年秋，当毛泽东组织秋收起义离开杨开慧母子时，毛岸英那时只有5岁多；如今，他已经是一个仪表堂堂、身材魁梧的成年人了！

在枣园，毛泽东兴奋地拉着儿子的手，上下打量着，眼睛里噙满了泪花；只见儿子的个头比自己还高，穿着一件军呢大衣，脚上踏着牛皮靴，英俊秀气的脸上既有他母亲的倩影，又有自己的特征。毛泽东忍住没让眼泪流出眼眶，欣慰地笑了。

毛泽东仔细地询问了岸英在苏联的学习和生活情况，询问了岸英和他所知道的贺子珍和娇娇的一切情况。岸英带来了弟弟岸青写给父亲的信，还有父亲的好友蔡和森的儿子蔡博等人在苏联写给父亲的信，并告诉父亲说，贺子珍妈妈和娇娇妹妹在苏联的生活很艰苦，但经常得到同志们的关心和照顾，娇娇已经进了国际儿童院学习；弟弟岸青学习很用功，经常去看望贺子珍妈妈和娇娇妹妹。听了这些，毛泽东的脸上挂上了无限追思的神情……

岸英还告诉父亲，自己在苏联一直惦念着父亲，知道刻苦学习，大学毕业后加入红军并获得中尉军衔上了前线，参加了库尔斯克近郊的坦克大战，在波兰战场上经受了血与火的考验，最后在通向柏林的一条要塞上出色地完成了反法西斯的战斗，深得斯大林的欣赏……

毛泽东高兴地笑了，对儿子说："好么，好！你的仗打得很好，是我们毛家的好伢子！"又说，"你已经大学毕业了，但学习的只是书本知识，只是知识的一半，你还需要上一个大学……"

岸英问父亲："上哪个大学？"

毛泽东对儿子说："这个大学，中国以前没有，外国更没有……"

岸英又问："哪是什么大学呀？"

毛泽东说："劳动大学呀！"并解释说，"你在苏联参加了卫国战争，

参加了战斗，回到祖国来还要到工人、农民中去劳动、学习，这样才能快一些晓得自己国家的事情呀！"

毛岸英答应说："爸，我去！"

毛泽东笑了："呵，真是我的好儿子！"

毛岸英的到来，给枣园带来了一片欢乐，更给毛泽东的家庭增添了勃勃生机；江青还是很喜欢岸英的，小李讷见到自己突然有了个大哥哥，愈加兴奋地不得了，总是没完没了地缠着哥哥给她讲故事。有时，只要毛岸英走到哪里，小李讷就跟到那里，兄妹俩简直是形影不离……

这时的国民党在美国政府的支持下，正在积极地调兵遣将，大举进攻解放区。

1月7日，蒋介石密令其军队"星夜前进"，迅速"占领有利地点"。

同一天，毛泽东在枣园给他远在苏联的次子岸青写了一封家信①：

> 收到你的信，知道你的情形，很是欢喜。看见你哥哥，好像看见你一样，希望你在那里继续学习，将来学成回国，好为人民服务。你妹妹（李讷）问候你，她现已五岁半。她的剪纸，寄你两张。

一连几天，毛泽东高兴，江青也高兴，李讷更是高兴得不得了。这时候的小李讷已经长得快半人高了，整天围在大哥哥的身边转；毛岸英也很喜欢他这个既听话又懂事，既活泼又可爱的小妹妹。

接下来，毛岸英便脱掉了皮鞋，换上了父亲送给他的布鞋，扛起背包，带上一袋小米、干粮，徒步几十里山路，到吴家枣园找边区的劳动模范郝光华参加生产劳动了……

1月10日，国民党终于在国内外的舆论压力下，在同中共代表团周恩来等人的谈判中真正坐下来，双方达成了停战协定，并于同日下午下达了停战令。为了监督停战协定的执行，组成由国民党代表张治中、共产党代表周恩来和美国代表马歇尔参加的"三人委员会"，会商解决军事冲突，并组成"北平军事调处执行部"，负责监督双方执行停战令。

---

① 《毛泽东书信选集》，生活·读书·新知三联书店 1986 年版。

同一天，根据国共两党《关于停止国内冲突的命令和声明》，毛泽东向共产党所属部队发布了停战命令。

1月12日，蒋介石再次命令国民党军队："在热河方面最好于停战令未生效前占领承德，同时，必须抢占古北口、建平及凌源为要。"停战令生效后，国民党军队继续进攻解放区的事件不断发生。

这时候国民党又借口东北是"接收主权"问题，不包括在停战的范围之内，积极调兵遣将向东北解放区进攻。东北民主联军忍无可忍，奋起自卫，使国民党军队遭到沉重的打击和全国人民的强烈的反对。

1月28日，毛泽东在延安面对着全国不断变化的时局审时度势，运筹帷幄地指挥着各解放区军民搞好各项工作，积极行动，随时准备粉碎敌人的军事进攻。

这时，在延安前往吴家枣园参加劳动的毛岸英回到了父亲的身边。毛泽东一见，笑了："好么，白胖子变成黑瘦子了！"并摸着儿子长满了硬茧的手说，"这就是你在劳动大学的毕业证书！"

回到枣园，毛岸英被分配在中央军委任作战参谋兼俄语翻译。

国民党阴谋内战

1946年3月1日，蒋介石在国民党六届二中全会上公开号召修改和推翻政协协议。这时美国总统特使马歇尔正在延安访问。

3月5日，马歇尔离开延安，毛泽东到机场为其送行。

3月中旬，美国政府在"调处"名义下，为帮助国民党进行内战准备，对国民党统治集团给予了大量的经济和军事援助达20亿美元。装备了国民党45个师的兵力，并为国民党训练军官、特务、警察、军需等15万人。1946年3月，美国正式组成陆军、空军、海军和供应顾问团，其官员达2000人。他们实际上是蒋介石发动内战的具体策划者。在马歇尔"调处"期间，美国用飞机、军舰把国民党军队45万余人运到内战前线，占领了战略要地。

4月，毛泽东面对国际国内形势，在枣园为党内起草《关于目前国际形势的几点估计》的文件，批判了国内外某些人对国际形势的悲观估计和把敌人力量估计过高的右倾观点，强调美、英、法同苏联可能取得某些妥协，但各国人民仍将按不同情况进行不同斗争。

这时，久住延安凤凰山麓的贺子珍的母亲因病医治无效去世；毛泽东为其置办了丧事，并亲自选择坟地予以安葬，尽了"半子"之情。

在此期间，毛泽东还审时度势、集中考虑了东北地区的战局，代表中央军委致电东北野战军，向广大指战员发出了《坚守要点，控制强大机动部队，于有利时机以运动战打击敌人》的指示。

同时，中共中央军委还在延安召开了整军会议，整军经武，有计划地调整和加强各战略区的领导，扩大和整编部队，下达统一命令新建了野战军的体制。

5月4日，毛泽东为中共中央起草的《关于清算减租及土地问题的指示》发出，决定将减租减息政策改为没收地主阶级的土地分配给农民的政策。指示指出，解决解放区的土地问题是中国共产党目前最基本的历史任务，是目前一切工作最基本的环节，必须以最大的决心和努力，来完成这一历史任务。土地改革的进行，进一步激发了农民的革命情绪和生产积极性，使得解放区日益巩固。

5月中旬，国民党军队侵占了四平、长春、永吉，形成了"关内小打，关外大打"的严重局面。

5月23日，毛泽东电复中国民主同盟代表，揭露了国民党军队破坏团结、挑起内战的罪恶事实。

6月1日，毛泽东电示中原军区，指出全局内战不可避免，必须准备对付敌人袭击及突围作战。

面对即将爆发的全国大内战，中国共产党适时地将自己所领导的解放军组建成了24个野战军纵队以及14个野战旅，共计约61万人，可以在各大战略区之间机动作战；另有60余万地方军队，分属于各军区，担负地方作战任务。野战军、地方军和民兵利用作战间隙，普遍开展了官教兵、兵教官、兵教兵的群众性练兵运动，大大提高了中国人民解放军的政治素质，并完成了由分散兵力打游击战为主到集中兵力打运动战为主的战略转变。

6月19日，毛泽东为中共中央起草了给郑位三、李先念及王震的电报，指出中原军区部队必须随时准备突围。

同一天，毛泽东还为中共中央起草了另外三封电报：一封给陈毅和舒同等人，指示他们准备对付蒋介石军队对胶东、苏中的大举进攻；另一封给刘伯承、邓小平、薄一波，请他们准备船只接护郑位三、李先念部渡河；再一封也是给刘伯承、邓小平和薄一波，指示他们作准备对付蒋介石大打的作战部署。

次日，毛泽东为中共中央起草了致南京中共代表团的电报，告之已令各地准备一切，粉碎蒋介石的大举进攻。

6月22日，毛泽东发表《反对美国军事援蒋》的声明，表明中共坚决反对以任何方式对国民党军队进行军事援助和立即撤回在华美军的态度，揭露了美国武装干涉中国内政的阴谋。

同一天，毛泽东还为中共中央起草了给东北局的电报，指示东北应准备于谈判破裂时粉碎蒋介石的进攻。

6月下旬，毛泽东连续电示中原局和中原军区，令其"突围作战"。

6月25日，毛泽东为中共中央起草了给林彪的电报，指出暂无和平希望，准备全国大打。

26日，国民党在美帝国主义的支持下，公然撕毁《停战协定》和政协协议，以大举进攻中原解放区为起点，发动了对解放区的全面进攻，挑起了新的全国规模的反革命内战。

6月28日，毛泽东在延安为中共中央起草了给聂荣臻、萧克等人的电报，阐明国民党大打后晋察冀军区的基本任务。

同一天，毛泽东还为中共中央起草了给刘伯承、邓小平等人的电报，指出为避免仓促作战，7月底前完成大打准备。

这时，远在湖北黄陂、宣化店一带坚持游击战争的毛泽东的侄儿毛楚雄，在国民党军队的大举围攻下，随部队突围，行军打仗20多天，到达河南淅川。王震很高兴地夸奖毛楚雄作战勇敢，拍着他的肩膀说："好样的，小弟跟我走！"

这样，毛楚雄就跟随在王震的身边，和三五九旅继续西征了。

在他们奔赴延安的道路上，部队的战斗口号是"打倒国民党反动派，

用实际行动来保卫延安,保卫毛主席";国民党反动军队已集结了大量兵力,实行了严密的封锁。

为了冲出重围,激战在所难免。毛楚雄在战斗中敢打敢拼,很有他父亲当年奋勇作战的顽强作风……

为了更好地战斗,中原军区分路突围的部队遵照中央军委和毛泽东的多次电示,决定派出得力人员加强派驻敌方的军调小组的工作,一方面去同敌人进行必要的谈判以利更好地突围,另一方面也是为了军调小组的安全——这样,跟随王震的毛楚雄便被指定为前去与敌军进行谈判的代表之一。

议定谈判代表后,王震把毛楚雄叫到了自己的跟前,对他说:"要打大仗了,部队要派人去同敌人进行谈判,你同他们一起去军调组……"

"不,我不去!"毛楚雄表示要坚持跟随部队一起战斗。

"听话,这是军区的决定!"王震轻轻抚摸着毛楚雄的手说,"你打仗很勇敢,但同敌人谈判也是战斗;你有文化,又有头脑,相信你能胜任。"并说,"你们去军调组同敌人谈判,一是可以牵制敌人的注意力,便于部队突围;二是可以加强我军军调组的力量,使我军能够更及时准确地了解敌情和掌握敌军动态……"

"那你们呢?"毛楚雄问。

"我们相机突围!"王震叮嘱说,"部队突围后,你们就想办法尽快脱离敌人,然后直接去延安向党中央和毛主席汇报……"

"不回部队了?"毛楚雄再问。

"你们先回延安。"王震说,"见到毛主席,就说我们打完仗就会回来的!"

毛楚雄只得依依不舍地同王震告别……

7月1日,毛泽东、朱德在延安联名发表声明,宣布如国民党军队不攻击解放军,解放军不主动攻击国民党军。如被攻击,解放军将采取自卫手段。

面对蒋介石调遣他的各路人马向解放区的疯狂进攻,毛泽东和中共中央做好了积极迎战的一切准备……

7月17日,毛泽东还为中共中央起草了致郑位三、李先念等人的电报,指示应集中对付敌人,不要上"和平"的当。

两天后,毛泽东再次为中共中央起草了致郑位三、李先念和王震的电报,指示部队化整为零,在陕南分散游击。

这时候，告别了王震的毛楚雄和原新四军供给部部长吴先云等人还在军调组同敌人进行谈判；谈判中，毛楚雄表现得机智、果敢，令敌人感到特别难对付……

私下里，敌人想拉拢毛楚雄，却几次碰了钉子；恼羞成怒中，敌人将毛楚雄等人押送西安。在西安，敌人对毛楚雄软硬兼施、百般利诱，无奈毛楚雄始终大义凛然、宁死不屈。敌人想不到毛楚雄小小年纪竟如此"骨头硬"，便丧心病狂地将他秘密杀害了……

那天夜里，风狂雨猛，电闪雷鸣；豆粒大的雨点"噼噼啪啪"地打在古老的西安城墙上，耀眼的闪电和巨响的霹雳直令杀害毛楚雄的凶手胆战心惊……

临牺牲前，毛楚雄在风雨中拖着被敌人打得皮开肉绽的身躯面向延安，最后艰难地喊了一声："大伯……"

毛楚雄就这样壮烈地牺牲了，时年19岁。

解放战争的曙光

自1946年6月26日蒋介石撕毁《停战协定》发动内战开始，就调动了80%的正规军、193个旅，约160万军队，疯狂地向解放区发动了全面进攻。蒋介石依仗其暂时的军事优势，气势汹汹，不可一世，狂妄地宣称，只需3个月到6个月的时间，就完全可以消灭"共军"。

在敌强我弱的形势下，共产党领导的人民军队能不能打败蒋介石？这是共产党必须回答的一个重大问题。毛泽东科学地分析了形势和战争的前途，明确指出：

> 我们不但必须打败蒋介石，而且能够打败他。我们必须打败蒋介石，是因为蒋介石发动的战争，是一个在美帝国主义指挥之下的反对中华民族独立和中国人民解放的反革命的战争。[1]

---

[1]《毛泽东文选》，人民出版社1968年版。

毛泽东同时指出：

> 对于一切敢于来犯的敌人，如果我们表示软弱、表示退让，不敢坚决地起来用革命战争反对反革命战争，中国就将变成黑暗世界，我们民族的前途就将被断送。我们能够打败蒋介石，是因为蒋介石军事力量的优势和美国的援助，只是暂时起作用的因素；而战争的正义性和非正义性，人心的向背，则是经常起作用的因素。人民解放军进行的自卫战争所具有的爱国的正义的革命的性质以及在人民战争的基础上，在军队和人民团结一致、指挥员和战斗员团结一致以及瓦解敌军等项原则的基础上，建立的强有力的革命的政治工作，在这些方面人民解放军则占着显然的优势，这是人民解放军战胜蒋介石的最基本的依据。[①]

7月20日，毛泽东为中共中央起草《以自卫战争粉碎蒋介石的进攻》的党内指示，从军事、政治、经济三方面正确规定了自卫战争初期战胜国民党军队的方针、原则和方法。

8月初，正是延安地区的酷暑时节。毛泽东吩咐儿子毛岸英参加到土改工作中去，在实际斗争中增长才干和为人民服务的本领。毛岸英很高兴地告别了父亲，背上背包去搞土改了……

大战在即，毛泽东在延安同朱德、刘少奇、任弼时一起统筹布局着中国的整个战场……

在此期间，毛泽东在延安接见了美国记者安娜·路易斯·斯特朗，就国内外形势发表了重要谈话。谈话运用历史唯物主义的基本观点，指出了"一切反动派都是纸老虎"的著名论断，从理论上阐述了人民解放战争取胜的必然性，增强了中国人民打败美蒋反动派的信心和决心。

毛泽东在与斯特朗谈话的同时，还在晚会上同她一起跳了两圈舞；斯特朗在跳舞中，称赞毛泽东说："遇险不惊，沉着果断，你是我见到过的世界上所有领导者中最有魅力的人！"

这时国民党发动全面内战已近两个多月，解放区军民在毛泽东、党中

---

① 《毛泽东文选》，人民出版社1968年版。

央英明领导下协同作战，英勇歼敌，粉碎了国民党的各路军事进攻，逐步取得了战场上的主动权。

中原野战军在郑位三、李先念、王震领导下，给进犯中原解放区的国民党军以重大打击后，根据毛泽东的电示，除一部分武装就地分散、坚持游击战争、钳制敌人外，主力部队克服艰难困苦分路突围。

李先念等率领主力一部突围后，创立了陕南游击根据地。王树生率领另一部主力突围后，以武当山为中心，创立了鄂西游击根据地。王震等率领一部突围后返回陕甘宁解放区。突围的另一部则向东到达大别山等地打游击。中原野战军第一旅在完成掩护主力突围西进的任务后，于7月中旬由皮定钧率领向东突围，到达淮安，随即参加苏皖解放区的自卫战争。中原解放军胜利地完成了战略转移，宣告了蒋介石"围歼"中原解放军反动计划的破产。中原解放军不仅未被消灭，反而吸引了国民党军相当大的兵力，并创建了新的根据地。这就极大地援助了其他解放区的作战。

王震率部返回延安后，迟迟不敢将毛楚雄已经牺牲的消息报告给毛泽东；直到毛泽东问起来，王震才不得不向毛泽东讲了实情……

听到三弟的儿子已经被敌人杀害的消息，毛泽东十分痛惜地流下了眼泪，并对王震说："这已经是我们毛家为革命牺牲的第五个人了！楚雄年纪虽小，但在敌人面前表现得很勇敢、很顽强，是他父亲的好伢子啊！"

王震以极其低沉的语气说："主席不要太伤感了，请多保重身体……"又说，"楚雄是我带出来的，我没能保护好他，我有责任……"

毛泽东不无悲怆地说："这不能怪你，这笔账要算在蒋介石的头上！楚雄为革命而牺牲，虽死犹荣！"并安慰王震说，"要革命么，哪有不死人的道理呀？我们共产党人是为人民的事业而战斗的，总要前仆后继，彻底打垮国民党！"

1946年9月2日，毛泽东电示粟裕和谭震林，指出主力部队他调后须留得力部队在苏中坚持作战。

次日，毛泽东为中央军委起草给刘伯承、邓小平的电报，指示立即部署歼灭刘峙一路的敌军。

9月4日，毛泽东再次电示刘伯承、邓小平，要他们做好歼灭敌第三师后的行动部署。

同一天，毛泽东还接连为中央军委起草了另外四封电报，分别给陈赓和谢富治、粟裕和谭震林、张宗逊和罗瑞卿（两封电报），部署对敌作战任务……

大敌当前，重兵压境——一连十多天，毛泽东冷静地审时度势，在复杂的敌情变化和风云变幻中运筹帷幄，部署和调动着人民军队的各路军兵，志在彻底粉碎蒋介石发动的全面的猖狂进攻……

9月16日，毛泽东为中央军委起草《集中优势兵力，各个歼灭敌人》的指示，明确提出了打败国民党反动派的政治方针和军事原则，指出为战胜敌人，不惜放弃一些城市和地区，争取主动，在运动中消灭敌人，壮大自己。

10月1日，毛泽东为中共中央起草《三个月总结》的党内指示，系统地阐述了内战爆发以来三个月的经验，提出了人民解放军今后的作战方针和作战任务，再次提出了一定能够战胜敌人的正确判断，鼓舞了全党全军和全国人民的信心。

10月上旬，旅长黄新庭和政委余秋里奉命率领三五八旅由内蒙经山西调延安，准备迎击国民党嫡系部队胡宗南的进攻。三五八旅驻防延安以东的雀儿沟一带，随时待命歼敌。

10月20日，形势越来越紧；毛泽东根据敌情，致信中共中央政治局委员、书记处书记任弼时，布置了疏散中央机关人员的工作。

10月24日，毛泽东致电山东陈毅、粟裕、谭震林，要他们集中优势兵力、采取围城打援的办法，以期尽歼敌军。

11月中旬，毛泽东为中共中央起草了关于暂时放弃延安的文件。

这时延安的天气渐寒。国民党的飞机不断进入延安上空骚扰。董必武和叶剑英先后回到了延安——几个人一见面，毛泽东即高兴地说："回来了好，现在我们可以摆开架式同蒋介石较量一番了！"

朱德也说："他蒋介石贼心不死，硬要打内战，我们只好奉陪到底！"

董必武笑着，充满信心地说："蒋介石总是过高地估计自己的力量，而看不到已经觉悟和壮大起来的人民的力量……"

毛泽东说："这正所谓'英雄所见略同'啊！"

叶剑英风趣地说："美国人利令智昏，仗着有一些好武器，错把蒋介石当成一条好猎狗了!"

众人都笑了。笑声中,毛泽东说:"决定战争胜负的因素不是一两件什么好武器,而是人,人才是决定战争胜负的决定因素;只有人民,才是创造世界历史的真正动力!"

11月25日,周恩来飞抵延安。

领袖荟萃,人心振奋!

在毛泽东、周恩来、朱德、刘少奇和任弼时等人的统一部署下,延安的后方机关开始了有计划地疏散。

12月,毛泽东撰写了1947年元旦献词,准备在《解放日报》上发表:

> 只要全国人民团结一致,坚持不屈不挠的奋斗,那么,在不久的将来,自由的阳光一定要照遍祖国的大地,独立、和平、民主的新中国一定要在今后数年内奠定稳固的基础。①

1947年元旦这天,延安军民载歌载舞地庆祝新的一年的到来。从早晨到夜晚,中央各机关、学校、留守部队的人们纷纷走上街头,和头裹白羊肚手巾、腰扎红布带的乡亲们一起扭秧歌、踩高跷、跑旱船、耍武术,仿佛这里根本不会发生战争似的;但是,人们心里都明白,大战已经迫在眉睫……

1月24日,毛泽东、朱德代表中共中央设宴招待延安附近地区的劳动英雄、居民及驻在该地的解放军干部。毛泽东与来宾一一握手,并询问各乡工作、生产和生活情况,号召部队和群众积极生产,改善生活。

2月1日,毛泽东在枣园主持召开中央政治局扩大会议。会议通过并发出了毛泽东起草的《迎接中国革命的新高潮》的党内指示。指示着重强调了军事、土地和生产问题,要求全党巩固和发展全民族的统一战线,指出在今后几个月内再歼敌40个至50个旅是决定一切的关键。

进入3月,蒋介石又集中了90个旅70万兵力,分别向陕甘宁和山东解放区发动了重点进攻。

3月5日,国民党二十九军四十八旅佯攻陇东,其余牵制解放军主力,

---

① 《毛泽东著作选读》,人民出版社1968年版。

以便其乘虚而入突袭延安。在毛泽东的部署下，西线解放军根据命令以迅雷不及掩耳之势，一夜歼灭了敌四十八旅，击毙旅长何奇，并连夜赶赴南线，准备迎击敌人的主力进攻。

第二天，毛泽东向西北野战军发出了《考虑我军行动应以便利歼敌为标准》的指示。

3天后，延安一万多军民在宝塔山下的商会大会场举行保卫边区的动员大会。朱德和林伯渠在大会上讲了话。周恩来在讲话中从政治、经济、军事上分析了国民党政府的处境，明确指出蒋介石已到了穷途末路，妄图拿进攻延安来挽救他垂死的命运。周恩来强调指出：党中央、毛主席考虑到敌我双方的力量对比悬殊，决定采取诱敌深入的方针，主动放弃延安，在运动中寻机歼敌，不计较一城一地的得失；暂时放弃延安，是为了将来解放延安、西安、南京、北平、上海，进而解放全中国！

最后，周恩来提高了声音，充满激情地号召："我们有毛主席的直接领导，一定能够打胜仗！大家一条心，黄土变成金；大家行动起来，保卫我们的土地，保卫延安，保卫毛主席！我们一定能够胜利！"

此时的延河水依然清澈地流淌着，宝塔山上的宝塔依然巍巍耸立着、一动不动！

3月12日，延安上空出现了美制蒋记轰炸机。当第一颗重磅炸弹落在人民解放军总部附近时，毛泽东、周恩来与彭德怀正在军用地图前研究迎敌方案，三个人的神情毅然而坚定……

这一天，朱德、刘少奇、任弼时、叶剑英等人带领一部分中央机关工作人员迁到瓦窑堡去了；毛泽东、周恩来留在延安，由枣园后沟搬到了新的人民解放军总部驻地王家坪。

3月13日，蒋介石命令胡宗南指挥23万兵力进犯延安。这时，西北野战军在陕甘宁边区的总兵力只有2万多人；敌人的兵力10倍于我，形势十分严峻。

拂晓时，胡宗南的14个旅兵分两路——右集团董钊、左集团刘戡，同时由宜川、洛川两线分路向延安发动了猛攻。

从早晨到中午，前线的炮声不断；近60架敌机对延安实施了狂轰滥炸，到处是断壁残垣、烟尘一片……

下午，敌机开始轰炸王家坪。一颗重磅炸弹落在了毛泽东居住的窑洞前，而毛泽东在窑洞中依然不动声色地在军用地图上画线线！

众人都劝毛泽东尽快撤离延安，而毛泽东却沉着地说："我是要最后一个撤离延安的！"并说，"你们都不要劝我了，我留下来是要牵制住胡宗南，牵制住他的20万大军！他胡宗南进了延安，可以把延安的坛坛罐罐全部打烂，去给蒋介石报功；可是我要彻底打乱蒋介石的整个战略方案，在陕北、东北、华北，在各个战场上，在全国的各条战线上，彻底打垮蒋介石！解放全中国！"

毛泽东说话从来都是算数的，没有谁能劝得了他；毛泽东的话，也极大地鼓舞着大家，大家都从心底里敬佩他、信服他……

16日中午，敌人又一次轰炸了王家坪；毛泽东还是不想撤离，并嘲笑由敌人炸弹爆炸引起的冲击波说："我们的风刮起来就不得了，要将他们连根拔哩！"

18日傍晚，敌兵已经打到了延安附近的吴家枣园。这时候，敌人的枪炮声已经声声入耳，解放军的喊杀声也已句句在闻。周恩来见毛泽东还在不紧不慢地吃着晚饭、仍然是一副不想撤离的样子，情急之中派人去叫彭德怀……

彭德怀一到，不管三七二十一，强行命令毛泽东身边的工作人员立刻收拾了一切，连声吼道："走走走！马上给我走！一分钟也不要待了，快给我走！"吼罢又说，"走！走！走！"

一代叱咤风云的领袖人物毛泽东，在彭德怀的连声催促下先是皱起了眉梢，然后慢慢放下了还拿在他手中的碗筷，站起身来伸手接了江青递给他的毛线围巾，头上戴了顶棉帽子，身上穿了他那件浅灰色的军棉大衣，在周恩来的陪伴下，在火红晚霞的映衬中，挺胸昂首、跨步踏上了一辆早已在窑洞外边为他准备好的敞篷中吉普车，带领着他不多的几名随行人员，带着他的勇气和智慧，带着他积累54年的人生经历和在革命斗争中积累的丰富经验，带着他在风雨历程中的泥泞和彻底打败蒋介石的决心，走向了硝烟弥漫、炮火轰鸣的战场，走向了中国革命解放战争的历史大舞台，他要导演一场震惊世界、彻底改变中国历史乃至人类命运的叱咤风云剧！

在毛泽东的身后，紧紧跟随着中央纵队的参谋长叶子龙和副参谋长汪

东兴,还有两个步兵连、一个骑兵连、一个手枪连和一个警卫排——而在全国的各个战场上,紧紧跟随着毛泽东的是为了解放全中国而英勇战斗的千军万马,跟随着为求解放而艰苦奋斗、前仆后继、迎接新曙光的千百万中国的老百姓……